La frontera encantada

GIUSEPPE CAPUTO

La frontera encantada

RANDOM HOUSE

Papel certificado por el Forest Stewardship Council®

Primera edición: febrero de 2026

© 2025, Giuseppe Caputo
© 2025, Penguin Random House Grupo Editorial, S.A.S., Bogotá
© 2026, Penguin Random House Grupo Editorial, S.A.U.
Travessera de Gràcia, 47-49. 08021 Barcelona

Printed in Spain — Impreso en España

ISBN: 978-84-397-4631-7
Depósito legal: B-21.615-2025

Impreso en Unigraf, S. L. (Móstoles, Madrid)

RH 46317

Con un beso para Barranquilla

«—De acuerdo —dijo la bruja—, te dejo ir,
pero el niño o la niña que tengas,
al cumplir siete años, será mitad para ti y mitad para mí».

EL MEDIOHOMBRE,
*cuento popular italiano
en la versión de* ITALO CALVINO

«Al día siguiente abrió el único ojo,
la media boca, dilató la nariz y respiró…
Ahora estaba vivo y demediado».

ITALO CALVINO
El vizconde demediado, Nuestros ancestros

EL MEDIOHOMBRE

(1)

En el tiempo más deseante y difícil de mi vida, a orillas de un río perezoso, un loco me dijo una noche: «Te quiero dar el regalo de una visión, pero vas a tener que escoger: o lo más absolutamente hermoso que podrás ver jamás, o lo más absolutamente terrible» —la voz me llegó con su eco y, mientras yo pensaba qué decidir, el ofrecimiento se repetía—: «Tienes que escoger: lo más, más hermoso, o lo más, más terrible». Primero traté de imaginar qué podría ser lo más bello que vería para siempre: qué cara o qué cuerpo descansado. Qué forma del cielo astronómicamente inédita. Qué éxtasis. Qué animal nuevo o qué monstruo divino. Qué obra o qué dignidad. Qué vida. Y me pregunté, por supuesto, qué podría ser lo más terrible que vería hasta el final: qué cara, o qué cuerpo, o qué forma del deseo destrozándose. Qué miedo o qué pus. Qué violencia desmembrante. Qué arrasamiento o qué oscuridad política. «Ambas visiones sucederán al tiempo», me dijo el loco. «Si ves una, te perderás de ver la otra. Piénsalo». Ésta es la historia de mi respuesta y de todo lo que vi.

(2)

«Lo más, más hermoso, o lo más, más terrible». Yo quise, como nunca, demediarme: ser partido en dos, con un cuchillo verticalmente, para poder mirar con mediocuerpo la visión más hermosa y con mediocuerpo la visión terrible. Partirme en dos como alguna vez fui partido en mi ciudad, Barranquilla. Tenía siete años y la persona más vieja que yo conocía, la madre de mi mamá, mandó a llamarme a su cuarto: ella quería mover el espejo de una pared a la otra. «Ahorita traté de cargarlo», dijo, «pero está muy pesado: mírame los brazos» —le estaban temblando solitos—. De inmediato subí al tocador y agarré el espejo por los bordes dorados. «Cuidado», me dijo, «ten mucho cuidado: ese espejo fue de mi abuela» —y, al escuchar esas palabras, sentí que el objeto había estado en el mundo desde el principio del tiempo—.

Yo podía verme allí, cargando el espejo, mientras movía mi reflejo de una pared a otra. «Qué cosa tan impresionante», siguió la vieja, apenas pude colgarlo otra vez. «Una parte tuya es más distinguida que la otra» —dejó su dedo en mi frente y, sin dejar de observarme, lo fue bajando por la mitad de la cara—. La vieja me miró más: subió el dedo por la barbilla y de nuevo a la frente, cruzándome boca y nariz. «¿Te das cuenta?», me preguntó —ella estaba encantada y me estaba encantando a mí—. «De este lado» —señaló el derecho—, «tu nariz es más respingada. ¿Sí ves?». Yo me quedé ante el reflejo, absorto y extrañado, sin terminar de ver lo que la vieja decía. «La verdad es que no», solté. «No veo nada de lo que dices». Enseguida me tapó el lado izquierdo con la mano abierta. «Mírate», insistió —lo hice y me vi la cara—. «Y ahora mírate» —me tapó el lado derecho—. «¿Ya lo ves?» —me pareció ver algo: una curva en mi nariz que no llegaba al otro lado—. «Sí», le dije, por fin. «Lo estoy viendo». La vieja habló fuerte: «Acuérdate de eso: tu perfil derecho es elegante y el izquierdo, en cambio, es vulgar. Cuando te tomen fotos, muestra el lado derecho». Le dije que sí y me quedé mirándome.

(3)

Siguiendo la voz de la vieja, yo me la pasaba ocultando la parte vulgar de mi cara —quiero decir que, desde el día en que, a los siete años, ella me partió ante el espejo, yo intentaba ser solamente la mitad distinguida—. «Miren cómo aprendió a coger los cubiertos», dijo una vez en la mesa, al tiempo que yo miraba hambriento, con la espalda recta, la escasa comida en el plato escarchado. «Ese niño va a llegar lejos». Mi hermano, mientras tanto, comía con la boca abierta y hacía sonidos masticando: le gustaba provocar a la vieja. «En cambio tú», le dijo, «qué poca educación» —Fabrizio abrió más la boca: podían verse el arroz y la carne mordida sobre la lengua—. «Tienen que corregirlo», la vieja rogó a mis papás. «No tiene modales». Mi mamá dijo: «Gordo, come bien», casi que automáticamente, con la voz muy bajita, y mi papá ni siquiera quitó la vista del plato —estarían pensando ambos en las deudas y cuentas por pagar: ellos trabajaban en su propia ferretería—. Yo terminé de comer y, sabiendo que la vieja me miraba, coloqué los cubiertos sobre el plato limpio. «Muy bien», me felicitó, «pero acuérdate de dejar siempre un poquito de comida en el plato: así parece que lo hubieras lamido». Burlón, mi hermano dijo: «No hay que demostrar el hambre. Eso es de quinta: de muy mal gusto» —se me escapó la mediarrisa: fue el lado vulgar de mi cara celebrando su imitación: advirtiéndome, además, que ahí seguía conmigo—.

Al rato apareció Margarita en el comedor para dejar en la mesa una jarra de agua. «Ya puede llevarse ese plato», le dijo la vieja apuntando a mi puesto. «Cuando el tenedor y el cuchillo están así, como los puso él, uno al lado del otro, el plato se puede retirar». Margui torció la boca y me miró: yo volví a mediorreírme. Entonces retiró el plato y desde la cocina gritó: «¡Una es tan pobre que termina trabajando para gente pobre, sirviendo a muertos de hambre!».

(4)

A los pocos días me invitaron a una fiesta: cumplía el nieto de una amiguísima de la vieja, una mujer que, desde hacía años, era socia del Country Club de Barranquilla. «Esto es muy importante», dijo la vieja. «¿Qué vas a ponerte?». Saqué del clóset mi mejor jean y mi mejor camiseta, prendas que habían pertenecido a mi hermano. «Pero ¡cómo se te ocurre!», me gritó. «Eso está horrible, desteñido. ¿Tú acaso no entiendes adónde te invitaron?» —entonces hizo unas llamadas y, en un par de horas, apareció con una bolsa—. «Mira, ponte esto». Adentro había ropa de marca —una ropa que exhibía en letras gigantes la casa de diseño que la había fabricado—: camisa, pantalón y unos tenis. «Mídete todo». Enseguida me quité la ropa que tenía puesta y, en el espejo que había cargado alguna vez —el espejo frente al cual fui hechizado—, pude verme en calzoncillos y medias: todo estaba agujereado por todas partes. «¡Ándate, ligero, que no quiero verte así!» —la vieja volteó la cara mientras yo me cambiaba y, cuando estuve listo, dije—: «¡Ya!» —abrí los brazos, triunfante—. «¡Elegantísimo!». En el espejo, no vi al medioniño vulgar por ninguna parte.

(5)

La fiesta parecía la boda de un rey. Un gran arco de globos decoraba la puerta y, en letras de todos los colores, una pancarta ponía: «Mis primeros siete años». Cuando entré, Mickey Mouse me arrojó confetis y luego Minnie me envolvió en serpentinas. «¡Bienvenido a la gran fiesta de Carlos!», gritaron juntos los ratones, antes de soltar los globos que tenían en la mano: todos se elevaron al techo, que estaba lleno y más lleno de bombas coloridas. Había una mesa larga al fondo del salón: tenía en el centro un pudín sobre otro y sobre otro, cada uno de un color diferente, y en la cima se alzaba un muñeco de pastillaje —una miniatura del propio cumplimentado—. Rodeando el pudín estaban las sorpresas: unas cajas azules que guardaban, según supuse por el lujo alrededor, juguetes extraordinarios que ni siquiera podía imaginar. Entre la puerta y la mesa sin fin, había muchos niños jugando y, sobre todo, meseros en corbatín repartiendo comida

—en unas bandejas de plata, que llevaban por lo alto de sus cabezas, iban y venían quibbes y pastelitos de carne, deditos de queso y hallaquitas, salchichitas y muslitos de pollo—. También había unas mesas aquí y allá, y en el centro de cada una, una escultura de hielo descongelándose de a poquitos, iguales en su forma al muñeco de pastillaje: un niño con los brazos arriba. Mi mediacara vulgar estaba admirada —o quizás, más bien, mi mediacara distinguida—. «Tú pregunta por la abuela de Carlos», me había dicho la vieja, antes de que mi mamá me dejara en el club. «Y dile que eres mi nieto: le das las gracias por invitarte a la fiesta». Apenas pasé por el arco de globos y los payasos quedaron atrás, mis dos partes al tiempo se comenzaron a fijar en la ropa de los demás niños: ninguno estaba vestido como yo. «Esa camisa es pirata», me dijo uno. «Así no es el logo» —y, de esa forma, no más llegar al agasajo, mi mediacara elegante quedó herida, como rajada con un cuchillo—. Entonces busqué a la anfitriona entre todas las mujeres de la fiesta y, cuando por fin logré presentarme, yo era solamente mi mediacara vulgar. «Pero qué buenmozo», dijo, «tienes la misma cara de mi amiga». Con sus palabras, la herida sanó de inmediato. Volví a ser un medioniño distinguido: un niño mediodistinguido.

(6)

La anfitriona llamó al festejado. «Ven, Carlitos, que quiero presentarte a alguien». Carlitos llegó sudando y molesto por la interrupción —jugaba con otros niños vestidos como él—. «Él es el nieto de una amiga», trató de explicarle, pero el niño permaneció indiferente. Después de un corto silencio, le entregué el regalo que la vieja le había conseguido. Carlitos lo palpó con las manos. «¿Qué son?», preguntó —hizo una mueca de aburrimiento—. «¿Medias?» —y, sin darme las gracias, se las pasó a su abuela y salió corriendo—. «¡Este niño!», dijo ella, y enseguida a mí: «Ve, corre, ve a jugar tú también».

(7)

No supe qué hacer después del desplante. Fui un medioniño vulgar otra vez —yo no me sentía parte de la fiesta— y, desde una esquina, empecé a mirar el movimiento en el gran salón: me sorprendía que, habiendo tanta comida, los niños no se fijaran en los meseros. Yo sólo quería comer. Mi ojo vulgar miraba todas las bandejas de plata, pero la mediacara distinguida recordaba la broma de mi hermano: «¡Mostrar el hambre es de quinta!» —no me importó: cuando un mesero me extendió la bandeja, me serví a dos manos quibbes, deditos y pastelitos de carne—. Al rato se acercó una niña. «¡Juguemos!», dijo y, al ver que me invitaba así, tan espontáneamente, volví a sentirme invitado al cumpleaños. «Mira lo que acabo de descubrir». La niña se quitó los zapatos y corrió, y después se deslizó feliz por el suelo encerado. «Ahora tú», dijo, a lo que, ni corto ni perezoso, me quité los zapatos y, como ella, corrí y me deslicé por el salón. «Es como patinar en hielo», le dije, y ella gritó: «¡Sí!» —continuamos jugando hasta que nos llamaron a cantar—. Carlitos se estaba tomando fotos con los padres y distintos grupos de amigos. «Ahora con ellos», le ordenó la anfitriona, pero el niño no quiso —causó una herida nueva al mediorrostro distinguido—. «Te la tomas y punto», lo regañó, y los tres nos acercamos para la foto. De reojo vi que solamente la niña sonreía.

(8)

Mi mamá me recogió poco tiempo después de que nos dieran las sorpresas. «Dale recuerdos a tu abuelita», se despidió la anfitriona y, tal como la vieja me pidió hacer, le di la mano y las gracias *por todo*. Como la caja azul pesaba mucho, decidí no abrirla hasta llegar a la casa: quería posponer el asombro. «Y ajá», me saludó mi mamá. «¿Cómo la pasaste?». Yo le dije que sabroso: que había jugado mucho y comido más. «Anda, pero ¡qué bien!», se alegró ella, y después de un rato dando vueltas —mi mamá quería *pasear*—, llegamos a la casa felices: yo tenía una sorpresa por abrir. En la puerta, sin embargo, nos esperaba la vieja. «Ajá, mami», la saludó mi mamá. La vieja la ignoró y me habló enseguida: «Me llamó Amirita y está aterrada: acabamos de colgar» —me sorprendió mucho escuchar eso: yo había seguido las instrucciones y, en el trato con ella, sólo había percibido dulzura—. «¿Cómo se te ocurre quitarte los zapatos en el Country?» —la vieja empezó a gritar—. «¡Es el Country, mijito! ¡Y encima con las medias rotas!» —mi mediacara distinguida abrió la mediaboca: no había visto venir ese regaño—. Después la vieja le habló a mi mamá: «¡Tienes que corregirlo! ¡Que no dejó de comer, me dijo Amirita! ¡Que tragó como si acá en la casa no le dieran comida!» —eso me sorprendió mucho: las bandejas siguieron repletas hasta el final y yo había quedado con ganas de servirme otra manotada de quibbes—. «¡Y lo peor!», gritó la vieja. «¡Lo peor! ¡Que estuvo jugando toda la tarde con la hija de un mesero!» —en ese momento, cada mediacara abrió su mediaboca asombrada—. Mi mamá suspiró. «Dile algo», insistió la vieja. «A mí no me hace caso» —y, en ese instante exacto, supe que la vieja también había partido a su hija, quién sabe desde hacía cuánto—. Una mediamadre dijo: «Nene, ¿cómo vas a ser tan desubicado de portarte así, como un muerto de hambre, delante de toda esa gente?». Pero, más tarde, cuando estaban las dos en el cuarto, solas, pensando que nadie podía escucharlas, la otra mediamadre le gritó a la vieja: «¡Ya! ¡No más! ¡Qué cantaleta! ¿No ves que es un niño? Me parece bien que haya comido mucho: él no está acostumbrado a eso».

(9)

Cuando por fin hubo silencio, quise abrir la sorpresa: yo miraba la caja azul como un tesoro que, luego de una aventura larga, llena de monstruos y trampas, había podido encontrar. La abrí con mucho cuidado: no quería ni siquiera dañar el papel

—era brillante, con estampado de estrellas, y parecía anunciar la maravilla que había adentro—. «¿Qué será?», pensaba y pensaba. «¿Qué será?». Y, en cuanto lo abrí, las dos partes de mi cara volvieron a asombrarse: era un portarretrato de plata con la foto de Carlitos. El niño aparecía sonriendo, con los brazos arriba, como inspirando el gesto que tenían el muñeco de pastillaje y las esculturas de hielo. A lado y lado estaban Mickey y Minnie Mouse. En el fondo, el castillo de Disney.

(10)

Pasada la decepción, solté una risa. Mi hermano preguntó: «¿Qué pasó? Cuenta» —le mostré la sorpresa: se rio mucho más y, entonces, cada uno contagiando al otro, fuimos una sola carcajada unida—. «¡Qué gente tan ridícula!» —gritó bien alto y, en ese momento, sentí felizmente que comenzaba a ser entero: que la mediacara distinguida se quebraba para siempre—. Pero la vieja llegó y dijo: «Qué escándalo» —no había visto la sorpresa—. «Los vecinos van a pensar que no tienen modales». Mi hermano dijo: «Yo creo que a los vecinos les debe de importar un culo si nos reímos acá». La vieja se alteró y pude anticipar la retahíla: que cómo era posible que fuera tan grosero, que por qué tan mal hablado, que qué nos había enseñado, que ella nos *corregía* por nuestro bien. No dijo nada, sin embargo. Porque al ver el portarretrato quedó sin palabras: abrió los ojos y lo cogió como un tesoro que, luego de una travesía ingrata, había podido encontrar. «Dios mío», dijo. «Qué buen gusto el de Amirita. Y qué divino Carlos: feliz en su viaje a Orlando». La vieja se llevó el portarretratos y lo acomodó en su tocador: ese niño siguió muchos años en la casa con los brazos arriba.

(11)

Más tarde, la vieja llamó a Amira para agradecer la sorpresa. «Divino el portarretrato», dijo. «Y cómo está de grande Carlitos:

buenmozo, tiene tu misma cara». Al ver tan claramente su reverencia —la amiga estaría feliz de recibir sus permanentes alabanzas—, quise contarle que ese niño de la foto había despreciado su regalo, que ni siquiera había volteado a mirar las medias. Pero preferí no hacerlo. Pensé que no me creería. O pensé, quizás, que semejante información podría derrumbarla. «Salúdame a Carlitos», le dijo a su amiga. «Chao, chao», y colgó el teléfono.

(12)

Desde esa noche, la vieja fue más recalcitrante que nunca. Aunque no dejó de hablar de *mi fracaso en la fiesta*, yo intuía que estaba furiosa era por la risa que el portarretrato nos había provocado: por la aparición desenfadada de la mediacara vulgar. «Qué vergüenza me has hecho pasar», decía. «¡Mostrar las medias rotas en esa fiesta!». Como yo me quedaba en silencio, ella se enfadaba más: «Es que no van a decir que tú te quitaste los zapatos. Lo que van a decir es que mi nieto se los quitó. ¿Sí estás entendiendo?».

(13)

A medida que la vieja hablaba, yo sentía que se formaba, en toda la cara, un sentimiento partido: mediarrabia a un lado y mediovergüenza en el otro. La mediacara vulgar se iba enfureciendo, y la otra, acomplejándose. O, quién sabe, de pronto ocurría lo contrario: mi mediacara vulgar se acomplejaba y la otra media se enfurecía —no con la vieja, sino conmigo mismo—. «Tienes que empezar a relacionarte con gente que vale la pena», decía la vieja en cada almuerzo. Al rato nos parábamos de la mesa y, si no habían cortado la luz, nos sentábamos a ver televisión, cualquier programa que no fuera la telenovela. «Eso es de sirvientas», sentenciaba. «Pura gente gritando y llorando» —la vieja prendía el noticiero y, mientras otra gente gritaba y lloraba, ella cabeceaba o se quedaba dormida—.

(14)

«¡Corroncho!», gritaba, cada vez que me pillaba comer con hambre. «¡Te he dicho que mastiques antes de tragar!» —la vieja no daba respiro y, como en la casa se hablaba cada vez más de deudas, su persecución se iba haciendo más agobiante y sostenida—. «Come despacio y no te atragantes». Al ver, sin embargo, que yo seguía comiendo rápido —una vez más: mostrando el hambre—, una noche se desesperó: «¡Que hagas caso! ¿No estás oyendo todos los problemas que tienen tus papás? ¿Tú crees que comiendo así vas a salir adelante?». Mi mediacara vulgar se apocó mucho y, simultáneamente, la mediacara distinguida salió a relucir. Automático, entonces, estiré la espalda y partí el bollo con mucho cuidado, disimulando el hambre que tenía. «Muy bien», dijo la vieja. «Comiendo así, con clase, es como uno empieza a relacionarse con la gente que vale la pena». Ante semejante felicitación, la mediacara distinguida sonrió, esplendorosa. Después le dije a Margui: «No quiero más butifarra».

(15)

El miedo a la condena hacía su efecto y, ante la posibilidad de *no salir adelante*, las dos mediacaras parecían unidas, estratégicamente sincronizadas: la vulgar, replegada; la otra, atenta y visible. Ante dicha situación, la vieja estaba satisfecha. Pero una mañana, temprano, Margui alborotó ese tenso o falso equilibrio. «¡Neneeeee!», empezó a llamarme. «¡Neneeeee! ¡Ven para acá ya mismo!» —corrí al lavadero mientras ella seguía gritando, furiosa y decidida—: «Pelao pendejo, ¡tú estás muy grande pa esto! ¡Mira! ¡Ven para acá! ¡Mira esto!». Margui tenía en la mano el calzoncillo que me había puesto el día anterior: era uno que me encantaba, de nubes y avioncitos, roto por todas partes. Apenas me vio, ella volteó la tela para mostrarme una mancha marrón: una mancha de mierda que se esparcía, poposísima, por todo el interior de la prenda. «¿Tú crees que yo voy a lavar esto?» —Margui señaló unos baldes de agua y añadió—: «¿Acaso no sabes que ya no hay agua ni en la motobomba? ¡Esto es lo único que queda!». La vieja apareció entre los dos, de repente, con cara de escándalo. «Pero ¿qué es esta gritería tan horrorosa?», dijo —ella estaba históricamente desconcertada—. «¿Por qué todos los vecinos tienen que enterarse de las corronchadas que pasan acá?». Margui le dijo: «¡Mire, doña Carlota! ¡Mire esta porquería!», y fue tal la cara de la vieja, tal su conmoción y aturdimiento que yo empecé a reírme —mi mediaboca vulgar se abrió y se siguió abriendo hasta que ya fue todo lo que hubo en mi cara—. «¡Yo no voy a lavar eso!», se plantó Margui. «¡Lo lava usté si quiere!». Y en lo que, entonces, ya fue, para mí, el colmo de una alucinación social, la vieja me miró y dijo: «¡Ay, mijito! Yo no te pido ni cuatro, ni cinco, ni mucho menos seis dedos de frente. ¡Te pido uno! ¡Un solo dedo! ¿Qué tal que a Amirita se le dé por invitarte a pasar un fin de semana al apartamento de ellos en Cartagena y que, de un día para el otro, encuentre tu calzoncillo tirado en el baño con toda esa cantidad de popó?».

Margui se unió a la risa y concluyó, mortal: «¡Uy, no, doña! ¡Y eso que la corroncha es una!».

(16)

La crisis del calzoncillo tuvo su natural continuación en la solicitud que, de inmediato, la vieja le hizo a Fabrizio: le pidió el favor —el gran favor, aclaró— de enseñarme a limpiar *lo de allá abajo*. «En la ducha, si eres tan amable» —le habló con las manos juntas, como pidiéndole a un santo un milagro, y en cuanto mi hermano aceptó el encargo, la vieja dijo—: «Dios mío, ¿qué tal que yo no estuviera con ustedes?» —ella estaba orgullosa de su presencia en la casa—. «Sus papás con tantos problemas... ¡Pobres! Es como si no vivieran aquí».

(17)

Yo llevaba mucho tiempo sin bañarme con mi hermano. Antes nos duchábamos a menudo y, bajo la pluma, eternamente enjabonándonos, aprovechábamos para jugar con muñequitos. «Les doy un solo balde», dijo Margui. «Háganlo rendir» —se fue a la cocina chistando, aún renegando de *mi porquería*—. Cuando nos desnudamos, Fabrizio dijo: «Mira, nene, ya me salieron pelitos» —volteé a mirarlo, confundido, sabiendo y sin saber de lo que hablaba—. Y así, cuando vi los pelitos sueltos y débiles que bajaban desde el ombligo, mi ojo distinguido se cerró enseguida —casto y puro—, pero el otro ojo se quedó mirándolo, quién sabe pensando qué: quizás atónito, simplemente, ante la importante transformación. «Lo que tienes que hacer», dijo Fabrizio —así me distrajo de sí—, «es limpiarte con el jabón bien adentro, por toda la raja». Mi hermano me pasó el jabón y se empezó a echar agua con la totuma. Yo, mientras tanto, hice tal cual lo que había entendido: cogí la barra entera —no la espuma, sino la barra— y me la pasé por adentro. «¿Y ahora qué hago?», le pregunté a mi hermano con el jabón lleno de mierda. Apenas lo vio, se rio impactado. «¡Así nooooo!», gritó, «¡no entendiste!», y escrupuloso, sin dejar de expresar su asco, lo tiró por la ventana. Como vivíamos en un segundo piso —realmente nuestra casa era un apartamento alzado sobre el techo de otra casa—, el golpe sonó fuerte: la barra cayó en el patio de abajo.

(18)

En la noche, después de comer, mi papá se quedó haciendo cuentas en la mesa. Con mi hermano, en cambio, nos fuimos a la cama matrimonial, riéndonos todavía del jabón en el patio. «¿De qué se ríen?», preguntó mi mamá, y antes de que pudiéramos responder, la vieja entró al cuarto. «No veo el jabón por ninguna parte», soltó, y por su tono inquisitivo, supe que ya tenía la respuesta de lo que estaba preguntando. «¿Qué lo hicieron?» —nos reímos mucho más—. «¿Ustedes creen que la situación está para que anden desperdiciando el jabón? ¡Ahí me llamaron de abajo! ¡Que lo encontraron en el patio lleno de popó!» —mi mamá abrió los ojos, y entonces las cejas, como sueltas y atolondradas, se le fueron para arriba—. «¿Cómo así? ¿De qué estás hablando?». La vieja le contó todo y, como nosotros no dejábamos de reírnos, ella comenzó a presagiar, una vez más, el peor futuro para mi hermano y para mí: que, si no cambiábamos, íbamos a dañar nuestra vida. A quedarnos *así, como estábamos*. A ser muertos de hambre. ¡Verdaderamente a morir de hambre! «Diles algo», la vieja le pidió a mi mamá. «¿No ves cómo están creciendo? ¡No se dejan educar!». Y así, arrinconada frente a nosotros, una mediamadre dijo: «Su abuela tiene razón». La vieja cerró la puerta y se fue rezongando.

(19)

Yo estaba mediorriendo y medioangustiado —me divertía imaginar a la vieja bañándose con agua solamente, por más que, sin embargo, me atormentaran sus vaticinios—. Y pasó que, cuando ya iba a contarle a mi mamá que había enmierdado el jabón sin querer, un grito entró por la ventana finalizando el siglo XX. «¿Quién fue el marica» —yo—, «el gran marica que se metió un jabón por el culo y lo tiró para acá?».

(20)

La otra mediamadre gritó de vuelta: «¿No habrás sido tú mismo, sonámbulo de mierda?». Mi hermano y yo nos echamos a reír, revolcándonos en la cama.

(21)

Al rato, para cortar nuestra risa escandalosa, o para ignorar el intercambio atronador —para llevar la noche a otra parte—, mi mamá nos contó ahí mismo que, en la madrugada, mientras dormíamos, había visto un programa de testimonios y casos de la vida real. «La que habló fue una mujer», dijo, «una viuda que vive sola en la casa que compartió con su marido». Según contó mi mamá, una noche, bajo la sábana, ya habiendo apagado la luz, la viuda escuchó el crujido de la puerta y, aunque estaba oscuro, negro en total, pudo ver a un hombre entrar al cuarto. «Y no, esperen: no era un hombre», aclaró mi mamá. «No era un hombre, sino su sombra. Hagan de cuenta que entró al cuarto una sombra sólida que pudiera abrazarlos». El cuento es que la sombra cruzó y cerró la puerta, rodeó la cama y se acostó al ladito de la viuda. Solamente hizo eso: se acostó. Y como no le tocó ni un dedo y se quedó ahí quieta, sin rozarla, la viuda, aunque aterrada, terminó durmiéndose. La sombra se fue del cuarto antes de que saliera el sol.

(22)

A la noche siguiente pasó lo mismo, y a la siguiente y la siguiente. Cada vez que la sombra se acostaba en la cama, la mujer se quedaba así, petrificada o dormida —quieta en la inminencia—, pensando que algo espantoso podría sucederle en cualquier momento. Pero siempre pasaba lo mismo: la sombra salía del cuarto antes de la primera luz.

(23)

Después de esas noches, según continuó mi mamá, la viuda le contó su historia a un sacerdote. «La sombra es fuerte», dijo, «pesa, es de cuerpo… Temo que quiera hacerme un daño horroroso». El cura le aconsejó que durmiera con la luz prendida para ver qué pasaba y, así, a la quinta noche, la mujer se acostó con luz en la alcoba.

—Pero adivinen qué pasó —preguntó mi mamá.

—¿Qué? ¿Qué?

—Primero hubo un silencio y la viuda pensó que la sombra no volvería.

—¿Y luego? —preguntamos los dos—. ¿Qué pasó?

—Esperen un momento, que necesito tomar agua.

SUSPENSO

(24)

Cada vez que, al contar una historia, mi mamá capturaba nuestra atención, ella hacía una pausa deliberada, sabiendo que nos tenía allí, al filo de la expectativa: le gustaba tomarse su tiempo; permitir que, por un momento, la historia quedara abierta, con mil finales posibles, y que, durante el silencio de la espera, quedáramos locamente en blanco, incapaces de imaginar la continuación del relato, impacientes por saber qué ocurriría luego o cómo terminaría todo. A veces pienso que, al dejar en pico las historias, ella buscaba una adicción —a sí misma, a través del suspenso—: no sólo despertaba nuestra curiosidad, sino que nos hacía ávidos de su voz y del conocimiento que tenía. Al crear la intriga, mi mamá formaba, de manera consciente, una dependencia: la historia —o, más bien, el final de la historia, lo que nos quedaba por saber— pasaba a ser un nuevo cordón umbilical, intenso y, a la vez, imperceptible. «¡Cuenta!», le pedíamos. «No nos dejes así». Mi mamá nos decía: «Ya voy», o hacía una seña con la mano para invocar nuestra paciencia. Entonces la esperábamos, pacientes y desesperados, necesitándola como nunca: apegados como nunca.

(25)

«¿Qué crees que pasa?», le pregunté a mi hermano esa noche, mientras ella tomaba agua, sorbo a sorbo y sin ninguna prisa. Mi hermano dijo: «Yo creo que la sombra vuelve a entrar, ahora como hombre, y que es alguien que la viuda conoce, quizás su esposo muerto». Mi mamá nos escuchaba atenta —risueña detrás del vaso—, sopesando, de pronto, qué desenlace era más interesante: si el que ella conocía o el que nosotros imaginábamos. «Yo en cambio creo», dije, «que la sombra no vuelve a aparecer. Yo creo que la luz la espanta para siempre».

Seguimos haciendo conjeturas hasta que mi mamá dijo: «Bueno» —tomó un último sorbo de agua, impaciente ella misma de contarnos lo que pasaba—. «Ya estoy lista». Y entonces nos reveló en susurros —estábamos los tres en la cama, muy cerca— que la viuda había dejado la luz prendida, así como se lo había sugerido el cura. Pero al ratico tocaron la puerta. «Apaga la luz» —se escuchó al otro lado—. «¡Apaga la luz!». La sombra estuvo toda la noche tocando la puerta y pidiéndole a la viuda que apagara la luz.

«Ese es el final de la historia», cerró mi mamá, «o yo me quedé dormida».

(26)

Cuando, luego de tanta postergación, por fin nos contaba el desenlace, algo parecido a una tristeza comenzaba a teñirnos: la exaltación mermaba —quiero decir: la parálisis excitada ante la historia— y entonces había que reubicarse en la vida anterior al relato: mejor dicho, en la vida propia, ahora revuelta con la historia recién contada. «Bueno», dijo mi mamá. «Ya está bueno por hoy: a dormir». Pero al ver nuestra cara estupefacta, arrugada por el pánico, ella se echó a reír. «¡Son puras mentiras!», dijo. «No crean esos cuentos». Nos fuimos al cuarto.

Había una mesa de noche entre las camas sencillas y, cuando alguno de los dos tenía miedo, sólo bastaba con moverla. Entonces juntábamos las camas, ambas con rueditas, para poder estar más cerca. Esa noche hicimos lo propio y también dejamos la luz prendida. No fue necesario nombrar el miedo a la sombra, simplemente estiramos el brazo para poder rozar la mano del otro. Al rato nos quedamos profundos, pero una voz nos despertó. «Apaguen la luz» —un silencio—. ¿Podía ser posible? «¡Apaguen la luz!». Mi hermano pegó un brinco y me abrazó. La sombra estaba afuera. «¡Que apaguen la luz!». La puerta empezó a abrirse lenta, muy lenta y, en cuanto supimos que, ya entrando a nuestro cuarto, la sombra se mostraría inmunda —lo más, más terrible—, la vieja se asomó para decir: «¡Apaguen la luz, carajo! ¿Acaso no han entendido que el recibo llegó muy caro?» —ella misma bajó el suiche—. A oscuras, asustadísimos, tratamos de dormir, sin saber que el susto que nos había pegado se mantendría y doblaría en la casa, y crecería más, precipitadamente, desde esa noche.

(27)

Aún a oscuras, más tarde, mi hermano me despertó: que tenía que ir al baño, urgente, pero que no se atrevía a ir solo. Que si lo acompañaba, por favor. Que no fuera malo. Que la sombra. Que el miedo, que se estaba reventando. Que le dijera que sí y que me debía una, pero le dije que no y me hice el dormido. Ahí mismo lo sentí pararse y tropezarse con cosas —con un zapato, con el borde mismo de la cama— y, cuando abrí los ojos para ver qué hacía, lo vi andar a tientas, de espaldas a la puerta. «¿Para dónde vas?», le pregunté. «¡Perdido! Es pal otro lado». Mi hermano prendió la luz y se paró en la silla, y con las piernas juntas, nerviosamente apretadas, quitó la bombona que cubría el foco. «¿Qué haces?», insistí. Fabrizio orinó adentro y, al terminar, aliviado, volvió a enroscar la bombona. Luego apagó la luz y la risa nos distrajo del miedo a la sombra.

(28)

En la mañana, Margui entró al cuarto quejándose. «¡Duermen más que manteca gordana!», gritó —uno de sus dichos constantes— y, al terminar de abrir las cortinas, actuó, impactada, una muesca de asco. «¿Quién fue?», empezó a gritar. «¡Hablen ya! ¿Quién se meó en la cama? ¡Hablen a ver!». Como, en vez de responder, no parábamos de reírnos, Margui se acercó a quitarnos las sábanas. «¡Están jodidos!», siguió. «¡Uno más viejo que el otro! ¿Quién fue?». Pero incrédula, viendo que no había ningún mojado en la tela —tampoco una marca olorosa—, Margui preguntó: «¿Y entonces? ¿De dónde sale ese olor?». Sin dejar de reírme, yo miré hacia arriba y después a mi hermano, y estallé en carcajadas cuando Margui, boquiabierta, se quedó mirando la bombona llena. «¡Ahora sí voy a darles con la escoba!», gritó bien fuerte. «Yo no fui», dije. «¡Yo no fui!». Y ahora riéndose solo, mi hermano me llamó *sapo* y comenzó a perseguirme por el cuarto. «¡Sapo, sapo!». La vieja, por supuesto, entró alarmada. «¡Cállense la boca!» —le vi en la cara una preocupación distinta—. «¡Su papá no durmió en toda la noche! Trabajó hasta ahorita: tengan consideración. ¿No ven que acaba de poner la cabeza en la almohada?». Recibí la información como un baldado de agua fría; más precisamente, como algo que daba una gravedad decisiva a las conversaciones sobre plata que había en la casa. Entonces Margui se subió a la silla para quitar la bombona. «Pero ¿qué es eso tan horrible?», preguntó la vieja. «¿Por qué está llena de agua?». Margui dijo: «¡Es puro meao!» —la mediacara vulgar se empezó a reír y mi hermano me siguió—. «¿Cómo?», preguntó la vieja. «¡Ay, no, Dios mío! ¡Me va a dar algo!». Al ver que no nos callábamos —yo repetía: «¡No fui yo!», y mi hermano volvía a gritarme *sapo*—, Margui se bajó de la silla, furiosa, y nos habló de cerca. «¿Acaso no escucharon lo que dijo su abuela? ¡Que su papá no durmió!» —enseguida tomó aire y soltó—: «¡Sigan, sigan así! ¡Ya van a ver! ¡Hoy ríen, mañana lloran!».

(29)

La profecía nos dejó tiesos y alterados por igual —en suspenso, más bien: en suspenso—. Como partidos en dos por la inminencia: con mediocuerpo en el presente, riendo, y con mediocuerpo en el horizonte difícil.

AUTORRETRATO

(30)

En silencio, caminando en puntillas, salimos del cuarto a bañarnos. Mientras Margui nos miraba de reojo, mi hermano y yo decidimos hablar sin voz, articulando pausadamente cada palabra, dejando un tiempo entre sílaba y sílaba, e improvisando señas durante. Fabrizio apuntó a la habitación de mis papás y susurró: «No-ha-gas-bu-lla» —se llevó el índice a la boca—. «¡Shhhh!». Entonces yo me toqué la barriga y, con cara de hambre o de dolor, dije despacito: «Quie-ro-de-sa-yu-nar». Mi hermano llamó a Margui —en el pasillo, le puyó el hombro con el dedo— y, ahora señalándome a mí, dijo con las manos en la barriga: «Que-quie-re-ca-gar». Me reí, y se rio, y para tratar de no hacer ruido, cada uno le tapó al otro la boca: nos reímos más y explotó la carcajada —en la infancia, mi hermano y yo siempre buscábamos reiterar nuestra infancia—.

(31)

Margui nos miró enervada —hizo el gesto de pegarnos coscorrones— y, en un susurro terrible, repitió lo que ya nos había dicho antes: «¡Hoy ríen, mañana lloran!». Pero pasó que, cuando fue a darse la vuelta, ella tumbó un jarrón sin querer. «¡Que no hagas ruido!», le dijo Fabrizio. «¡Shhhh!». Los tres nos quedamos fríos, sin embargo —callados inesperadamente—, cuando mi papá salió del cuarto, alerta y activo —intenso—, gritando aceleradísimo: «¡No hay tiempo para dormir! No se puede perder el tiempo. Quince minutos de sueño es suficiente. Nadie tiene que dormir más que eso. ¡A trabajar!».

Mi mamá salió detrás de él y, cuando mi papá se alejó lo suficiente, bien adentro del pasillo, ella nos dijo como en secreto: «¡Me hacen el favor y le siguen la cuerda!» —corrió ahí mismo para alcanzarlo y nosotros corrimos detrás de ella—. En la cocina, mi papá esperaba a que el agua en la cafetera hirviera. «Don Pepe», le dijo Margui, «mejor use esta olla: esa cafetera está muy oxidada». Mi papá dijo: «No le pare bola a eso», y se acercó más a la estufa: el agua seguía sin burbujear. «¡Qué demora! Voy a comprar ya mismo una cafetera y una estufa. Nada de esto sirve» —mi mamá lo miró preocupada—. «Yo voy contigo», le dijo, y siguió a mi papá mientras caminaba a la puerta, descalzo y en camisilla. Los demás los seguimos. «También voy a comprar un microondas», le dijo a alguno —realmente hablaba para sí—, a lo que, obviando la instrucción que teníamos, yo le pregunté: «¿Y con qué plata, si se puede saber?» —mi mamá me pellizcó el brazo y, sin dejar de enterrarme las uñas, me abrió los ojos como nunca—. «Tú no te preocupes», dijo mi papá, «que yo tengo plata». Regresó a la cocina y siguió esperando a que el agua calentara —me pareció que había olvidado por completo las compras que quería hacer—. «¡Hay que trabajar!», volvió a decir, alzando el dedo como un profesor regañón. «Producir, ¡producir! Quince minutos de sueño es suficiente. Nadie tiene que dormir más que eso».

(32)

Cuando el agua hirvió, y el café, por fin, empezó a salirse por la tapa, mi papá se lo sirvió todo en una taza honda: se lo bogó así, hirviendo todavía, y volvió a hacerse más café. «¿Qué miran?», nos preguntó. «¡A producir!» —y como nadie se movió, mi papá gritó de nuevo—: «¡A producir!». Margui le dijo: «Si usted quiere que produzca» —dejó las manos a la cadera—, «¡se va de mi cocina ya mismo!». Mi mamá le abrió los ojos, como ya los había abierto conmigo, y mi papá se echó a reír. «¡Campeona!», le dijo. «¡Campeona! Siempre con la respuesta en la punta de la lengua». Y cuando el café estuvo listo por segunda vez, él volvió a echarlo todo en la taza, que volvió a bogarse enseguida. «¡Ahora sí!», dijo, dándose un aplauso. «¡A trabajar!». Pero, en vez de caminar a la puerta, mi papá corrió en sentido contrario. Mientras lo perseguíamos, alcancé a ver a la vieja rezando: estaba con el rosario en la mecedora.

(33)

El televisor había quedado prendido. «Lo voy a comprar», dijo mi papá, señalando el Mercedes que andaba a toda velocidad por una carretera otoñal, muy lejos de Barranquilla. «Me gusta ese color: morado brillante. Voy a comprar uno así, igualito a ése, y otro blanco o negro». También pasaron el anuncio de una poltrona reclinable —en la pantalla, un hombre se sentaba plácido sobre el cuero, luego de lo que parecía una jornada agotadora—. «Y voy a comprar una», agregó, sentado en la silla de plástico. «Varias, más bien: una poltrona para cada cuarto». Finalmente apareció en la pantalla un banquete. Mientras hacían primeros planos de los panes y jamones, de las mermeladas y los quesos, mi papá dijo: «Mañana comemos todo lo que hay allí». Entonces empezó a cabecear y al ratico se quedó dormido.

(34)

«Vámonos», susurró mi mamá. «Él tiene que descansar». Pero, antes de que diéramos tres pasos hacia la puerta, mi papá se levantó gritando: «¡Dormir es para los fracasados!», y arrancó a la cocina a hacerse café. Con la taza en la mano me preguntó: «¿Tú estás produciendo?» —le dije que, como era sábado, más tarde haría las tareas—. «No, señor», dijo. «Ya mismo. ¡A producir!». Busqué el morral y saqué el control con las tareas: para Historia y Geografía, tenía que hacer un mapa de los ríos principales de Colombia, y para la clase de Arte, un autorretrato. «Quiero ver cómo haces el mapa», dijo mi papá, vigilante o curioso, dándole al suelo golpecitos con el pie. Saqué el bloc de papel mantequilla, mi lápiz y los plumeros de tinta mojada, y cuando me vio abrir la página de un libro con el mapa nacional (quizás la Enciclopedia Salvat), puso la mano sobre la mía. «No», me dijo. «No lo vas a calcar. ¿Cómo se te ocurre?». Le dije que se podía calcar —que la instrucción, de hecho, era calcar el mapa y luego dibujar el recorrido del agua con tinta azul—, pero mi papá se plantó en la negativa: «Tú tienes que ser un líder, un triunfador. No puedes calcar el mapa. Tienes que hacerlo a mano alzada: eso es lo que hacen los triunfadores» —me miró fuerte, como hechizándome: tratando de convencerme de su expectativa loca—. Entonces cogí el lápiz y me dijo: «No. De una vez con el plumero», y apenas, con la tinta mojada, empecé a hacer el mapa mirando el que ya estaba completo, me dijo: «No, señor, sin mirar: eso es de mediocres». No había terminado la curva que, a mi parecer, trazaba el camino del Atlántico a La Guajira —toda la costa del departamento del Magdalena—, cuando mi papá gritó una vez más: «¡No!», y me quitó la hoja. «¡No!» —y la arrugó hasta volverla una bolita: enseguida la tiró a la basura—. «¡Yo no veo a Colombia por ninguna parte ahí! Empieza otra vez: como un líder, como un triunfador. Eso que estabas haciendo no es el trabajo de un triunfador».

(35)

En una hoja nueva, comencé a dibujar la enclenque línea de Barranquilla a Cartagena, ahora hacia el sur del papel transparente, y justo cuando dudé sobre cómo seguir con el mapa —qué tan al sur debía ir para hacer la costa de Bolívar y entrar a la de Sucre—, mi papá me quitó el plumero de la mano diciendo: «¡No! ¡Tú puedes hacerlo mejor!» —yo mismo arranqué la hoja: mi mamá nos miraba—. Entonces, sin titubear, hice más rápido la línea, ahora desde lo que, en mi cabeza, era el camino curvoso de La Guajira al Cesar. Miré a mi papá para saber si debía o no seguir, pero ya no me estaba mirando: ahora miraba a la cafetera, que, una vez más, había comenzado a hervir. Y así, mientras él se servía otro tinto, aproveché para espiar el mapa completo: no sabía cómo torcer la línea para seguir trazando la frontera con Venezuela. Vi las curvas de reojo, el sube y baja de la grieta, y traté de hacer ese recorrido en mi papel. No pude: mi papá me pilló *haciendo trampa*. «¡Rompe la hoja!», gritó —acababa de bogarse el café—. «¡Rómpela ahora y vuelve a empezar!». Iba a gritarle algo, o a pararme sin más —salir corriendo—, pero alcancé a recordar lo que había pedido mi mamá, así que partí la hoja con mucha rabia, en pedacitos, y tracé una línea otra vez —un rayón cualquiera sin ninguna dirección—. Mi papá dijo: «¡No, así no!», ante la cara absorta de los demás, y justo cuando iba a responderle, o a enfrentarlo, o a preguntarle si se había vuelto loco, mi mamá dijo: «Nene, ¿y por qué más bien no haces la tarea de Arte?» —su tono me pareció angustiante: un ruego desesperado—. Saqué un cuaderno de mi morral y le dije: «Dale». Y mientras hacía una bolita con el nuevo papel rayado, mi papá dijo: «Muy bien. Quiero ver el autorretrato de un triunfador».

(36)

Cogí una taza como la que él tenía en la mano —ya se estaba preparando otro café— y la usé como modelo para hacer mi cabeza. En el centro de la hoja, dejé la taza de malagana con el borde superior pegado a la superficie: comencé a bordearla con el lápiz para hacer un círculo y, justo antes de cerrarlo, tracé dos líneas hacia abajo para que se formara el cuello. Tengo el recuerdo de que, ante la mirada fija de mi papá, moví la taza sin querer, nervioso —la mano temblando—, por lo que, al seguir bordeando la taza (quería que fuera un círculo grueso, de línea ancha), se formó por error, casi imperceptiblemente, otro círculo pegado al primero. «Ya te equivocaste», dijo mi papá, que ahora se bogaba el siguiente tinto. Pero yo decidí ignorarlo y continuar. Con el hechizo de la vieja en mente —una instrucción para mí mismo—, saqué la regla para romperme en dos, desde la frente hasta la barbilla, y repasé varias veces la línea, de arriba abajo y para arriba otra vez, procurando que se viera oscura y definitiva. «¿Y eso qué es?», me preguntó mi papá —aún daba golpecitos a la baldosa con el pie—. «¿Tú acaso tienes una línea en la cara?». Me lo quedé mirando y recordé lo que, alguna vez, la vieja me había dicho: que mis ojos eran exactos a los de mi papá, sólo que menos claros. «Una lástima», suspiró. «Ninguno sacó ese azul tan bonito» —la tristeza más grande salió de su boca—. Decidí dibujar los ojos del retrato observando los que estaban sobre mí, eternamente abiertos, y cuando mi papá caminó hacia la estufa —quería más tinto—, dudé en cómo hacer mi nariz. «Un lado es más respingado que el otro», me había dicho la vieja. Como no supe dibujar eso, quise dejarlo para después. Entonces hice una sonrisa para la boca, pero, al pensar que sólo una mediacara se reía, la vulgar, borré la curva alegre de la otra. En ese momento volvió mi papá. «Te dije que empezaras de cero» —dio un sorbo largo de tinto—. «Tú no tienes una línea en la mitad de la cara». Le pedí que me dejara seguir, pero dijo que no y que no y que no. «¡Te hiciste ojos de loco!», gritó, por lo que intenté borrar la pupila de uno, del otro, al tiempo que él exigía que empezara otra vez. «Dame un momento», le pedí. «Ya los retoco». Cuando estaba a punto de hacerlo, mi papá dijo: «No» —y, al quitarme el cuaderno a la fuerza, hizo que rayara el retrato—. «Tú no tienes una línea en la mitad de la cara». Me sentí emborronado: como si, al desaparecerse la línea divisoria, también desapareciera mi cara.

(37)

Ya iba a arrancar la hoja cuando mi papá, como atendiendo a un llamado urgente o superior, volvió a decir: «¡A trabajar!». Margui le dijo: «Pues yo llevo toda la mañana con esa intención, pero usted sigue ocupando mi estufa» —mi mamá la miró de nuevo, ahora torciendo los ojos, y enseguida se dirigió a mi papá—: «¿Quieres ir a la ferretería? Yo te acompaño». Mientras buscaba las llaves del carro, dijo que tenía que hacer una vuelta. Él, sin embargo, seguía en calzoncillos, chancletas y camisilla. «Pero ¿cómo vas a salir en paños menores?», le preguntó mi mamá. «Báñate y ponte algo». Mi papá la miró mal, con una rabia que, aunque trató de contener, se fue desencajando sola. Al final decidió bañarse.

En cuanto lo perdimos de vista, mi mamá gritó: «¡Que no salga de la casa! ¡Ayúdenme a que no salga!» —se estaba rascando la cabeza y, sin quererlo, despelucándose ella misma—. «Y ¡carajo!» —miró a Margui—. «¡No lo contradigan de frente, que se pone peor!». Mi papá la escuchó: se había devuelto a la cocina, de pronto por más tinto. «¡Tú me estás tratando como a un loco!», le gritó. «¡Como a un loco me estás tratando!». Más preocupada que antes —que todos—, mi mamá trató de calmarlo: «¡Cómo se te ocurre, mijo! ¿Por qué dices eso?». Mi papá gritó más alto: «¡Y sigues! ¡Que no me hables como si fuera loco!». Entonces corrió al lavadero para escoger, de entre la ropa sucia, una camisa y un pantalón. «Tengo que hacer una vuelta importantísima», anunció. «Comprar unas cosas que quiero». Mi mamá abrió los ojos. «Yo te acompaño, mijo. ¿Cómo vas a manejar *así*?» —estaba desesperada—. «¿Así cómo?», la increpó él. «Ya me cambié. ¿No ves que ya me cambié?». Margui le dijo: «Don Pepe, haga caso: mejor no coja carro, que usted está acelerado. Eso es muy peligroso». Mi papá dijo: «Yo estoy bien, ¡perfecto! Como un triunfador», y cogió las llaves del carro. «Voy contigo», le dijo mi mamá. Pero él se negó. Y se negó. Y se negó. «¡Que no me trates como a un loco!», gritó mil veces. Fabrizio dijo: «Yo te acompaño entonces», y los dos —padre e hijo: niño y loco— se fueron en el carro.

(38)

«¿Qué es lo que tiene?», preguntó Margui. Mi mamá dijo: «No han dicho bien, pero ya lleva once días sin dormir. Hay que darle unas pastillas». Escuchándolas, me quedé mirando el autorretrato —inconcluso, a mi parecer; equivocado, según mi papá— y puedo recordar que, mientras ellas hablaban de lo importante que era el sueño —que mi papá durmiera, ojalá, ocho horas seguidas todos los días—, yo me quedé mirando la línea oscura, repasada y vuelta a repasar, con la que yo mismo me había partido en dos. Y entonces, justo cuando pensé en las palabras que me había dicho él, *tú no tienes una línea en la mitad de la cara*, la vieja llegó con el rosario en la mano y preguntó a mi mamá: «¿Ya sabes lo que hicieron tus hijos?» —ambas se miraron fastidiadas y, ante el silencio en la cocina, la vieja taladró—: «¡Cómo te parece que, en vez de orinar en el baño, como la gente decente, orinaron en la bombona de la luz!». Mi mamá alzó las cejas y dio un suspiro largo. «Tienes que educarlos», machacó la vieja, y como era claro que iba a continuar con su perorata, mi mamá la paró. «¡Ay, mami, por favor! ¿No estás viendo todo lo que está pasando en esta casa? ¿Tú crees que yo tengo ahora cabeza para eso? ¡El mismo cuento siempre!». La vieja se quedó en silencio, como dándole la razón a mi mamá, y luego se acercó adonde yo estaba. «¿Qué es eso?», me preguntó, pero cerré de inmediato el cuaderno y lo guardé en el morral. No quise que viera el dibujo de su hechizo.

(39)

Veinte años más tarde, encontré el autorretrato en una caja con comején —tenía adentro algunos dibujos que había hecho mientras crecía, cuando cultivaba la intención de dibujar—. Al mirar de nuevo la línea recta que me tajaba, me pareció impactante reconocer el estrago que habían hecho las palabras terribles de la vieja. Éste es el dibujo que comencé a esbozar ese día bajo la mirada obsesiva de mi papá —con esa mirada fragmentadora de la vieja adentro de mí, mirando por mí—:

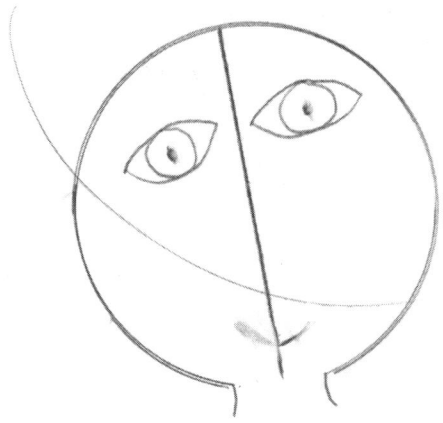

Primero me fijé en el rayón indeseado; luego en la línea recta. Como tantas otras veces, me pregunté por la razón de la frontera social en mi cara, más allá del día en que la vieja me partió ante el espejo.

LA *HIGH LIFE*

(40)

«Cuéntame algo de tu infancia», solía pedirle. «No sé nada de ti». La vieja me miraba de reojo para luego decirme: «Después. Voy a rezar el rosario», y cuando terminaba de rezarlo, ella volvía a decirme: «Después. Voy a leer las noticias», y cuando cerraba *El Heraldo* con los dedos manchados de tinta, ella decía una vez más: «Después te cuento algo. Voy a ver cómo va Margarita con la comida». Por su evasión permanente y visible incomodidad, yo intuía que había algo en su vida que quería ocultar. «Pero ¿qué?», le preguntaba a Fabrizio. «¿Qué puede ser?». Mi hermano me dijo un día: «Vamos a picarle la lengua», y mientras ella preparaba unos repollos rellenos de arroz, carne y salchicha, su plato estrella, él preguntó a rajatabla: «Abuela, ¿tú eras muy pobre de niña?». La vieja soltó las hojas verdecitas y lo miró —nos miró—, y miró a Margui, furiosamente estupefacta, y poniéndose de pie, recta, con la espalda como en una vara, gritó bien alto: «¿TÚ DE DÓNDE SACASTE ESO?».

(41)

Entonces dijo: «Mi familia era de la *high life* de Sabanagrande, para que sepas».

(42)

Desde la estufa, sudando, Margui soltó: «¡Ay, no, doña Carlota! ¡No nos venga con cuentos! Yo no sé cómo andará ese pueblo ahora, pero cuando yo fui había tierra, más tierra y polvo. Mejor dicho: ¡más calles pavimentadas tenía el pueblito mío, por allá en el Cesar!».

(43)

Mi mamá llegó en ese momento. «¿Y esa cara?», le preguntó a la vieja, que saltó a gritar: «¿Tú les dijiste acaso que yo era pobre?» —se sentó en la mesa a rellenar las hojitas de repollo—. «Cuéntales ya mismo cómo era de grande mi casa. ¡A ver, quiero escucharte!». Mi mamá la miró abrumada —a medio camino entre el cansancio y la furia— y, con los ojos en blanco, como volteados hacia adentro para no ver más a su madre, siguió el mandato a regañadientes. «Allá en Sabanagrande», nos dijo, «su abuela vivía en una casa con sus papás y hermanos: era una familia con poquito ganado. La casa era grande, de esas del año de la upa en las que todo era grande: una casa con cinco cuartos y un patio con muchos árboles. No era una casa de relujo, una casa que tuviera lujos-lujos, pero sí era una casa completa. Tenía su juego de comedor bien bonito, había dos salas con sus muebles. Ellos no eran pobres-pobres. Nunca fueron pobres».

(44)

Como era de esperarse, la vieja renegó de todo lo que había escuchado. «No estás contando lo más importante», dijo, «y es que, a los diez años, mi tía Ernestina me trajo a Barranquilla a estudiar en el Colegio María Auxiliadora, que era donde, en esa época, estudiaba la *high*». Mi mamá dejó escapar un suspiro y, después de un largo silencio, nos terminó diciendo: «Como se vino a Barranquilla tan temprano, siendo una niña todavía, su abuela tuvo siempre más costumbres de ciudad que de pueblo».

(45)

La vieja la miró abrumada —a medio camino entre el cansancio y la furia— y, con los ojos en blanco, como volteados hacia adentro para no ver a la hija, siguió hablando: «Tampoco les habrás dicho nada de mis muñecas, supongo. Para que sepan, niñitos: mis muñecas eran todas de porcelana. Los vestiditos eran de tela. El cuerpo, de puro trapo. Pero las manos, los pies y cabezas eran todas de porcelana». Entonces mi mamá dijo: «Mi abuelita Odalys tenía unas joyas divinas: una pulsera, un anillo y un reloj con piedritas de esmeralda… Lástima que las tuvo que vender» —Margui soltó una risotada y mi mamá concluyó así—: «Cuentan que mi papá se enamoró de mi mamá cuando ella tenía diecisiete y él estudiaba Medicina. Mi papá dijo siempre que iba a casarse con mi mamá, y así fue: apenas terminó la carrera, comenzó a atender sus pacientes y se casó con ella. Después compró la casa en el barrio Porvenir: allí nací y estuve yo hasta casarme, y mi mamá, hasta que mi papá se murió. Éramos de estrato alto. No alto-alto, sino alto normal. O sea, normalito. Yo estudié en un colegio bilingüe, el Saint Mary, que fue el primero que abrieron en Barranquilla. Mi papá dijo siempre: "El inglés es el idioma del futuro". Él hablaba perfecto inglés».

(46)

Satisfecha, por fin, con el relato ofrecido, la vieja se paró de la mesa. «Terminen de hacer ustedes los repollitos» —se retiró, y en cuanto estuvo lo suficientemente lejos, mi mamá dijo—: «Su abuela fue la consentida de la familia entera porque fue la primogénita: la primera nieta, la primera sobrina, la primera todo. En ese entonces, el hermano mayor o el primogénito de la familia, ya fuera hombre o fuera mujer, era respetado como si fuera el padre o la madre de la casa. Todo lo que decía mi mamá era amén. Hay que tenerle paciencia».

USOS DEL PERDÓN

(47)

Unos días después, la vieja me pidió que la acompañara a visitar a Amirita: su amiga vivía en el piso más alto de un edificio recientemente construido en Barranquilla. Según dijo, la máxima novedad arquitectónica era que, al salir del ascensor, uno entraba directamente a la casa. «Al *penthouse*», aclaró la vieja mientras subíamos.

Al abrirse la puerta, me pareció entrar al palacio de un reino desconocido: con candelabros de plata por doquier, y unos muebles de otra época (que no supe si daban cuenta de un pasado lejano o de un tiempo nuevo que aún no había llegado al resto de la ciudad), y muchos cuadros que parecían antiguos, todos con marcos de madera (el más colorido era un retrato de la propia Amirita como reina, con cetro y corona de oro, bajando por unas escaleras interminables), y unos ventanales tan grandes que dejaban ver el río Magdalena, divino y perezoso, desembocando en el mar. «¡Qué buen gusto tienes!», soltó la vieja, rendida de admiración. «¡Y con vista a Bocas de Ceniza!».

Justo cuando estábamos por sentarnos, Carlitos bajó de unas escaleras en caracol, interminables como las del cuadro, y dijo: «Abuela, ¡yo no quiero ir a Sabanagrande! ¡Allá no hay nada!». Amirita le dijo: «Tienes que ir, niño: para que vean lo gordo y bello que estás». Carlitos siguió gritando: «¡No quiero!», mientras se iba esfumando escaleras arriba. «¡Son tu familia! Visítalos tú». Amirita dijo: «Ay, pero ¿cómo vas a decir eso? Son tu familia también». El niño gritó: «¿Esos corronchos? ¡Familia tuya serán!».

(48)

La vieja y su amiga se hicieron las locas —ninguna escuchó nada, mejor dicho: solamente yo—. «Estos niños de hoy en día», dijo Amirita. «Si no están pegados al Nintendo, ¡no están contentos!». Luego me miró y dijo: «¡Esos ojos tan lindos que tienes! Se te ven brillantes con la luz». Y entonces, justo cuando pensé que la vieja iba a decir lo de siempre, llorosa —que eran lindos, sí, aunque no azules como los del padre, lástima—, terminó diciendo, orgullosísima: «Tú sabes, Amirita: puro italiano. Sacó los ojos del papá. Tienen la misma cara».

(49)

Amirita me preguntó: «¿No quieres ir a jugar con Carlitos?», pero el niño gritó desde arriba: «¡Estoy jugando solo y no me gusta prestar mi Nintendo!» —nadie, esta vez, escuchó nada: tampoco yo—. «No te preocupes», dije. «Estoy bien acá». La empleada llegó con uniforme y delantal, y una bandeja con tres copas de helado de vainilla. «¿De dónde es que es tu papá exactamente?», me preguntó Amirita, pero la vieja se adelantó a responder por mí. «De Roma», dijo, y me dio un pellizco. «Romano de Roma».

Cuando nos despedimos, ya afuera del *penthouse*, yo le dije a la vieja, inocente: «Mi papá no es de Roma», pensando que, por la edad que tenía, ya se le había enredado la historia. Ella dijo: «Nadie tiene que saber eso, mucho menos Amirita».

(50)

Las dos amigas se habían conocido en Sabanagrande: allá crecieron y de allá se fueron cuando tenían, más o menos, diez años. La vieja admiró siempre que a esa mujer que conocía tan bien —una mujer como ella, proveniente del mismo pueblo— le hubiera cambiado la vida tan radicalmente. «Se ganó la lotería», solía decirle a mi mamá. «¡El premio mayor!». Por mucho tiempo pensé que Amirita había tenido la suerte —la inmensa suerte— de haberse ganado efectivamente la lotería. Entendí que se había casado con un millonario el día que la fuimos a visitar, cuando, saliendo del ascensor, le pregunté a la vieja: «¿Y cuánta plata se ganó en el baloto?». Ella se rio y me sobó la cara, tierna por primera vez. «Lo que es la inocencia», dijo, condescendiente ahora. «Amirita se casó con un hombre que tiene toda la plata del mundo».

(51)

Mientras miraba el retrato con comején, recordé ese episodio del *penthouse*. Me pareció que, ante el lujo que la rodeaba, la vieja había sentido por Amirita más admiración que nunca: la imaginé acomplejada ante los cuadros y candelabros, sintiéndose pobre ante la vista inverosímil —pobre, en vez de inspirada por el río y por el mar: eso, al menos, me pasó a mí—. Pensé que la pataleta del niño le había dado un alivio a la vieja: el recuerdo de que Amirita tenía el mismísimo origen. Y creo entonces que, cuando Carlitos negó a su familia y le gritó corroncha, ¡esos corronchos!, la vieja se sintió mejor: un poco más arriba en su escala comparativa. Así, en cuanto Amirita preguntó por el origen de mi papá, la vieja se timbró ante el chance de bajar otra vez, irremediablemente, con la respuesta sincera: que mi papá había llegado a Colombia *con una mano adelante y otra atrás*, como siempre decía mi mamá, proveniente de un pueblo del sur de Italia, más chiquito que Sabanagrande, y que sus ojos azules eran eso, unos ojos azules sin más: unos ojos azules de inmigrante pobre.

(52)

El día que encontré el retrato, recordé otro episodio con ella, unos meses después de la fiesta de Carlitos. Estábamos caminando por la 84, saliendo de la iglesia Torcoroma, cuando una niña y su padre me saludaron. A ella la reconocí de inmediato; a él, un poco después. «¡Qué gusto volver a verlo!», me saludó el hombre, y a la vieja le dijo: «Un gusto, doña, soy Ramiro». La niña y yo nos sonreímos: había una timidez entre los dos. «¡Si viera cómo jugaron el otro día!», siguió él. «Se quitaron los zapatos y empezaron a deslizarse… ¡por todo el Country Club!». La vieja ató cabos y dio un paso atrás. «¡Y hubiera visto cómo comió!», siguió Ramiro. «¡Es buena muela ese pelao!». Ante el silencio de la vieja, el mesero le presentó a la niña. «Esta es Luisa, mi hija: se hicieron amigos en la fiesta» —la vieja se quedó tiesa y dejó a la niña con la mano estirada—. «Muy linda», dijo, y luego a mí: «Se hace tarde, vámonos». Entonces se despidió de ellos, cortante y mirando a Luisa. «Lo estoy llevando a jugar donde Carlitos», dijo. «Son como hermanos: crecieron juntos».

(53)

«¿Por qué dijiste eso?», le pregunté, llegando a la esquina siguiente —la vieja se quedó callada—. Un poco más adelante, sin embargo, en una cuadra sin gente afuera, comenzó a llorar. «¡Dime mentirosa, dale!» —aceleró el paso—. «Pero mejor llama a tus amigos y dime mentirosa delante de ellos» —me sorprendió verla *haciendo un espectáculo*, como ella misma habría dicho: *un show de cuatro pesos* en la mitad de la calle—. «¡Llámalos, dale!», siguió gritando. «¡Busca a esa niña y la invitamos a la casa! ¡Y de paso le pido perdón! ¡Corre, tráela y le pido perdón!». Ante mi cara estupefacta —las dos mediasbocas abiertas—, la vieja gritó más alto: «¿Qué estás esperando? ¡Tráela ya mismo y·le pido perdón! ¡Llámala, corre, y le pido que me perdone por no haberla saludado! ¡Por no haber hecho una venia!» —me pareció una loca—. «Si lo que quieres es que me arrodille y le pida perdón, tráela y lo hago. ¡TRÁELA YA MISMO PARA PEDIRLE PERDÓN DE RODILLAS!» —la vieja siguió llorando hasta mucho después de que llegamos a la casa—.

(54)

Margui me preguntó: «¿Qué le pasó? ¡Qué le hiciste!». Le dije que nada y no me creyó —me observó incrédula, con los ojos entrecerrados—. «¿Se le ofrece algo, doña Carlota?». La vieja pidió una manzanilla. «Necesito calmarme», dijo, pero, en lugar de eso, se alteró mucho más: «¡Ese niño no deja que lo corrija!» —casi siempre, cuando iba a decir algo que me incumbía, terminaba metiendo a mi hermano y hablando en plural—: «¡Son unos atarbanes! Quieren quedarse así, como están: ¡no quieren superarse!». Margui llegó con la manzanilla. «Ya, cálmese, doña», le dijo. «Le puede dar algo». La vieja dio un sorbo, y otro, y cuando parecía que ya, ahora sí, por fin se había calmado, volvió a decirme *atarbán*, esta vez con la voz suave. «Eso es lo que eres: un atarbán completo». Me sorprendió escuchar el insulto con ese tono meditativo, como si hubiera llegado a un veredicto luego de mucho pensarlo. «¿Sabes quién es un atarbán?», le dije. «¡Carlitos!». Y, una vez más, *perdió la compostura* —otra expresión que usaba mucho—. «¡Ese niño es precioso, para que sepas!» —la vieja lloró y gritó como en la calle—. «¡Y me adora!» —se fue encorvada a su cuarto, de pronto a mirar la foto en el portarretrato de plata—. «¡Me adora!» —lloró mucho más—. «¡Me adora!».

(55)

Recuerdo una gran confusión: no ante la vieja, sino ante mí mismo. Una confusión, no tanto por la reacción que tuvo ella cuando hice evidente que ese niño nos despreciaba, sino por la mezcla desconcertante de sentimientos que estalló en mí y creció y se fue enredando desde el momento en que la vieja dijo con sorna, pero también con ira y desconsuelo, que iba a arrodillarse para pedirle perdón a la niña que había dejado con la mano estirada. Yo me sentí borroso: impactado, a esa edad, de verla llorando así, derrotada por la confrontación, humillada hasta la muerte por la pregunta más sencilla: «¿Por qué dijiste eso?». Habiéndola visto siempre tan rígida, y habiendo absorbido tanto su inablandable severidad, el llanto de ese día me pareció inconcebible: una visión definitivamente inesperada.

(56)

Todavía me pregunto qué fue lo que, viéndola así, me puso triste y borroso: si el esfuerzo fallido para que ese niño horrible realmente la adorara, o si el sobresalto que le provocó a ella el saludo horizontal de Ramiro. Cuando encontré el autorretrato tantos años después, recordé que yo me había parado afuera de su cuarto, mucho más triste y borroso. «Por favor, ¡perdóname!», llamaba a la vieja, tocando a la puerta sin cesar. «¡Perdóname! ¡Yo no quería hacerte llorar!».

(57)

Con el tiempo pensé que, ese día, al rogarle a la vieja que me perdonara, el hechizo no se había expresado como una tensión social perpetua entre la mediacara vulgar y la mediacara distinguida, sino como una cuestión ridículamente emocional: la imagen de una ancianita llorando me había ablandado mucho más que la imagen de una niña ninguneada por la misma ancianita. «¡Perdóname!», seguí gritando, y ya olvidándome por completo de Luisa. «¡Perdóname, por favor!». La vieja salió del cuarto, invicta, y mirándome desde arriba —psíquicamente estaba en el cielo o en el *penthouse* de Amirita— dijo magnánima: «Te perdono, está bien. Ahora pide perdón a Dios».

MIERDA ENCENDIDA

(58)

Pero vuelvo al día del dibujo, que fue el día en que mi papá me dijo: «Tú no tienes una línea en la mitad de la cara». Apenas salió con mi hermano, mi mamá los esperó a ambos, niño y loco, asomada a la ventana —estaba fumando mucho y con la colilla de un cigarrillo prendía el siguiente—. Cada vez que revisaba el reloj, estiraba el cuello, desesperada, a ver si alcanzaba a ver el carro doblando por la esquina. «¿Adónde habrán ido?», se preguntaba la vieja. Hacia el final de la tarde, cuando ya anochecía, mi mamá dio el anuncio: «¡Llegaron! ¡Por fin! ¡Ya estaba con los nervios de punta!». El pito sonó muchas veces y, cuando salimos a recibirlos, mi papá se bajó del carro elegantísimo, con traje y corbata. «Si no te vistes bien» —se acomodó las mangas—, «no te respetan». Entonces se subió a un bordillo y alzó los brazos alto, como Carlitos en su foto. «¡A trabajar!», dijo. «Ahora sí: ¡vestido para salir a trabajar! Hay que producir las veinticuatro horas del día». Mi mamá le recordó que ya era tarde, casi noche, y mi papá se distrajo o sustrajo, admirando el forro y la solapa de su traje. «La moda es todo un arte en mi tierra», dijo.

(59)

Entrando a la casa, mi mamá le preguntó a mi hermano dónde habían estado en todo el tiempo que estuvieron afuera. Aunque yo iba adelante, hablando con mi papá —más bien, él me hablaba a mí: de lo importante que era producir, de toda la plata que iba a hacer al día siguiente—, traté de escuchar lo que ellos decían. «Si pasábamos por una farmacia», susurraba mi hermano, «quería montar una farmacia, y si pasábamos por una gasolinera, quería montar una». Ajeno a la conversación, mi papá dijo: «Tengo ganas de montar un restaurante» —recordé la instrucción de seguirle la corriente—. «¿Qué tipo de comida?», le pregunté. Sin pensarlo dos veces me dijo: «Italiana», y alzó los brazos alto, como antes lo había hecho —un triunfador—. «¡Un restaurante de comida calabresa!». Mi papá fue a la cocina a hablarle a Margui de los distintos negocios que *mañana*, decía, *mañana mismo*, iba a iniciar. «Así ha estado», suspiró mi mamá. «Mil ideas por minuto». Ya en la mesa, listo para comer, mi papá dijo: «Hay que trabajar, pero hay que hacer ejercicio también: mañana me voy a ir caminando a Cartagena».

(60)

Había fríjoles. Cuando Margui los preparaba, mi papá los comía con pasta, y el resto, casi siempre, con arroz. «*Pasta e fagioli*», traducía él. «Así los comemos allá». Mi mamá solía decirle: «Yo los prefiero con arroz, la verdad», y con ese intercambio mínimo, a veces espontáneo y otras forzado, se recordaba o reiteraba en la casa la mezcla de procedencias.

Esa noche, antes de que todos nos sirviéramos la comida, mi mamá le dejó una pastilla a mi papá, al lado de su vaso de aluminio. «Tómatela», dijo —mientras ella servía el agua, mi papá la miró suspicaz—. «¿Para qué es?», preguntó. Mi mamá dijo: «Para que puedas dormir». Entonces mi papá se enderezó y, con los ojos tiesos, como disecados, repitió lo que había estado diciendo ese día: «No. No quiero dormir. Descansar es de perdedores». Terminó de comer cuando no habíamos ni siquiera terminado de servirnos y, apenas se paró —dijo que iba a ver el noticiero: que había que estar informado: que, para triunfar en la vida, era esencial saber lo que estaba pasando en el mundo—, mi mamá diluyó la pastilla en un vaso de agua. «Ayúdenme a que se lo tome todo», nos pidió.

A lo largo de la noche, tratamos de darle el agua. «Papi, pilas, tienes los labios partidos» —mi hermano le pasaba el vaso mientras se hacía más café—. «Toma un poquito». Pero no, nada: mi papá se bogaba el tinto y calentaba más agua. «¡Qué calor!», decía mi mamá. «¿No tienes sed?» —que no y que no: que sólo quería tomarse otra taza de tinto—. Pero finalmente bebió medio vaso de agua. «Sabe a raro», dijo, y siguió haciéndose tinto. Al rato comenzó a cabecear. «Vamos a la cama, dale» —mi mamá lo cogió de gancho—. «El descanso es bueno». Mi papá alcanzó a preguntar: «¿Qué tenía el agua?», antes de quedarse dormido con el traje puesto. Lo miramos, aliviados, mientras roncaba duro.

(61)

Mi hermano y yo juntamos las camas, y luego prendimos el abanico. «No apagues la luz», me pidió, «no quiero que la sombra entre» —nos reímos, creyendo y no creyendo en la historia de la viuda—. Él se durmió primero: respiraba pesadamente, con cara de viejo, como si, ronquido a ronquido, me fuera contando lo cansado que estaba luego de haberle seguido el paso a mi papá. Quién sabe cuánto tiempo después, aún de noche, algo nos despertó: un ruido o un grito —un grito mientras algo, muchas cosas se iban rompiendo—. «¡No me digas mentiras!» —mi papá tiró la puerta—. «¡Me estás tratando como a un loco! ¿Qué le echaste al agua?» —mi mamá hablaba, pero los gritos de mi papá se la iban tragando—. «¡No estoy loco! ¡Yo sé que le echaste algo!». En todo el tiempo que duró la pelea, mi hermano y yo nos acercamos mucho más: escuchábamos y no escuchábamos, llorábamos y no —su cara fue desfigurándose por un llanto que no le salía, y él dijo lo mismo de mí—. Yo quería meterme en el espacio entre las camas, hundirme en ese hueco y no volver a salir. Y cuando mi papá dejó de gritar —¿había vuelto a dormirse o, en esa tregua silenciosa, estaría haciéndose más café?—, mi hermano dejó escapar su pensamiento: «¿Qué tal que ya se quede así, loco para siempre?».

(62)

Volvió a dormirse ante el pánico de su propia pregunta y, en el silencio reciente, comencé a imaginar que la vida sería así, continuamente voltajuda, a los gritos y sobresaltada —la vida siempre bajo los ojos de mi papá, abriéndose más y más, todo el tiempo más, y, sin embargo, furiosamente cerrados dentro de sí, aullando terriblemente, reventados de energía—. Cuando, veinte años después —un futuro enterito después de esa noche—, encontré el autorretrato con comején, decidí escanearlo para cuidarlo de alguna manera: para guardarlo más allá del papel. En una primera observación, pensé que el dibujo daba cuenta del coletazo de locura que, luego del hechizo de la vieja, me había rayado la cara. Pensé que el trazo de manía estaba en el rayón, simplemente, en esa curva involuntaria sobre el retrato por cuenta de mi papá. Pero cuando, con el dibujo escaneado, hice *zoom* para verlo en detalle, me sorprendió que la locura estuviera allí, sobre todo allí, en los ojos que yo había usado como modelo para pintarme:

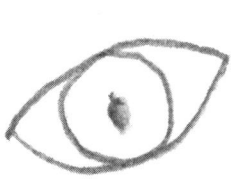 

«Te hiciste ojos de loco», me dijo mi papá ese día, sin saber que, para hacerlos, me había inspirado en los suyos. Así, tal cual, siguió mirando todo. Y así, tal cual, yo empecé a mirarlo a él.

(63)

Alguien tocó la puerta. «¿Todavía durmiendo?» —mi papá se acercó a las camas con tufo a café: seguía con el mismo traje—. «No son horas de estar en la cama» —apenas estaba amaneciendo—. Mi hermano dejó de roncar y los dos nos quedamos quietos. «Hay que producir», siguió el loco —ahora nos puyaba con el dedo y, como no le respondíamos, se acercó mucho más: nos respiraba encima—. «A levantarse, dormilones. ¡Vamos!». Bajo la sábana, traté de darle la mano a mi hermano, pero, en vez de dársela, se la agarré, y la apreté, y le enterré las uñas. «¿Quién me acompaña?», preguntó mi papá. «Necesito hacer una vuelta». Entonces apagó la luz y abrió las cortinas. Mi hermano dijo: «Papi, yo voy, él está muy chiquito». Y así, mientras lo miraba cambiarse con un ojo abierto y el otro apretado, medio en mi cama y medio con él —medioniño y mediohombre, en el máximo umbral del pavor—, comencé a sentir unas ganas tremendas de cagar. Incapaz de moverme —no quería que mi papá me viera despierto—, permanecí en la cama hasta que ambos salieron, agarrándome la barriga en ese mar de miedo, como si yo fuera mi propio flotador. Y cuando por fin estuve solo —solo en el cuarto, aunque escuchando sus voces afuera, justo en la puerta—, me paré de un salto y, con las piernas juntas —nerviosamente apretadas—, me encaramé en la silla para quitar la bombona. Cagué adentro. Después volví a enroscarla y cerré las cortinas. Regresé a la cama con el culo sucio y el cansancio me tumbó.

(64)

Pero Margui se asomó por la puerta, quién sabe cuánto después, y con la voz llorosa, a mil, más acelerada que la de mi papá conminándonos a producir, empezó a gritar: «¡Nene! ¡Tienes que despertarte ya!» —prendió la luz y se encendió la mierda—.

(65)

«No te vayas a asustar», dijo —afuera se escuchaban gemidos—. «Tu papá está bien, ya volvió». De pronto un cachorro entró al cuarto, y enseguida dos más: eran cachorros de pastor alemán que ladraban o jadeaban. «Dice tu mamá que tienes que ponerte a ayudar» —mientras Margui me hablaba, regañaba a los perros—: «¡Ahí no! ¡Pa fuera! ¡Se acabó la guachafita!». Otro perro entró al cuarto, y lo siguió una hembra —ya eran grandes: pastores alemanes también—. «¿Y esto?», le pregunté a Margui, mediodormido todavía —una cachorra se orinó al frente, donde estaba la ropa tirada: el charco amarillo se fue regando—. «Los trajo tu papá», me explicó. «Hay más por ahí». Entonces, mientras que un perrito me olisqueaba y me lamía el pie, otro me ladraba incesantemente, juguetón o suspicaz. «¡Y ya se cagaron acá!», gritó Margui, abriendo las cortinas. «¡Cómo huele de feo!» —yo había olvidado el mojón en la bombona: ella se tapaba la nariz—. Otro cachorro se orinó en la puerta y otros más gemían afuera, o adentro, o quizás bajo la cama. «¡Chite!», gritó Margui, y un aire entró apenas abrió la ventana —una brisita fresca, siempre más rica que la del abanico enclenque, cada día con más polvo en las aspas y la rejilla—. «¡Mierda y meao por toda la casa!», siguió gritando —el perro más grande ladró—. «¡Chite!» —trató de espantarlo—. «¡Chite de aquí!» —todos ladraron en gavilla y luego uno se subió a la cama: comenzó a gruñir—. «¡Les doy con la chancleta!» —y ¡pam!, le dio al suelo con una—. Asustados, dos cachorros corrieron hacia mí, pero, asustado yo mismo, salté a la esquina del clóset: desde allí vi a uno de los perros morder el cable del abanico, y a otros dos con la sábana entre los dientes: creo que jugaban a jalarla. En ese momento, la vieja entró repugnada, oliendo un frasquito de alcohol. «¿Y tú qué haces dormido hasta esta hora?» —los perros le ladraron a ella—. «¡Con todo lo que está pasando!» —aspiró el tarro como si fuera pegante—. «¡Por Dios! ¡CON TODO LO QUE ESTÁ PASANDO!».

(66)

No sólo había mierda y meao por toda la casa: también había tierra por doquier, regada o en montoncitos: era tierra húmeda cubriendo el pasillo del cuarto a la sala y los suelos de la cocina y el tendedero, tierra con gusanitos rodeando la mesa del comedor. Y había grama suelta, podada quién sabe dónde, manotadas de pasto que habían sido lanzadas por alguien, ¡mi padre!, como confeti en una fiesta: hierba mala que ahora parecía crecer en las baldosas, por entre la tierra esparcida en nuestro lugar. Y había ramas aquí y allá, todas recién cortadas de sus árboles, me dio la impresión, con hojas verdes o verdísimas, algunas acomodadas en rincones de la casa, como arbolitos, o puestas en muebles y escaparates, como imparables enredaderas.

Los perros no dejaban de correr: los cachorros perseguían a los dos más grandes, y ladraban, ¡ladraban!, aunque uno aullaba, sin embargo, y se acurrucaba, y volvía a aullar, y otro mordía un tacón de la vieja. Sobre la tierra, o sobre la grama —entre los árboles y enredaderas que ahora crecían o morían a nuestro alrededor—, había unos hombres con los brazos cruzados hablando con mi mamá. «¡Cómo le siguieron la cuerda!», les gritaba ella —yo sólo había visto a uno algún día, Alessio, migrante también: los demás eran desconocidos—. «Aprovechándose de que está *así*. Si lo que quieren es sacarnos plata, ¡aquí no hay!». Alessio dijo: «Podemos llevarnos a los perros, que tienen mucha demanda. Lo demás, no». Mi mamá los tildó de usureros: estaba despelucada y ya tenía los mismos ojos de mi papá, brillantes de euforia y extenuación. «¿Vas a cobrarme por hacer este chiquero? ¡Por volverme la casa una nada! ¿Vas a cobrarme por eso?». Encogiendo los hombros, Alessio dijo: «Nosotros hicimos lo que Pepe nos pidió, eso es todo».

(67)

Mi hermano apareció en la escena, más agobiado que mi mamá, y sin que tuviera que preguntarle nada, me dijo simplemente: «Él quería que la casa se viera como su pueblo: me estuvo contando que le hacía falta el campo».

(68)

Los cuatro extraños salieron un momento y regresaron con guacales. Fuimos conociendo los nombres de los perros a medida que los iban llamando. «¡Emilia!» —entró a su caja la primera cachorra—. «¡Lazio!» —muchos años después, repasando el impacto, me di cuenta de que los nombres eran todos regiones de Italia—. «¡Sicilia! ¡Toscana!». Cuando terminaron de encerrarlos, mi mamá los echó: «Váyanse rapidito. No quiero a ese poco de perros acá». Alessio dijo: «Saludos a Pepe».

(69)

Entonces pregunté por mi papá. «Está en el cuarto», respondió la vieja —nadie más pareció escucharme—. «Mira a ver si se toma el remedio». Caminé con el agua y la pastilla, esquivando los orines y la mierda, siguiendo el trazo de tierra y grama por todo el suelo de baldosa, y desde la puerta vi esta imagen inolvidable: mi padre en la cama, rodeado de pájaros. Quiero decir que mi papá estaba acurrucado en

calzoncillos, en todo el centro de la cama matrimonial, a su vez rodeada de jaulas con mirlas que trataban desesperadamente de volar. Apenas me vio, dijo: «Es bueno despertarse rodeado de naturaleza».

(70)

Mi conmoción duró poco. Porque mi papá, todavía en calzoncillos, dijo que iba a ser presidente de Colombia y de Italia simultáneamente —la conmoción duró poco porque otra más grande se la tragó—. Saltó de la cama mientras las mirlas, todas, batían las alas; muchas no dejaban de chirriar. «Voy a dar mi discurso», dijo, y así como estaba, descalzo hasta en su mente, corrió hasta la sala pisando orín y mierda. «¿Ya se fueron los señores?» —cuando hizo la pregunta, la casa entera se lo quedó mirando: se detuvieron las labores de limpieza—. «Tengo que hablarle a mi gente». Y así, corriendo con los pies empegostados —mugrientos— por todo el suelo que acababan de limpiar, bajó los dieciséis escalones que nos separaban de la puerta y, en cuanto pisó la calle, pegó un chiflido y gritó: «¡Esperen!». Todos en la casa lo seguimos, yo el primero, aunque la vieja me hubiera dicho: «Quédate limpiando. ¡No has ayudado en nada!».

(71)

Alessio detuvo la camioneta: estaba solo en la cabina; los demás iban en la chasa sosteniendo los guacales. Mi papá se acercó para hablarles al oído, uno a uno, al tiempo que la vieja y mi mamá lo llamaban desde la puerta. «¡Éntrate, por favor! ¿Cómo se te ocurre estar en la mitad de la calle así?» —ni siquiera se dio por enterado—. Alessio apagó el carro y con las mismas se bajó. Y cuando los otros hicieron lo propio, mi papá les dijo: «Esperen, ya vuelvo». Corrió a la casa y muy rápidamente volvimos a verlo en traje y corbata. «¡Gente buena!», saludó —los perros ladraban—. «¡Pescadores! ¡Maestros!

¡Obreros! ¡Inmigrantes como yo!». Nos acercamos a su improvisada tarima, ya no supe si para traerlo de vuelta a la casa o porque queríamos escucharlo mejor.

(72)

«Hay una distancia de 9400 kilómetros entre Italia, el país donde nací y viví hasta los veinte, y Colombia, el país que me acogió en 1962» —mi papá revisó los números que tenía anotados en la mano y continuó hablando—: «9403 kilómetros exactamente, según lo que yo he investigado. Ahora les doy este dato: el puente que tenemos más cerca, el Pumarejo, mide 1.5 kilómetros de largo. ¡Un kilómetro y medio para atravesar el río Magdalena! Eso quiere decir que, entre Italia y Colombia, hay 6268 puentes como el Pumarejo. ¡6268 puentes entre mis dos países! ¡6268 puentes para atravesar el Atlántico!» —mientras hablaba, mi mamá lo interrumpía, sufriendo avergonzadamente: le rogaba que se bajara de allí, o que al menos se callara, que todo el mundo lo estaba mirando, y era verdad: empezaron a acercarse vecinos y paseantes desprevenidos—. «Mi gran proyecto como presidente de ambos países», siguió, «es hacer un puente que conecte a Italia y Colombia» —en ese instante, mi mamá dejó caer los brazos sin decir palabra—. «¡Un puente de más de 9400 kilómetros de largo! ¡Un puente 6268 veces más grande que el Puente Pumarejo! ¡El Gran Puente del Atlántico!» —mi papá esperó un aplauso que a nadie se le ocurrió dar—. «¿A quién de ustedes le gusta caminar?», nos preguntó —Alessio alzó la mano y dos fisgones más—. «¡Excelente! ¡Tres caminantes aquí! ¡Tres triunfadores!» —los ojos de mi papá parpadeaban, temblaban solos: parecían las mirlas en las jaulas—. «A un buen paso, sin afanes, uno puede caminarse un kilómetro en quince minutos. Eso quiere decir que, para cruzar 9403 kilómetros, harían falta 141 045 minutos» —volvió a mirar las notas de su mano—. «Y como un día consta de 1440 minutos, el puente terminaría de cruzarse en 98 días. ¡Cien días, pongamos, pero caminando veinticuatro horas! ¡Eso sólo podría hacerlo yo!» —se rio solo—. «Y si sólo caminaran ocho horas al día, se necesitarían 300 días para cruzar el puente. Pero yo no quiero que lo crucen y ya. ¡No será un puente que se cruza y ya!» —ahora todos lo miramos atentos—. «En este puente habrá dormideros, restaurantes y puestos de enseñanza. Pequeños colegios en los que las personas podrán estudiar tres cosas yendo o viniendo: el mar que tendrán abajo, el cielo que estará arriba y una gran historia de migraciones y de viajes».

(73)

Un loco lo aplaudió —se había quedado escuchando mientras pasaba con una carreta, hablando solo—. A mí me habría gustado aplaudirlo: sumarme al loco para que el aplauso recibido hubiera sido mejor: más justo y generoso, más acorde con su idea imposible. Y, sin embargo, me pudo más la boca abierta de mi mamá replicando, como un eco, la boca abierta de la vieja.

(74)

Mi papá cerró su discurso así: «Pescadores: ¡imaginen sus redes en medio del Atlántico! Maestros: ¡imagínense con el mar abajo y el cielo arriba, viajando mientras enseñan! Estudiantes: ¡imagínense aprendiendo entre tierras, viajando de ida y de vuelta! Inmigrantes como yo: ¡crucemos un puente nuevo! Obreros: ¡imagínense construyéndolo! Gente buena: ¡construyámoslo juntos!».

(75)

El loco dijo: «Yo pensaba que eso era imposible… ¡Un puente tan mamoyúo!» —siguió jalando la carreta—. «¡Ese man es un teso! ¡Un visionario!».

EL OTRO LADO

(76)

El público se fue dispersando. Los cuatro hombres regresaron a sus puestos —Alessio al volante y los demás a la chasa— y, mientras los perros gemían o ladraban, la camioneta empezó a alejarse. «Buena suerte con *eso*», dijo uno —no supe si le habló a mi papá y se refería al puente, o si le habló al resto y se refería a mi papá—. Él se rascó la cabeza y, aunque seguía con los ojos a mil, solitos a toda velocidad, me pareció que, de repente, se había entristecido, quizás advirtiendo la distancia imposible entre su idea y *la vida real*. «¡Ya está bueno!», gritó mi mamá, y por primera vez me pareció ya no avasallada, sino furiosa de la vergüenza, contundentemente brava. «¡Ya está bueno, tienes que descansar!». Mi papá la escuchó y caminó a la puerta. «Qué horror», decía la vieja, mirando de reojo a los vecinos que se iban. «Qué horror, ¡qué horror!» —y el horror, claro, no era que una cabeza estuviera desencajada, sino que *el show, ¡el show de cuatro pesos!*, hubiera desbordado nuestras cuatro paredes—. Cariñosa, Margui le dijo: «Don Pepe, mire, tómese la pastilla» —se la dio con el vaso de agua—. «Vaya al cuarto y descanse». Mi papá quiso refutarla, estoy seguro —quiso tomar más café y decirle que solamente los fracasados dormían—, pero, para sorpresa nuestra, se tomó la pastilla y dijo, como Piero en su canción: «De vez en cuando viene bien dormir».

(77)

En la cama, rodeado de todas las jaulas, se volvió a acurrucar con su traje puesto —las mirlas chirriaban sin dejar de agitar las alas—. «Vamos a sacar los pajaritos», le avisó mi mamá, «así no te molestan» —y, aunque nos estaba mirando, él ya estaba lejos, en cualquier otro lugar—. Llevamos las jaulas al lavadero, de a dos por persona, y Margui dijo: «No tienen alpiste, toca conseguir». Yo me ofrecí a buscarlo a la tienda, pero la vieja se pronunció: «¡Gastarse la plata en eso! ¡Como si sobrara en esta casa! ¡Qué horror!». Salí esquivando las manchas de orín, ahora seco en el suelo pegachento, y también la mierda que permanecía.

(78)

Al llegar a la tienda, nuestro vecino el doctor preguntó: «¿Qué es lo que le pasa a tu papá?». Cuando atiné a contarle que llevaba días sin dormir, me dijo: «Por lo que acabo de ver, estoy seguro de que es…» —retuve la palabra que, desde ese día, comenzó a pronunciarse en la casa repetidamente, a veces con suspicacia y otras con un convencimiento tenaz, todos creyendo y dudando siempre del diagnóstico: creíamos porque lo habíamos visto; dudábamos porque, antes de verlo así, mi papá había estado sufriendo por las deudas, trabajando hasta el amanecer, quebrándose no de manía, sino de presión económica—. «Vamos juntos», dijo el doctor, «me gustaría hablar con él».

(79)

Margui me esperaba con la bombona, que aún contenía mi mierda. «¿Y esto?», me preguntó cansada, sin saludar al doctor. Le dije: «Fue mi papá».

(80)

Sin darse cuenta de que estaba gritando, mi mamá gritaba por teléfono: «¡Ay, no me digas eso! ¡No, no, no! ¡Ni me lo digas!». Y apenas vio al vecino con el pañuelo en la nariz, gritó más duro: «¡Ay, doctor, qué pena que vea la casa así!» —la vieja le ofreció su frasquito de alcohol—. Mi mamá siguió hablando —diciendo: «¡No, no, ni me digas!»— y, cuando por fin colgó, el doctor dijo que con mucho gusto podría echarle una mirada a mi papá. «¡Pero ahora no!», gritó mi mamá —ella sólo gritaba—. «¿No ve que por fin se quedó dormido?». El médico dijo: «Eso es lo más importante: que duerma y que no le interrumpan el sueño». La vieja, entonces, lo condujo al lavadero —lo jaló por el brazo, fuerte, enterrándole las uñas— y le dijo: «¡Mire, doctor, mire!» —Margui echaba alpiste en todas las jaulas—. «¡Trajo este pocotón de pájaros! ¡Los tenía en el cuarto! ¡Alrededor de la cama!». El doctor repitió lo que me había dicho en la tienda y, en cuanto escuchó el posible diagnóstico —el muy probable diagnóstico, sostuvo nuestro vecino—, mi mamá bajó la voz y, casi como en secreto —bajito, bajito—, le dijo: «Doctor, acabo de colgar con otro médico… Es otro tipo de médico, ¿entiende? Él dice que las mirlas están embrujadas: que por eso mi esposo está como está. ¿Usted qué piensa de eso?».

(81)

Margui dijo: «¡Pero si don Pepe estaba mal desde antes de que trajera las mirlas!». Y la vieja dijo: «¡Las mirlas lo empeoraron! ¡Las mirlas lo terminaron de enloquecer!». Y entonces una, sólo una, chirrió y batió las alas —dejó un momento las alas abiertas— cuando mi hermano abrió la jaula para meter la coca con agua. «¡Mira eso!», gritó la vieja. «¿Cómo van a decir que no están embrujadas? ¡Cómo van a decir que no!». La pregunta suscitó una pelotera que luego, con el tiempo, entendí como un desborde que el propio desborde de mi papá había provocado en la casa —un desborde que ponía la vida en exclamaciones—. ¡Horrible! ¡Terrible! ¡Un hechizo! ¡A Pepe! ¡A tu papá! ¡Lo embrujaron! ¡Al pobre! ¡Está hechizado! ¡El pobre! ¡Pero quién! ¡Por qué! ¡Quién fue! ¡Quién más! ¡Un prestamista! ¡Un enemigo! ¡Le prestó! ¡A tu papá! ¡Le prestó! ¡Y no pagó! ¡Tu papá! ¡No pagó! ¡Al prestamista! ¡Al enemigo! ¡No pagó! ¡Y lo embrujó! ¡Lo jodió! ¡Lo quebró! ¡Se vengó! ¡Con las mirlas! ¡Y ahora! ¡Está así! ¡Está loco! ¡Por las mirlas! ¡Quebrado! ¡Por las mirlas! ¡Eso! ¡Eso es! ¡Y que no! ¡Y que sí! ¡Y que no! ¡Que ya estaba loco! ¡Sin dormir! ¡Antes! ¡No dormía! ¡Tu papá! ¡No dormía! ¡El loco! ¡Y que no! ¡Que sí! ¡Y que las mirlas! ¡Las mirlas! ¡Las mirlas! ¡Las mirlas lo terminaron de enloquecer!

(82)

«¿Usted qué piensa?», volvió a preguntar mi mamá —de las jaulas salían unos cantos—. Nuestro vecino insistió en el diagnóstico aventurado. «Trastorno bipolar», dijo, y me miró a mí —comenzó a caminar a la puerta—. «Lo más importante es el sueño», insistió. «Déjenlo dormir». Entonces, justo cuando pensamos que esas serían sus palabras finales, el doctor se despidió así: «Otra cosa: si las mirlas están embrujadas, mejor no las suelten. Luego quedan volando por ahí, sobre la casa, y ya ustedes no las van a poder atrapar».

(83)

Unos años después, ya con diecisiete, comencé a dibujar pájaros cada vez que me aburría o tenía que esperar. Los hacía sin cuidado, compulsivamente, y cuando una hoja se rebosaba de mirlas —en mi cabeza, siempre eran mirlas—, pasaba a la siguiente para seguirlas dibujando. Hojas y hojas así.

Alguna vez, en la sala de espera del Ernesto Cortissoz, a punto de viajar a Bogotá, un niño me preguntó: «¿Qué haces?». Le dije: «Nada… Pajaritos», y volví los ojos al papel, deseando que me dejara solo. Pero el niño siguió cerca, con la vista sobre mí, e implacable dio su dictamen: «Te están quedando chuecos» —me hizo reír—. Cuando le dije que estaba llenando hojas, *llenándolas nada más*, se mostró confundido —más curioso y extrañado—. «¿Por qué?», me preguntó, y al tiempo que explotaba, intacta, la visión terrible, le dije, seco: «Porque sí».

(84)

Mi papá durmió mucho: siguió tomando las pastillas y, lentamente, cada noche, como rescatando el sueño perdido, fue durmiendo más. La vieja decía: «¿Ven? ¡Eran los animales! ¡Esos pájaros lo tenían así!» —creo que, pasado el tiempo del desborde y apaciguada la manía común, nadie más pensaba eso—. Una mañana, después de haber dormido las ocho horas seguidas —o doce, o más—, mi papá preguntó desde la cama: «¿Y las mirlas?» —parecía concentrado en la pantalla negra del televisor, que reflejaba como un espejo una lámpara de lágrimas—. Yo me quedé quieto, como atrapado por la pregunta, y mientras mi cabeza reprodujo lo que hicimos —¡lo que hicimos!—, mi mamá saltó a responder: «Se escaparon, mijo». La vieja también metió la cucharada: «Estos pelaos fueron a darles alpiste… ¡Y dejaron las jaulas abiertas!» —mi papá se quedó callado y siguió mirando la pantalla—. «¿Quieres que te prenda el televisor?», le pregunté.

Mi papá siguió callado, mirando la pantalla.

(85)

Desde la cocina, Margui avisó que había que comprar ñame y yuca para el sancocho: pegó el grito y llegó al cuarto (no le gustaba hacer lo contrario: llegar al cuarto y pedir sin gritos lo que quería). «Qué problema», dijo mi papá. «¿Cuánta plata se necesita?». Mi mamá dijo: «No, no te preocupes, yo tengo acá» —y al ver que suspiró, atribulado, sin dejar de mirar la pantalla negra, ella trató de calmarlo enseguida—: «Mijo, eso no es nada: no hay de qué preocuparse» —se sacó un billete del sostén—. «Aquí tienes, Margarita. Trae cilantro también». Margui dijo: «¡Carajo, ahora quieren que sea maga!», y se fue chancleteando. Mi papá, entonces, se acurrucó y cerró los ojos, y ahora pensando quién sabe qué, volvió a decir: «Qué problema». Pronto lo escuchamos roncar.

(86)

«Son las pastillas», dijo mi hermano, cuando, en vez de pararse a almorzar, siguió durmiendo. «Lo mandaron para *el otro lado*».

(87)

En la noche salió de la cama: quería comer, dijo, pero no comía. El sancocho recalentado fue dejando de humear. Los demás pasábamos de mirarlo a él a mirar el plato: después nos mirábamos entre nosotros. «Y bueno» —rompió el silencio la vieja—, «cómo les parece que Amirita tuvo una semana terrible, la pobre». En vez de mirar lejos, o de postrar la vista en la sopa imbebible, mi papá se mostró expectante, atento al desarrollo del chisme. «¡La atracaron!», dijo la vieja. «¡Saliendo de su edificio! Estaba yendo a misa con el niño y le arrancaron el collar. ¡Ese collar divino que tenía! ¡El de oro con diamanticos!» —como hubo un silencio total e indiferente, la vieja se empeñó en el drama: quería que la historia nos conmoviera a como diera lugar—: «Que Carlitos no ha dejado de llorar, ¡el pobre! Que quedó asustadísimo, sin ganas de salir de la casa. ¡Que ni al club ha querido ir!».

Ante la congoja, la real congoja de la vieja, mi papá dijo: «Qué problema», y lento, lento, como si no quisiera nunca que la cuchara le llegara a la boca, o como si ésta pesara demasiado, dio un sorbo y se paró de la mesa. «Mañana hacemos pasta», le dijo mi mamá. «La que quieras comer». No hubo reacción ni respuesta. Mi papá se alejó y la vieja siguió hablando de Amirita. «Encima de todo», dijo, «¡les negaron la visa! ¡A todos! ¡Con ese mundo de plata que tienen!» —tomó agua y cerró así—: «Yo pienso que duele más, mucho más, que le nieguen la visa a un rico que a un pobre. El pobre, a fin de cuentas, no puede viajar. El rico, sí».

(88)

Mi papá volvió a la cama y, si no estaba durmiendo, miraba
el televisor apagado: así estuvo tres días. Hasta que al fin lo
prendió —sin volumen, eso sí— y, tumbado siempre, ya con
su figura moldeando el colchón, miraba y no miraba las imágenes en la pantalla: fuera una escena de playa —gente corriendo hacia el mar—; o un paisaje romántico, con góndolas
y atardecer; o una imagen sexual —un beso largo en una tina
que se iba desbordando—; o la explosión de una bomba; fuera lo que fuera, la indiferencia en su rostro permanecía. «¿Quieres
que le suba el volumen?», le pregunté una tarde, pero, en vez
de responder, mi papá cerró los ojos. «¿Te provoca algo? ¿Agua?»
—ni un movimiento—. Entonces le dije: «Bueno, te dejo»,
caminando hacia atrás, sin quitarle la vista de encima. Y —lo
pienso ahora—, cuando mi papá calculó que yo ya estaba
afuera, muy lejos de sí, abrió los ojos de nuevo: me pareció
que siguieron cerrados.

(89)

«Qué problema», se lamentó mi mamá, al tiempo que llamaba a un doctor por teléfono —quién sabe a cuál: había estado
hablando con varios— y, repitiendo las palabras de mi hermano, dijo: «Las pastillas lo mandaron para *el otro lado*». Mi
mamá estuvo en silencio escuchando, paciente, pegada a la
bocina —apretándola contra la oreja, procurando que la voz
del médico entrara derechito, sin posibilidad de escaparse—,
y luego de un tiempo así, pronunció estas palabras inolvida-
bles: «Doctor, es como si viviera dormido con los párpados
transparentes». Mi mamá lo escuchó más y, cuando finalmente colgó, nos dijo a todos: «Que esto es normal. Que poco a
poco se irá *equilibrando*».

Con esa noticia nos fuimos al cuarto, aliviados, entendiendo con una exactitud conmovedora por qué alguien, alguna

vez, había hablado de la luz al final del túnel, o del amanecer que seguía a la hora más oscura. Mi papá continuaba en su posición, hundido bajo una sábana, ahora viendo un programa de viajes por Italia. «¡Ay, pero qué lindo!», dijo mi mamá —estaban pasando una estampa de Nápoles: la Vía del Duomo o el Castillo del Huevo—. «Qué ganas de conocer por allá». Mi papá la miró y dijo: «¿Con qué plata, a ver?» —me impactó que hiciera mi misma pregunta ansiosa—. Y en cuanto ella dijo: «Bueno, algún día: ¿acaso vamos a estar siempre *así?*», mi papá cerró los ojos. Entonces, como si ya no existiera el hombre que había hablado de un puente por todo el océano, se volteó diciendo: «Eso está muy lejos».

(90)

Al día siguiente, mi mamá pegó un grito en la cocina: «¡Yo ya estoy desesperada: le voy a empezar a dar media pastilla!». Mi hermano dijo: «¿Y qué tal que vuelva a irse para *el otro lado?*» —acordaron que igual habría que aventurarse: *mirar a ver*—. De inmediato le dimos la media pastilla, y al final de ese día, la otra media: no hubo un cambio, aunque, esa noche, más que hundido, mi papá parecía incrustado en el colchón. Temprano en la mañana hicimos lo propio y más tarde también. «Qué desastre», se lamentó mi papá, azorado por la imagen en la pantalla. Mi hermano alzó las cejas y dijo: «Ya no hay problemas. Ahora hay desastres».

(91)

Llamaron de nuevo al doctor. Mi hermano le quitaba el auricular a mi mamá, y luego la vieja se lo quitaba a él, y luego mi mamá a ella: se interrumpían y contradecían y reiteraban lo que el otro acababa de decir. Entretanto, fui a estar con él: me acosté a su lado para peinarlo con la mano abierta. «¿No quieres ponerte el traje elegante que compraste?» —mi papá apretó la frente, confundido, como si no supiera de lo que estaba hablando—. «¿Quieres que vayamos por los perros?», le seguí hablando. «Vamos, yo te acompaño. También buscamos las mirlas» —en ese momento corrió la cara—. «Construyamos el puente, dale». Hagamos ese puente entre Italia y Colombia» —mi papá me miró como a un loco—.

(92)

Pero, poco después, terminó pasando lo que había dicho el doctor: mi papá se fue *equilibrando*. Un día se paró de la cama y, en la mesa del comedor, se sentó a hacer cuentas, callado, como si nada hubiera ocurrido. De esa manera, todo lo que había sucedido se tiñó de irrealidad: también parecía irreal la calma de la casa. «Sólo quiero dormir», dijo mi mamá, o la vieja, o mi hermano, o Margui. «No hacer nada», dijimos todos. «Descansar». Y descansamos: dormimos mucho.

(93)

Muy pronto, sin embargo, mi papá dijo: «¡No! ¿Cómo así? ¡A producir! ¡Dormir es de fracasados!». Y la casa se alteró otra vez —recomenzó la vida en exclamaciones—: ¡Tan pronto! ¡Así! ¡Tan pronto! ¡Y cómo! ¡Por qué! ¡Doctor! ¡Ayude! ¡ATINE! ¡Está loco! ¡Se fue! ¡Enseguida! ¡Al otro lado! ¡Mi papá! ¡Se fue! ¡Y qué hacemos! ¡Qué! ¡Qué hacemos! ¡Pues qué más! ¡La pastilla! ¡Y no! ¡Que no! ¡Que sí! ¡La pastilla! ¡TODA! ¡Otra vez! ¡Completa! ¡A buscarla! ¡Pero no! ¡POR QUÉ! ¡Porque no! ¡Por qué más! ¡Porque no! ¡Se va! ¡El loco! ¡OTRA VEZ! ¡Mi papá! ¡Se va! ¡AL OTRO LADO! ¡Y qué! ¡Qué pasa! ¡Qué es peor! ¡Acaso! ¡Qué es peor! ¡Cuál lado! ¡Es peor! ¡Cuál lado! ¡Cuál! ¡CUÁL! ¡Es peor! ¡Cuál lado! ¡Cuál lado! ¡CUÁL LADO ES PEOR!

(94)

Mi mamá cogió la pastilla y dijo: «Se la voy a dar toda hasta que demos con la fórmula exacta». Al poquísimo tiempo, que igual fue largo en su angustia, mi papá volvió a vivir dormido, con los párpados transparentes, y cuando hubo que hacer mercado —comprar huevos y leche—, se dijo, mirando la pantalla negra: «Qué problema».

(95)

Hasta que un día por fin sonrió —me dio mucho miedo—. Pensé: «Se va a enloquecer otra vez». Y pensé: «¿Qué tal que sólo esté sonriendo? ¿Qué tal que esté feliz?». De todo ese tiempo difícil, eso es lo que más hondo caló: la sonrisa como alerta. ¡Una alerta! ¡Una alerta! Cualquier atisbo de alegría se volvió en la casa una alerta.

AÑO NUEVO

(96)

Pero una mañana, entonces, como recordando, de repente, el tiempo del calendario, la vieja dijo en el desayuno: «¡Llegó diciembre con su alegría!». Mi mamá aprovechó el anuncio para pedirnos que, en la víspera de Año Nuevo, todos dedicáramos dos de las doce uvas para la recuperación de la billetera y la recuperación de mi papá. «Una uva para que haya plata», dijo, «y una por su salud».

Para ese entonces, yo ya temía el último día del año. Celebrada la Navidad y entregados los regalos que entre todos y para todos habíamos buscado, empezaba a vivir lo que quedaba del calendario con mucha angustia, como una larga cuenta regresiva que, lenta y vertiginosa, se extendería inevitable y tortuosamente hasta el último segundo del 31 de diciembre

—hasta el primer segundo del año nuevo—. He pensado que la angustia se formaba, exacta, como un relojito, en la cena de Noche Buena, cuando, después de que todos repetíamos porción, mi papá o mi mamá decían: «Barriga llena, corazón contento». El refrán ponía fin a esa comida especial, mucho tiempo esperada, siempre un plato que cruzaba nuestros orígenes: una pasta corta, *penne,* emplatada como *lasagna,* con salsas *bolognesa* y bechamel, y un pernil de cerdo con jugo de naranja y panela. Entonces repartíamos los regalos sabiendo que, en cada uno, había un esfuerzo exhaustivo, no sólo económico, sino emocional: primero había que pensar qué les faltaba a los otros —decidir, entre tantas opciones, qué era lo que más, más podrían necesitar— para luego buscar por toda Barranquilla el mejor regalo posible, el más barato que más pudiera *durar.*

Cada entrega de regalos exponía, en vez de los deseos, nuestras carencias: las medias blancas para el colegio, la camisa a rayas o de cuadros para estar *bien presentado,* una crema de afeitar, zapatos para el día a día. Yo aceptaba los obsequios, año tras año, con gratitud y tristeza, preguntándome cuánto podían haber costado, y en cuanto los demás abrían los suyos, una duda comenzaba a mortificarme: si los regalos, a pesar de haber apuntado a una necesidad, eran *realmente* necesarios; si no había una necesidad mayor que nadie había visto, una urgencia que superaba la necesidad.

(97)

A partir de ese momento, la vida se volvía una preparación para entrar, llenos de suerte, al año siguiente. Tengo la impresión de que, por causa del infortunio incisivo, mi mamá fue haciendo cada vez más rituales —volviéndose cada vez más supersticiosa, y de paso a los demás—. Según mi hermano, que recordaba más, al principio sólo procuraba que, al sonar los pitos, todos tuviéramos a mano las doce uvas, moradas o verdes, para que entonces, a medida que nos las fuéramos comiendo, pudiéramos pedir un deseo por cada una. Después sumó el calzón amarillo: llevar puesto esa noche, la última del año, un calzón amarillo, *el color del sol*, para que hubiera riqueza. Pero el calzón, al año siguiente, no sólo tenía que ser amarillo, sino que debíamos ponérnoslo al revés (nunca fue claro cómo era tenerlo al revés: si, por un lado, con las costuras por fuera, o por el otro, con la parte trasera cubriendo el frente, lo que hacía que la raja del culo quedara expuesta). Pronto, sin embargo, el calzón dejó de ser suficiente: había que usar más amarillo —una blusa, una falda, ojalá un vestido completo— para atraer lo bueno. Más adelante, mi mamá incorporó las lentejas, crudas en una bandeja, ésta en el centro del comedor, para que nunca faltara el pan —para que el mundo, pronto renacido, nos concediera abundancia—. Y también comenzó a bañarse con sal. «La sal no sala», dijo. «La sal es vida». Otro año nos pidió que tuviéramos, a las doce, las doce uvas en la mano, como siempre, y un billete en la otra —el billete, claro, para que hubiera plata—. Pero al año siguiente, el billete no podía ser *un* billete, cualquier billete, sino el de mayor denominación: así habría muchísimo dinero y no lo apenitas.

(98)

Tenía miedo de ese día, el 31 de diciembre, porque pensaba que, de no hacer algo, cualquiera de los rituales, el año nuevo sería difícil, aún más —la vida cuesta arriba—. Cuando, a partir del día de Navidad, salíamos a buscar lo necesario para esa noche determinante —lentejas, uvas, sal… los calzoncillos amarillos, en caso tal de que no sirvieran los que ya teníamos, o porque estaban rotos, o porque habíamos crecido—, yo comenzaba a pensar, muy concentradamente, en lo que iba a pedir cuando, en la mera fecha, dieran las doce. Asumía que, gracias a la lista mental, sobrevendría una transformación: que los doce deseos tendrían una incidencia directa y material sobre mi casa. Pero era tal la importancia que les daba a las uvas, tal la convicción en su poder, que, abrumado por esa responsabilidad —el compromiso de *usarlas bien,* de *aprovecharlas*—, muchas veces terminaba sin saber qué pedir: sin saber qué deseaba yo. Pasaba, entonces, que, cuando sonaban los pitos, quedaba gravemente en blanco después de estar esos días, los últimos de diciembre, dándoles vueltas a los deseos, invocándolos y descartándolos, repensándolos y volviéndolos a articular, siempre con la idea de que había algo que estaba olvidando —un sueño escapándose—. «¡Feliz año!», nos deseábamos todos. «¡Feliz año!». Enseguida cerraba los ojos para empezar a pedir, uva a uva, todo lo que quería: terminaba comiéndolas sin pedir nada.

(99)

Pero ese año tenía una dirección para el deseo: una uva para que hubiera plata, una por mi papá. Aunque él estaba mejor, nadie podía decir que las pastillas lo habían dejado *ajustado, en sus cabales,* o *como antes de la crisis* —palabras que le escuchaba a la vieja—, ni mucho menos decir que ahora se encontraba en el fino límite de un lado y del otro. El tratamiento lo había ido empujando hacia el lado inconsolable, primero imperceptiblemente, y luego sin asomo de duda, y cuando mi papá estaba con nosotros —entre nosotros, más bien, muchas veces con una sonrisa automática, medioescuchando lo que se hablaba en la casa—, yo sentía que estaba despegado. No desapegado en su emoción, que también, sino *despegado*: suelto por ahí.

(100)

Llegada esa noche, ¡la última noche del año!, todos, menos Margui, nos vestimos de amarillo. «¡Ay, Margarita!», le dijo mi mamá en la cocina, apenas la vio destapar una olla. «¿Cómo vas a estar así, de negro, justo hoy? ¡Justo hoy!». Margui refunfuñó. «Y si me mancho la blusa con la salsa» —paró para

chuparse los dedos—, «¿quién va a limpiarla, a ver? ¿Usted?».
Mi mamá torció los ojos y, untándole paté a una galleta, le
dijo: «¡Fosforito! ¡Ya no se te puede decir nada!». Margui torció los ojos también, y la boca: torció la cara completa.

Desde afuera llegó música, la consabida canción del 31, *la
alegría del año nuevo viene ya*, y mi mamá se fue al comedor,
¡bailando!, *en las noches de una eterna Navidad*. «¡Vengan a comer
algo!». Ella estaba eufórica, como cruzada por esa otra fuerza
que había puesto la casa patas arriba, la que ahora parecía ex-
tinta en los ojos de mi papá, doblado desde hacía días —semanas— por su tristeza preocupada. «¿Cuánto costó ese paté?»,
preguntó él, mediogris, medioantojado. «¡Disfrútalo!», dijo mi
mamá. «Estaba a buen precio». Mi papá se comió una galleta,
y luego otra con paté, y cuando ya iba por la tercera, la vieja
apareció en la sala para decir: «No se llenen, que hay mucha
comida» —cogió una manotada de lentejas que había en la
mesa y se las fue echando en los bolsillos—. Mi hermano hizo
lo mismo y entonces yo los imité: en muy poco tiempo, cuando sonaran los pitos, habría abundancia, habría abundancia,
habría abundancia.

(101)

«¡Mira, Margui!», la llamó mi hermano. «¡Coge lentejas tú!».
Pero ella dijo: «No, a mí déjame quieta: yo no creo en esas
pendejadas». Al escucharla, mi mamá le dijo: «¡Muchacha!
¿Qué te pasa, que andas como picada de culebra?» —todos
miramos a Margui—. «Ay, niña Miriam», le dijo bajando la voz,
al tiempo que dejaba el plato de uvas en la mesa. «Me dan duro
estas fechas: me hacen recordar a mi mamá». Nadie dijo nada,
o todos, para no decir nada, nos zampamos una galleta con
paté. Cuando ella volvió a la cocina, mi hermano y yo la seguimos: queríamos saber cómo estaba. «¿Muy triste?», le preguntamos. Margui dijo: «¡Ay, ombe! ¡Qué mamá ni qué ocho
cuartos!» —metió la pasta al horno y se puso a lavar platos: *los
chismes*, como solía decir ella—. «A mí lo que me tiene jarta es

que yo voy a seguir acá, igualitica, tal cual como estoy. La vida de ustedes de pronto cambia: tienen más chance».

(102)

De vuelta a la sala, amarillos por las palabras de Margui —por ese *de pronto* que estalló, oscuro, en la noche de la esperanza—, nos sentamos entre la vieja y mis papás. Al ver la mancha chillona que formábamos, más amarilla que un guineo, mi mamá dijo: «Qué pintosos estamos. ¡Nene, corre, trae la cámara!». Así lo hice: corrí a buscar la cámara y les tomé, primero, una foto a mis papás, los dos sentados en el mueble, amarillo también —ella, con la espalda enderezada y la sonrisa tiesa, hiperconsciente de la postura que tendría en la posteridad, y él, encorvado y medioincómodo, sin mirar directo, mediotriste, mediopresente, como queriendo desvanecerse antes del clic y la intrusión del flash—.

Luego fue la foto familiar, con la vieja en el centro, totémica, y la ventana de fondo, oscura, por la que no entraba, a esa hora, ninguna visión de Barranquilla. Margui tomó ésa. «Ahora párate allá» —mi mamá le habló a mi hermano y señaló la pared donde estuvo colgado, años y años, un cuadro de piñas—, «quiero tomarles fotos para que allá en Italia vean lo grandes que están». A mi papá le medioentusiasmó la idea: se paró al lado de mi mamá y se quedó mirando a mi hermano, interesado en la imagen que más adelante cruzaría el mar. «A ver, sonríe», le pidió mi mamá, y entonces mi hermano sacó la lengua mientras hacía pistola. «¡Así no!», se metió la vieja. «¿Cómo van a mandar una foto así? ¡Y con ese cuadro de fondo tan corroncho que es!» —mi hermano cambió la pistola por el signo de paz y con cada mano hizo una ve—. «¡Ay, no, Dios mío!» —la vieja se indignó más—. «¡Peor!», dijo. «¡Peor! ¡Van a pensar que eres hippie!». Al escucharla, mi papá soltó una carcajada, para sorpresa de todos, y con los ojos centelleantes —era el brillo del otro lado, tenue todavía, aunque miedoso por un segundo—, gritó: «¡Posa como quieras! ¡A ver: posa como un triunfador!». Mi hermano salió serio y pálido en la foto.

(103)

Enseguida fue mi turno. «Párate ahí mismo», dijo mi mamá. «Sonríe». Bajo el cuadro de piñas, vi a la vieja y a mi papá, juntos y observándome —pendientes de cómo iba a mostrarme ante la familia de allá—. «Tú ya sabes», dijo la vieja, trazándose ella misma una línea por la cara, de la frente al mentón. «Recuerda lo que te he dicho» —tuve la impresión, quizás por el radical sube y baja que nos había tocado, de que llevaba mucho tiempo sin pensar activamente en el hechizo: sin sentirme dividido así—. «Muestra tu lado derecho», siguió la vieja, y mientras yo giraba la cara, despacio, queriendo y sin quererlo, mediosumiso o mediosometido, recordé a mi papá cuando dijo: «Tú no tienes una línea en la mitad» —volví a mirar de frente—. Pero la vieja insistió en el hechizo —incapaz ella misma de reversarlo, sólo podía remarcar el complejo— y con la voz más bajita, hablándome como en secreto y, sin embargo, procurando que todos los demás la escucharan, dijo: «Por el lado derecho te pareces más a tu papá» —así explicitó lo que siempre había dicho en subterráneo: la mediacara distinguida procedía de la familia de allá; la vulgar, de sí misma—. Y entonces, mientras volvía a girar la cara, confundido —y borroso: revuelto—, mi mamá miró a su mamá, enfureciéndose, y yo miré de frente otra vez, más revuelto y confundido —borroso, borroso, borroso—. «A ver, mijito», dijo mi papá, medioextático, aún con el brillo en los ojos, «posa como quieras», a lo que, animado por su invitación, alcé los brazos y partí cadera, y le di a la cámara mi mejor sonrisa. «¿Listo?», preguntó mi mamá, pero la vieja dijo: «¡No! ¡Así no! ¡Así te ves feo!», y mi hermano me miró revuelto, como partiéndome en dos. «Pelao roto», dijo. Traté de enderezarme, como había hecho mi mamá en su foto, y confundido —borroso, borroso—, hice la misma sonrisa tiesa. «Igualito a doña

73

Carlota», dijo Margui y, justo cuando el flash reventó, la vieja dijo: «¡Que muestres el lado derecho!».

Así es como una casa se empotra en un cuerpo: así es como se vuelve una mente y una angustia.

(104)

Faltando cinco pa las doce, mi mamá dijo: «¡A ver, todos parados! ¡El año nuevo se recibe de pie!». Margui se fue a la cocina, sola, diciendo que había que estar pendiente de la cena. «¡No vaya a quemarse como el año viejo!» —se rio, pero estaba amargada—. En la radio anunciaban la cuenta regresiva, *la alegría del año nuevo viene ya, los abrazos se confunden sin cesar.* «¡Deja eso, Margui, ven!» —la llamó alguno, pero ella no contestó, y se quedó allá mientras ponían las sirenas, y los vecinos contaban *diez, nueve, ocho,* y la canción sonaba más, mucho más alta, *me perdonan que me vaya de la fiesta,* más duro en volumen y melancolía, *el año va a terminar*—. «¡Tres!», gritó mi mamá, y todos con ella: «¡Dos, uno! ¡FELIZ AÑO!» —lo que más recuerdo es la mirada de mi papá, que me dio miedo: en el transcurso de la noche había estado yéndose, trago a trago, hacia el otro lado—. «¡A triunfar!», dijo. «¡Este año a triunfar!». Entonces pensé en Margui diciendo que nuestra vida podría cambiar, *de pronto* —esa imagen de destino social: su puerta cerrada, la nuestra entreabierta—. «Feliz año», me deseó mi hermano y, cuando yo fui a abrazarlo, dio un paso atrás: me apretó la mano sin dejar de mirarme. «¡Feliz año!», seguimos diciendo —no entendí su ademán de distancia—. «¡Feliz año!». Busqué a mi mamá, que estaba abrazando a la vieja. Me dijo: «Acuérdate de los deseos que hablamos». Y la vieja: «Ojalá este año aprendas a obedecer».

(105)

Deseando, entonces —deseando—, empezamos a coger las uvas, vestidos de amarillo con la ropa interior al revés, igualmente amarilla, y el billete en la otra mano, muy cerca de las lentejas crudas en el centro del comedor. «¿Y Margarita?», preguntó mi mamá. Cuando la fuimos a buscar, estaba metiendo ropa en una bolsa de plástico. «Voy a dar la vuelta a la manzana», dijo, todavía escogiendo blusas y pantalones. «A ver si me sale un viajecito». Mi mamá le preguntó: «¿Y no dizque tú no crees en pendejadas?». Margui dijo: «La peor vuelta es la que no se hace», y cruzó la puerta con la bolsa al hombro. «¡Feliz año para todo el mundo!».

(106)

Me quedé en la cocina con las doce uvas en un vasito y, para poder concentrarme mejor, me metí bajo la mesa en la que Margui se sentaba a picar: comencé a pedir los deseos. «Para que haya plata», dije, zampándome la primera. «Por su salud», dije, con mi papá en la cabeza, y me comí la segunda. Y entonces, cuando llegué a la tercera, me pasó lo mismo de otros años: después de dar vueltas a lo que podría desear, me quedé quieto mirando la uva, angustiosamente frío —impedido para pensar—. Una vez más, se abría el umbral para que, según mi conocimiento (y ésa es la palabra), el tiempo cambiara, y una vez más se me escurría la oportunidad de *hacer realidad* otra vida: una vida nueva que, sin la dirección de mi deseo, no podría parirse a sí misma.

Mi papá entró a la cocina, seguido de mi mamá —los dos tenían sus vasos con uvas, diría que las doce completas—. «Mijo, mira», le pidió ella, «tómate la pastilla». Pero él se hizo el loco y le dio la espalda. «¡Esa vaina me tumba!», se quejó. «¡Me noquea!» —abrió la alacena para sacar la cafetera—. Mi hermano dijo: «Papi, ¿cómo así? ¿Vas a empezar con eso?», y la vieja le dijo: «Pepe, después te da insomnio y tú necesitas dormir. ¡Todos tenemos que dormir!». Mi papá no escuchó a nadie: puso a calentar agua y, junto a la estufa, se fue comiendo las uvas, quién sabe si pidiendo un deseo por cada una —pidiendo quién sabe qué—.

(107)

Yo tuve el impulso de no pedir nada más y, cuando ya iba a olvidarme, de las uvas restantes, una imagen se impuso: los ojos de mi papá sobre mí, vigilantes e implacables, como salidos de su cuenca. Me dije: «Que no vuelva a pasar eso», y me comí la tercera uva, al tiempo que otra imagen se imponía: yo mismo cagándome del susto en la bombona. Entonces me dije, pensando en el miedo que se rebasa: «Que no vuelva a pasar eso», mientras mordía la cuarta uva, poco antes de que otra imagen se impusiera: la casa llena de mierda y orín. Me dije: «Que no vuelva a pasar eso», y me comí la quinta uva, justo cuando otra imagen se impuso: mi papá rodeado de jaulas. Así que me dije: «Que no vuelva a pasar eso», y me comí la sexta uva, mortificado por el recuerdo de las mirlas chirriando bajo el agua caliente. Me dije: «Que no vuelva a pasar eso», como si eso que habíamos hecho hubiera pasado y ya, sin nuestra acción e intervención, y me comí la siguiente uva, justo cuando otra imagen se impuso: las mirlas muertas, mojadas, hirviendo. «Que pueda olvidarme de eso», me dije, con la octava uva entre los dientes, y enseguida se impuso otra imagen: Margui barriendo las plumas, todos los cuerpecitos. Y de nuevo me dije: «Que pueda olvidarme de eso», mientras mordía la penúltima uva, a lo que, inevitablemente, otra imagen se impuso: mi papá tomando café y calentando agua para hacerse otro café, tal y como estaba en ese momento. Me dije: «Que esto pare aquí ya mismo», y paró.

(108)

Con la bolsa plástica en el hombro, Margui entró a la cocina y, apenas vio a mi papá en la estufa, con el agua a punto de hervir, le dijo: «¡No, señor! ¡Se me sale de la cocina ya mismo! ¿Cómo voy a servir si usted anda en la mitad?». Mi papá se rio. «Cascarrabias», le dijo, y olvidándose del café, gritó a los

demás en la sala: «¿Cómo empieza el año nuevo?». Mi hermano dijo: «Con hambre», y desde la estufa, Margui gritó: «¡Ya voy a servir!». Recuerdo, sobre todo, que, aún bajo la mesa, observando la cafetera olvidada, noté una sacudida inédita: la sensación de irrealidad que ocurre cuando un deseo se cumple, encima inmediatamente.

(109)

Entonces, como una semilla que mi papá había plantado en mi cerebro, una imagen comenzó a crecer. Y a crecer. Y a crecer: la del puente largo que, en vez de cruzarse para llegar, por fin, al otro lado, se camina lento con pausas para dormir, y se recorre en calma —lento— mientras se aprende sobre viajes: sobre el cielo y sobre el mar. «Quisiera algo así», me dije, todavía con sentimientos de irrealidad, y mordí la última uva, dulce y deliciosa.

(110)

Por el recuerdo de esa uva, he pensado que lo más divino del final de un año es que, a medida que avanza la cuenta regresiva y se van acercando las 12:00 —quince, diez, cinco minutos para el nuevo año—, empiezo a volverme deseoso, conmovedoramente dispuesto a pensar en lo que quiero y a imaginar que pronto, ahora así, todo eso que aún no existe —lo que deseo— podrá volverse realidad, parte material de la vida. Entonces, cuando se acercan los pitos, voy sintiendo que se establecen, adentro de mí, dos vidas: la que he tenido y la que estoy deseando. Ambas estallan juntas —psíquicamente juntas— y, aunque, en algún momento de la noche, pueda sentir que la vida y mi deseo han estado lejos, a las 12:00 se acercan como nunca —se tiñen entre sí—.

(111)

Cenamos lo mismo que en Navidad, pasta y pernil de cerdo, atentos a los gestos de mi papá: parecía tambalear entre un lado y otro. «¿Cómo habrá celebrado Amirita?», se preguntó la vieja, a lo que todos, al unísono, desesperados y burlones, le gritamos: «¡Por Dios! ¡No más! ¡A ti qué te importa!». Nos reímos mucho, sobre todo por la mueca despreciativa que, durante toda la carcajada, la vieja supo sostener. «¡Ya quisieran!», dijo. «¡Ya quisieran ser como ella!». Desde la cocina, seguramente con los ojos en blanco, Margui dijo: «¡Carajo! ¡Y vuelve la burra al trigo!». Nos reímos mucho más, y como, pasado el tiempo, nos seguíamos riendo, la vieja reventó los puños contra la mesa. «¡Por eso es que están como están!», dijo. «¡Y por eso es que no van a llegar a ninguna parte! ¡Por vulgares! ¡Por corronchos!». Entonces ese *de pronto* que había anunciado Margui hacía poco devino *nunca* en boca de la vieja, así como así, en los primeros minutos del nuevo año. Mi papá dijo: «Qué rico un café», y mientras volvía a la cocina y los demás le decíamos: «¡No! ¡A esta hora no! ¡Tómate la pastilla!», la sensación de irrealidad que tenía se fue transformando en una claustrofobia tenaz: en la idea de que la vida, nuestra vida, sería eternamente la repetición de esa cena. «Nada va a cambiar», me dije, borroso, y el deseo esa noche —mi pobre deseo— quedó oscilando entre lo irreal y lo imposible.

TRANSFORMACIONES

(112)

Y así fue —unos años—: la repetición de la cena. La danza de las pastillas, primero. Alguno diciendo: «Papi, la pastilla», y mi papá diciendo: «Voy», o también: «Déjala allí», a lo que entonces, pasado un rato, hacíamos la pregunta: «¿Ya te la tomaste?».

Y él: «Sí», aunque no se la hubiera tomado, o: «No», cuando, efectivamente, no se la había tomado. O aún peor: «Ahorita», lo que nos provocaba pánico. «¿Ahorita cuándo, papi?» —mi papá repetía la palabra—: «Pues ahorita». En su evasión y en nuestra insistencia, cada quien tenía su miedo: el suyo, a dormir demasiado; el nuestro, a que no durmiera. A mi papá lo aterraba un lado; a nosotros, el otro. O para decirlo con toda la crudeza: si su *equilibrio* resultaba inconseguible —nadie atinaba con la fórmula—, preferíamos que, en vez de exaltarse, quedara hundido. Él, por supuesto, prefería exaltarse. En semejante tira y afloje, ninguno terminaba de aceptar el diagnóstico, nunca del todo. Al relato de la enfermedad —del *desbalance químico*— siempre contraponíamos el relato social: la intuición de que el quiebre había llegado por la quiebra. O que, sin quiebra, nadie, quizás, se habría quebrado.

(113)

También fueron años de escuchar a la vieja hablar de Amirita, o de escucharla hablar con ella, casi siempre por teléfono. Si cuadraban para verse en persona, la vieja iba a su casa —al *penthouse*—, maquilladísima, y a su regreso, regocijada, pero a la vez triste por dejar la riqueza, hacía los comentarios de siempre: «Qué buen gusto tienen», «Cómo está de buenmozo Carlitos», «Compraron vajilla nueva». Amirita, en cambio, nunca la visitaba. «A fin de cuentas», la excusaba a diario, «le queda lejos, hay mucho tráfico».

(114)

Sin embargo, un día —yo ya tendría trece o catorce años—, luego de hablar corto por teléfono, la vieja dijo: «¡Corran, corran, que Amirita viene!», y nos puso a reordenar la casa. «¡Ese cuadro, Dios mío!» —estaba atormentada—. «¡Qué piñas tan horrorosas! ¡Escondan eso!» —lo colgamos en el cuarto de Margui—. «¡Y esa bailarina inmunda! ¿De dónde salió esa porcelana? ¡Está toda descascarada!» —la dejamos en la cama de Margui, aunque sólo un segundo, porque ella de inmediato dijo—: «¡A mí me hacen el favor y no me llenan el cuarto de chécheres!». Entonces corra a colgar las piñas en la habitación de la vieja y a dejar la bailarina en su tocador. «¡Cómo se les ocurre!», nos gritó —mi hermano estaba gozando de lo bueno—. «¿Qué tal que a Amirita se le dé por venir hasta acá, que quiera conocer mi cuarto?» —ahí mismo comenzó a alucinar—: «¿Se imaginan que necesite un espejo, que quiera retocarse el pelo, por ejemplo, el maquillaje... que necesite, en fin, tener su intimidad, y yo la traiga acá, con esas piñas? ¡Qué va a decir! ¡Qué va a pensar de nosotros!». Mi hermano cargó el cuadro, y yo, la bailarina rota, y terminamos llevando todo —incluidos cojines y un florero— a nuestra habitación.

(115)

«Como la doña es tan elegante», dijo Margui, serísima, «mejor que haga todas sus necesidades en la bombona».

(116)

En cuanto terminamos de disfrazar la casa —*redecorar*, nos corrigió la vieja—, agotados de mover los muebles de aquí para allá —el desafío, por supuesto, era copiar, en la medida de lo posible, la disposición del apartamento de Amirita, tratando de obviar, al mismo tiempo, la distancia definitiva entre sus objetos y los nuestros—, mi hermano y yo nos recostamos un rato: mis papás andaban en la ferretería. «Pónganse ropa buena», comenzó a atosigarnos la vieja, y yo: «Sí, sí, que sí» —mi hermano decidió quedarse en bermudas y chancletas; yo, en cambio, me puse jean y guayabera—. «¡Ay, Dios mío!», se impactó la vieja, apenas le vio la pinta. «Si vas a quedarte así, ¡ni se te ocurra salir del cuarto!». Mi hermano dijo: «Bueno», y se encerró. A mí, en cambio, me mandó a llamar. «Quiero mostrarte una cosa», me dijo misteriosamente y, como abriendo la bóveda de un banco, o la cueva del tesoro de *Alí Babá y los cuarenta ladrones* (sólo faltó que dijera: «¡Ábrete, Sésamo!»), sacó del tocador una botella de colonia, la Jean Marie Farina de Roger&Gallet. «Era de tu abuelo», dijo —quedaba un cuncho y poco más: algo así como el remanente de un tiempo mejor para ella—. «Ponte un poquito, dale» —me dio la botella con todo el cuidado que existía y, con ese mismo cuidado (todo el que existía), me eché colonia en el cuello—. «Ahora sí», dijo, repentinamente tierna. «Estamos listos», y nos sentamos a esperar.

(117)

«Doña Carlota», le preguntó Margui. «¿Y qué vamos a brindar?» —fue como si, en la cara de la vieja, la angustia en el mundo naciera: como si, por primera vez en el tiempo, un alarido se devolviera por la garganta—. «¡Dios mío!», empezó susurrando. «¡Dios mío, Dios mío!» —pronto fue alzando la voz—, «¡Dios mío! ¡No había pensado en eso!» —se paró del mueble y siguió—: «¡Por andar redecorando! ¡Por andar haciendo lo que ninguno en esta casa se había dignado a hacer!». Entonces le preguntó a Margui: «¿Qué hay?», y Margui dijo: «Mondongo de ayer». ¡Para qué fue eso! La vieja se fue electrizando a medida que revisaba la despensa: «¿Cómo vamos a darle a Amirita comida recalentada?» —no encontraba nada que brindar—. «¡Qué desubique! ¡En qué cabeza!». Y entonces, cuando ya iba a despeñarse mentalmente, a perder la única parte de sí que no tenía angustia, o una vergüenza adelantada, el teléfono empezó a sonar: la vieja se abalanzó a contestarlo. «Acá listos para recibirte», dijo, después de extenderse en el saludo, y enseguida: «Sí, sí. Entiendo, claro: primero lo primero». En los dos minutos que duró la llamada, su angustia se fue aliviando —o, más que su angustia, el terror que la acechaba: esa persecución a sí misma—. Muy rápidamente, sin embargo, ese alivio se fue volviendo un golpetazo: la decepción más dura. Cuando colgó, la vieja dijo: «Amirita no viene: que Carlitos está congestionado, ¡pobre!».

(118)

Impostó la máxima indiferencia. «Cosas que pasan», dijo, y se sentó en la silla que daba a la ventana. Así estuvo el resto de la tarde, *viendo pasar*, y por primera vez, creo, la percibí como una mujer violentamente mortificada. «¿En qué piensas?», le pregunté, dispuesto a escuchar cualquier cosa sobre Carlitos y Amirita: cualquier elogio, cualquier comentario acomplejado con subtexto de aspiración. Pero, en vez de hablar de ellos, me contó una historia nueva.

«Llevo días recordando a María Palacio», dijo, «una amiga que tenía hace años, cuando tu abuelo vivía. A ella le gustaba hablar: no podías encontrártela en la calle o contestarle una llamada porque te cogía y no te soltaba, y luego dale que dale con la habladera: aunque te viera en la calle cargada de bolsas y le explicaras mil veces que estabas de afán; aunque le dijeras decentemente que tenías que colgarle porque se te iba a quemar el almuerzo... Ella seguía hablando de todo y de nada: del sermón del padre en la misa, que siempre le parecía excelente, pero demasiado largo; de cómo estaba la yuca de cara; de los huecos tan grandes que estaba viendo en las calles de toda Barranquilla; de cómo el edificio que habían construido en la cuadra tapaba ahora la vista al río... Cambiaba de tema ella sola y no dejaba espacio para que uno interviniera. A tu abuelo le parecía desesperante. A todo el mundo, la verdad: yo la quería, pero intentaba evitarla. Uno a veces no tiene cabeza pa tanta cosa: que no había conseguido leche, que el señor de la tienda se había hecho el loco con las vueltas, que un perro le había ladrado en la esquina... Así siempre, un cuento detrás del otro, sonsonete tras sonsonete. Si pasaba un tiempo sin vernos, se aparecía en la casa sin avisar: tocaba el timbre y se invitaba a pasar ella misma, a veces cuando estaba sirviendo el almuerzo. "Llegué a buena hora", decía, y se sentaba en el comedor, y hable que hable mientras yo le llenaba el plato. A tu abuelo le daba rabia: decía que no le gustaban sus lisuras, que era una lisa de primera categoría... Le caía gorda. A mí, en cambio, me daba pesar: le habían matado al hijo mayor: un lío de faldas, dijeron, pero quién sabe... A raíz de eso, María se volvió nerviosa: no quedó loca, pero sí muy nerviosa. Toda la vida había sido así, pero desde la muerte del hijo se puso peor: hablaba y hablaba hasta por los codos».

(119)

«Tu abuelo prohibió un día que entrara a la casa mientras él estuviera. ¡Había cogido una rabia! El cuento es que María llegó sin avisar como venía haciendo, a la hora del almuerzo, pero esa vez se quedó hasta que ya fue hora de servir la comida. ¡Y comió un pocotón! Casi que nos deja sin bollo, sin chicharrones... Sin jugo de corozo, ¿cómo te parece? Apenas se fue, tu abuelo cogió la rabia conmigo: me dijo que, por darle la mano, María nos había cogido el brazo y las piernas, y que cualquier día la tendríamos en la casa desde el desayuno. Me dijo: "¡Acá va a estar metida! Si tú te la quieres chupar, allá tú, pero si yo estoy aquí, descansando, no quiero que esa lisa venga a joder". Y tal como lo había predicho, al día siguiente apareció ella temprano, justico antes del desayuno, diciendo que habría querido llegar con arepas dulces, pero que no había conseguido harina. Desde la reja le dije que no podía atenderla: que íbamos a hacer limpieza profunda. María se sorprendió mucho, pero siguió como si nada: dijo que entendía perfecto. Volvió más tarde, eso sí, y yo le dije que estábamos de salida o que tu abuelo se sentía mal. Así me tocó varios días, excusa tras excusa, hasta que ya dejó de venir: finalmente pilló el desaire».

(120)

«Pero una tarde que estaba lloviendo y que tu abuelo, por los arroyos, no pudo salir (¡hubieras visto el chaparrón!), María tocó el timbre, empapada, con una bolsita de plástico en la cabeza. Me dijo que no quería molestar, que sabía que yo andaba ocupadísima, pero que, al no parar de llover, estaba buscando escampadero. Como tu abuelo estaba en el cuarto, haciendo la siesta o leyendo el periódico, le dije desde la reja que no podía pasar: que acababa de barrer y trapear porque esperábamos visita. La pobre siguió caminando bajo ese palo de aguacero y más nunca la volvimos a ver».

(121)

Quizás porque, horas después de contar esa historia, mi abuela murió de un infarto —porque la confidencia de su arrepentimiento fue lo último que salió de su boca—, he querido darle, desde entonces, a ese momento con ella un carácter de enormidad: recibirlo como el regalo de una vida. Me parece un testimonio importante. Porque, por una vez en años, su discurso dejó de ser correctivo y monolítico, y, sobre todo, persistentemente castrador —de lo corroncho, quiero decir: podador de cualquier corronchada que supiera salirse— y el tono obstinado que tuvo siempre pasó a dar un giro conmovedoramente inesperado: fue un tono que, en las horas finales, se dejó teñir de otra música, por algo así como una música de la duda. «Yo estaba viendo a María», me dijo esa tarde, «ahí mismo, al frente mío, bajo ese chaparrón, y no se me pasó por la cabeza decirle a tu abuelo que me daba pesar. No sé cómo no me le enfrenté, cómo no le dije que no podía dejarla afuera. No fui capaz de hacer una cosa que él no quería». La abuela mostró que podía aliarse —que ella, en su tiempo viva, habría podido aliarse— con quien realmente se tenía que aliar: dejó entrever la posibilidad de una transformación —el abrazo al débil y no al poderoso—. Me he preguntado si, de haber seguido viva, esa transformación se habría manifestado de otra forma: en el día a día, en su deseo.

(122)

«¡Se nos fue!», le dijo mi mamá a Amirita, que se lanzó a abrazarla apenas la vio en el velorio. «¡Se nos fue!», y la gran amiga de mi abuela, su amiga del pueblo chico, le dijo: «Mucha fuerza, mija, y mucha resignación» —se quedaron un rato abrazadas y, mientras caminaban al cajón, mi mamá le dijo llorando—: «Tú sabes, Amirita, ¡mi mamá te quería tanto!». Enseguida volvieron a abrazarse y, acercándose aún más —estrechándose—, Amirita la consoló. «Y yo a ella, mija, y yo a ella» —me dio un abrazo a mí—. «¡Y Carlitos, ni te cuento!», siguió. «¡Mi nieto la adoraba!» —quedé impactado—. «Él quería venir, pero, tú sabes, está congestionado, cuidándose la gripa: les manda un abrazo». Conmovida con su pésame, mi mamá expresó la máxima comprensión. Entonces llegaron al ataúd, agarradas de gancho, y asomándose al vidrio Amirita le dio a mi abuela su despedida: «Tan bella, mi amiga, tan elegante siempre. Distinguidísima» —mi mamá y yo nos reventamos a llorar—. Y es que, antes de que la abuela muriera, al ratico de haber contado su historia —la de esa mujer que, después de conocer lo terrible, comenzó a hablar sin parar: sin poder hacer pausas—, mi mamá llegó a la casa, malhumorada —definitivamente harta de trabajar en la ferretería— y, al notar la nueva disposición de la casa —los cambios que, de cara a la visita que no fue nunca, la abuela había hecho—, quiso saber qué había pasado con el cuadro de las piñas. «¿Qué lo hicieron?», preguntó. «¿Y dónde está la bailarina?». Mi abuela dijo: «Nena, escondí todo eso. Me dio pena con Amirita, que iba a venir». Mi mamá se emputó como nunca. «¡Otra vez con esa maricada!» —tiró la cartera en el sofá—. «¡El día entero haciéndote la fina!».

(123)

Al recordar la palabra brutal —*haciéndote*— y de inmediato
la recriminación completa, intuyo que lo que había pasado
antes, cuando mi abuela contó su historia con María, es que
justamente, por fin, había cesado una actuación —un forza-
miento: una impostura—. Que mi abuela habló y ya, y que,
al hacerlo así, tan espontáneamente, dejó ver algo distinto a
una máscara mal puesta. Y entonces, años después, con ese
sentimiento activo, repasando las tantas veces que nos *corrigió*
o nos miró con escándalo luego de que *la hiciéramos pasar una
vergüenza*, y recordando la forma ansiosa como, en su última
tarde viva, escondió los objetos de la casa que pudieran reve-
larla corroncha, comencé a preguntarme qué es más terrible
para el alma de una persona: que se note que se ha puesto una
máscara o que no se note en lo absoluto. En otras palabras: si
ponerse tan bien una máscara, tan correcta y ajustadamente,
que ya parece la propia cara, o si ponérsela cada día con una
torpeza involuntaria, lo que muestra que, en efecto, se está
ocultando algo: el miedo y la ansiedad de estar abajo.

(124)

De niño jugaba a «El topo y el martillo»: me ubicaba frente
a la mesa, martillo en mano, a la espera de que un topo saliera de su agujero. Tenía que golpearlo en la cabeza antes de que
volviera a ocultarse o antes de que otro topo saliera de cualquier otro agujero. Siempre había un topo saliendo, sin que
importara cuántas veces le hubiera dado en la cabeza: volvía
a salir invicto, como si nadie nunca lo hubiera golpeado
—como si no hubiera un vigilante pendiente de golpearlo en
la cabeza—. Creo que mi abuela veía lo corroncho como un
topo que hay que martillar. Vivió así: martillando la casa y
martillándonos a nosotros —martillándose, por supuesto, a
ella misma, desesperada porque siempre había un topo saliendo

a la luz, incansable, pero, sobre todo, indiferente a la presencia del martillo: más fuerte que esa fuerza y continuamente burlador—. «¡No cojas los cubiertos así!» —un martillazo en la cabeza, pero el topo salía otra vez—: «Oye, ven acá, ¿por qué sacas la lengua cuando te estás riendo?» —y como el topo volvía a salir, terminaba recibiendo otro golpe—: «¿Cómo se te pudo ocurrir quitarte los zapatos en una fiesta del Country Club?».

(125)

Exigirle a alguien que use una máscara es darle un martillazo en la cara. Insistir en que la use es seguirle golpeando la cara martillada. Pero ponerse una máscara uno mismo es martillarse la cara pensando que no hay violencia en el gesto; es creer que, en vez de estar martillándose la cara, uno está simplemente poniéndose una máscara.

(126)

«¡El día entero haciéndote la fina!», gritó mi pobre mamá trajinada. Y como, al ratico, mi abuela murió de un infarto, la acertada reflexión de mi madre —su incisiva observación de años— se transformó en una culpa que la fue colonizando. De negro, en el velorio, ella parecía preguntarse cómo podía ser que luego de tanta paciencia, de tanto aguantarse el martillo —¡de tanto amor y abnegación con la mamita!—, la última interacción de su vida hubiera sido una pelea. ¿Y cómo era posible que ese vínculo primigenio pudiera terminar así, no en un lazo tierno, sino en una ruptura desesperada? Son preguntas que no pronunció, pero que, desde ese día, me atrevo a confirmar, le fruncieron el ceño. Me habría gustado decirle que, a la final, lo que pasó entre ellas fue muy potente y sencillo: cansado de recibir martillazos, de esconderse y volver a salir —y de esconderse y volver a salir—, el topo saltó a la cara de quien lo quería seguir maltratando.

(127)

«Te voy a decir por qué, desde que yo era una pelaíta, me llevaba mal con tu abuela», escuché a mi mamá una vez. «Yo nunca estuve de acuerdo con que ella quisiera imponerme la vestimenta: la moda, el color, todo. Encima, me mandaba a cortar el pelo chiquitico y a mí me encantaba dejarme el pelo largo. Tu abuela decía que el pelo así, tan largo, me hacía ver más gorda y que yo no podía olvidar que estaba gorda y que tenía la cara gorda. Hasta que, una vez graduada del bachillerato, le dije: "No más, no me voy a cortar el pelo así". Ahí mismo me fui a Bogotá y, cuando volví a Barranquilla, unos meses después, ya tenía mi pelo largo. Con el tiempo me lo volví a cortar, pero nunca tan chiquitico como me lo cortaba ella».

(128)

En el sepelio, Amirita dijo: «Tan bella mi amiga. Tan elegante siempre. Distinguidísima». Me pregunto si lo dijo de verdad: si vio ese cadáver y pensó esas palabras para mi abuela, o si se obligó a pronunciarlas delante de nosotros, con la idea de hacerle un homenaje: darle esa validación que tanto había querido recibir mientras vivía. ¿Fue un premio lo que le concedió en el velorio? ¿Se dio a sí misma el derecho de darle un ascenso social mientras la abuela, según sus propias palabras, subía al cielo? «Llegas a las puertas de San Pedro como una reina», le dijo ante el cajón. Amirita estaba con gafas de sol y, cuando se inclinó para despedirse, la cara muerta de mi abuela se reflejó en los vidrios oscuros: vi sus ojos cerrados en los ojos tapados de la amiga.

(129)

«Chao, mijo», se despidió Amirita —después de ese día, nunca más volví a verla—. «Cómo has crecido: te está cambiando la voz».

(130)

Algunos días después del entierro, mientras buscaba en la despensa cualquier cosa de comer, escuché a Margui llorar. Ella andaba con miedo a la abuela —a su fantasma en el cuarto, decía—, por lo que había decidido no entrar a hacer la limpieza. «Échenme si quieren», soltaba de repente, «pero yo no voy a barrer ni a trapear por ahí». Mi hermano, de inmediato, se acercaba a picarla. «Te va a jalar la pata en la noche», le decía, y luego a mí: «¡A ambos! ¡Les va a jalar la pata por llamarla *vieja*!». Entonces él mismo nos jalaba la pata y, en cuanto alguno pegaba su brinco, él gritaba: «¡Buuuuu!».

(131)

Margui lloraba mucho, de espaldas a mí: podía verla temblar, con la cabeza caída, sentada en el borde de su cama. «¿Qué te pasa?» —me acerqué a preguntarle y, cuando le puse la mano en el hombro, se encorvó mucho más—. Yo estaba convencido de que lloraba por la abuela —por su muerte o porque habría visto el fantasma—, pero ella dijo: "Seh mhinoch lah mhela". Confundido le dije: «¿Qué? No entiendo», y me acerqué más, a lo que Margui me dio un empujón y se puso de pie. «¡Sehmhinochlahmhela!». Por fin me mostró la cara: tenía una bola en el cachete, una bola informe que, desde adentro, le estiraba y amorataba la piel, y la deformaba toda —de la boca al ojo izquierdo, que parecía cerrado a la fuerza por ese morado que también era verde—. Al ver a Margui así, enmonstruosada, entendí lo que decía: «Se me hinchó la muela», y comencé a gritar: «¡Mami! ¡Papi! ¡Margui se enfermó!». Pero ella gritó de vuelta: «¡No! ¡No! ¡Cállate!», y aún más desesperada, me dio otro empujón y comenzó a buscar algo: a abrir las puertas de todas las alacenas.

Todos tres llegaron a la cocina: papá, mamá y hermano. «¡Qué pasó!». Mientras Margui merecoteaba un cajón y arrojaba al suelo lo que no buscaba —el tarrito de Mylanta, unas gasas, los sobres de AlkaSeltzer, todas las pastillas de mi papá—, alguno decía: «¡Vamos ya para el dentista!». Pero ella gritaba: «¡No, no, no!», y, venteando brazos y cabeza, seguía buscando como loca lo que fuera que quería. Entonces, como si en medio de un desierto, sedienta, hubiera visto un oasis, Margui se abalanzó sobre otro cajón y, lanzando al aire todo lo que estorbaba —gutapercha, lápices, carretes de hilo—, cogió un tarro de alcohol como si fuera un botellón de agua. «¡Ay, Dios mío!», gritó mi mamá. «¡Qué vas a hacer!». Margui se empinó el tarro y, al ver que no salió casi nada, si acaso dos gotas, siguió en la busca de un alivio, todos detrás de ella. «¡No seas terca!», la llamaba mi papá. «¡Vamos ya para el dentista!». Pero Margui no escuchaba —no paraba— y, cuando pasó por todos los cuartos, ahora arrojando a su paso medias, brasieres y calzoncillos, llegó a la puerta temida —la de la habitación de la abuela— y, olvidando todos sus miedos, cualquier posible aparición de la muerta, corrió directo al tocador: allí estaba aún la botella de colonia —el botín que nunca había regresado a su cueva: la Jean Marie Farina de Roger&Gallet—. «¡Ay, no, Dios mío!», volvió a gritar mi mamá. «¡No, no! ¡Niña, suelta eso!». Margui la cogió llorando —gimiendo y desencajándose toda—, ajena por completo a los ruegos de mi mamá. «¡Qué vas a hacer! ¡SUELTA ESO!». Destapó la botella —no: realmente tiró la tapa de vidrio hacia el rincón más sucio— y, mientras mi mamá gritaba: «¡NO! ¡NO! ¡AY, NO!», y mientras gritaba más alto: «¡LA COLONIA DE MI PAPÁ, DIOS MÍO! ¡EL TESORO DE MI MAMÁ!», Margui se zampó el cuncho que quedaba y, después de hacer gárgaras por medio minuto o así, escupió con máxima fuerza su remedio improvisado —el remanente de ese tiempo mejor—. La saliva perfumada nos pringó a todos: también al portarretrato de Carlitos. «Dios mío», sufrió mi mamá. «¡DIOS MÍO!».

(132)

Después de hacer los buches de colonia, Margui fue al dentista: allá le extrajeron la muela y le drenaron el pus y, cuando, luego de un par de semanas, ya estuvo deshinchada y perfecta, comenzamos a hacerle chistes. «Margui, mira» —mi hermano se agarraba el pie, falsamente adolorido—. «Me di un golpetazo en el dedo chiquito. ¿No tienes colonia que me prestes?» —Margui se reía o le torcía la boca, o incluso amenazaba con pegarle un chancletazo—. «¡Fuera de aquí!», le gritaba. «¿No ves que estoy cocinando?». O de repente en el cuarto, yo me tiraba al suelo para hacerme el desmayado (murmuraba: «Me está dando un yeyo») y, antes de que Margui se preocupara por mí, mi hermano decía: «¡Pilas, pilas! ¡Traigan colonia!». Entonces nos gritaba: «¡Pendejos!» —se reía—. «¡Cojan juicio!».

Una noche, en la comida, mi mamá le dijo: «Arajo, Margarita, ¡cómo estás de bien! ¡Ya estás desinflamada!». Mamador de gallo, mi hermano aprovechó para decir que la Roger&Gallet era una colonia milagrosa, a lo que juntos soltamos la risotada —todos con la excepción de mi mamá—. Yo vi que quiso reírse —que la boca se le subió contenta— y, sin embargo, antes de que pudiera notarse una alegría o la celebración del apunte inocente, forzó un disgusto y dijo: «¿Dónde está el chiste? Eso no me da ni cinco de risa».

(133)

Margui se fue de la casa a los pocos días. «Anoche la doña me agarró la pata. Desde la otra vida», dijo, «ella quiere insistir en su presencia».

(134)

Muchos años después, recordando la risa sofocada de mi mamá, pensé que ahí, en ese momento exacto, ella se había martillado la cara: que, cuando, en vez de reírse con ganas —porque quería—, había decidido mostrarse rígida —superior a la broma—, la máscara quedó puesta y expuesta. La culpa y la nostalgia hicieron su estrago y, por lealtad a la abuela —esa muerta con la que peleó al final, esa anciana que atesoraba la colonia del marido—, ahí mismo prefirió reproducirla: hacerla vivir en ella, encarnar su máscara. Y entonces yo me pregunto qué es más terrible: si ponerse tan bien la máscara que ya parece la propia cara, o si ponérsela torpemente, dejando entrever que algo se oculta abajo —un dolor, un nudo, una herida acomplejada—.

CARA O MÁSCARA

(135)

Esta ha sido una pregunta persistente: cómo es mi cara y cómo es mi máscara. O cuál es mi cara y cuál es mi máscara: cuándo me he puesto la mía, incluso sin darme cuenta. A los veintisiete años o así —entrado el siglo XXI y habiendo vivido diez años por fuera, lejos de la casa original, aunque siempre regresando a ella: físicamente, psíquicamente—, tuve una experiencia reveladora —de mí mismo, quiero decir: de cómo podía funcionar mi cabeza—. Había vuelto a Barranquilla a pasar las Navidades y, como siempre, a pesar del sol, quise caminar largo, aprovechar las brisas decembrinas. Desde mi casa, por el parque de La Electrificadora, bajé por toda la 59B y, apenas llegué a una calle de Alto Prado, muy cerca del parque Washington, decidí entrar a un café: quedarme un rato en el aire acondicionado. El café era eso, un café —vendían quibbes, deditos, pastelitos de pollo— y, en la carta que me dieron al sentarme, no había oferta alguna de alcohol: ni cerveza, ni cocteles, nada. En la mesa de enfrente, sin embargo, un pelao de mi edad tomaba whisky —me gustó él: me lo quedé mirando— y, cuando el mesero vino a tomar la orden, le pedí una cerveza michelada. «Sólo cafés y jugos naturales», me dijo, por lo que, mirando al vecino de mesa, quise preguntarle: «¿Y eso?». El mesero explicó: «Es un cliente especial», y se fue a la barra con mi orden.

Mientras esperaba, sudando —refrescado por el aire—, a que estuviera listo el café con hielo, miraba intermitentemente a mi vecino barbado. Yo pensaba: «¿Será que este man es famoso? Lo conozco de algo». Tenía la camisa abierta —dos, tres botones sueltos— y, como estaba masajeándose el cuello —se acariciaba la nuca, adolorido, y movía la cabeza en círculos—, a veces la tela se abría mucho más. Entonces podía verse el pecho mucho más, y los vellos mucho más: podía verse la silueta del torso debajo de la camisa blanca. Luego se pegó al celular y, entre que algún mesero le servía más whisky y otro le dejaba picadas que tampoco estaban en el menú, de repente se reía solo, regocijado en la pantalla, y me miraba —por momentos me miraba— y, cuando ya quitaba los ojos, sonreía coqueto o malvadamente. Así dejaba en lo ambiguo si se estaba acercando o burlando de mí.

(136)

Al café entró un hombre muy parecido a él: lo imitaba, yo creo —tenía una pinta similar y el peinado exacto: sonreía con su misma sonrisa—. «¡Hermanazo!», le dijo alguno al otro, y el que estaba sentado se puso de pie para palmotearle la espalda. «¡Compadre!». Me parecieron, digamos, los propios bolloncitos —o aún peor: gente que se sabe élite y que se exhibe como tal—. «¡Estabas perdido!», le dijo el primero en llegar, a lo que el otro le cogió el culo, burlón —jugando al marica—, y luego de estamparle un beso en el cachete (más burlón todavía, aunque cariñoso), le puso la mano en la verga.

«¡No me digas que me extrañaste!», dijo. «¿Cuánto me extrañaste, ah?». El otro también le cogió el paquete y, saboreándose todo —mojándose la boca con la lengua—, le dijo: «Mucho, papazote. Extrañé mucho esa cosota que tienes». Muertos de la risa —dejando claro que seguían jugando: que se estaban haciendo los maricas—, se sentaron a beber, a lo que el primero —el cliente especial—, ahora serio, volvió a mirarme a los ojos. En ese instante hubo un primer momento de máscara. Porque, en vez de torcerle la cara como habría querido —como mi cara entera habría querido, con todo el odio que me provoca esa homofobia dicharachera—, algo más fuerte me apocó: quizás su guapura o quizás reconocerlo poderoso. Le terminé sonriendo, entonces, con una amabilidad que, en el acto, me incomodó.

(137)

La máscara, tal y como yo la entiendo en una situación así, no es una hipocresía. La hipocresía es hipocresía: darle un besito cariñoso al hijueputa que no te soportas, a ese malparido que empiezas a criticar desde que sale el sol. La máscara, en cambio, es el gesto que se forma cuando el complejo de inferior te puede o cuando ese complejo se activa. La máscara es la socialización de ese complejo: lo que pasa cuando, en la tensión extrema entre el complejo de inferioridad y la conciencia política, se termina imponiendo el complejo y se derrumba la conciencia —de ahí, entonces, que la máscara sea una ruina—. La máscara es mucho más que la sonrisa amable que, en un momento específico, se le da al poderoso: es la solidificación de esa sonrisa, su amartillamiento en la cara. Puedo ver a la vieja, por ejemplo, cuando conoció al esposo de Amirita: su sonrisa débil, su deslumbramiento. Fue una sonrisa amartillada que le duró hasta el final. La historia de María Palacio, entonces, agrietó la sonrisa: dejó ver que abajo, justo detrás de la máscara, había una conciencia política —o, al menos, una intuición de lo justo—. La máscara es máscara porque vela, oculta. Y así, cuando está puesta, el complejo de inferior cubre la conciencia política, a veces momentáneamente, pero a veces, también, de forma prolongada: años o la vida entera. A pesar de ello, la conciencia política está ahí, justo detrás del complejo —justo detrás de la máscara—. La cara es la conciencia política; la máscara, el complejo de inferior.

(138)

Y entonces, luego de darle al poderoso mi sonrisa derrumbada, el mesero me trajo el café. Lo tomé despacio, saboreando los hielos —también con cierta amargura: de percibir tan claramente la impregnación de la casa en mi mente, de constatar la reproducción de todo ese nudo social en algo tan pequeño, tan fácilmente evitable, como lo era sonreírle acomplejadamente a un gomelazo de semejante calibre—. Pedí otro café. No podía dejar de mirarlos: seguían jugando a los maricas, haciéndose los maricas, toqueteándose el pecho, pellizcándose las tetillas, morboseándose, en fin, al tiempo que, una y otra vez, dejaban claro que no eran maricas, que sólo estaban jodiendo con algo muy lejano para ellos —con un mundo y unas vidas que, de tan ajenas y extrañas en su mundo, bien podrían ser irreales—. Cuando el mesero regresó a la mesa, me dijo, sonriéndoles a los dos, embelesado: «Los doctores son un plato» —me pareció un pendejo—. Ellos seguían en lo suyo. «Cómo estás de rico, papi», los escuchaba. «Vamos al baño y me muestras la mondá» —el mesero soltó una risotada asquienta, como si, con cada comentario nuevo, la percibida irrealidad de esas vidas fuera llenándose de realidad: acercándose, concretándose, minuto a minuto, en su propio café—. «No, papa, mejor no te la muestro porque te asustas: es grandota, no aguantarías».

A punto de irme, miré la hora en el teléfono. Ya habría bajado el sol. Un mensaje me entró en ese momento: un aviso de Grindr. Me había escrito Brusco28. «Soy el de al frente», decía. «Camisa blanca. Quédate. Este man se va ahorita».

Me sorprendió, la verdad —jamás lo habría esperado—, y me pregunté, entonces, qué podía haber entre ellos dos: si un secreto, o una paradoja o una estrategia. El secreto: que uno solo era marica y el otro lo ignoraba. La paradoja: que los dos fueran maricas haciéndose los maricas y que ninguno de los dos lo supiera. La estrategia: que fueran amantes y se hicieran los maricas para mariquear con ganas en la calle, sin miedo a alguna represalia homofóbica.

(139)

Otra forma de decirlo es que, desde el momento en que los amigos comenzaron a toquetearse, me pregunté en qué edad estaban viviendo ellos y, de paso, dada nuestra proximidad, en qué edad me estaban haciendo vivir a mí. Si en la Edad del Estigma —*te estoy tocando para burlarme de quienes verdaderamente se tocan así*—. Si en la Edad de la Vergüenza y del Remilgo —*quiero tocarte en serio, pero sólo me atrevo a tocarte en juego*—. O si en la Edad de la Estrategia —*nos estamos tocando porque nos queremos tocar, pero, para guardarnos de una violencia factible, hacemos como si no estuviéramos tocándonos en serio*—. Son edades —tiempos históricos y estados psíquicos— que componen el período que yo llamo La Gran Represión. Y bueno, la cosa es que, fuera la edad que fuera, ambos crearon una distancia —el mayor abismo— entre su actuación y la edad, cualquier edad, en la que dos maricas llegan a un café queriéndose o morboseándose con transparencia. Me refiero, por ejemplo, a la Edad de la Acción Espontánea —*quiero tocarte y voy a tocarte ahora*—. A la Edad del Eslogan Mercantil —*Love is love, mira mi camiseta*—. A la Edad del Orgullo Combativo —*nos tocamos a pesar de un peligro*—. O a la Edad Tranquila —*nos estamos tocando ahora: no va a pasarnos nada*—.

Todo ese tren de pensamiento, sin embargo, tan rígidamente clasificatorio, de repente me pareció inoficioso. Porque —siempre me lo tengo que recordar— ninguna edad es sólo esa edad y ya, y porque en todas las edades están siempre las semillas de las otras —de las edades sucedidas y de las que están por venir—. Porque nunca ninguna edad termina tajantemente, con un final preciso y porque nunca el espíritu de una edad se queda del todo atrás —atrás y ya—. El espíritu, en cambio, pervive en las edades que siguen, a veces de manera latente o subterránea, y a veces, incluso, muy activamente.

Pensé, entonces, que si el correr del tiempo es la acumulación en el mundo de los espíritus de cada edad —y, por supuesto, la acumulación de esos espíritus en nuestros cuerpos y cabezas—, crecer ha sido, para mí, lidiar con esa acumulación: esforzarme por entender el nudo de tiempo que se va formando con el desenvolvimiento de cada era; y tratar de entender, también, lo que pasa cuando el nudo de tiempo personal se encuentra con el nudo de tiempo de otro.

(140)

Al ratico de escribirle: «Bueno», por el chat de Grindr, el amigo se despidió. Ambos se pusieron de pie y, en ese abrazo final, volvieron a cogerse la verga. «Cuídame esa cosota rica que tienes», dijo el que se iba. «La próxima vez que te vea, te la chupo toda». El mesero dejó escapar la carcajada más sonora de la tarde y, cuando el poderoso volvió a sentarse, nos quedamos mirando. En su perfil de Grindr, con fotos en distintas locaciones turísticas —en el Coliseo de Roma y la Torre Pisa, en el Puente de Brooklyn y las pirámides de Teotihuacán, en Machu Picchu y el Parc Güell de Barcelona—, había escrito: «Brusco. Te pongo a mamar de rodillas». Yo, por mi parte, había escrito: «Con ganas de mamar YA» —así, en mayúsculas, con toda la urgencia—, mostrando la cara en la foto de perfil. Mi cara que fue partida. Mi cara.

(141)

Cuando el amigo cruzó la puerta, el poderoso hizo señas para que me sentara en su mesa: así lo hice, para estupefacción del mesero. «¿Whisky, señor?», me preguntó. El cliente especial respondió por mí. «Tráeselo doble», le ordenó, y yo pensé, feliz: «¡Esta vaina se puso buena!». Nos presentamos, entonces —se llamaba Francisco—, y muy rápidamente, con cada pregunta y respuesta que nos dábamos, se fueron acercando nuestras caras. Las preguntas fueron cordiales primero —qué planes teníamos para diciembre, qué agüeros teníamos para Año Nuevo— y muy pronto, con las manos rozándose, se volvieron morbosas. «Entonces, ¿vas a mamarme arrodillado?», me preguntó el poderoso. «Voy a verte lagrimeando», me dijo. «Atragantado». Y yo de vuelta —mostrándome experimentado: con la cara bien puesta—, le dije, provocador: «Pues ojalá no seas puro tilín-tilín y nada de paletas». El poderoso se rio y pidió más whisky —hizo una seña sin dejar de mirarme— y, apenas tuvimos los vasos llenos, hicimos un brindis. «Por el buen rato que vamos a pasar», dijo.

(142)

Yo estaba fascinado: no podía creer que, luego de su actuación grotesca, el poderoso estuviera así, en ese mismo lugar, mariquiando en serio, abiertamente. A medida que nos fuimos acercando, la expresión del mesero cambió, y de la simple estupefacción pasó a una estupefacción alarmada. Él no podía creer lo que estaba pasando. Pero ¿qué estaba pasando realmente? Recordando sus muecas, yo diría, en una primera instancia, que, en menos de una hora, él atestiguó el paso de una edad a otra —de la Edad del Estigma, quizás, a la Edad de la Acción Espontánea—: el paso de lo oculto y latente a lo visible y manifiesto. Pero, más profundamente, diría que en los ojos del mesero escandalizado se consignó el paso del juego a la realidad —de hacerse el marica a serlo— y, en ese sentido, el paso de lo aparentemente irreal a lo físicamente real.

(143)

«¿Y en qué colegio estudiaste?», me preguntó Francisco. Unos días antes había recibido la misma pregunta. «Con sitio hasta el lunes», decía el perfil de Grindr, que estaba sin fotos, y, tras un breve intercambio, quedamos en vernos de una: él quería una mamada rápida. «No te demores», escribió. «Estoy bien cargado» —a los quince minutos, yo ya estaba tocando el timbre—. Era una casa grande, totalmente enrejada, con un jardín que se extendía desde la puerta de la reja a la puerta principal, todo lleno de cayenas y trinitarias, y de juguetes para niños regados por el verde: peluches, carritos, pistolas de agua. «¿Con quién voy a verme?», alcancé a preguntarme. «¿Con el padre de los niños? ¿Con su abuelo? ¿Con el hijo mayor?». Con ninguno: me abrió la puerta un pelao de veinticinco años o así, con botas negras y overol, cubierto de tierra. «Tenemos que entrar por el garaje», me explicó. «Allí no hay cámaras». Durante el subidón que tuve, entendí que los dueños de la casa no estaban y que él trabajaba allí. «Vamos por acá» —me cogió de la mano y, por un pasillo que iba del garaje a la cocina, me llevó al cuarto principal—. «Acá podemos estar», dijo. «Tampoco hay cámaras» —se acostó en la cama doble y se abrió el overol, y aprovechando que había una alfombra esponjosa, me arrodillé para mamarlo: se vino muy pronto—. «Qué rico, gracias», me dijo, desgonzado, mientras yo lo lamía entero, le escurría la verga y me tragaba todo lo que podía sacar. «Hazte aquí, ven», me pidió —se llamaba Calixto—. Acostado a su lado, entonces, apretadísimos, me contó que trabajaba con la misma familia desde hacía diez años. «Primero en la finca», dijo, «allá en Juan de Acosta, y luego acá, en esta casa: cuido a los niños y hago el jardín». También supe que llevaba meses *sin hacer nada*. «Acá es muy difícil», dijo, «siempre están los patrones». Y justo cuando pensé que la cita estaba por terminar, Calixto volvió a decir: «Qué rico», y se me quedó mirando. «Te quedó leche en la barba»

—nos reímos y nos besamos—. «¿Y tú qué?», siguió. «¿Qué ha pasado?». Le dije: «No mucho», y se me dio por contarle que estaba de visita: que hacía años vivía en Bogotá. «Terminé el colegio y me fui», le dije. Y entonces, la pregunta: «¿De qué colegio saliste?». Contesté automáticamente y algo pasó: se quedó tieso. Cuando nos despedimos —después de todo lo que, tan felices, habíamos hecho en la cama de sus patrones—, Calixto me dijo: «Un gusto, patrón».

(144)

Y así, mientras le contestaba a Francisco con la máscara bien puesta —martillándome la cara: pronunciando el nombre del colegio como si no hubiera otra respuesta posible· diciéndole, en otras palabras, que yo era como él, sí, que yo era como él—, me fui lejos, a la casa, al tiempo en que la vieja, año a año y día a día —a cualquier hora, en cualquier lugar—, nos gritaba a mi hermano y a mí: «¡Tantos esfuerzos que están haciendo sus papás para pagar ese colegio!». Así era al desayuno: «¡No coman con la boca abierta! ¡Tantos esfuerzos que están haciendo sus papás para pagar ese colegio!». Y al almuerzo: «¡Bajen los codos de la mesa! ¡Tantos esfuerzos que están haciendo sus papás para pagar ese colegio!». Y en cada comida: «Pero ¿cómo es posible que no hayas hecho amigos todavía? ¡Tantos esfuerzos que están haciendo tus papás para pagar ese colegio!». Pero mis padres —mis pobres padres— no podían pagar, por lo que, una y otra vez, nos expulsaban del salón. «Sin pago», sentenciaba la maestra, al tiempo que los compañeros se burlaban o abucheaban, «no pueden estar aquí».

(145)

Un día, después de alguna expulsión de clase —de clase—, llegué a la casa temprano y la vieja, inquisidora como siempre, saltó a decir: «¡No me digas que te escapaste! ¡Tantos esfuerzos que están haciendo tus papás para pagar ese colegio!».

Yo le contesté furioso: «¡Qué esfuerzo ni qué nada! ¡Si no pagan nunca!». Entonces la vieja dijo, martillante: «Pero ¿cómo es posible que digas eso?», a lo que tuve que explicarle, gritando —llorando: visceralmente acomplejado—, que públicamente nos humillaban en ese lugar. «Si no tenemos con qué» —repetí lo que todo el tiempo nos decían—, «¿por qué seguimos en ese colegio?». La vieja me miró alarmada, más aterrada que nunca, yo diría: como si hubiera cruzado un nuevo y definitivo límite. «¿Qué estás diciendo?», gritó. «Pero ¡qué estás diciendo! Ustedes tienen que quedarse allí. Y aguantar. Aguantar. Algún día lo van a agradecer. Luego podrán decir que salieron de ese colegio».

CASA DE DULCE

(146)

En el año más difícil de la bancarrota, y al constatar que, por más presiones y humillaciones públicas, mis papás seguían sin pagar —sin *abonar alguito*, como me dijo una vez la profesora: «Para no sacarte de clase, diles a tus papás que abonen alguito»—, la rectora propuso condonar nuestra deuda si, durante el nuevo año escolar, sacábamos notas sobresalientes. Bajo esa oportunidad y advertencia, mi hermano y yo continuamos estudiando —con la carga en la espalda de que, si no éramos ejemplares, ¡los mejores!, terminarían echándonos de allá—. «¡Tienen que poder graduarse!», nos taladraba la vieja. «Si no salen con ese diploma, se les van a cerrar las puertas».

Con ese miedo viejo, inacabable, a la exclusión perpetua, pero también con el ánimo de ayudar a mis papás —de quitarles, al menos, una preocupación en la vida—, fui mejorando las notas y, sí, volviéndome un alumno *ejemplar*, cada vez más aislado. «¡Miren al caletero!», me gritaban en la puerta. «¡Se va de fin de semana con el morral repleto!». Y era así: en vez de salir y hacer planes —no tenía con quién—, me quedaba en la casa estudiando de viernes a domingo. «Niño, pero sal un rato: airéate», podía conminarme la vieja, pero en cuanto me sabía afuera, con Margui, *viendo pasar gente*, saltaba a llamarme de nuevo: «¡Pero, niño, ponte a estudiar! ¿O acaso estás buscando que no les condonen la deuda?». Entonces volvía a la mesa del comedor, al mismo puesto donde mi papá hacía cuentas, y adelantaba las lecturas de toda la semana. Yo estudiaba excluido, con el ansia de escaparme de un futuro de exclusión.

(147)

Pero a medida que, en clase, cada día con mayor insistencia, las profesoras enseñaban mis tareas como un ejemplo a seguir —*miren cómo resolvió la ecuación, miren cómo interpretó la pregunta*—, muchos estudiantes comenzaron a acercarse, incluso los que todo el tiempo se burlaban de mí. «¿Te importa si te llamo esta tarde?», me preguntaban, amabilísimos, a lo que yo, entusiasmado y radiante, casi que llenándome de vida, pasaba a dictarles mi teléfono. «Es que no entendí lo que hay que hacer», decían. Entonces, sabiendo que su acercamiento era interesado —realmente extractivo—, yo me sentaba a esperar sus llamadas, siempre con la ilusión pendeja de que, algún día —algún día—, el teléfono sonara para otra cosa: para que alguno me invitara a salir, por ejemplo, o a pasar la tarde en su casa. Yo deseaba que mi ayuda —lo pensaba así, con esa palabra exacta— se volviera una amistad.

(148)

De lunes a jueves, el teléfono sonaba desde las tres de la tarde hasta las diez de la noche. El viernes y el sábado dejaba de sonar. Y el domingo volvía a sonar desde las seis de la tarde. Al otro lado de la línea, siempre escuchaba las mismas preguntas: «¿Qué es lo que hay que hacer?», «¿Me puedes explicar el ejercicio?», «¿De qué iba la lectura, me la puedes resumir?». Llamada a llamada repetía y me repetía y, al final, antes de

colgar con el que fuera, lanzaba mi anzuelo, casual pero desesperado: «Oye, ¿y qué harás el finde?». Llamada a llamada, también, siempre respondían lo mismo: «No, nada, si acaso a misa
con mi familia». O: «No, nada, estoy castigado». Al lunes siguiente, sin embargo, como todos los lunes, ellos mismos hablaban de lo rico que habían pasado juntos en tal o cual
fiesta, en tal o cual casa. «Se nos olvidó avisarte», podían decirme, y yo —la máscara— respondía: «No te preocupes. Igual
no habría podido ir. Estuve el fin de semana en Cartagena».

(149)

Así pasaron meses: ellos, extrayendo, y yo, desahuciado, pres-
tándome para la instrumentalización. Un lunes, sin embargo,
luego de hablar en extenso de lo bien que la habían pasado
en alguna fiesta, dos compañeras se acercaron para pedirme
una tarea. «¿Nos dejas copiar?», me preguntaron, sonrientes,
con la carita más dulce: batiendo las pestañas como una forma de exponer su descaro y, al mismo tiempo, de excusarse
por ello falsamente. Yo les dije: «No» —seco—. «No quiero
que me sigan buscando por interés». A una se le descompuso
la cara —se hizo fea—: me miró con el máximo desprecio,
ofendidísima —y lo peor: sin hacerse la ofendida, sino ofendida verdaderamente, quién sabe si incapaz de reconocer lo
que estaba diciéndoles, o furiosa porque le había cortado el
chorro: porque, expuesta la dinámica horrible, la manipulación se complicaba—. «¿Y a éste qué le picó?», soltó la otra
—y ahora que recuerdo la escena, pienso que su rabia tuvo
que ver, sobre todo, con la renuencia a horizontalizarse: con
un convencimiento profundo de superioridad que les impo-
sibilitó aceptar que alguien a quien ellas miraban por debajo
del hombro un día les hablara de igual a igual—. Las dos se
fueron. Y, a partir de ese momento, todas las burlas e insultos
que, a raíz de la extracción, se habían calmado, comenzaron a
recrudecerse. «¿Por qué estás acá si no has pagado? ¡Paga o
lárgate! ¡Paga, paga, paga!».

(150)

Cuando les dije a ambas que no y que no más, alcancé a ver de reojo que otra compañera de curso, Marcela, observaba la escena. Nunca había cruzado más de tres palabras con ella. Ese día tampoco hablamos, aunque en distintas ocasiones nuestras miradas se cruzaron: yo sentía que quería decirme algo. El viernes se acercó finalmente durante el recreo. «Oye», me dijo —estaba chupando un bonbonbum—. «¿Quieres venir a mi casa?». Yo no podía creerlo. «¿Y eso?», le pregunté. «¿Cuándo?». Marcela dijo: «Mañana mismo si quieres», y agigantando la sonrisa, me regaló un chocolate. «Después de almuerzo. Podemos hornear galletas y ver una película». ¡Me emocioné tanto! Le dije que sí, por supuesto, que gracias. Y apenas llegué a la casa, anunciando, extático, que al día siguiente, por fin, tendría planes con una amiga, la vieja trató de aguar la fiesta. «Pero ¿cómo?», refunfuñó. «¿Vas a perder la tarde de estudio?». Desde la habitación, una mediamadre le contestó, iracunda: «¡Ay, ombe, déjalo! ¿No ves que no sale nunca?». Entonces la vieja preguntó: «¿Y cómo se llama esa niña? ¿Tiene presencia?» —la dejé hablando sola y corrí a la cocina, más extático todavía, para celebrar con Margui la invitación que tenía—. «¡No lo puedo creer!», decía. «¡Voy a salir! ¡Un sábado! ¡Un sábado!», y como si fuera el único comentario posible, Margui dijo: «Nene, acuérdate de hacer popó antes de salir. ¡No vayas a hacer popó en casa ajena!».

(151)

La casa parecía de dulce. Desde la entrada hasta el último rincón, había mesitas con bombonas repletas de chocolates —todos, en esa época, muy difíciles de conseguir: los besitos plateados de Hershey's, Snickers, BabyRuth y Twix—. «Coge los que quieras», me animó Marcela, y ahí mismo me zampé uno. «Pero sin pena», insistió, «come más» —comí más, y luego otro poco—. De la puerta a la cocina caminamos largo —era una casa grande, con jardín y piscina— y, mientras ella me enseñaba los demás espacios —el estudio, la salita de cine—, también iba apalabrando planes para después. «Un día podemos hacer un piscinazo», dijo. «O un asado en el jardín». Creo que, recorriendo la casa, yo debía estar mirando todo con el mismo deslumbramiento con el que la vieja observaba a Amirita: con la misma sensación de inclusión fugaz en otro mundo y en otra vida —una inclusión que, justamente por lo frágil o perecedera, provocaba que me escindiera entre la gratitud y el miedo: gratitud por tener acceso, miedo a perderlo para siempre—. «Come más», dijo Marcela. «Come más. En esta casa no se acaba el dulce nunca».

(152)

Mientras preparábamos la masa de las galletas, y precalentábamos el horno, y esperábamos a que estuvieran listos los nuevos manjares de chocolate, el papá de Marcela llegó a la cocina. «¿No han comenzado a estudiar?», preguntó sin mirarme —sin saludar—, a lo que mi amiga dijo: «Ahorita, papi, ya casi», y me picó el ojo. En cuanto el hombre se fue, sin decir nada más, Marcela se acercó sigilosa, tapándose la boca al mismo tiempo que dejaba escapar la risa, y pegando la boca a mi oreja, me contó su secreto: «Como estoy castigada, le inventé que íbamos a estudiar» —nos reímos alto y de inmediato sentí un alivio profundo: yo ya estaba pensando que la invitación había sido una trampa: otra forma de extracción ladina—. «Ya casi están listas las galletas», dijo. «¿Hacemos malteadas también?».

(153)

Hicimos malteadas también. Pero, en la salita de cine, con toda la comida servida, Marcela me dijo: «¿Sabes qué? Mejor no veamos ninguna película» —acercó una bombona con más chocolates: yo no dejaba de comer—. «Mejor echemos chisme», dijo, «y hagamos como que estamos estudiando, ¿sí?» —miró hacia la puerta con disimulo—. «No sabía que mi papá iba a estar». Entonces abrió el morral y sacó los cuadernos. «Lo odio, ¿sabes?» —Marcela cogió un lápiz de la cartuchera y le sacó punta—. «¡Odio a mi papá! ¡Lo odio! Nunca está en la casa y, cuando por fin está, me persigue y me mortifica» —pasó con rabia las páginas del cuaderno—. «¿Y tú cómo te llevas con tu papá?», me preguntó, y mientras le contaba que bien —que yo creía que bien, aunque tenía miedo de que un día volviera a darle *esa cosa que le dio*: también le conté *la cosa*—, Marcela me iba mostrando los puntos de la tarea. «¿Tú qué pondrías en esta respuesta?», me preguntaba desprevenidamente, y ahí mismo me pasaba el platico con galletas. Yo le decía: «La respuesta es A», o: «La respuesta es B», zampándome otra galleta, y seguía hablando como si no me diera cuenta de lo que estaba pasando —desencantado y, sobre todo, confundido: preguntándome si la vida siempre sería *eso*, si acaso una amistad era inevitablemente *eso*: manipulación dulce y extracción calculada—. «Cuando a mi papá le dio *esa cosa*», le dije, «llenó la casa de matas y animales» —así resumí el impacto: faltándole a nuestro dolor, presentándolo como cualquier anécdota pendeja—. «Qué duro», dijo Marcela, «me imagino lo difícil», y mordiendo ella misma una galleta, agregó: «Oye, ¿y qué pondrías de respuesta aquí?». Después de terminar el cuestionario, pasamos a otra tarea.

(154)

A la hora de comer, el padre llegó con hamburguesas. «¿Cómo están?», nos preguntó, y ahora sí me dio la mano. «¿Les rindió la tarde?». Marcela dijo: «Sí, mucho» —y era cierto: muy rápidamente, en vez de hablar y echar chisme, sólo hicimos tareas: las suyas, además, porque yo no había llevado el morral a esa casa—. «Bienvenido siempre por acá», dijo el padre, y me dio una palmadita en el hombro. «Ya le advertí a Marcela:

si no sube las notas, no hay viaje a Miami en junio». Entonces, por supuesto, me hice la inevitable pregunta: ¿el padre estaba invitándome a qué? ¿O en calidad de qué? Cuando se fue, Marcela dijo: «El próximo viernes sí podemos ver la película». Las palabras me calmaron: respondieron la duda que me estaba emborronando: me devolvieron la alegría de la primera invitación. «Listo», le dije, «nos vemos el viernes».

(155)

Mi mamá pasó al ratico. «¿Cómo te fue?» —me saludó expectante—. No quise contarle que había pasado la tarde ayudando a Marcela con las tareas —dictándole las respuestas: sintiéndome embaucado: dándole todo mi trabajo a cambio de unos chocolates—. Me dio miedo que, al decirlo en voz alta, yo mismo confirmara mi intuición y que luego, al escucharme, mi mamá la reconfirmara. «Súper bien», le dije —un martillazo en la cara—. «Me invitó a volver el otro viernes». Mi mamá dijo: «¡Anda! Pero ¡qué bien, papá! ¡Ya tienes una amiga!» —y esa palabra, *amiga*, dicha con tanta ilusión, me hizo pensar que, bajo ningún punto de vista, debía contar lo que había sido realmente esa tarde—. En la casa, cuando llegamos, la vieja también quiso saber cómo me había ido. «Bien», le contestó mi mamá. «Lo invitaron otra vez». Filosa, más rápida que una chita, la vieja dijo: «¡Anda! Pero ¡qué bien! Está haciendo amigos, entonces. ¡No como esa vez que se quitó los zapatos en el Country!».

(156)

Al viernes siguiente, Marcela me recibió con un algodón de azúcar. «Hicimos anoche», dijo. «Mi papá compró una máquina» —lo probé ahí mismo y me gustó, sobre todo, que, al pasar por el espejo, me viera con la boca rosada: le di otro mordisco—. «¿No trajiste tus cosas?», me preguntó Marcela —y así, no más entrando a la casa, la duda que me emborronaba se esclareció enseguida—. «¿Qué cosas?», le pregunté entristecido, sabiendo ya lo que iba a responder. «Pues tus cosas», dijo. «Tu morral, tus cuadernos». Le dije: «No, ¿para qué? Habíamos quedado en ver una película» —en su cara vi un cálculo: la búsqueda de una estrategia—. «Bueno, sí», dijo, «pero pensé que podíamos hacer lo de la vez pasada: adelantar las tareas a lo largo de la tarde». Me habría gustado decirle que me había invitado a otra cosa: que *veía* lo que estaba haciendo; que el embauque, por lo torpe, era transparente. Pero, como en un fogonazo, también pensé que ella había querido explicitar la transacción —cambiar la deshonestidad por negocio—: *Yo te doy la ilusión de amistad* —*la ilusión de una vida social*— *y tú me das tu trabajo*. Era un negocio, por supuesto, que a ella le convenía mucho y que a mí, en cambio, me hundía más —en mi complejo, en mi experiencia de aislamiento—. «Si te parece», me propuso ella, «ponemos una película mientras me ayudas con las tareas».

(157)

Ponerse una máscara uno mismo es martillarse la cara pensando que no hay violencia en el gesto; es creer que, en vez de martillarse, uno está simplemente poniéndose una máscara. «Sí, dale», le dije, «hagamos eso». Pero hay martillazos tan duros que uno mismo se da, martillazos tan fuertes en la cara que pueden dañarla para siempre. Volverla añicos. No dejar nada allí —dejar una máscara cubriendo nada—. «¿Quieres más algodón?», me preguntó Marcela. Le dije: «Bueno, sí, está rico».

(158)

Entonces prendió el televisor y puso, en cualquier canal, cualquier película. «Esa es buenísima», dijo, al tiempo que abría su cuaderno. «Me encantan las de acción» —en la pantalla inmensa, un hombre perseguía a otro mientras todo ardía a su alrededor: carros, árboles y edificios—. «¿Tú qué pondrías en esta respuesta?», me preguntó Marcela y, como no respondí enseguida, concentrado que estaba en las imágenes de fuego, apagó el televisor y dijo: «Mejor veamos la película al final». Pero, al final, cuando terminamos de hacer sus tareas, no vimos nada: mi mamá pasó por mí. «¿Qué tal la película?», me preguntó en el carro. Le dije: «Muy buena».

(159)

La siguiente vez que fui, llevé todas mis cosas y, a medida que, semana a semana, iba volviendo a la casa, seguimos con la pantomima social: nos veíamos para hacer las tareas —para ayudarla a subir las notas—, pero siempre actuando como si nos viéramos para pasar la tarde. Marcela me dijo un día: «No te volvieron a sacar de clase», y yo sentí que el comentario, tan de improviso, me arrancó toda la ropa. Por un momento pensé en decirle que ya no había deuda, pero, en lugar de eso, decidí compartir la verdad —yo estaba hablando *con una amiga*—. «Si me va bien en todas las materias», le expliqué, «el colegio me beca». Y entonces me pasó que, al contarle eso, no sólo me sentí más desnudo, sino a ella más vestida. Marcela me dijo: «Seguro te la dan».

(160)

Unas semanas después, al final de la clase de Español, la profesora nos mandó a llamar: tenía una hoja en cada mano —las glosas que habíamos entregado la semana anterior—. Primero dijo: «Acá el joven ha escrito» —mirándome—: «Tengo quince años, una deuda y el deseo de viajar». Después dijo: «Y acá la joven escribió» —ahora mirando a Marcela—: «Tengo quince años, una deuda y el sueño de viajar». La profesora siguió leyendo partes de cada texto, todas iguales, y luego de una revisión exhaustiva preguntó: «¿Son almas gemelas o alguno se copió del otro?». Yo sentí, como nunca, el sentimiento más oscuro de condena. Creo que temblé, o me quebré en la mente —sé que se me aguaron los ojos—. En el instante posterior a la pregunta, mientras Marcela y yo estuvimos callados —nerviosos y atrapados—, se me ocurrió decir que yo me había copiado de ella. Pero ¿cómo iba a decir eso? Y entonces, cuando estaba a punto de decir algo —lo que fuera que me saliera por la boca—, Marcela gritó: «¡Él! ¡Él se copió de mí!».

(161)

De ese recuerdo me mortifica no tanto la mentira de Marcela, sino el hecho de que mi instinto, la primera pulsión, haya sido salvarle el pellejo. No pensé en la beca, en el hecho de que lo que estaba ocurriendo podría llevarme a perderla. No me dije: «Voy a decir la verdad». Me dije: «Voy a decir que yo me copié de ella» —y por esa razón, durante un tiempo demasiado largo, me insulté a mí mismo de todas las formas posibles: *huevón, pendejo, idiota*—. Muchos años después, sin embargo, ya ido de Barranquilla, cuando noté que la historia con Marcela se estaba repitiendo con otra gente, en otras partes —la invitación amable a la casa y la evidencia de la extracción—, traté de pensar qué había allí: por qué seguía *pasándome* eso. Volví a esa escena con la profesora. Y lo que me impactó —lo que me pareció más tremendo— fue que, en una situación así, yo hubiera puesto automáticamente a su casa —a su gente— por encima de la nuestra: el viaje a Miami por encima de la deuda que nos atormentaba; su lujo por encima de nuestra precariedad; su despilfarro por encima de nuestro trabajo. Esa es la cuestión: que el impulso fue mantenerla intacta, a pesar de mi propia ruina, y que ese impulso fue eso, un impulso: lo que salió de mi alma, directo, sin ninguna cavilación. El error, el profundo error, sería reducir todo a pura pendejada —o a una cuestión meramente psicoanalítica: a pulsión de muerte, por ejemplo, o a comportamiento autodestructivo—. Lo que operó, pienso, con toda su contundencia, fue el complejo de inferior: el miedo a la exclusión, la gratitud por la migaja.

(162)

La profesora se quedó mirándome. «¿Eso es verdad?», preguntó: «Porque tú sabes que te pueden suspender». Aunque yo seguí en silencio —mentalmente paralizado—, ella supo ver —percibir— algo en mi máscara descompuesta. «Hagamos algo», dijo. «Yo me olvido de esto» —rompió ambas hojas—, «y ustedes me traen otra glosa mañana». Apenas salió del salón, Marcela me miró con toda la gracia que existía. «De la que nos salvamos», dijo, amable, tratando de medir si había rabia en mi cara. «Muy pesada esa vieja, ¿no?». Y como yo seguía sin hablar, lanzó la carnada de siempre: «¿Nos vemos hoy para pasar la tarde?». No la mandé a la mierda. No dije que no. Pero dije: «No puedo» —y así le seguí diciendo todas las veces que se volvió a acercar—. Un día me dijo: «Estoy muy triste contigo. Yo te abrí las puertas de mi casa. Te di tanto. Y ahora te la pasas evitándome». Lo que todavía me parece aterrador es que me hablara con una tristeza real, sin una voluntad obvia (o al menos consciente) de manipular. Cuando iba a expresarle algo —tal vez mis sentimientos: la desconfianza que ya le tenía—, Marcela me dijo: «¡Desagradecido! Ojalá te echen a las patadas de aquí».

LOCO | LOCA

(163)

Más de diez años después, cuando pronuncié el nombre del colegio, el poderoso dijo: «Vea pues» —suspicaz: alzó las cejas hasta el techo—. «Mejor hablemos de tu nombre en Grindr», le propuse. «¿Muy brusco?» —Francisco sonrió—. «Ya vas a ver», me dijo, con la mirada del mesero sobre nosotros, quién sabe si deseante o asqueada —morbosa, en definitiva—.

Entonces nos dimos un beso babosísimo y nuestro vigilante ya no se pudo componer: volteó la cara, volvió a mirar… Con su cara nos captó y nos tachó, y esto fue iniciado el siglo XXI, cuando aún retumbaba la voz del vecino que, a finales del siglo XX, había gritado desde su patio: «¿Quién fue el marica» —yo—, «el gran marica que se metió un jabón por el culo y lo tiró para acá?». Y cuando aún retumbaba la voz de Margui gritando: «¡Se te va a pegar el sida por los pies!», cada vez que, a finales del siglo pasado, yo salía descalzo a la calle. Ese grito suyo sonó tanto, tan alto, y tuvo un arco temporal tan grande que empecé a escucharlo cuando, trágicamente, aún nadie sabía cómo podía contraerse el virus de la inmunodeficiencia humana, y hasta cuando ya había pasado el suficiente tiempo como para que el grito en sí diera risa.

(164)

Francisco lo miró de vuelta. «Ajá, papa» —le dio de propina un rollito de plata—. «¿Acaso no habías visto nunca a dos maricas?». Entrado el siglo XXI, el mesero dijo, solícito: «No, señor, nunca. Ésta es la primera vez».

(165)

Vivía en el segundo piso de un edificio de El Prado, verde oliva —recién pintado, me pareció: olía a *thinner*—, con helechos que colgaban por todas las escaleras de adentro. Las subimos, calientes, sin dejar de mirarnos, y cuando entramos a su apartamento, tuve la impresión borrosa de que yo ya había estado allí. Mientras miraba los candelabros de plata y los retratos de familiares antiguos —en cuadros o en fotos, casi todos en marcos de madera—, Francisco prendió el televisor para dejar de fondo, bien alto, un partido de fútbol. «No quiero que la vecina escuche», dijo. Le pregunté: «¿Qué cosa?», y respondió: «Tus gemidos» —se acercó, entonces, a hablarme al oído—: «Porque cuando empiece a comerte, vas a gemir mucho, ¿verdad?» —comenzó a desabrocharse la camisa y siguió hablando en susurros—: «Vas a mirarme mientras te como, ¿verdad? Y vas a gemir duro». El partido de fútbol tapaba su voz, por lo que dije, alto: «Sí» —nos besamos y, luego de quitarle la camisa, él me sacó la mía: nos besamos más, cada uno desabrochándose el pantalón, sobando al otro, prolongando adrede la impaciencia que crecía—. Y cuando ya estuvimos en calzoncillos, Francisco me dijo: «Arrodíllate». Entonces me cogió por los hombros, brusco, para empujarme al suelo, y de rodillas dejé la boca en la tela, y mordí —duro—, y olí, y volví a morder, antes de que Francisco me pasara el popper. Aspiré y sentí el calor: volví a aspirar y, con la cara hirviendo —mareado—, le bajé el calzoncillo y empecé a mamarlo: la verga ya estaba dura y, sin embargo, yo sentí que en la boca creció más. «Mírame», escuché a Francisco y, apenas subí la mirada, los ojos se me fueron hacia una mesita con portarretratos. «Qué bien», me dijo, metiéndomela mucho. «Eres muy obediente» —se movía: me follaba—. «Pero no dejes de mirarme», insistió —el partido continuaba: el Junior casi marcaba un gol—. Yo lo miré otro rato mientras él me decía: «Sí, así» —me folló más tiempo— y, cuando, gimiendo mucho, echó la cabeza hacia atrás, relajado —entregado a su movimiento—, volví a fijarme en los portarretratos de la mesa: en uno estaba un niño sonriendo en el castillo de Disney, alzando los brazos, triunfal, con Mickey y Minnie a lado y lado. En el otro estaba Amirita, sonriendo en blanco y negro.

(166)

«¿Quieres más popper?», me preguntó —yo tenía todavía la verga en la boca—. Él mismo lo abrió y él mismo lo acercó a mi nariz: aspiré y seguí mamando. «Acuérdate de mirarme», dijo. Yo lo miraba, pero también miraba la foto. «Quiero comerte», dijo —volvió a aspirar el tarrito—. «Déjame comerte, porfa» —en el partido, el árbitro pitó una falta—. Asentí, todavía mamándolo, y miré de nuevo la foto de Disney. «Pero antes quiero mamarte». Yo me quedé arrodillado, mirándolo más, con la boca llena de saliva. «Párate», dijo, y me paré, y de la mano me llevó hacia un sofá: justo al frente, en el televisor, sucedía el partido. Abrió el popper y aspiramos más, y después me empujó duro: allí, tirado sobre el cuero, sentí crecer el mareo caliente. «Te voy a mamar rico», me prometió. «Pero no vayas a venirte. No me gusta que se vengan en mi boca» —volví a mirar la foto en Disney: era él, barbado ahora—. Primero me lamió y luego me mordió la cabeza, brillante y amoratada. «Oye, estás que te revientas» —me miró sospechoso—. «Cuidadito con venirte». Entonces me jaló por las huevas y actué el gemido que quería. «Eso», dijo. «Te quiero escuchar» —me jaló más y actué más, y siguió lamiéndome y mirándome: yo también lo miré fijo—. Estando en ésas, mientras él seguía chupando —y entraba y seguía hasta el fondo, despacio—, un hilito de saliva se fue formando —alargando— entre la boca y mi verga. «¡Qué es esto!», gritó —se paró enseguida—. «¡Te dije que no te vinieras!». Y cuando ya iba a decirle que el hilo era su propia saliva, se fue corriendo al lavadero, furioso —llevado por la angustia— y, entrado el siglo XXI, se zampó un tarro de Clorox o jabón líquido. «Qué pedazo de pendejo», le dije. «Me largo de acá».

(167)

«¡Hey!», me llamó con la boca toda llena de jabón. «¡Qué pesado, hey! ¡Lo primero que te dije!» —siguió enjuagándose—. «¿Cómo se te ocurre, hey?». Mientras me vestía, comencé a reírme de su paranoia ridícula. Y pensé: «El gusto que voy a darme echando este cuento» —entretanto, el Junior, de nuevo, por poco marcaba un gol—. «Estás muy confundido», le dije, vestido y listo para irme. «Estás limpiando tu propia saliva» —y, con la cara roja de popper, Francisco me miró boquiabierto—. «¿En serio?». Cuando ya estaba en la puerta, lo escuché decirme: «Quédate, porfa» —le dije que no, pero siguió insistiendo—: «No seas así, hey» —se puso entre mi paso y la puerta—. «Quédate» —volvió a cogerme de la mano y regresamos al sofá—. «Hacemos lo que tú quieras», trató de convencerme, y acercándose más, dijo: «En serio quiero comerte». Entonces nos besamos largo y, después de aspirar el tarrito —apenas vi que, aún más rojo de lo que ya estaba, los ojos se le voltearon—, se me dio por preguntarle cómo era su nombre completo. «Carlos Francisco», dijo. «Pero no me gusta ese nombre» —comenzó a acariciarme la verga—. «Yo te conocí así, con ese nombre», le dije. «Carlitos» —entonces me miró despavorido—. «¿Qué? ¿Cómo así? ¡Tú cómo sabes eso!» —pegó un grito horrible—. «¡Dime!» —se paró del sofá, desnudo, y me dio un empujón con los puños cerrados—. «¿Me estás siguiendo?». Yo le dije: «Cálmate, hey» —en ese momento, el Junior, por fin, hizo un gol que ninguno de los dos celebró—. «Me estás siguiendo, hijueputa». Volví a decirle: «¡Que no, ombe!», y cuando ya iba a explicarle por qué lo conocía, Carlitos preguntó gritando: «¿Me quieres robar?» —¡un loco!—. «¿Me quieres robar, hijueputa?» —me dio otro empujón y dijo—: «¡Yo sabía!» —pegó la cara a la mía—. «¡Yo sabía que tú no eras de ese colegio!».

(168)

Carlitos siguió gritando. «¡A mí no me la vuelven a hacer! ¡Fuera de aquí!» —me apuntaba con el dedo—. «¡A ver, afuera!». A pesar de mi aturdimiento, tuve un doble impulso: mandarlo a la mierda y contarle con calma por qué lo conocía. «¡A mí no me la vuelven a hacer!», repitió —¿qué le habrían hecho?—. «¡Me has estado siguiendo, hijueputa! Muéstrame tus bolsillos, dale». Y entonces, ya con la puerta abierta, listo para irme, le dije, mansito —la máscara—: «Mi abuela conocía a tu abuela» —quise responder lo demás, pero no supe cómo: estaba amedrentado—. «Y también conocí a Amira. Hace mucho». Carlitos me miró intensamente —se calmó— y luego de un esfuerzo por reconocerme, concentrado todo en la frente arrugada, soltó un suspiro y dijo: «¡Aaaaah! Tú eres ese man…» —parecía aliviado y sorprendido—. «Me acuerdo, sí» —se rascó la verga y se sirvió agua—. Mientras trataba de acercarse otra vez como si nada hubiera pasado —COMO SI NADA HUBIERA PASADO—, me pregunté qué había en su tono ahora. ¿Más desprecio, acaso? ¿Hubo desprecio cuando me dijo *ese man*? Pensé que estaba ocurriendo algo importante: una escena definitiva. «¡Cómo has cambiado!» —Carlitos me sobó la cara—. «Estás muy lindo», me dijo. Yo también quería coquetear —besarlo, y ahí, de nuevo, la máscara: su desprecio no había quebrado mi deseo—. Pero en vez de seguirle la cuerda, le solté, sonriente: «La última vez que te vi» —recordé su berrinche—, «no querías visitar a tu familia en Sabanagrande» —en ese encuentro definitivo, yo quería saber cómo había crecido: qué había hecho con su origen—. «¿De qué hablas?», respondió Carlitos. «Yo no tengo ninguna familia allá». Y entonces, una de dos: seguía despreciándolos o, peor aún, de tanto negarlos, realmente había olvidado su existencia.

(169)

«Quítate la ropa, dale» —Carlitos me subió la camisa—. «No alcancé a chuparte el culo» —me besó el cuello y me agarró la nalga—. «Ni a comerte. ¿No quieres que te coma?». Yo estaba en silencio, pensando —pensando—: había decidido plantarme, joderlo, vengar su maltrato y berrinche —vengar, final y tardíamente, que, pasado tanto tiempo, siguiera igualito—. Pero tenía que llegar a la estrategia exacta. ¿Qué podía hacer? Mientras pensaba, volví a darle al poderoso mi sonrisa derrumbada. Quería despistarlo: hacerle creer que su deseo era el mío; convencerlo, más bien, de que yo estaba dispuesto a marchar según su deseo. «Sí», le dije. «¿Cómo quieres comerme?». Carlitos repitió su retahíla. «Vas a gemir mucho, ¿verdad?» —me quitó la camisa—: «Vas a mirarme mientras te como, ¿verdad? Y vas a gemir duro». Yo le dije que sí, y lo besé, y besándonos mucho, arrechísimos, nos fuimos al sofá, yo cogiéndolo por la verga. «¿Estás listo?», me preguntó Carlitos. «Muéstrame, dale» —sobre el cojín, abrí las piernas para mostrarle el culo abierto—. «Ufff», lo escuché, y en ese momento —con ese sonido sincero—, vi perfecto las ganas que tenía. «Voy a joderlo», me dije, y a él le dije: «Dale» —metió más popper—. «Cómeme ya». Carlitos se acercó pajeándose —estaba durísimo— y, cuando ya iba a entrar —cuando, maniático, se puso el condón, desesperado, y me rozó con la puntica plastificada—, contemplé la estrategia exacta. «Voy a empujarlo con las piernas», me dije, mirando de refilón su foto en Disney. «Voy a empujarlo con las piernas, violento, así como él me empujó, y cuando esté en el suelo, confundido, voy a decirle que se me quitaron las ganas. Voy a dejarlo ardido y caliente».

(170)

La puntica estaba adentro y, cuando ya iba a empujarlo fuerte —a darle a ese bobo su buen patadón—, Carlitos hizo un comentario mortuorio y mortal, indiscutiblemente fascista. Yo me quedé boquiabierto, midiendo la violencia de lo que había dicho, al tiempo que, cuidadoso, él entraba otro poco, suave, mirándome a los ojos, procurando que no me doliera. «Desde que te vi en el café», siguió —y voy a citarlo tal cual—, «tuve la impresión de que eras la típica loca que sale a marchas y esas cosas» —entró mucho más—. «¿Lo eres?», me preguntó —Carlitos sacó la verga y la metió enseguida: un gemido salió solo—. «¿Lo eres? Porque, si dices que sí, voy a dejar de comerte» —el fascista empezó a moverse: a salirse y a entrar hasta el fin—. «Contesta entonces: ¿lo eres?». Y como estuve en silencio, pasmado por el giro sexual, repitió las primeras palabras terribles. «Mírame», dijo —lo miré y la sacó enseguida: volvió a meterla, rápido—. «Entonces, ¿eres un mariquita izquierdoso?».

(171)

Iba a decir que sí, pero, en vez de contestar, seguí gimiendo.

(172)

Yo entendí su acción así: en la idea conservadoramente macha de que el activo o penetrador es el fuerte, el que domina o devora, el fascista quería sentir que estaba sometiendo los principios políticos que despreciaba —hacerme saber que no eran tan intensos como yo creía, o que estaba dispuesto a olvidarlos en un polvo, por un polvo—. «¿Te gusta esto?», me preguntó. Carlitos seguía moviéndose: comiéndome: gimiendo en mi boca abierta mientras yo mismo gemía, y gemía, y gemía preguntándome: «¿Qué está pasando acá?». Tengo el recuerdo, quizás inventado después, de tener total claridad sobre la forma en la que él estaba entendiendo el sexo: como un menoscabo, como una violencia contra todo lo que odiaba. Pero asimismo gemía —gemía: él empezó a gemir más alto que yo—. «Tú sigues acá», me dijo, «dejando que te coma, mientras haces caras de indignado cuando digo todo lo que pienso» —se lanzó a besarme—. Como yo le quité la cara, trató de besarme otra vez, por lo que, entonces, cerré la boca. Sabía que, en ese encuentro conmigo, él buscaba una calma: decirse que todo lo que odiaba era enclenque o impostado —*fácil de penetrar*—. Y si bien su pensamiento podía ser ése, su cuerpo hacía otra cosa —me acariciaba mucho, cuidaba la carne que su mente atacaba—. Su cuerpo tenía un deseo que la cabeza no dominaba y, con todo ese movimiento, nos estaba mostrando su explicitez y transparencia: un deseo político ajeno a lo que la voz fascista estaba expresando. «Para», le dije —Carlitos comenzó a masturbarme—. «Para», insistí. «Para, que me voy a venir». Pero siguió: siguió mientras se fue acelerando el gemido, incontrolable, creciendo alto —siguió—.

Y cuando me vine —quedé en blanco—, el mismo hombre que, poco antes, había hecho gárgaras de Clorox se lanzó a chuparme la verga pegajosa, sumido o aturdido, como si fuera otro. ¡Como si fuera otro! Como si hubiera comenzado a ser, a partir de ese instante, conmovedoramente otro. Políticamente otro. Felizmente otro.

(173)

Pero después dijo: «Espera» —se pasó la lengua por la boca untada—. «Falto yo». Entonces volvió a metérmela —dolió— y, mirándome a los ojos, alzó otra vez su voz fascista: enseguida lo empujé con las piernas. Mi enemigo me miró como a un loco para decirme: «¡Loco! ¿Qué te pasa, hey? Deja que termine». Y enseguida —confundido y molesto—, cuando vio que me ponía la ropa, remató, berrinchoso: «¡Loco! ¿Qué te pasa, hey?» —caminé hasta la puerta y salí—. «¡Te estás portando como una loca!».

(174)

Muchos años antes, tendría trece, viví ese paso de loco a loca por primera vez. Mi papá soñaba —así lo decía: soñaba— con que yo fuera parte de un equipo de fútbol. Quería que entrenara a como diera lugar, que jugara en los partidos, y el subtexto de su insistencia era claro: si llegaba a entusiasmarme con el fútbol, no sería un marica (nada nuevo bajo el sol). Empecé a ir a los entrenamientos en el Centro Italiano de Barranquilla, cada uno más mortificante que el otro. No sólo no me interesaba estar allí, sino que Jaime, el director técnico, me separaba permanentemente del grupo: decía que, mientras yo corriera *como un payaso*, no merecía tocar el balón, por lo que me ponía a dar vueltas alrededor de la cancha, solo, mientras todos los demás entrenaban. Aunque entendía la humillación, me resultaba conveniente: prefería estar a mi bola que jugando en la cancha. Y cuando, a cada tanto, Jaime pasaba revista para decirme, tan alto como podía, que seguía corriendo como un payaso —los pelaos se burlaban—, yo me alegraba mucho: significaba que no tendría que unirme al partido. Mi papá, entonces, pensaba que yo estaba entrenando como parte del equipo de fútbol, mientras que Jaime pensaba que yo calificaba, si acaso, como el último de la banca.

(175)

Un viernes, mi papá llegó a la casa con el uniforme del equipo, naranja y blanco —y con rodilleras, guayos y coderas—. «Mañana hay partido», dijo. «¿Por qué no me habías contado?». Yo no sabía —ni para la banca me habían tenido en cuenta—, pero, según mi papá, el juego estaba anunciado en las carteleras del centro. «Te conseguí todo esto», siguió, «así vas preparado». Él estaba feliz: al día siguiente, vería a su hijo jugar, ojalá lucirse en la cancha. El partido era tempranísimo, a las seis y media de la mañana, por lo que, al despertar, estaba oscuro todavía. Recuerdo a mi papá en la puerta del cuarto, listo desde hacía mucho —madrugador siempre—, mirándome expectante mientras yo me cambiaba, angustiosamente resignado ante los guayos —remordido por la distancia entre lo que él esperaba y lo que iba a pasar—. Y lo que pasó fue que estuve en la banca todo el tiempo: Jaime, por supuesto, ni me volteó a mirar. Al final del partido, cuando *mi equipo* ganó por penaltis, fui a buscar a mi papá. «Esta vez no fue», pensaba decirle, «hay muchos pelaos que son buenos». Pero él ya estaba peleando con Jaime. «¡Madrugó para jugar!», le gritaba. «¿Qué quieres: desanimarlo? ¿Lo quieres acomplejar?» —de ahí pasó a insultarlo—: «¡Pendejo! ¡Comemierda!». Jaime trató de calmarlo, de *hacerlo entrar en razón*, pero mi papá lo dejó hablando solo. Yo me fui detrás de él.

(176)

Para evitar represalias —estaba seguro de que habría alguna—, no fui esa semana a entrenar. Quiero decir que no fui esa semana a correr como un payaso. Pero hubo partido el siguiente sábado. Mi papá dijo: «A ver si ese hijueputa te ningunea hoy». Cuando llegamos, saludó a Jaime de lejos, desde la grada de enfrente, y Jaime lo saludó de vuelta, claramente molesto —furioso— por el roce de la semana anterior. Yo me senté en la banca. El árbitro pitó y comenzaron a jugar. Fue un partido difícil: *mi equipo* empezó a perder desde el primer minuto —yo, en cambio, me sentía victorioso—. Jaime sufría. Gritaba: «Están jugando mal», y se llevaba la mano a la boca, compungido, cuando los otros marcaban un gol. «¡Qué descoordinados están los muchachos! ¿Qué les pasa hoy?». Yo estoy seguro de que Jaime me vio feliz, saboreando su fracaso, porque, apenas volvieron a hacer otro gol y ya era obvio que *perderíamos* —el marcador iba seis a uno—, inesperadamente me pidió que calentara. «¡Nos están perrateando!», gritó alguien, cualquier ridículo, mientras yo entraba en pánico. «Vas a reemplazar a Camilo», dijo Jaime —Camilo era el 10: un delantero— y luego pidió al árbitro hacer el cambio. En cuanto el equipo vio lo que Jaime estaba haciendo —reemplazando, en semejantes circunstancias, al mejor con el peor—, todos le chistaron: «¡Director! ¿Qué está haciendo, director?». Jaime dijo: «Tu papá va a estar contento, dale», y me miró con pura sonrisa de venganza —dos pájaros de un tiro: marica y padre caerían en su jugada—. Entré a la cancha pensando cómo podía escapar invicto de su plan humillante. Pensé: «Haré un autogol» —pero no, imaginé que Jaime le diría a mi papá: «¿Sí ve? Por eso está en la banca»—. Pensé: «Voy a correr», y empecé a correr cuando el árbitro pitó. Salí hacia la cancha de *los otros*. Alguien, *un compañero*, trató de pasarme el balón —se me escapó: pasó derecho entre las piernas— y yo seguí corriendo, sin saber bien qué hacer. Alcancé a escuchar el quejido de mi equipo, y el quejido de las gradas, y la risa de *mis contrincantes*. Y yo sólo me preguntaba: «¿Qué hago? ¿Qué hago para joder a Jaime». Sin pensarlo mucho, exageré mi forma de correr —ondulando los brazos como *un payaso*—, y cuando uno de los defensas del otro equipo, burlón y, por tanto, igualmente enemigo, me dijo: «Cógelo, mira», y me pasó el balón suavecito, con la violencia más condescendiente, me sentí en una trampa mayor —no sólo Jaime quería humillarme—. «Haz un gol», dijo el defensa y, desde el arco, el portero dijo: «Tira, dale». Pensé que, si les seguía el juego, ellos ganaban: no podía lanzar la bola —seguramente botaría el tiro o el arquero lo taparía—. ¿Qué hacer? ¿Qué hacer? —le di la espalda al arco—. Me di la vuelta y miré a Jaime. Cogí el balón con la mano y, mientras el árbitro pitaba y sacaba la roja —*piiiii*, había roto una regla total—, corrí hacia las gradas como un payaso, exagerando cada movimiento —dejando claro que cada uno de mis pasos era deliberado—: le tiré la pelota en la cara y, como todos me chiflaron, yo seguí haciendo mi espectáculo. Le dije a Jaime: «Te jodiste: les tocó jugar el campeonato con diez jugadores apenas».

(177)

Al final del partido, mientras todos en *mi equipo*, fracasados, se quitaban los guayos en las gradas, mi papá le dijo a Jaime: «Gracias por dejarlo jugar». Después quiso darme la mano —que camináramos así—, pero, en vez de dársela, le dije: «¿Por qué le das las gracias?» —se quedó callado—. Pensé que, en ese momento, mi papá no era consciente del mal rato al que me había expuesto, que no entendía lo que yo había tratado de hacer, desesperado, para subvertir la humillación. Me quedé en sus palabras a Jaime y no vi —tardé mucho en verlo: años— que mi papá me había extendido la mano al frente de él. Que con ese gesto me había apoyado.

(178)

«El papá es loco», dijo alguno. «Y el hijo es loca».

(179)

Escuchamos el comentario justo cuando les dimos la espalda. Ni él ni yo nos volteamos, tampoco supimos responder. Quedamos inmóviles ambos —vueltos piedra, en un momento que no se acabará nunca— y, tras un apretón de manos que mi papá me dio, caliente y rápido, seguimos caminando. Cada vez que he intentado entrar a ese dolor —cada vez que, paciente y masoquista, he intentado desglosar la herida, sintiéndola de nuevo, haciéndola reciente—, una pregunta ha pervivido: dónde está lo punzante. Diría que está, primero, en lo insospechado. Fue una sorpresa para mí —terrible— que luego de mi acción durante el partido, cuando estaba sintiéndome ligeramente invicto, o alzado —cuando estaba aprendiendo que era posible deshumillarse—, pudieran golpearnos así: que fueran capaces de tanta brutalidad. Yo sentí por mucho tiempo —años— que no era posible no estar humillado.

(180)

Lo punzante está en lo ingenioso: en el juego de palabras tan sencillo y mordaz que nos lanzaron. En la frase que hiere profunda e inmediatamente. ¿Cómo se responde a la ofensa sintética? ¿Cuánta rapidez se necesita? ¿Cuánto esfuerzo? ¿Cuántos años de experiencia herida? ¿Y de qué manera, con una cuchillada tal, recién dada, se llega a la fuerza necesaria para explicarle a alguien que acaba de convertir el quiebre de una persona —y de una gente— en un chistecito? ¿Cómo se lo haces ver, si igual sabes que no le importa —que nunca va a importarle—, o cuando tienes claro que eso es justamente lo que busca? Lo punzante está en la percibida imposibilidad de respuesta.

(181)

Más tarde, en la casa, mi hermano me dijo: «Ya supe lo que
pasó» —Margui estaba cerca y nos miraba de reojo: ella sabía
también—. «Muy mal hecho», dijo. Yo estaba convencido de
que hablaba de la ofensa —del chiste horrible que nos había
humillado— y por eso me sorprendió, mucho me sorprendió, que luego me preguntara: «¿Por qué hiciste eso?». Al entender que hablaba de mi acción en el partido —que mi
hermano reprobaba eso y no la humillación recibida—, toda
mi rabia fue contra él. Y toda su rabia se fue contra mí. Fue
una lucha terrible, con deseo fratricida, que agrietó la casa
por años. La agrietó concretamente, quiero decir: después de
insultarnos y de golpearnos hasta llorar —de mordernos hasta marcarnos—, él me tiró un cuchillo a los pies y, al rozarme
el cuchillo, yo lo agarré, enloquecido, con el asombro más furioso, y se lo tiré de vuelta, apuntando a la cara. «¡Míralo!»,
gritaba Margui. «¡Míralo! ¡Se le mete el diablo!». Mi hermano
supo moverse, esquivar el filo —todos esos dientes que lo iban
a arruinar—, y el mango de acero impactó la puerta de entrada a la casa, toda de vidrio: dejó allí una telaraña violenta.

(182)

«¡Mira lo que hiciste!», escuché enseguida, y a lo largo de los
años también: «¡Mira lo que hiciste!» —durante muchísimo
tiempo, no hubo plata para hacer la reparación—. «¡Se vuelve
loco!», gritaba Margui. «¡No sabe controlarse!». Y mi hermano: «¡Loco! ¡Casi me matas, loco!». Y mientras yo lloraba, loco,
y los escuchaba, loco, diciéndoles que sólo había respondido
a la primera violencia de mi hermano, Fabrizio terminó gri-
tándome: «¡Loco y loca! ¡Las dos cosas eres!».

(183)

Yo he tratado de aprovechar el juego de palabras, el insulto en masculino y femenino, para hacer mi propio juego: para convertir la ocurrencia ofensiva en una comprensión. ¿Qué te dicen cuando te dicen loco, cuando usan la palabra por fuera de cualquier diagnóstico psiquiátrico —por fuera de la seria contemplación de la enfermedad mental—? ¿De qué te tachan exactamente? Yo diría, en suma: de estar tanto en tu cabeza dañada, tan inevitablemente dentro de ti, que ya quedas por fuera de *la vida real*. Des-integrado del mundo. (Auto) expulsado. Así las cosas, el loco es una realidad alterna, o algo por fuera de *la realidad*. Pero cuando te dicen loca, en cambio, te acusan de ofrecer al mundo, deliberada o involuntariamente, una visión insoportable: la desintegración del cuerpo masculino —la de un hombre que, en vez de virilizarse, se tiñe de mujer—. Como loca, también eres tachada de estar en tu cabeza dañada —inevitablemente dentro de ti— y, sin embargo, nunca por fuera de *la vida real*. Todo lo contrario. La loca es una realidad en *la realidad*: una presencia que está aquí, demasiado aquí, claramente aquí.

Primero loco. Después loca. ¿Qué hay en ese trance? Me atrevo a decir que el paso rudo de la expulsión al regreso. En masculino, te sacan de la realidad; en femenino, te traen de vuelta, con ánimo destructivo o inferiorizante. «¡Loco!», me gritó Carlos. «¡Pura vaina de loca!». En la primera palabra, el exilio; en la segunda, el retorno violento al mundo.

(184)

A raíz de la pelea con mi hermano, Margui comenzó a atosigarme. «¿Por qué mueves tanto las manos?», me preguntaba. «¿No te han dicho ya que así es como hacen… las mujeres? ¡Cuántas veces más te lo van a tener que decir!». Hasta que un día le dije: «¡Ya! ¡Déjame en paz! ¿Qué quieres? ¿Qué es lo que quieres?». Y seguí gritando: «¡Yo me muevo así! Ya, no hay más. ¡Yo me muevo así!». Y entonces, ante la inminencia de que me estaba reconociendo loca, Margui me gritó: «¡Loco! ¡Estás loco! ¡No ves que estás mal, loco!». Al saber que asumiría la palabra en femenino, empezó a decirla en masculino: así, aunque exiliándome, podía mantenerme *hombre*.

(185)

«¡Loco y loca!», gritó Fabrizio. «¡Las dos cosas eres!». Y sí, las dos cosas era: medioexiliado, mediointegrado. Con mediocuerpo lejos, en otra parte. Con mediocuerpo aquí.

HERIDA Y ESPEJO

(186)

Alguna vez conté esa historia en una cena —toda la historia, digo: la de la repetición de las palabras *loco* y *loca* a lo largo de los años: desde que, al final del partido, nos las gritaron separadamente a mi papá y a mí, hasta que, en la casa, mi hermano me las gritó ambas, una detrás de la otra, y hasta que, años después, Carlitos me las gritó en su lugar—. En la mesa estaban dos maricas: uno, Octavio, indiscutiblemente conservador, y el otro, Mauricio, vocalmente progresista. «Estoy harto de escuchar esas historias», dijo uno, secundado por el otro. «Hay que pasar página, hablar de otra cosa» —reclamaron una historia de amor—. Octavio habló de una película que había visto hacía poco, protagonizada por dos chicos —muy serios ambos, según dijo textualmente, serísimos, con caras lindas y unos cuerpazos— que se enamoraban mutuamente sin saber que el otro era gay. Mauricio lo escuchaba entre aburrido e intrigado: supongo que, al igual que yo, estaba esperando un giro narrativo, otra representación del deseo homosexual. Pero el cuento fue el mismo de casi siempre. Resumiendo: un hombre gay se enamora de un hombre aparentemente heterosexual, quien, ¡sorpresa!, también resulta gay y también se enamora del otro hombre al que creía heterosexual. Superada la barrera que trunca la realización de su deseo —esto es: la presunta heterosexualidad de ambos—, los hombres se casan y la historia termina, eufórica, con la luna de miel. Octavio dijo: «Ojalá hagan la segunda parte: cuando terminen y haya drama» —soltó una risotada y, sin embargo, yo me quedé pensando en lo difícil que era mirar el amor más allá del éxtasis del enamoramiento o de, su reverso exacto, el éxtasis del despecho—.

(187)

Visiblemente decepcionado por lo que acababa de escuchar, Mauricio me preguntó: «¿Y tú no quieres contarnos una historia de amor?» —creo que tenía avidez de un relato distinto: al menos uno que no fetichizara *al gay que no se le nota*, o que trascendiera lo más inmaduramente romántico—. Yo le dije: «No», pero enseguida maticé mi respuesta: «Otro día les cuento una historia de amor» —suspenso—. «Una mía» —me reí, aunque la verdad es que, en ese momento, no sabía cómo abordar la experiencia—. Sobre todo, quería entender por qué su resistencia a escuchar la historia de la herida. «¿Por qué no quieren saber más de esto?», les pregunté. Octavio insistió en lo que ya había dicho: que estaba harto de ese relato. «En mi caso particular, por ejemplo, no fue tan grave», dijo. «Cuando me pillaron con un chico, mi mamá y mi papá se pusieron a llorar. Nada más. No me insultaron ni me echaron de la casa». Mauricio dijo: «Igual por acá. Me parece, además, que, por andar mirando la herida, dejamos de mirar el futuro». Me gustó lo que dijo y con eso pedimos postre y cambiamos de tema.

(188)

Sin embargo, mientras hablábamos de cualquier otra cosa, seguí pensando en la herida: en la disonancia de sentirla tan viva —tan *en presente*— y el llamado a *pasar a otra cosa*. ¿Qué había realmente en las justificaciones que dieron ambos, conservador y progresista, para cambiar de tema? Al decir que, en su caso, el rechazo no había sido *tan grave* —«Mejor que lloren a que te boten de la casa», le faltó decir—, Octavio había protegido a su familia. Literalmente la había conservado. Con su testimonio, la familia podía permanecer intocada: podía seguir siendo el núcleo afectivo del conservadurismo. No había pasado nada realmente duro que cuestionara la permanencia de la institución en el tiempo. *Familia es familia y punto.* Sospeché un autoengaño: la decisión consciente de no mirar a fondo la herida, como una forma de lealtad afectiva hacia su casa natal. Mauricio, por su parte, había insinuado el riesgo de narcisismo: mirar la herida en demasía podía encerrarte en ti —llevarte a ignorar lo demás: la posibilidad de otra vida—. En otras palabras: el problema de mirar la herida era que uno, de tanto mirarla, podría terminar deseándola: preferir la herida por encima del mentado futuro. Y eso me encantó: resonó profundamente. Pero el problema de tal argumento es que entiende la herida como algo individual: la separa de lo colectivo: quiere relegarla a lo privado. No la entiende como una herida histórica. Y, sobre todo, la entiende como algo que, personalmente, ya ha debido superarse y como algo que, colectivamente, ya se ha superado. Más allá de semejante fantasía, me pareció un argumento que no reconocía los nudos de tiempo que existían en las personas y, sobre todo, en cada sociedad.

(189)

Ay, pero no más pensar eso, yo me pregunté: «¿Será que estoy capturado por la herida, así como a Narciso lo capturó el lago?».

(190)

«La próxima vez que nos veamos», dijo alguno, el conservador o el progresista, «quiero escuchar tu historia de amor». Y aunque dije: «Bueno», yo seguí pensando en la herida. En cuánto traté de que no la vieran. O en cuánto quise mostrarla, pero ocultándola. Una vez, después de que la vieja fuera particularmente brutal con mi creciente amaneramiento —me estuvo persiguiendo por toda la casa preguntando: «¿Tú sabes qué va a ser de ti si sigues moviendo las manos así?»—, mi mamá anunció un viaje. «Un corto viaje a Bogotá», dijo. «Nos vamos con tu papá». Y ante la angustia de que, tan lejos, pudiera pasarles algo —y de que, en su ausencia, ya fuera momentánea o permanente, la orfandad llegara con la oscura omnipresencia de la vieja—, me puse a llorar, borroso, pensando: «No van a volver nunca». Y pasó que, muy rápidamente, el duelo anticipado se convirtió en otra angustia. Porque me dije: «Si la vieja me ve llorando, me va a decir marica». Pero seguí llorando, angustiado —por el viaje, porque no iba a verlos, porque aún seguía llorando—, y al saber que no iba a parar de llorar y que, en cualquier momento, la vieja podría pillarme, decidí encontrar una razón —cualquiera— que hiciera legítimo el llanto. Corrí por toda la casa, atento a lo que fuera que pudiera herirme —buscando un corte, un golpe terrible—, apurado, realmente, porque el llanto ya iba a sonar, ruidoso. Entonces vi la escalera, los dieciséis escalones hasta la puerta de vidrio rota, y me dije, borroso: «Aquí fue» —me tiré—, y cuando, luego de estar rodando, aturdido, sentí en el cuello la baldosa fría, pegué el grito más hijueputa, y lloré —lloré mucho—, con la razón del llanto ahora emborronada.

(191)

Recordé esa escena cuando fui yo quien se fue de Barranquilla. Antes de subirme al avión, mi mamá me dijo: «Qué guayabo, nene. Qué falta me vas a hacer» —yo lloré borrosamente—. En el cielo, entonces, con el río Magdalena por debajo, me sentí, como nunca, completamente partido: entre el sentimiento de pertenencia a una casa conservadora y el deseo y la acción de dejarla, y entre las palabras que luego me dijo mi papá: «Esta es tu casa: vuelve», y lo que yo quería hacer: irme. En el vuelo me dibujé así:

Pensando que el dibujo expresaba mi melancolía, decidí enviárselo a mi mamá recién llegué a Bogotá. Tuve la tentación de escribirle que, aunque ido, cargaba la casa conmigo —o que, a pesar de lo lejos, llevaba la casa al hombro—. Decidí no hacerlo: la imagen valdría por mil palabras. A los pocos días, sin embargo, cuando llamó a confirmar que había recibido el paquete, mi mamá me preguntó: «¿Por qué te dibujaste con una jaula?» —un silencio—. «Yo ni me acordaba ya de esas mirlas».

(192)

Llegué a vivir al centro de Bogotá, en plena carrera Décima. Desde la ventana podía ver una fuente de piedra, La Rebeca: una mujer de rodillas que recoge agua negra. También podía ver una parte importante del Hotel Tequendama, aunque no su entrada de oro falso, esa puerta giratoria por la que, de vez en cuando, empecé a entrar y salir enseguida: quería obsequiarme el recuerdo de que antes, en alguna época, había sido un huésped frecuente de allá. Desde la ventana también podía ver la avenida Eldorado, que aún hoy lleva al aeropuerto Eldorado, pasando por el Cementerio Central. Y el barrio Santafé, que, en las mañanas, algunas veces, parecía extenderse hasta el gigante Nevado del Ruiz, a 129 kilómetros de mi vida.

Al frente de mi edificio quedaba —aún queda— uno de oficinas, el World Service: escalonado y en curva, como un rodadero de veinte pisos, de a ratos me parecía el más bello de la ciudad. De noche, cuando se empañaban los vidrios, me reflejaba allí y se reflejaba la altísima Torre Colpatria: se formaba un enredo de ilusiones. Porque, en las ventanas por las que se asomaban, cansados, muchos oficinistas, aparecían también los que se asomaban cansados por la Torre, y los que se asomaban, como yo, desde mi mismo edificio. Entonces nos buscábamos los ojos, las sonrisas forzadas, sin saber muy bien quién estaba en qué lugar. Al final no importaba: fuéramos el mero cuerpo o su reflejo en las ventanas, la distancia nos volvía fantasmas. Entre todos nos saludábamos desde el más allá.

(193)

En el ascensor del edificio —mi casa nueva—, comencé a coincidir a diario con un vecino: nos saludábamos con las cejas, simplemente alzando las cejas, y una noche, tarde, podrían ser las once y media, me mandó mensajes por alguna red, seguramente Manhunt, desde un perfil sin foto con el nombre de «Mamador». Altura: 175 cm. Peso: 79 kg. Edad: 69 años. El mensaje incluía fotos de una boca abierta, emoticones de manos que me saludaban y un texto que simplemente decía: «Soy tu vecino. ¿Tienes ganas?». Quedamos de vernos en su apartamento a los veinte minutos. Dijo: «Me tengo que alistar».

(194)

Quiero insistir en que era tarde, casi medianoche. Yo bajé con la ropa que traía puesta: cualquier sudadera gris y una camiseta ancha, blanca y rota por las axilas. Para sorpresa mía, el hombre se había echado colonia, la Jean Marie Farina de Roger&Gallet, y se había puesto saco, corbata y unos zapatos de cuero brillantes. Su apartamento era dos veces el mío; la sala, abigarrada, con muebles antiguos de madera, y porcelanas de bailarinas y payasos tristes, y floreros de cobre con rosas de tela y cuadros de la Virgen María, todos con marcos en forma de tribal. En una cómoda había unos portarretratos de plata con fotos de modelos: personas que claramente habían posado como familia o pareja, imágenes de publicidad para vender esos mismos portarretratos. «Son mi gente», lo escuché decir. «Viven en los Estados Unidos».

(195)

Después me dio una orden: «Quítate todo y ponte acá». Me saqué la camiseta rota, los zapatos y la sudadera, y entonces me senté en una poltrona antigua con ínfulas de trono, cubierta de terciopelo vinotinto. Al frente, claro, había un espejo enorme, de techo a suelo, con marco dorado y arabescos. El vecino se arrodilló con esfuerzo, todavía vestido, y mientras él me sobaba las piernas, yo alcancé a verme en calzoncillos, entre mil floreros, como un cuadro rococó. En el espejo también aparecía una repisa que estaba arriba, sobre mí, con una mata en la esquina: era una abrecaminos estirándose, verdísima, muy lejos de su matera de vidrio. Después cerré los ojos y recosté la cabeza en el espaldar acolchado. Sentí que el vecino pasó la boca, la cara, por la verga todavía bajo la tela, y que ahí se quedó un rato hasta que fue quitándome el calzoncillo. Entonces dijo, muy suave: «Míranos», y volví a abrir los ojos. Ahí estaba el señor, buscando mi cara en el espejo, sosteniendo la verga crecida, sonriendo con ojos y boca, al tiempo que yo, un poco tímido, me hacía más tímido por haberme quedado mirando. El vecino dijo exactamente, como hablándole a alguien más: «No puedo creerlo. Es un jovencito, una criatura indefensa».

(196)

Me mamó largo tiempo: se tomó su tiempo, quiero decir. A veces me pasaba las manos por el brazo y el pecho, o me sobaba las piernas sin dejar de mamarme y, cuando sentía que ya estaba cerca de hacerme venir, o cuando yo mismo gemía más alto o agitado, él paraba sin sacar la boca, y la dejaba ahí —y la dejaba— hasta que poco a poco volvía a comenzar y se movía más y nos aceleraba. Entonces yo me buscaba en el espejo, ahora sí para observarme servido bajo la abrecaminos: quería una imagen nueva de mí. Como tardamos tanto, quise pedirle que termináramos, decirle que ya quería descansar —irme—, pero él estaba tan dedicado, aprovechando ese tiempo conmigo, que preferí darle una cortesía: seguir gimiendo agitado, retorciendo suave las piernas, y luego más retorcido, volviéndome un arco sobre mi trono o torturadero.

(197)

Finalmente me hizo venir. Cuando ya estaba cerca, el señor dijo: «Míranos», otra vez, y ante la presencia de su ropa, yo me percibí todo abierto y entregado. Entonces se apoyó en mi pierna para levantarse, lento y mediochueco. «Gracias», dijo, «llevaba mucho tiempo...». Le pregunté: «¿Cómo te llamas?». Me dijo: «No, no hagamos eso».

(198)

Durante un año repetimos la escena con mínimas variaciones. Después del mensaje nocturno, yo bajaba en piyama y él me recibía encorbatado, oliendo fuertemente a enjuague bucal y colonia. Cada noche o madrugada me guiaba hasta el asiento, solícito, como si nunca hubiera estado en la casa. A veces me decía, aún en la puerta: «Ponte cómodo, por favor, déjame ayudarte», y entonces me quitaba él mismo la camiseta, los zapatos, y me tomaba del brazo para que fuéramos juntos a nuestro lugar. Si yo le preguntaba: «¿Y tú? ¿No quieres quitarte la ropa?», el señor se hacía el que no escuchaba, o decía simplemente: «Shhh... Mira, no te distraigas, por acá está la poltrona». Y entonces, mientras se iba arrodillando, yo me preguntaba por su vida. Por un tiempo pensé que él siempre había estado más desnudo que yo. O que, en todas esas noches, el desnudo había sido él. Y, sin embargo, no, eso no es cierto: yo también estaba desnudo.

(199)

Una noche, la última vez que lo vi, dejó la puerta abierta para que entrara sin su guía. Todo lo que había en la sala —todo: las porcelanas y floreros de cobre, los portarretratos de plata, la abrecaminos en su envase de vidrio, las rosas de tela: todo— ahora estaba empacado en unas cajas de cartón, todavía abiertas.

«Pasa, pasa», me ordenó. «Tú ya sabes qué hacer» —hicimos nuestra rutina: con más tiempo, esa noche, más lentamente: era claro que no nos volveríamos a ver—. Al final, después de pronunciar su *míranos*, el vecino me pidió escoger un regalo entre las cajas. «Has sido tan bueno», dijo. «Tan obsequioso, tan comedido. Quisiera hacerte una atención». Sin pensarlo mucho escogí la abrecaminos. «¡Por supuesto!», se emocionó el señor. «¡Qué gran elección! Llévatela» —y, cuando, inesperadamente triste por su partida, me dio la mano para despedirse, me di cuenta de que la mata era de plástico—. «Asegúrate de que no le dé mucho la luz», dijo.

BROTE

(200)

Y así lo hice: la dejé, primero, en cualquier rincón oscuro y, más adelante, en armarios cerrados o cajas de mudanza, espacios a los que no entraba la luz. Diecisiete años después, avanzado el siglo XXI, a la planta le creció un capullito. «Qué lindo esto», me dije, observando la flor cerrada como una sorpresa tierna. El tallo y las hojas aún eran de plástico, como siempre lo habían sido, pero el material del botón era mata. Entonces, por más de un año, el brotecito se quedó como estaba, sin abrirse o crecer, como terco y cerrado en sí mismo. Extrañado por el inesperado estancamiento, me dediqué a limpiar cada hoja con agua jabonosa, a ver si era el polvo pegado lo que estaba impidiendo que la flor floreciera. Y pasó que, al pasar el trapo por una de las hojitas, descubrí una etiqueta en el envés de la lámina —una calcomanía roja, brillante con estrellas, que ponía en letras plateadas: «La Piñata: Tienda de Maricaditas»—. El nombre me hizo gracia y, en cuanto vi que, justo debajo, estaba la dirección del local, en pleno barrio La Perseverancia, decidí salir enseguida, con una naranja para el camino, dispuesto a preguntar en la tienda qué podría estarle pasando a mi hermosísima planta.

(201)

Mientras caminaba por el parque de La Independencia, me topé con un grupo de amigas que celebraba un cumpleaños, muy cerca del Quiosco de la Luz. Como estaban felices y a punto de cantar —justo una mujer, la mayor, estaba sacando el pudín de la caja—, me quedé al lado, observándolas, queriendo que me tocara su alegría. Entonces pasó que, cuando una entregaba un globo a la cumplimentada y otra hundía las velas en la torta —eran dos, cada una con la forma de un número, tres y cinco, la edad que estaba a punto de cumplir—, otra más dijo: «No puede ser, ¡olvidé los fósforos!». Se rieron, la abuchearon... Y una alzó la voz: «¡Ahí estás pintada!». Luego decidieron que, en vez de soplar las velas, la celebrada soltaría el globo apenas pidiera su deseo.

Comenzaron a cantar y mentalmente canté con ellas. Al final, como es usual en estas situaciones, las amigas la aplaudieron. «¡El deseo!», insistieron varias. «¡No se te vaya a olvidar!». La mujer cerró los ojos, fuerte, y soltó la bomba, que muy rápidamente empezó a ascender entre los pinos y palmas, y a seguir ascendiendo hasta perderse —hasta que, ya a contraluz, la fueron tapando las nubes—. «¡Que se te cumpla, amiga!», gritó una. Habiendo visto tantos años el ritual, me pareció extraño, por primera vez, que el deseo, en forma de globo, se dejara ir: que siempre, en los días especiales, quedemos como encantados mientras vemos que desaparece. Y pensé que, justamente, habría que procurar lo contrario: acercar el deseo a la vida. No perderlo de vista. Mirarlo bien. Dejarlo acá. Dejarlo acá.

(202)

Durante el paseo entró al parque una luz directa y anaranjada. En el tiempo que permaneció allí, cronométricamente poco, dio su color a todo lo que estaba: comenzó por mis ojos. Entonces todo se hizo bello, o más bello todavía, y con ojos distintos, como en fuego, vi distinta y ajena la vida vecina: las palmeras se volvieron felices, o más, más felices, y la naranja que tenía en la mano empezó a parecerme una bolita de luz, fruta de una tierra que desconozco. En medio de semejante espectáculo naranja, decidí pelar esa naranja, verla por dentro y comerme unos gajos luminiscentes. Fue como por fin comer la luz y descubrir, conmovido, que era dulce y acidita.

Al rato sucedió algo curioso: una mirla cruzó el parque con el globo que la mujer había soltado —era un corazón dorado, dos veces mi cabeza—. Encendida con la luz, la mirla llevaba el deseo en el pico, por la cuerda, y siguió volando hasta estar entre el grupo de amigas, en todo el centro de la celebración: allí lo dejó. Mientras unas gritaban, asustadas, y otras se reían, yo pensé: «Ese deseo va a hacerse realidad». El corazón volvió a elevarse.

(203)

En La Perseverancia, muy cerca de la plaza de mercado, estaba el cartel con el nombre y mismo diseño de la calcomanía. En cuanto entré, vi muchas repisas vacías, perpendiculares al suelo de ajedrez. «A la orden», me dijo la mujer que atendía —estaba detrás de un mostrador, también vacío, y al ratico supe que se llamaba Yiya—. «Si encuentras algo que te interese, puedes llevártelo a mitad de precio: estoy rematando el negocio». Quise preguntarle por la planta, llegar a algún tipo de claridad enseguida, pero decidí dar una vuelta: mirar qué había por allí. Realmente poco. En un estante encontré una almohada refundida, como lanzada contra la pared, envuelta en una bolsa de plástico delgadita. En letras bordadas sobre la funda, leí en amarillo: «Consulta con la almohada». Yiya dijo: «Qué suerte tienes» —se acercó adonde estaba—. «No había visto que quedaba una». Emocionada me explicó que era la última de una serie de treinta almohadas que un hombre había hecho con sus propias manos.

«Él escribe sus pensamientos en papelitos», me explicó Yiya, «y los va metiendo en las almohadas de plumas. La idea es que, antes de dormir, escojas uno o más papelitos al azar —los que quieras, realmente— y que, al leerlos, los vuelvas a meter en su sitio. Cada almohada tiene muchos pensamientos revueltos con las plumas». Me pareció un objeto divino y, sin pensarlo dos veces, dije: «Me la llevo».

(204)

En la tienda, una niña y su madre husmeaban por allí. «¿Qué es esto?», preguntó la señora, al tiempo que rociaba el spray que acababa de encontrar. Del tarro salió un gas blanco azulado y entonces, inesperadamente, su misma pregunta se compuso entre el humo, perfecta, en letras negras. *¿Qué es esto?* apareció en el aire. La niña dijo: «¡Guauuuuu!», y la mujer, impactada, gritó: «¡Ay, Dios mío! ¿Qué está pasando?». Yiya se acercó, burlona, encantada con la reacción, explicando que el producto —lo llamó «Palapuff»— era simplemente un gas que, por unos cuantos segundos, mientras duraba el rocío, hacía visibles las palabras pronunciadas. «Lea el aviso», dijo, señalando la publicidad en el tarro. «En el aire y sin errores de ortografía». Ante semejante ternura inesperada, la madre se acercó a la niña y, rociándole el gas, dijo: «Amor». La palabra le apareció encima y yo pensé: «Qué linda se ve esa palabra coronándole la cabeza».

(205)

«Ahora yo», dijo la niña —le arrancó el Palapuff a la mamá y agregó, bien bajito—: «Estoy feliz». Las palabras se formaron en el aire y la niña corrió hacia la segunda, *feliz*, poniendo cara contenta mientras todo se desvanecía. «Dios te bendiga, mamita», le dijo la madre. La niña, entonces, roció el gas, y la oración apareció cuando Yiya regresaba al mostrador. «Casi me caigo por andar esquivando el rezo», dijo. Y como las palabras siguieron rodando por el aire, la última de todas, *mamita*, terminó sobre mí. «¡Esooo!», gritó Yiya. «A ver, pues, modela», a lo que —pum, pam, ¡chácata!— di una vuelta con las manos en la cadera y —¡juas!— le mandé un beso soplado al tiempo que me piropeaba: «¡Mamita, no! ¡Mamacita!».

(206)

Luego se fueron —compraron el Palapuff— y, una vez solos, le conté a Yiya la razón de mi visita. «¡Ay, carajo!» —se emocionó mucho—. «¡La Flor de Espejo! ¡Mi favorita! Lo más bello que vendí en esta tienda». Enseguida me explicó que la flor tenía un crecimiento lentísimo —que a veces, incluso, podía tardar hasta veinte años en abrir— y que era una belleza con pétalos de espejo. «Al abrirse el brote», dijo Yiya, «puedes arrancar la flor y plantarla en la tierra. Entonces aparece un umbral y, si lo cruzas, tú caes a otro mundo y, si te paras, se asoma un camino y, si lo andas, recibes el regalo de una visión. Espérate a que abra y siémbrala sin dudarlo: sólo puede cruzar el umbral la persona que hizo la siembra».

(207)

Pensando en el brote que, un día, de repente, creció en la planta de plástico, me hizo sentido que la flor se llamara así. Porque ¿acaso una persona ante el espejo no es siempre algo entre el objeto y la vida?

ASMA PSÍQUICA

(208)

Cuando ya iba a pagar la almohada de pensamientos y plumas, Yiya y yo comenzamos a hablar. A mirarnos mientras hablábamos. A conocernos. «¿Por qué estás cerrando la tienda?», le pregunté. Ella se extendió: habló minuciosamente del abusivo aumento del arriendo del local, de la dificultad extrema de conseguir la mercancía y de la dificultad aún mayor de venderla a un precio que fuera justo y dejara ganancia, de los altísimos costos publicitarios en los que tendría que incurrir para dar a conocer mejor la tienda, de su creciente deuda y de una precariedad económica de la que no estaba pudiendo salir. Y así, por mi parte, después de contarle que estaba harto de vivir persistentemente deserotizado por unos horarios laborales cada vez más rígidos y extendidos, y también por la violenta tramitología que, como un trabajo paralelo, había que realizar y padecer para poder cobrar por mi trabajo, un salario que muy rápidamente se quedaba en ceros luego de pagar impuestos, salud, pensión, riesgos, alquiler de vivienda y comida —después de contarle que estaba harto, hartísimo de que, en la espera del siguiente salario, mientras, una vez más, realizaba la exigida burocracia para poder cobrarlo, la vida se me hiciera intolerablemente estática—, a mí empezó a darme lo que yo llamo un asma psíquica: un sube y baja tenaz de mi mente que, bajo ese tren específico de pensamiento, primero se preguntó, vertiginosa: «¿Cómo puedo salir de esto? ¿Cómo se sale de esto? ¿Cómo nos salimos urgentemente de esto?», para enseguida decirse, oscura: «No se puede, no se puede, no se puede salir de esto». Esto es un estrechamiento mental que me pone a palpitar, agitado, entre el deseo de muerte y la sensación de condena. Esto es lo mismo que me provocaba el asma de niño.

(209)

En ese tiempo, yo me la pasé entre la asfixia y la vida, buscando el aire como si no hubiera: como si alguien, un enemigo —pero ¿quién?—, lo hubiera escondido al principio del tiempo, poco antes de yo nacer. Cada vez que, corriendo o caminando despacio —o incluso en la quietud más piedril, cuando estaba pegado a la cama como imán sobre hierro—, yo sentía que el aire se comenzaba a esfumar (o que el aire no entraba más, como escapándose para siempre), de inmediato intentaba contenerme: me quedaba quieto, o más quieto, midiendo qué era lo más quieto que me podía quedar —quieto hasta el grado antes de volverme una cosa—, para ver si así, de esa forma, el aire permanecía adentro y me hacía vivir un rato, o volver a vivir —para ver si el aire, en mi angustia rígida, me daba un respiro—. Y cuando al fin sabía que no —que, una vez más, el aire se iría sin pasar por mí—, yo me quedaba con la boca abierta: la abría al máximo, como tratando incluso de que, en su absoluta apertura, se terminara desencajando para el resto del tiempo. Yo quería que no hubiera nada entre el aire y mis pulmones, pero el aire se quedaba afuera, o entre los dientes, sin poder bajar nunca, o como si, al llegar a la garganta, se volviera una garra que me apretaba mucho —me ahorcaba—, y lo que yo solía sentir era que, al mismo tiempo que me desvanecía, los pulmones se me volvían piedras. Entonces corría —ahí sí corría— adonde estaba mi mamá, quizás morado —borroso, con lo único o último que me quedaba de vida—, y sin que yo tuviera que decir nada, ella gritaba entre el humo, pulmón afuera: «¡Se está ahogando el nene!», muchas veces arrojando al suelo el cigarrillo.

(210)

Mi mamá llamaba al médico y, después de prender el vaporizador, me echaba Vick VapoRub en la espalda y el pecho, haciendo círculos con la mano pegachenta, recordándome sin querer lo circular de las crisis: ahogo y respiración, ahogo y respiración. Pero el doctor dijo un día: «¿Cómo es posible que esta casa huela a cigarrillo?», y desde entonces, cada vez que regresaba a examinarme, la pregunta empezó a ser otra: «¿Cómo es posible que la casa entera siga oliendo a cigarrillo?». También le preguntó un día: «¿Acaso lo quieres matar?». Mi mamá le dijo: «¿Cómo se le ocurre, doctor?», y, más nerviosa que yo

—ahora incriminada por la asfixia del hijo—, buscó los fósforos y se puso a llorar. «Es mucho», dijo, prendiendo el cigarrillo. «Es que es mucho» —lloró más—. «Mi esposo se enloqueció y el negocio da pérdidas solamente». La boca ahogada expulsó el humo y ambos quedamos borrosos, yo diciéndome: «Pobre, es mucho» —lo era—. O diciéndome: «Tiene que fumar para soportar esto». Pero el médico volvió a preguntarle: «¿Acaso lo quieres matar?». Que no. ¡Que eso nunca! «¿Y entonces?», siguió el inquisidor. «¿Por qué fumas?». Mientras mi mamá pensaba, yo le dije al médico, ahogándome: «Doctor, ¿no está oyendo que se la pasa nerviosa, que mi papá se enloqueció y que el negocio solamente da pérdidas?».

(211)

Con los años, esa asma dejó de atacarme, pero me quedó el asma psíquica: el sube y baja de la mente ahogada. Esa forma de asfixia me ha hecho pensar siempre en mi papá quebrado. O, más exactamente: en mi mirada escindida sobre su quiebre. Porque, cuando eso pasó, que llenó la casa de animales y tierra, yo me aterré —observé todo con la mente sangrando— y la boca me quedó abierta por diez años o diez siglos. «¿En qué piensas?», me preguntaban siempre, y la respuesta que daba, risueño, era: «En nada, mija, ¡me elevé!». Y era cierto. Porque, en todo ese tiempo, yo no pensaba o, más bien, yo no creo que pudiera pensar. Todo lo que hacía era mirar, revolver a mirar las escenas de mi papá loco: su propia mirada explotada, las mirlas, el puente imposible. Miraba como si todo siguiera ocurriendo. ¡Pero todo seguía ocurriendo! Todo ocurría de nuevo allí: allí, donde fuera que estuviera yo. Y lo que puedo jurar es que las imágenes se repetían solas. Yo no pensaba —miraba—. Yo no pensaba, sino que miraba directo a mi papá loco. A las mirlas. A los perros. Al puente imposible. Yo estuve diez siglos impactado, diez años sin poder pensar.

(212)

Pero un día, ya pensé. Algo pasó, quizás mi llegada a la distancia justa. Una mañana, en Bogotá, al esquivar en la calle unos mojones de perro, me recordé a mí mismo esquivando la mierda en mi casa, y me acordé de las ramas arrancadas, dispuestas en los muebles como arbolitos o enredaderas, y la grama espolvoreada como granos de maíz en algún gallinero. También recordé lo que mi hermano me había dicho descalzo sobre la tierra, mientras los perros corrían entre nosotros: «Mi papá quiso que la casa se viera como el campo donde creció». Y de repente, entonces, mermó el terror hacia la escena y pensé, tranquilo, en mi padre como inmigrante. «Trajo su mundo al nuestro», me dije, y seguí pensando, para tratar de afilar: «Tiñó este mundo con otro. Superpuso dos tierras». Y cuando ya estaba sintiendo la dicha de haber llegado a una idea nueva sobre nuestro pasado, recordé mi miedo, lo impactante que había sido ver a mi papá así, desquiciándose, y me dije, borroso: «¿Cómo puedo ser tan bruto de poetizar su quiebre?». Y me dije —me lo sigo diciendo—: «¡No he sabido entender nada!». O sí. De pronto sí. Porque fue terrible y fue divino —fue terrible y fue divino—. «Pero ¡por favor!», gritó una noche mi hermano. «¿Cómo vas a decir que algo en eso fue divino?» —me miró como a un loco—. «¿Qué fue lo divino?» —ahí pensé en lo terrible—. «¿Qué fue lo divino?», me volvió a preguntar, y le dije, inseguro: «Que trajo su tierra a la nuestra, superponiéndolas. Fue como Atlas cargando el mundo, soportando el peso desde el día en que se fue de Italia: un peso que llevó encima treinta y dos años hasta el brote de manía. Lo que hizo, loco, fue quitarse el mundo de los hombros, bajarlo, descargar el peso. Y sí, fue terrible porque fue miedoso: tiró el mundo sobre nosotros, nos cogió desprevenidos. Pero pudo descansar: caminar su tierra en vez de cargarla. Cuando la locura pasó, mi papá volvió a ser Atlas. Quiero decir que, a medida que limpiamos la casa, que la barrimos y trapeamos, le devolvimos su mundo, inconscientes de que ahora tendría que cargarlo otra vez: se lo dimos sin piedad, sin contemplar el peso en la joroba, sin pensar apasionadamente en eso que llamamos *su episodio*. Desde ese día, mi papá volvió a cargar su tierra, solo, sin que ninguno de nosotros se diera cuenta: todo ese peso lo aplastó en la cama».

(213)

Mi hermano dijo, indiferente: «No sé, no estoy de acuerdo. Esos discursos distorsionan: embellecen la desgracia». Yo me sentí borroso, otra vez, como atrapado en el punto ciego —comenzó el asma psíquica—. Y, sin embargo, le dije: «Piénsalo» —me pareció, a la larga, que sí había algo para pensar—.

DOMINACIÓN

(214)

Poco después de la conversación con Fabrizio, mi papá murió. Yo me había ido lejos, al Medio Oeste de los Estados Unidos, en un rebusque desesperado de trabajo y futuro: terminé en Iowa City enseñando Español y estudiando Escritura. Desde allá viajé a Barranquilla para acompañarlo en su agonía y, cuando, un febrero, después del funeral, volví a Iowa con el duelo encima, pasé un susto inédito, verdaderamente enloquecedor. La cosa es que yo decidí ponerme a tirar para no pensar en la muerte. Me lo decía así, con esas palabras, temblando de invierno y con nieve por toda la cara: «Voy a ponerme a tirar para no pensar en la muerte» —me decía esas palabras repetidamente, cada vez que estallaba, como un relámpago, la imagen de mi padre en su última cama, con mediocuerpo tieso y mediacara desbarrancada—.

(215)

Decidí entrar a Grindr. Fuera cual fuera el usuario; tuviera o no fotos, o un nombre, o la descripción de sus expectativas, yo mandaba el mismo mensaje: «Hola, me gusta mucho tu perfil. Estoy en plan de sexo, ojalá para ya. ¿Te interesa?». Me respondió un usuario sin cara, Dominante56: «¿Qué tan sumiso eres?» —así tal cual, sin un saludo previo—. De inmediato respondí: «Mucho» —lo soy, a veces—, a lo que dijo que, para poderme creer, necesitaba tener claro si estaría dispuesto a hacer todo lo que iba a enumerar. Entonces me envió una lista que, a vuelo de pájaro, recibí como una réplica de muchos videos porno que había visto, todos de sumisión y dominación: hablar únicamente cuando él me hiciera una pregunta; llamarlo *señor*; abrir la boca cuando quisiera escupirme; no pajearme en el encuentro —y, en cuanto me dieran ganas de hacerlo, llevarme yo mismo las manos a la nuca—; lamer sus botas; mamarlo de rodillas, mirándolo siempre a los ojos; soportar cachetadas y latigazos, e igualmente los puños que quisiera pegarme en las huevas; dejarlo amordazarme, y también amarrarme de manos y pies; dejarme penetrar con los ojos vendados, sin preguntarle nunca qué me estaba metiendo; dejarlo afeitar mi cuerpo.

Emocionado porque, al menos por un rato, podría distraerme —llenarme de otra cosa que no fuera el duelo—, le dije que quería complacerlo en todo. Quedamos en que pasaría por mí para ir luego a su casa. Me mandó este mensaje antes de llegar: «Quiero verte en la puerta, esperándome. Cuando pite, caminas al carro y entras sin hablar, y apenas te abroches el cinturón, me muestras la verga: quiero que te la dejes afuera a menos que te pida lo contrario». Le dije: «Sí, señor», y enseguida: «Perdón por haberle hablado sin que me haya hecho una pregunta».

(216)

Llegó en un carro que parecía nuevo —un jeep Gladiator—: olía a nuevo cuando entré. Seguí la orden y, en cuanto me abroché el cinturón, le mostré la verga mientras iba creciendo. Prendió la luz interior: tenía un bigote negro que le bajaba largo por la barbilla y estaba completamente rapado. «Voy a manejar despacio», dijo —empezamos a andar a la velocidad mínima—. «Quiero que todos vean a la puta que conseguí» —realmente dijo *slut*: hablamos siempre en inglés, él era gringo—. Estaba haciendo frío, mucho más, y el pueblo parecía estar metido en las casas. Siguió por la calle de mi casa, East Market Street, y luego fue doblando por las vías más importantes. Bajó mi ventana y preguntó: «¿Te gusta que te miren?» —pero nadie miraba: las dos personas en la calle corrían por sus vidas, me pareció, hacia algún lugar donde hubiera calor—. «Algunas veces», le dije, «pero ahora sólo quiero que me mire usted». La respuesta lo sorprendió, yo creo, porque alzó las cejas y dijo: «Muy bien», mientras subía la ventana. «Quítate la chaqueta». Siguió manejando despacio.

Cuando llegamos a un semáforo en rojo, por fin me tocó la verga: la sobó despacio, mirándome, hasta el cambio de luz a verde —cada vez que la apretó, yo le di mi cara de dolor—. «Guárdala ya», me dijo, «y muéstrame el pecho». Recordé que, entre las reglas que había aceptado, una ponía que, cuando quisiera hacerme la paja, yo mismo debía llevarme las manos a la nuca —hice eso: mi forma de decirle que estaba arrechado—, pero él dijo: «No, no. Guárdatela ahora. No me gusta repetir instrucciones». La guardé, entonces, frustrado, y me subí el buzo, el térmico y la camisa. Me dijo: «Muy bien, pero quítatelo todo» —le obedecí—. Me empezó a pasar la mano abierta por el pecho. «¿De verdad vas a dejar que te afeite?» —volvió a alzar las cejas—. Le dije: «Señor, claro que sí», no sólo para mostrarme complaciente, sino para que fuera más poderoso. «*Good boy*», me dijo, y en un español burlón agregó: «Qué buen mushasho».

(217)

Cogió la ropa que me había quitado y la echó a los puestos de atrás. Quise decirle: «Señor, tengo frío», pero tuve en cuenta su regla: no hablar a menos que él me hiciera una pregunta. Pensé, además, que, si hablaba o me oponía a su deseo, el juego podría terminar: que tendría que volver a la casa, solo otra vez, a acordarme inevitablemente de mi papá —y no, nunca yo quería arrojarme a la vida, ponerme a tirar para no estar pensando en la muerte—. Al rato de dar vueltas por el pueblo, al fin aceleró y, por una calle oscura, dobló por una calle que yo no conocía.

El color del camino era blanco: ya estaba nevado y comenzaba a nevar más fuerte. Cuando vi la señal de la Highway, quise preguntarle adónde quedaba su casa: no entendía por qué había cogido hacia Chicago. A medida que avanzábamos en la vía, iba creciendo la distancia entre una casa y otra: le quise pedir que se devolviera —poco a poco, Iowa iba quedándose atrás—. Pero esperé: me quedé en silencio, mientras él, *my master*, Dominate56, aceleraba más. A veces miraba al frente, la ruta entre maizales congelados, y a veces me miraba a mí. Entonces me dijo que yo le gustaba mucho, pero que había algo —un detalle, dijo, *una situación*— que lo tenía extremadamente molesto —aceleró mucho más—. «No me gustan las mentiras», dijo, «y tú pusiste una mentira en Grindr». Le pedí que me aclarara de qué estaba hablando, pero me calló enseguida: «No. No te he hecho una pregunta. No puedes hablar» —golpeó la cabrilla con ambos puños y gritó—: «¡Aparte de mentirosa, la puta no sigue instrucciones!» —hundió hasta el fondo el acelerador entre más, más, más, siempre más maizales congelados—.

(218)

Me pensé en peligro, cada vez más ahogado por la angustia
—el asma psíquica—, pero quise pensar que jugaba: que el
brote de rabia era parte de la actuación dominante. Seguí en
silencio, esperé más. Me dijo: «Tú no eres blanco» —miró el
retrovisor—. «En las etiquetas de Grindr, ponía que eres blanco». Quedé con la boca abierta. «Estás muy equivocado», le
dije, y volvió a gritar: «¿Por qué estás hablando? No te pregunté nada». Y de nuevo: «*You're not white*». Hablé otra vez y
rompí la regla. «Pone que soy latino», insistí. «*Hispanic*. Puedes
mirarlo en tu celular». Empecé a recoger mi ropa mientras él
miraba por el espejo. Entonces me dijo: «Mushasho, no vuelvas a hacer nada sin que yo te lo ordene: estoy perdiendo la
paciencia». Solté la ropa y pensé: «Es un loco y me va a matar».

(219)

Vi una señal de retorno que enseguida quedó atrás: el pueblo
ya estaba muy lejos. El loco aceleró más, todo lo que pudo
—más—, mientras seguía diciendo: «Mentiroso, mushasho»
—cada vez más fuerte—. «*You're not white*». Cuando el carro
llegó a más de ciento cuarenta kilómetros por hora, cerré los
ojos pensando: «Aquí fue, así es como uno se muere». El otro
gritaba: «¡Maldita sea!», en su español chapuceado, «¡maldita
sea!», y en inglés seguía diciendo *fuck, damn*, sin dejar de mirar el retrovisor. De repente giró la cabrilla, abrupto —un
loco—, para meter el carro a un maizal: siguió entrando, y siguió —las plantas de maíz congeladas superaban la altura del
jeep—, hasta que por fin frenó, a unos doscientos metros de
la carretera: tres carros pasaron, uno detrás del otro. Yo ya estaba convencido de que, al día siguiente, o quién sabe cuándo
—en la primavera o en el verano—, encontrarían mi cuerpo
descuartizado en la plantación, o empalado como un espan-
tapájaros.

(220)

El loco me miró, sonriente, al tiempo que ponía la mano en
mi corazón. «¿Por qué tan nervioso?», me preguntó, y ahí mismo pensé: «Aquí fue: me va a golpear, va a empezar a tortu-
rarme». Se me ocurrió escapar, pero pensé que afuera,
descamisado en el invierno, no podría correr rápido, y que, al
tratar de abrir la puerta, podría precipitar su violencia. Entonces, quién sabe cómo —con qué fuerza o templanza, o
con cuántas ganas de vida—, lo miré serio y le dije: «No me
gusta esto. Llévame, por favor, a la casa». El loco me miró sorprendido —y con vergüenza, quizás—. «¡Nos estaban persiguiendo!», se puso a gritar, y golpeó la cabrilla como antes.
«¡Querían robarme el carro! ¿No ves que es un jeep Gladiator último modelo?». Me pareció más loco todavía. Y sentí
más miedo. Le dije: «Tengo frío, voy a ponerme la ropa», y
para evitar que fuera a enfurecerse —a decirme que estaba
hablando mucho, sin que me hubiera hecho una pregunta, o
que, en vez de seguir sus reglas, estaba haciendo lo que yo
quería—, le pedí que termináramos el plan en otro momento: «Let's play another time».

(221)

Empezó a manejar, despacio como al inicio, y sentí que tardamos en salir del maizal. Hablaba solo, aunque mirándome.
«Querían robarme el carro», insistía —loco—. «¿No ves? Tiene
285 caballos de fuerza». Yo lo miraba sin confiar, vigilante,
deseando que no fuera a exaltarse. Poco a poco aceleró en la
carretera. En calma. A una buena velocidad. Me dijo: «Mira»,
señalando una flecha hacia el pueblo. «Te estoy llevando a
tu casa, ¿ves? Estamos yendo hacia tu casa». Yo seguía tenso:
pensaba que no podía, por nada del mundo, bajar la guardia.
Como un rezo de protección, me iba diciendo: «Está loco
y me puede matar. Está loco y me puede matar». Entonces

él decía: «¿Sí ves?» —me mostraba otra señal—. «Ya estamos en tu calle. ¿Sí ves? Ya vamos a llegar».

Cuando vi mi casa, le di la mano y le di las gracias —no supe qué más hacer—. Salí temblando. En mi cuarto, encerrado con llave, vi que el jeep seguía al frente, parqueado con las luces. Me quedé mirando el teléfono: quería bloquearlo en Grindr, pero decidí no hacerlo. «Ya sabe dónde vivo», pensé, «y no quiero que se vaya a enfadar». En ésas recibí un mensaje de Dominante56: «Creo que te asusté: lo siento». De inmediato le escribí, sumiso: «No, tranquilo, no te preocupes», y me tiré en la cama a pensar en mi papá.

RISA TRIUNFAL

(222)

Cada vez que cuento esa historia con el loco, llego hasta ahí: hasta el momento en que, después del pánico de muerte, finalmente me dejó en la casa, entero. En otras palabras, cuento la historia del subidón adrenalínico, pero no cuento lo que siguió: la historia del bajón. Es difícil. Yo llevaba más de un año acelerado: si no estaba pensando en el diagnóstico repentino que había recibido mi papá, pensaba, ahogándome, en mi incierto futuro económico —el asma psíquica—. Y así, fuera lo que fuera que estuviera haciendo —caminando solo o riéndome con amigas, haciendo mercado o tomándome una cerveza—, yo me decía, sofocado: «Mi papá va a morirse y no voy a tener con qué viajar». En esa repetición me la pasaba hasta que, una tarde, mi hermano llamó. ¡Mi papá! ¡Una isquemia! ¡Va a morirse! ¡Ven corriendo! ¿QUE QUÉ? ¿CÓMO? ¿CÓMO ASÍ? ¿TAN RÁPIDO? ¡Sí! ¡Ven! ¡Apúrate! ¡Sal ya! ¡Ahora mismo! ¡Pero no! ¡No quiero! ¡No puedo! ¡Yo no voy! ¿QUE QUÉ? ¿CÓMO ASÍ! ¿CÓMO NO? ¡Es que no! ¡No puedo! ¡No quiero! ¡No! ¡No quiero! ¡Verlo así! ¡Verlo muerto! ¡No! ¡Pero ven! ¡Ven! ¡Yo te presto! ¡Ven! ¡Apúrate! ¡Pero apúrate! ¡Sal ya mismo! ¡Ya! ¡YA!

(223)

Y entonces: el retraso del primer avión. El trote para subirme al siguiente. No trotar sino correr. Correr más rápido. Seguir corriendo para cruzar el O'Hare. Rogar en la puerta que me dejaran subir. Verme en el vidrio, enloquecido. No encontrar el pasaporte: tenerlo en la mano. Gritar, sin embargo: «¡Déjenme subir sin pasaporte!». La azafata —el calmante—: «Si no se calma, no sube». Entrar al avión pensando: «Perdí algo» —la billetera, el teléfono, cualquier cosa: no había perdido nada—. Mirar el mapa durante el vuelo —todo el vuelo—: el avioncito que, casi imperceptible, iba desplazándose de Chicago a Bogotá. Ocho horas mirando el avioncito —le decía al vecino: «Qué demora, ¿no?», y cuando él dormía o se hacía el dormido, yo hablaba solo para decirme lo mismo—. El acelere chirriante. Coger otro avión. Aterrizar en Barranquilla. La ropa térmica en el calor. Esperar las maletas. El tráfico. Llegar a la casa: la cama matrimonial sin él. Escuchar la advertencia: «Nene, te vas a impresionar cuando lo veas». Escuchar el consejo: «Cuidado haces caras». El taxi al hospital —el tráfico, la pelea con el señor: «¡Le dije que no se metiera por acá!»—. El impacto: la cara de mi papá.

(224)

Al escucharme, él se giró enseguida, y medio cuerpo se quedó quieto, como jalándolo de vuelta. Empecé a darle besos en el lado de la cara que parecía muerto. Yo pensaba: «Quizás no los siente, pero quizás, también, le despiertan la piel».

(225)

Entonces mi papá murió.

En el funeral, mi hermano estudiaba el cadáver. «Ven, mira» —me agarró de la mano—, «hay una mosca en el cajón». Ahí estaba cuando me acerqué: parecía atrapada entre el vidrio y la cara caída de mi papá, mediovolando por el espacio cerrado, y al rato se posó sobre la boca que alguna vez me dijo *pechichón*. Comencé a darle golpecitos al vidrio, a ver si así la espantaba, pero la mosca no se movió. Entonces llegó mi mamá a lamentarse sobre el vidrio. «¡Ay, mijo!», le habló al cuerpo. «¡Y tú, que querías estudiar!».

(226)

En Italia, mi papá no pudo terminar la primaria. Escuchando a mi mamá, recordé el diploma que guardaba en el armario: se lo habían dado algún día, hacía mucho, por haber hecho un aporte a alguna beneficencia. Con el papel a la altura del pecho, me dijo esa vez, orgulloso: «Mira, mijito, me dieron este diploma» —decía *Gracias* y su nombre completo—. Él quiso enmarcarlo, ponerlo en la pared central de la sala, pero la vieja se negó. «La gente va a pensar que no hay nada más que mostrar», dijo.

(227)

Seguí dándole golpecitos al vidrio. Después me distraje y no vi más a la mosca. «¿Qué crees?», me preguntó mi hermano, unos días luego. «¿Será que el bicho se escapó del cajón o tú crees que lo cremaron con mi papá?».

(228)

En el avión de regreso, mientras repasaba, agotado, la urgencia torturante de los últimos días, comencé a sentir la caída. Yo ya estaba en la resaca que sigue a la ansiedad y lo que más quería era quedarme suspendido en el vuelo —no hacer nada ni hablar con nadie, ni siquiera tener que moverme: sólo estar sentado, incómodo en la silla tiesa, dormido o haciéndome el dormido todas las horas posibles—. Pero, entre escala y escala y el tiempo volando, sólo fueron diecinueve horas así. Yo quería más, muchas horas más: deseaba estar el resto de la vida quieto.

(229)

La caída comienza, yo creo, cuando ya no hay fuerza para más ansiedad. ¡Qué fuerza es la ansiedad! —te lanza lejos, al peor futuro, sin dejar de hundirte en el presente horrible—. Salí triste del último avión que cogí, arrastrado y arrastrando la maleta. Entonces llegué a la casa adonde vivía y me encerré con llave en la habitación. Cada vez que la dueña tocaba la puerta, o cualquiera de las otras inquilinas, yo me quedaba inmóvil y en silencio. «¿Estás ahí?», me preguntaban. «Si tienes hambre, hicimos macarrones: come lo que quieras». Al escucharlas al otro lado de la puerta, tan cerca, yo me quedaba aún más quieto, como fundido con el colchón, y les pedía sin hablar que me dejaran solo. Entonces, cuando decían: «Yo creo que no está». O: «Está durmiendo, pobre, debe de estar agotado», me salía un suspiro cuando por fin se iban.

(230)

Por más de un mes estuve así —herido—, mirando la maleta sin abrir. Días o noches me abrazaba a mí mismo para quedar acurrucado, como de vuelta al vientre, aunque grande, con barba, y pensando en mi dolor —estaba herido—. O podía pasar que estaba tieso, boca arriba, como un muerto reciente que no había entrado a su madera, las manos en lazo sobre el pecho abierto. Fuera la hora que fuera, cerraba los ojos y trataba de dormir: si no llegaba al sueño, igual me quedaba inmóvil, en suspenso, atento a mi respirar. La vida ocurrió entre ambas formas que le daba a mi cuerpo —ovillo o cadáver— y casi nunca, en tanto tiempo, estuve en otra posición: parecía a punto de vivir, a punto de buscar el aire, o ya acabado en la muerte. Estaba herido.

(231)

Comía muy poco. Si me daba hambre, esperaba: a quedarme
dormido para olvidarme de comer, o a que el hambre insis-
tiera en sí misma hasta hacerse insoportable. Cuando ya me
doblaba el vacío, empezaba a estirarme lento, muy lento, para
buscar el teléfono entre las sábanas y almohadas. Entonces trataba de pensar qué quería —qué podría querer—, pero la in-
decisión me avasallaba, también la indiferencia por la comida.
Casi siempre pedía una pizza, aunque a veces, sin embargo,
pero muy rara vez, iba hasta la tienda para hacer un mercadito:
terminaba comprando pollo frito o sopas enlatadas. Con el
pollo o con la pizza volvía a la cama, lento, sin ganas de nada
—sin ganas—, diciéndome a mí mismo: «Tengo que comer».

(232)

Ay, pero algunas veces pasaba que, dado el primer bocado, explotaba hacia dentro una fuerza: un mínimo deseo de moverme, un ansia débil de otra cosa. Fue así como empecé a
decirme: «Necesito tirar, arrojarme a la vida. Bañarme, dar una
vuelta. Tirar mucho para no pensar en la muerte». Apenas cua-
dré el encuentro con el loco —en ese momento, Dominan-
te56—, yo pensé, conmovido, que ya estaba a punto de *salir
adelante* —me dije a mí mismo esas palabras: «Ya casi salgo de
esto»—. Pero ¡el hombre! ¡Un loco! ¡Acelerando! ¡Por qué! ¡La
Highway! ¡A Chicago! ¡El maizal! ¡Va a matarme! ¡El maizal!
¡Va a matarme! ¡VA A MATARME!

(233)

Esto es lo que nunca cuento: el evento más crítico del bajón
—la caída en la caída—. Después de que el loco me dejara en
la casa, y me enviara sus disculpas por texto, y yo le dijera, sumiso, que se estuviera tranquilo, el jeep permaneció en la acera

con las luces de parqueo: desde la cama podía verlo detrás del vidrio empañado. En posición de ovillo o cadáver, bajo la colcha, volví a pensar en mi papá. Y en el futuro, en la plata —se alborotó el asma psíquica—. Esa noche me dije: «Ya no voy a poder más» —seguían titilando las luces del jeep—. Convencido, entonces, de que el loco me había querido matar, volví a escribirle por Grindr: «Señor, ¿sigue ahí?» —yo sabía que sí—. «¿Señor?». Respondió: «Ven ya mismo». Dentro del carro otra vez, cara a cara, esperé a que me hiciera una pregunta para poderle hablar. «Siempre lo supe», dijo, y sin dejar de mirarme, me cogió del mentón. «Yo vi en tus ojos que querías seguir con esto». Empezó a manejar, lento otra vez. «¿Vas a obedecer?». Le dije que sí y, aprovechando que podía hablar, agregué: «Puede hacerme lo que iba a hacerme». Pero el loco me dio una orden: «Déjame verte, mushasho: quiero ver cómo estás». Al bajarme pantalón y calzoncillos, echó un vistazo y me dijo: «Veo que sigues nervioso» —siguió manejando despacio—. «¿Tienes miedo?». La pregunta me sorprendió: lo había tenido, pero ya no. Le dije: «Un poco, sí. No quisiera sufrir mucho». El loco forzó una risa: «Pobre mushasho: vas a sufrir mucho: vas a sufrir por mentiroso» —en ese momento quise insultar al gringo para que, enloquecido, cogiera más rabia y apresurara mi muerte, pero él volvió a hacer un repaso de su lista—: «Quiero saber si tendrás la boca abierta cuando quiera escupirte». Le dije que sí. «¿Y vas a dejar que te afeite el pecho?». Sí. «Y cuando entremos a casa, ¿lamerás mis botas?». Sí, también. Pero, a la quinta o sexta pregunta, aburrido y con ganas de avanzar, le dije: «Señor, ¿y cómo quiere matarme?» —el loco me miró de reojo, yo lo miré de frente—. «De verdad puede hacerme lo que iba a hacerme en el maizal». Ahí frenó el carro y me miró estupefacto: «¿De qué estás hablando?» —alzó las cejas y agarró fuerte la cabrilla—. «¡Te dije que querían robarme! ¿No has entendido que éste es un jeep Gladiator, último modelo? ¡Tiene 285 caballos de fuerza!». El loco siguió gritando: me dijo *freak*, me dijo *creep*. Me dijo: «Sal de mi carro, loco de mierda».

(234)

Quedé en la mitad de una calle con el pantalón sin abrochar. Caminé despacio, desorientado, mientras me iba subiendo la corredera. Por un momento pensé: «Jueputa, sólo va a darme el cuerpo para volver a la cama, quedarme allí, y si acaso pararme a comer». Supongo que iba a seguir así, rumiando tristezas similares, pero inesperadamente, como saliendo del fondo de la vida, una frase me llegó sola: «El loco me dijo loco» —sonreí: seguí caminando a la casa y, llegando a mi cuadra, pensé—: «Estoy más loco que el loco» —comencé a reírme—. Después recordé la caraboba que había hecho el gringo cuando le dije que podía matarme y, así, quién sabe por qué, al ser tan consciente de mi oscuridad confundida, estallé en carcajadas bajo la nieve.

(235)

Pasados esos días —los anteriores, sobre todo, a la risa triunfal—, me pareció entender perfecto la noción de *muerto en vida*. Lo que yo pensaba después del funeral, tirado en la cama —inmóvil—, tratando de obviar el hambre y mirando la maleta sin abrir, era que la respiración era un encarte: que había que quitarla y ya, que sólo me faltaba eso. Pero no me la quería quitar yo mismo —no me atrevía ni se me ocurría cómo—: necesitaba a otro que lo hiciera por mí. Supongo que, en ese razonamiento, había una cierta obstinación en continuar viviendo. Con el tiempo he pensado que, si la ansiedad es un mediomorir (*me ahogo, me muero, va a pasar ya mismo lo peor que podría pasar*), la depresión es un mediovivir: yo sentía que, al respirar, el aire entraba a nada y salía a nada: que era una respiración sin cuerpo y sin mundo. Otra forma de decirlo es que, en ese tiempo radical y asmático, yo fui un hombre-cama: inerte y vivo —mitad objeto, mitad dolor—.

(236)

Según Fabrizio, mi papá estaba carialegre, con ganas de buenas noticias, cuando recibió el diagnóstico temido. «Puede morirse en dos minutos o en veinte años», dijo el médico. «Esto es una cuenta regresiva que no sabemos hace cuánto se activó». Ante semejante bomba de tiempo, cada día —cada momento— fue haciéndose más angustiante en su tic-tac. Yo empecé a llamarlo desde Iowa, sin cesar, y a enviarle correos y mensajes de texto, uno detrás del otro, siempre con tres palabras: «Papi, ¿cómo estás?» —en la repetición de mi saludo, había siempre una pregunta subyacente: «¿Estás vivo todavía?»—. Mi papá solía decir: «Bien, mijito, por acá tranquilo», viendo televisión», quién sabe si verdaderamente tranquilo —a la espera de que ya, por fin, esa bomba le estallara adentro—, o si en la negación más radical de su silenciosa enfermedad. «¿Cómo estás?», volvía a preguntarle al rato, una o dos horas después. «Bien, mijito», volvía a decir. «Por acá tranquilo, viendo televisión». Y así eran nuestras conversaciones —inanes o ansiosas— hasta que un día me contó que había comenzado a escribir sus memorias. «Son para ti», me dijo. «Te las mando cuando termine». Deseoso de recibir su regalo autobiográfico, yo pensaba entre llamada y llamada: «Ojalá alcance», para luego repetir con el nuevo saludo mi pregunta subyacente: «Hola, papi, ¿estás vivo?».

(237)

Italia y, más propiamente, Paterno, el pueblo de mi papá, eran omnipresentes en la conversación que había en mi casa, allá en Barranquilla. Se hablaba, sobre todo, de lo chiquito que era ese pueblo de Calabria —si acaso mil habitantes— y de una cueva que había en la tierra de mi familia, una gruta realmente, adonde mi papá, chiquito, iba a esconderse con su hermana mayor, mi tía Rosina, cada vez que, en la Segunda Guerra Mundial, se anunciaba el sobrevuelo de bombarderos. En el relato repetido, los demás familiares llegaban con vecinos a esconderse allí y, en la espera a que mermara la acechanza mortal, todos terminaban compartiendo su comida: mi familia ofrecía manzanas o cerezas, y los vecinos, pan y jamón de cerdo. Creo que nunca escuché a mi papá hablar de la gruta, si acaso una vez: la historia la contaba casi siempre mi mamá, cosa que nunca entendí, pero que ahora me hace sentido: para ella, esa historia era eso, una historia, y para él, en cambio, era el trauma que lo cruzaba. «Recuerden que su papá es hijo de la guerra», decía mi mamá, muchas veces cuando él estaba al frente, callado entre nosotros, escuchando lo que él mismo había vivido. Pero si sólo se mencionaban los bombarderos, o la espera angustiante en la gruta, mi papá reiteraba que, en esos tiempos de guerra, mientras pasaban aviones que podían matar, los vecinos del pueblo compartían la comida.

(238)

Después de contar esa historia, solíamos hablar del tío Davide, hermano de mi papá. Él vivía en Calgari y, antes de conocerlo, yo tenía claro que había combatido en la guerra. «Le tocó combatir», decía mi mamá —y de nuevo, como casi siempre, mi papá en silencio—. «A pesar de que estaba muy joven, lo enlistaron: necesitaban gente». Nunca se dijo en la casa —y nunca, en ese tiempo, se me ocurrió preguntar— a qué edad exacta había entrado a la guerra, si lo hicieron soldado cuando aún era adolescente, si el *a pesar de lo joven* se refería a eso. Era un relato sin historia: no se mencionaba el fascismo, o a Mussolini, no se decía que el tío —*el pobre tío*, escuchaba a veces— había sido enlistado a la fuerza en el ejército fascista. O si él mismo era fascista: si lo seguía siendo o si, por el contrario, a raíz de su experiencia, había tenido una transformación política. Todos esos vacíos le daban a la guerra un aire de irrealidad. Y, sin embargo, en paralelo a eso, la historia del tío tenía unos detalles violentamente reales. «Quedó vivo de puro milagro», nos contaba mi mamá, «porque tiraron granadas donde estaban ellos: recibió un impacto fuerte. Por poco pierde la pierna, le quedó una cicatriz muy grande —un hundido— y le sacaron todos los dientes para poderle extraer las esquirlas de granada que le quedaron en la boca: todavía tiene algunas adentro, no pudieron sacárselas todas».

(239)

Conocí al tío con ocho o nueve años. Apenas nos saludamos, me le quedé mirando la boca: en el labio inferior tenía un enredo de carne: un montoncito de labio sobre el labio. No recuerdo si, en el tiempo que duró mi fijación, él quitó la mirada o si, por el contrario, la mantuvo sobre mí, directo e insistente. El caso es que, después de fijarme en la boca, quise conocer la cicatriz de su pierna. No pude: usaba pantalón y, en los treinta días que estuvimos cerca, en la misma casa, siempre usó pantalón.

Un día, mi hermano y yo comenzamos a jugar al escondite o a la lleva. Corríamos por la casa, subíamos y bajábamos la escalera —soltábamos carcajadas, nos llamábamos o pillábamos infraganti, a lo que volvíamos a correr, o a escondernos, o a buscarnos a los gritos, los dos cantando nuestro nombre—: «¡A que no me coges, pendejo! ¡Te voy a encontraaar!». Y entonces, en un momento, mi hermano me pilló a mí, o yo a él, y en el sobresalto del juego —en esa emoción que ocurre cuando el otro te dice en la oreja *¡te cogí!*, o *¡te encontré!*, al tiempo que te pone la mano en el hombro—, uno de los dos pegó el grito más escandaloso, y el tío, el pobre tío Davide, comenzó a gritar también. ¡Gritó *merda!* ¡Y GRITÓ MÁS ALTO! ¡Que los niños! ¡Que se fueran! *¡Silenzio! ¡La granata!* ¡La explosión! *¡Sulla faccia!* ¡LA PIERNA! *¡Coglioni!* ¡Gritó! *¡In guerra!* ¡Que los niños! ¡Que se vayan! ¡Ahora! ¡Que no más! ¡Que el ruido! *¡Stupidi!* ¡Que se callen! *¡Basta!* ¡Que no más! *¡In guerra!*

¡Que se vayan! ¡Afuera! *¡Silenzio! ¡Non gridare!* ¡Que se larguen!

En todo el tiempo que estuvo gritando, el tío no se quitó las manos de las orejas. Mi hermano y yo quedamos fríos o con ganas de llorar. Mi mamá nos dijo: «No se pongan así: ustedes saben que ellos son hijos de la guerra».

(240)

En la casa, entonces, se hablaba de esa violencia —del hambre y de las bombas— mientras amigos o extraños le hacían chistes a mi papá. «¡Mejor dicho, Pepe!» —le daban manotadas en la espalda—. «Pasaste de Guatemala a Guatepeor: a más hambre y más bombas en Colombia». Él se reía a veces, aunque la verdad es que, permanentemente, al escuchar el noticiero sangriento, o ante los mil problemas de plata, terminaba diciendo: «¡Me equivoqué de barco!» —también cuando, en la casa, sucedían las que Margui llamaba *jodencias*: peleas entre mi hermano y yo, o entre mi papá y alguno de nosotros—. «¡Cómo joden!» —se ponía furioso—. «¡ME EQUIVOQUÉ DE BARCO!». El caso es que mi padre había cogido el barco que cogió apenas cumplió los veinte: lo había cogido de la mano de Alfredo, mi tío, quien le enseñó a hablar español. Ese tío llevaba años viviendo en Barranquilla y, luego de una larga visita a la casa en Paterno, volvió a Colombia con mi papá. El barco era el Marco Polo y llegó a Cartagena, desde Nápoles, en 1962.

Yo nací veinte años después y, para ese momento, mi papá hablaba sobre todo en español, incluso con sus paisanos migrantes. El tío Alfredo dijo una vez que quien deja el idioma materno después de migrar —o lo olvida, incluso— lo hace para asentarse en la tierra de llegada y tratar de hacerse menos foráneo. Entonces, cuando mi papá hacía mezcolanzas involuntarias, y decía, por ejemplo, *profumo* en vez de perfume, o *cravatta* en vez de corbata —*pancetta* y no tocineta, o *naranga* y *toronga*—, volvían a hacerle chistes: «¡Erda, Pepe! ¿Y qué pasó? ¡Se te olvidó el italiano y no aprendiste español!». Mi papá se reía.

(241)

«Loro viejo no aprende a hablar», escuchaba decir en Barranquilla, a pesar de que hubiera por todas partes muchos loros viejos que, después de migrar, habían aprendido a hablar español. Muchos de ellos se encontraban en el Centro Italiano para jugar *bocce*, por ejemplo, o para compartir los platos más ricos: una pasta o una pizza. Esos encuentros me parecían eventos de otro mundo: un mundo que no era Barranquilla y que, sin embargo, ya era Barranquilla también. Era el mundo que habían dejado todos y que, sin embargo, no dejaban de recrear: un mundo que, concreta y fantasmalmente, teñía a Barranquilla mientras la ciudad, por supuesto, los iba tiñendo de vuelta. Me gustaba mucho verlos jugar y disfrutar la comida y escucharlos hablar de lo que estaban comiendo, agradecidos por la delicia que, a pesar de su viaje largo, podían volver a comer: el manjar de su tierra distante.

Pero eran encuentros que, en la dichosa expansión del disfrute, a veces tenían desenlaces brutales. Nunca voy a olvidar que una noche, en la cena posterior al partido de *bocce*, un hombre le gritó a su padre: «¡Tú me odias! ¡Me quieres muerto!», y que el padre, decidido a matar, sacó un cuchillo de no sé dónde, mientras todo el mundo le gritaba: «¡Cálmate, oye, cálmate! ¿Qué te pasa?». Todos gritaban menos el hijo, que, en cambio, le rogaba al padre, llorando, que lo matara ya, jalándose el cuello de la camisa. «¡Mátame!» —lo miraba a la cara, rojo: estaban rojos los dos—. «¡Eso es lo que tú quieres! ¡MÁTAME YA!». Ante el cuello exhibido, el padre le gritó *vago* mil veces. «¡Vago!», y entonces, cuando el hijo se le tiró encima, no para matarlo, sino para que el padre ya, por fin, lo matara a él, por poco y lo mata realmente: el hombre alzó la mano y se le fue en contra con el cuchillo, pero el grito común, el grito de todo el mundo diciendo: «¡Lo va a matar!», hizo que el hombre parara justo antes de causarle la última herida. Incapaz de parricidio, el hijo se fue llorando, y el padre pidió a los gritos que alguien, ¡cualquiera!, le llevara ya mismo un vaso de agua. Y cuando la esposa, solícita, sirvió agua hasta la mitad del vaso, nerviosa que estaba aún, el hombre volvió a gritar: «¿Y tú crees que esto va a quitarme la sed? ¡Usa la cabeza!».

(242)

Al verme la cara espeluznada, mi mamá dijo esa vez: «Acuérdate de que él también es hijo de la guerra».

(243)

Ese hombre era abuelo. Me gustaba jugar con su nieto, que, en ese tiempo, tendría si acaso dos años. Yo lo cargaba o le hacía caballito y, cuando el niño, torpe aún caminando, se caía o se golpeaba con algo, lo pechichaba mariconamente. «¿Qué fue?», le preguntaba, imitando los pucheros que hacía. «¿Qué le pasó al nene? Ya, ya, ya. Sólo fue el susto, ya». En este tipo de escenas, el hombre me miraba con una rabia que yo no entendía. «¡Déjalo!», gritaba. «¿Por qué tienes que cargarlo? ¡No le hables así!». Hasta que una tarde el niño volvió a caerse y el hombre se puso entre los dos. «¡Lo vas a volver un marica!», me dijo, al tiempo que el niño lloraba y estiraba los brazos para que alguno, ¡yo mismo!, lo alzara del suelo. «¡No lo vuelvas a cargar!». En ese momento un hombre —otro hijo del señor que me gritaba— salió a ver qué estaba pasando y, cuando vio al niño en el suelo, llorando con los bracitos alzados, hizo esta pregunta: «¿Qué hace mi hijo ahí tirado, ensuciándose de tierra?». El padre le dijo: «¡Borracho! ¡Deja de dormir y cuídalo tú! ¿No ves que se está volviendo un marica?». Entonces el hijo —éste sí capaz de parricidio— lo empujó contra una vitrina repleta de trofeos. «¿Quién es el marica, a ver?», le gritó

—y, mientras lo seguía empujando, los trofeos se iban cayendo—. «¡A ver! ¿Quién? ¿Quién es el marica ahora?». El primer tirano, reducido ahora por el hijo, empezó a llorar, y como el bebé seguía llorando a los gritos, yo lo alcé para llevármelo lejos. «¿Quién es el marica ahora, ah?», le siguió preguntando el hijo, y el otro, llorando todavía, le decía: «¡Tú! ¡Tú eres el marica! ¡Pegándole a un viejo! ¡Cobarde y marica! ¡Eres un marica criando a un hijo marica!». El hijo empezó a pisar y a romper cada uno de los trofeos que el padre había ganado en los campeonatos de bocha. «¡Y mira lo que hago con tus trofeos, fracasado!», le gritó, y los siguió rompiendo uno a uno —el orgullo de ese hombre que, al igual que mi papá, no había podido terminar de estudiar—. «¡Fracasado! ¡Fracasado! ¡Mira lo que hago con tus trofeos, fracasado!».

(244)

Cuando sucedían ese tipo de escenas, pasaba que, muchas veces, en lugar de pensarlas en toda su violencia, quienes habían estado presentes las tachaban de ordinarias o corronchas. «¡Qué gritería!», se podía lamentar la esposa de alguno —casi todas eran barranquilleras de clase media—. «¡Ya tenían que venir con la corronchada!». Entonces estallaba el nudo político: porque las mismas mujeres que, a cada tanto, se ufanaban de haberse casado con italianos —con *europeos*, decían también— ahora hacían comentarios intencionadamente clasistas sobre ellos. «La mamá de *ése*», escuché una vez —y había risitas—, «llegó a mi casa con una gallina en la cabeza. Imagínate tú: ¡dizque un regalo!» —soltaban la carcajada—. «¡Qué asco! El pajarraco se puso a revolotear por toda la sala, ¡entre mis porcelanas!, mientras ella lo trataba de agarrar». Pero, apenas se presentaba la oportunidad de hacer un despliegue de superioridad —de exhibir, de nuevo, algún tipo de sofisticación o conocimiento al que habían accedido *gracias al hecho de haberse casado con un italiano*—, cualquiera de las que se había burlado, o la misma que había echado el cuento de la gallina, podía decir: «¡Dios mío! Pero ¿cómo se te ocurre servir eso así?» —un escándalo: en la mesa, alguien había puesto la pasta en un plato, y la salsa, en otro—. «Los italianos jamás, ¡pero jamás!, hacen eso: la pasta se sirve mezclada con la salsa» —así transformaban la lección culinaria en una amonestación social: en una nueva regla de urbanidad y buenas maneras—. O también podían decir, si un niño llamaba a la abuela *nona,* por ejemplo: «¡Ay, pero por Dios! No se dice *nona*» —inflaban pecho—. «Se dice *nonna,* con doble ene: los italianos hacen una pausa antes de la doble consonante, para que sepas».

(245)

Alguna vez, en el Centro Italiano, cuando una de ellas hizo un despliegue tal, otra barranquillera le dijo: «Pero bueno, mija, ¿y es que tú qué te crees o qué? Tengo entendido que tu marido no es de Roma, sino de un pueblito del sur por allá refundido». Y entonces —ay, ay, ay— el aludido pasaba por allí y, sin pensarlo dos veces, le dijo a esa mujer: «¡Mira!» —le puso el brazo al lado del suyo—. «¡Mira, antes de hablar!» —el hombre quería explicitar la diferencia entre sus tonos de la piel—. «¿Quién es la corroncha, a ver? ¿Quién?». Y así, ese hijo de la guerra —*ese hijo de la Segunda Guerra Mundial*— empezó a hablar desde esa tarde, una y otra vez, de la superioridad de su raza. «Pues muy blanco y todo», le dijo una noche esa misma mujer, «pero bien corroncho eres: corroncho y pueblerino».

(246)

A la espera de que mi padre terminara sus memorias, yo imaginaba —o quería— un texto con detalles inéditos sobre su infancia en la guerra y posguerra italiana; una escritura sin la distancia afectiva de quien no había vivido semejante acontecimiento —mi madre o yo mismo—; un recuento que no lo abordara como una anécdota curiosa, desinteresada del dolor. Imaginaba a mi padre recordando la dificultad de dejar la propia tierra —el trauma en sí de irse y el trauma que lo llevó a buscar otra vida—. Y pensaba su pasado con esas palabras: el trauma. También imaginaba que, en las memorias que estaba escribiendo, mi padre hablaría de su aprendizaje del español y que, además, recordaría las escenas que yo recordaba tanto: las de una calma interrumpida de repente por una violencia que siempre sabía arrebatarse. «¡Mátame!», «¡Vago!», «¡El cuchillo!», «¡Lo va a matar!».

Igualmente, yo quería que ese texto tan esperado me inspirara a pensar en el nudo colonial caribeño. Porque, en la idea que yo tenía, habiendo conocido a tantos inmigrantes como él, era que al moverse desde el Norte, el europeo tenía un cierto ascenso social apenas pisaba Barranquilla, por más pobre o arrancado que fuera. Al tener ojos claros, digamos, o la piel *blanca*, o *más blanca* o *blanquísima*, y, sobre todo, al hablar *con acento* —con una música *europea*, una música *de lejos*—, el acceso a la clase media se hacía más fácil. Al mismo tiempo, en el deseo aspiracional de esa clase, casarse con un europeo también era subir en la escala social o, en últimas, adquirir un elemento valorizante: no tenía importancia que, en su país de origen, ese mismo italiano estuviera abajo. «Mi papá no es de Roma», le aclaré una vez a la vieja, a lo que ni corta ni perezosa me dijo: «Nadie tiene que saber eso, mucho menos Amirita». Pero, entonces, cuando ese ascenso se ponía en duda, los implicados recurrían a todas las inferiorizaciones posibles: al machismo se respondía con clasismo; al clasismo, con supremacía blanca; a la supremacía, con más clasismo... Todo el tiempo se injuriaban unos a otras, como si, al hacer eso, pudieran cumplir su fantasía de pertenencia a una élite.

(247)

Y yo pensaba esto contraponiéndolo todo a la generalidad de otra experiencia: la de la migración Sur-Norte. Porque, bajo una mirada perversa y letal —todavía más perversa y letal en tanto se autopercibe realista—, cada inmigrante que llega al Norte *con una mano adelante y la otra detrás,* como tantos desde el Norte llegaron al Sur —ombe: a Barranquilla—, es uno *más,* otro, que viene a pedir o a quitar algo, nunca alguien que tuvo que irse y que está buscando urgentemente otra vida. ¡Vivir! Es una mirada que desprecia, pero, sobre todo, que se fastidia con el migrante, y que, entonces, desde el desprecio o el más puro fastidio, se transforma en la voz personal y pública que dice: «Fuera». O que dice: «No vengan». O que dice, con resignación conservadora o cordialidad fascista: «La vida está dura, y no sólo para ustedes. La vida está muy dura en el mundo entero y para todo el mundo».

En fin, que así estuve unos meses, con este tipo de pensamientos, hasta que mi padre, finalmente, me envió un correo electrónico con un asunto que decía: «Mis memorias». Lo copio tal cual me lo mandó, con esta fuente y tamaño de letra:

(248)

MIO CARO FIGLIO : TE QUIERO CONTAR ALGO DE MI VIDA, MAS QUE TODO DE MI NINEZ. MI NINEZ FUE MAS BIEN FELIZ, LE PASSADA CONTENTO A LADO DE PAPA E MI MAMMA, MIS HERMANOS E AMIGOS. A LA EDAD DE MI NINEZ ESTUVE AL COLEGIO ADONDE TENIA MUCHOS AMIGOS ANTES DE IR AL COLEGIO ACOMPAGNABA A MI PAPA A LA FINCA . A VECES ME TOCABA REGAR LA HORTALIZA ANTES IR A LA ESQUELA. ME TOCABA LEVANTARME MUY TEMPRANO COMO A LAS 4 DE
LA MANANA O UN POCO ANTESS, EN ESA HORTALIZA SE PRODICIA TOMATE,
--- SARAGOZA, BERENGENA, PIMENTON, TODO LO QUE ERA HORTLIZA EN GENERAL, FRUTAS COMO LA UVA, CEREZA, PERA, MANZANA, I DESPUE S DE REGAR IBA A AL COLEGIO EN LA MANANA Y EN LA TARDE ASISTIA A CLASES DE MODA. MI

PAPA NOS ENSENO EL HABITO DEL TRABAJO, Y PARA MI ESO HA SIDO LO MEJOR. MI PAPA FUE UN HOMBRE MUY GENEROSO, COMPARATIA LAS COSSAS POR IGUAL, CUANDO SALIA LA PRIMERA FRUTA LA LLEVABA A CASA PARA COMERLA ENTRE TODOS LOS QUE ESTABAMOS ALLI. DESPUES ESTUVE UN TIEMPO EN CONSENZA PARA ESPECIALIZARME EN LA MODA E APRENDERLA COMO UN ARTE, APRENDI TODAS LAS OPERACIONES QUE SE NECESITAQN PARA HACER UN PANTALON Y UN SACO CON TODO SU ARTE, SOLO ME FALTO APRENDER EL CORTE QUE ES LO ULTIMO QUE ENSENAN, ASI ESTUVE HASTA LOS VEINTE ANOS. APRENDER LA MODA ES TODO UN ARTE EN MI TIERRA.

SE ME PASABA CONTARTE ALGO MUY TRISTE LA MUERTE DE MI PAPAPA, TENIA APENAS TRECE ANOS ESO FUE MUY DURO , A LA VEZ ME SOPORTE CON MI HERMANO MAYOR QUE SE PORTO MUY BIEN CONMIGO.

A LOS VEINTE ANOS , EMIGRE CON MI HERMANO ALFREDO A COLOMBIA PARA VIVIR EN BARRAQUILLA ADONDE COMENCE A TRABAJAR GANANDOME EL SUELDO MINIMO, MI PRIMERA LIQUIDACION QUE FUERON SEIS MIL PESOS LA MANDE A MI HERMANO FABRIZIO, DESPUES MI HERMANO ALFREDO, VIENDO MI BUEN COMPORTAMIENTO Y TRABAJO, ME OFRECIO PAGARME EL 20% POR CIENTO SOBRE LA UTIDAD , E LUEGO EN EL ANO 1973, CON EL RETIRO DE UNO DE LOS SOCIOS, ME OFRECIO ENTRAR EN LA SOCIEDAD.

(249)

Desde que puedo recordarlo escribiendo, mi papá solía pedirle a alguien en la casa que revisara su ortografía y redacción.

Los correos que enviaba, entonces, usualmente llegaban a sus destinatarios a dos voces: con la suya propia, al fondo —más subterránea en tanto más *errores* contenía su escritura—, y con la voz correctora, que iba arrasando avergonzadamente con esa primera voz, borrándola con una ortografía reajustada y con las revisiones sintácticas que realizaba en la búsqueda ansiosa de una gramática pura. Esa voz, la segunda —la voz correctiva—, eliminaba todo rastro de la historia social de mi padre y, de paso, la de toda nuestra casa: ocultaba la evidencia de la educación truncada en la posguerra, la realidad de la migración y el olvido paulatino de la lengua original, un olvido que sucedía en tanto él iba aprendiendo otra lengua que, a pesar de los años, nunca aprehendía del todo (¿alguien puede aprehender del todo una lengua?). Y, sin embargo, a pesar de tantas dificultades, mi papá decidió escribir, al final de su vida, unas memorias. Con esto quiero decir que la voluntad de reconocer en sí mismo una voz se sobrepuso al complejo de inferior: a la vergüenza de no saber decir o escribir *correctamente*. Yo quiero honrar para siempre esa acción.

(250)

Él murió un año después de haberme enviado el correo y, en el tiempo que siguió viviendo, no agregó ni precisó nada. Sus memorias, pues, son esas: inician con la mención del remitente —su hijo— y terminan con el ascenso económico posterior a la migración, luego de mencionar su buen comportamiento y capacidad de trabajo. «Mi niñez fue más bien feliz», escribió. ¿Qué hay —me he preguntado— en ese *más bien*? La primera vez que leí esa línea, recién recibí su texto, pensé en la guerra y, más específicamente, en la gruta en la que él se escondía con la tía Rosina. ¿Qué pasó durante el tiempo que duró escribiendo sus memorias? ¿Se olvidó, por fin, mi papá de los bombarderos o, en el instante mismo de escribir ambas palabras, *más bien*, volvió a escuchar el sobrevuelo ensordecedor de los aviones?

Ocho años después de fallecido, pude preguntarle a la tía, recién cumplió noventa y cinco, si recordaba la mítica cueva. Allá mismo en Paterno, mientras pisaba, conmovido, la tierra original, ese pueblo montañoso de escasos mil habitantes en la región de Calabria, ella me dijo que sí: que, aunque *non era possibile accedere alla terra in cui si trovava la grotta*, recordaba perfectamente que allí se había escondido con mi padre muchas veces cuando, a finales de la Segunda Guerra Mundial, los bombarderos cruzaban el cielo. Y entonces, cuando ya estaba pensando que el relato siempre sería ese, sin ningún otro detalle, la tía agregó que, para llegar a la gruta, había que recorrer un camino pedregoso y *stretto* —estrechísimo—, un camino por el que era muy fácil caerse a un río. «*Era terribile*», dijo.

(251)

Al final de su texto, mi papá explicita el monto de su primer salario —el mínimo— y el progresivo aumento del dinero que fue ganando desde su llegada a Barranquilla. Él concluye, sin embargo —corta sus memorias—, antes de la progresiva caída de la empresa: antes de la quiebra y de su quiebre. También me he preguntado qué hay —qué hubo— en esa decisión. ¿Quiso esquivar la estupefacción del desmoronamiento, aún demasiado viva, de la misma forma como ya había esquivado la guerra en su relato?

(252)

Tomate, zaragoza, berenjena, pimentón, uva, cereza, pera, manzana... A veces pienso que mi papá quiso dar cuenta de la abundancia que tantas veces atestiguó. Y que, en el deseo de llegar a una calma retrospectiva, decidió dejar la historia de su migración en un final feliz: hasta la idea, en suma, de que, luego del largo y difícil viaje, la vida fue mejor.

(253)

O hasta el momento en que no podía decir: «Me equivoqué de barco».

(254)

O hasta el momento en que no era posible rebatir la idea capitalista, tantas veces repetida por su boca, de que, gracias al buen comportamiento y trabajo, la vida siempre y necesariamente sería mejor.

(255)

«¡A producir!», gritaba esa cabeza. «¡A producir!». Y, sin embargo, durante el insistente llamado a la producción incesante, mientras el incansable y, sin embargo, agotado trabajador se quebraba produciendo, la misma cabeza imaginó un proyecto extraordinario: un gran puente que cruzara el océano Atlántico; un largo, larguísimo puente con pequeños colegios a lo largo de toda su distancia. Cuando escuché a mi padre imaginar en voz alta semejante estructura, yo sentí una sorpresa ante la imagen imposible o improducible, pero también un deseo de que algo así —algo *más o menos así*— pudiera hacerse en el mundo. Quiero recordar el doble sentimiento, la tensión entre improbabilidad y deseo, para escribir la pregunta en la que se fue transformando el discurso paterno: ¿cómo podría concretarse *realmente*, lejos de la ensoñación maníaca, una estructura planetaria que concibiera el derecho al movimiento de todas las personas y que hiciera de la partida a otras tierras, por razones siempre deseadas, una permanente dignidad?

(256)

Mejor dicho: ¿cuál es la imagen realista que podría nacer de la imagen fantástica?

LA MANZANA ENVENENADA

(257)

Ahora vuelvo al encuentro con Yiya. Cuando pagué la almohada de pensamientos y plumas, ella dijo, melancólica: «¡La última venta!» —recibió mi billete y, al comprobar que no era falso, le dio un beso antes de escondérselo en el sostén—. «Salgo contigo», dijo, echando candado a la puerta, y una vez afuera, sobre el letrero que ponía: «La Piñata. Tienda de Maricaditas», colgó un papel que anunciaba con mayúsculas tristes: «CERRADO». Mientras Yiya lamentaba el fracaso comercial de la tienda, a mí me alivió, sin embargo, que la Flor de Espejo todavía siguiera en el mundo, abriéndose poco a poco por fuera del negocio.

(258)

Caminamos por La Perseverancia y, después de ahondar asmáticamente en nuestras preocupaciones de plata, Yiya me contó un chisme. «Esa que está ahí», me dijo, alterada, señalando con la boca a una mujer que mordía una mazorca, «fue amiga mía hace años». Yiya se quedó quieta, mirando a la anterior amiga, y luego siguió hablando: «Se llama Karina y es samaria como yo. A los trece o catorce años, recién mudadas a Bogotá, andábamos juntas para arriba y para abajo. Como no éramos de acá, nos rechazaban mucho en el colegio. Y eso, a la larga, nos unió más. Yo iba a su casa y ella a la mía: casi siempre veíamos telenovelas. Cada vez que ella hacía comentarios sobre el galán, yo me quedaba en silencio, o hablaba mecánicamente de su cara o de su cuerpo, repitiendo lo que siempre la oía decir cuando un pelao le gustaba. Pero una vez dije que me gustaba la cara de la villana —la boca y los ojos, habré dicho— y Karina, irritada o confundida, apagó el televisor: me dijo que eso era puro comentario de machorra. Entonces dije que qué cuerpazo tenía el galán, que qué músculos se mandaba, y la tensión se calmó: Karina puso el culebrón y volvimos a hablar de la cara linda del protagonista».

«Éramos amigas, yo creo: muy cercanas. Nos reíamos todo el tiempo, caminábamos por la ciudad... Nos gustaba ir a Unicentro y a Bulevar Niza. Una tarde, en uno de esos paseos, nos encontramos con Carla, una compañera del colegio un poco mayor que nosotras. Siempre que nos veía, ella imitaba nuestro acento o la forma como yo caminaba: decía que así, como unos machos, caminábamos ambas. Karina se enfurecía: cuando volvíamos a estar solas, ella me decía que no caminara *así*, que por qué tenía que ser *así*, y volvía a tensarse la amistad. Lo que pasó ese día con Carla, mientras andábamos por el centro comercial, fue que empezó a burlarse como nunca: había unas chicas cerca, o sea que tenía audiencia y quiso lucirse. Primero me empujó: le dije que me dejara tranquila, que yo no le estaba haciendo nada, pero con todo y eso me volvió a empujar. Karina se apartó: nos miraba y miraba a las chicas. Y como Carla siguió empujándome, volví a pedirle que me dejara quieta: ahí mismo volvió a empujarme y supe, también en ese momento, que no contaría con mi amiga. Seguí caminando, pensando que así, no haciendo nada —no hablando ni siquiera: ya ni pidiéndole que dejara de empujarme— se calmaría. Pero eso no pasó: sin dejar de seguirme me empujó otra vez y entonces, sin pensarlo mucho —realmente una reacción—, me di la vuelta y le pegué un puñetazo en el ojo. Recuerdo haber calculado, mientras le mandaba la mano a la cara, que tenía que sacar el nudillo para pegarle muy fuerte: que así le haría un daño seguro. El golpe sonó —ahí mismo, una de las chicas dijo que había sonado durísimo— y Carla me miró con doble asombro: ni se esperaba que fuera a responder, ni que fuera a responderle así. Mientras Carla me miraba con el ojo bueno —se tapó el herido con la mano abierta y luego se tocó la ceja rota—, yo busqué a Karina: tenía en la cara la misma expresión de asombro que había puesto la otra, nuestra enemiga. Las chicas pidieron calma, dijeron que no había que pelear. "Dense la mano", dijo una, y cuando yo la estiré, ella se quedó sin dármela. Finalmente me la dio, después de un rato: me untó la mano con la sangre que le seguía saliendo de la ceja. "Estamos a paz", me dijo, y yo le contesté: "Qué bueno". Pero apenas me di la vuelta —en cuanto comencé a caminar en dirección a Karina—, Carla me jaló el pelo hasta tumbarme y me arrastró por el suelo un rato largo, mientras su público aplaudía y celebraba. "No vuelvas a tocarme", gritó, apuntándome con el dedo, justo antes de largarse con sus amigas. Alguien me preguntó si estaba bien y yo dije que sí, aunque lo cierto es que estaba impactada dos veces: por la pelea y por lo rastrera que había sido Carla al final. Cuando llegué a donde estaba Karina, con ganas de preguntarle por qué se había aislado, empezó a hablarme con ira. "Te jodió", dijo. "Te volvió mierda" —me confundió mucho: vi que tenía los ojos llorosos—. "No vayas a creer ni por un momento que ganaste la pelea". No supe qué decirle: empezamos a caminar hacia la casa de alguna. "¡Uf!", soltó de repente, ya lejos del centro comercial. "Qué mechoneada te dio: te debe arder todavía". Y cuando me fui a despedir, volvió a decirme con la rabia intacta: "Te jodió. Te ganó. Te volvió mierda"».

(259)

«Al otro día en el colegio», siguió Yiya, «me acerqué a saludarla: pensé que, a pesar de todo, seguiríamos siendo amigas. Pero había unas chicas cerca, y Carla se acercó también, y apenas me vio —nos vio—, Karina dijo: "No saben la paliza que le dio Carla a ésta: la volvió mierda ayer". Todas le hicieron preguntas y empezaron a burlarse de mí. Yo me fui enseguida: quise evitar otra golpiza, la vi venir, y supe que, si eso ocurría, Karina no dudaría en pegarme. Ahí fue la ruptura total con ella: empecé a verla con Carla, cada vez más, pero siempre de segundona: como alguien que repetía o imitaba todo lo que hacía la otra».

(260)

Al escuchar la primera parte de esa historia que me contó Yiya —todo lo concerniente a sus comentarios deseosos mientras miraban la telenovela—, yo pensé que, sin espontaneidad, no hay amistad posible: que hay relaciones en apariencia cercanas —íntimas—, como la que ellas dos tenían, que, en lugar de incitar la gracia, llevan a una de las partes a estar siempre intranquila, vigilante de sus palabras o acciones. Son encuentros que exigen la fragmentación de una amiga —lazos que no admiten la cara, sino la máscara martillada: el complejo de inferior y no la conciencia política—. Otra forma de decirlo es que, en aras de su conservación, esas amistades necesitan que una de las partes se repliegue permanentemente ante la otra, o que reitere sus ideas sin cesar. Porque hay un miedo consciente a la amiga: la certeza, en lo más superficial de la piel, de que, de no ser más su espejo, la relación estallaría.

La segunda parte de la historia, en cambio —el paulatino amanguale de Carla y Karina—, me hizo pensar en las amistades que tengo y he tenido en términos del chispazo o cortocircuito que ocurre entre el afecto y el complejo de inferior. En mi caso, diría que mis amistades fracasadas reactivaron el hechizo de la vieja: que había una mirada en ellas —su forma de aproximarse a mi historia social y a mi cuerpo— que volvía a partirme en dos.

(261)

Había dicho antes que, a los veinte años de haber hecho el dibujo del hechizo —quiero llamarlo EL PRIMER DIBUJO—,

inesperadamente vine a encontrarlo en una caja con comején. Y decía que la caja guardaba otros dibujos que había hecho mientras crecía. Al mirar cada uno, me impactó darme
cuenta de que, a lo largo de los años, hubiera hecho reelabo-
raciones inconscientes de esa imagen antigua con el tajo que
me cruzaba la cara: que las palabras de la vieja, en fin, hubieran seguido haciendo su estrago.

Así creció el primer dibujo —así crecí yo—:

«Desde la otra vida», dijo Margui al marcharse, «la vieja insiste en su presencia».

(262)

Por mucho tiempo, yo tuve amigos con los que, de formas
calculadas o inconscientes, terminábamos relacionándonos
siempre en términos de ascenso social —en la gran mayoría
de los casos, era un ascenso mucho más imaginado que fác-
tico: ridículo y más ridículo, clasista y autoclasista—. Eran
amigos que estaban ellos mismos escindidos social y psíquicamente, cada uno con una frontera política en la cara. En
nuestro encuentro, entonces, la mediacara dominante relucía.
Y devastábamos la mediacara vulgar: intentábamos ignorarla
mutuamente para regodearnos en un enclenque delirio vertical.

Nos decíamos: «¿Viste la ordinariez con la que salió ése?». O también: «¿No te parece elegantísimo ese lugar?». Tal y como lo transparenta el dibujo, éstas fueron amistades que por años dejaron en mi cara una zona vacía: blanca y en blanco. Pero el color de ese blanco no fue nunca como el de la página que está por llenarse —nunca como el color que tuvo esta página que finalmente llené—. Más bien era un blanco borrado: el blanco donde nada podría crecer nunca.

(263)

Pero también tuve amigas que, al reconocernos en la media-cara vulgar, decidimos reiterar nuestra vergüenza, nunca jamás para quebrarla, sino para avergonzarnos más. Para pordebajearnos y acomplejarnos más allá de lo inconcebible. Con ellas hablábamos de nuestras heridas con el único fin de someternos masoquista y sádicamente a la aplastante jerarquía. «Tú sabes», nos declarábamos día tras día. «Estoy en el fango». Entonces competíamos: disputábamos el último lugar, vivíamos argumentando quién lo había pasado peor en la vida —y siempre eran ellas y siempre era yo: jamás nos poníamos de acuerdo y eso alborotaba el permanente efecto de incomprensión—. Si alguna prendía una luz, yo saltaba a apagarla, y viceversa. Una y otra vez nos cortábamos la alegría. Nos hacíamos tristes.

(264)

En ambos tipos de relacionamiento —el que se daba a partir de la fantasía clasista, ninguneadora de la propia historia social, y ese otro que ocurría durante el éxtasis de la herida—, yo oscilaba entre la exclusividad y el apocamiento: con algunas amigas nos juntábamos para sentirnos arriba, con otros para pisotearnos. Y la cosa es que, con demasiada frecuencia, el apocamiento y la exclusividad se confundían. O se mezclaban. O se volvían muy rápido su aparente contrario. «Mira quién viene» —mi amiga y yo nos uníamos, hombro con hombro—. «Volteémosle la cara» —y al voltearle la cara a nuestro pobre o poderoso rival, nos sentíamos arriba y nos sentíamos abajo: arriba por la ofensa y abajo por la ofensa que manteníamos viva—. «¿Viste? ¡El muy hijueputa ni nos volteó a mirar!» —nos sentíamos arriba y nos sentíamos abajo—. «¡Será caradura!» —nos consolábamos recordando o exagerando la afrenta—. «¡Menos mal nos tenemos!».

(265)

En todas esas relaciones, cada parte estaba políticamente extraviada: dentro de sí misma y en la interacción cotidiana. No había imaginación de otra vida, sólo reiteración del pasado y deseo de repetirlo en su más impactante crueldad. Nuestra amistad era una inquina: con el futuro y nuestro dolor. Decíamos: «Ahora fijo te olvidas de mí», cada vez que alguna recibía una buena noticia. «Tú tan suertudo: yo en cambio sigo estancada y, por lo visto, así seguiré hasta el final del tiempo» —nos jodíamos: calculábamos el comentario que había que hacer para que el otro volteara los ojos, desesperado—. Nos perturbábamos amablemente y, cuando llegaba el día de celebrar algo, cualquier cosa, decíamos: «Hoy nada de malas noticias, estamos celebrando», para enseguida pasar a contarnos una mala noticia tras otra. «Justo hoy recordé a una prima que murió hace diecisiete años en un accidente: fue muy triste, fue terrible» —en segundos, la celebración se transformaba en pésame—. «Lo siento mucho, amiga», decía el de la buena noticia. «Te ha tocado duro». Y era verdad: no había sido fácil vivir. Quizás por eso, en el fondo, había un miedo a que, en esa alianza amarga, alguno se alegrara un momento: crecía en el otro la sensación de inexistencia. Nos aliviaba la tristeza del amigo y, en ese bálsamo depresivo, todo era terrible: la imposibilidad de pensarnos felices —ni siquiera siempre, sino tres minutos— y, todavía peor: la incapacidad de dimensionar que una mujer y un marica podían ser felices. «¿Estás bien, amigo?», nos preguntábamos, deseando con todo el corazón que la respuesta fuera *no*. «Sí, sí: estoy bien» —nos decepcionábamos—. «Aunque, ¿sabes?, va a darme gripa» —volvíamos a respirar—.

(266)

Había peleas, por supuesto —feroces y humillantes—, con todas esas amistades. La amiga con más plata decía: «Hoy no quiero comer corrientazo». Y entonces, el brutal cortocircuito: «¿Cómo puedes decir eso?» —explotaba el deseo de ofensa—. «¿Cómo eres tan horrorosamente insensible de decir eso? ¿Acaso no sabes que estoy sin plata?». La amiga decía: «¡Estás insoportable! ¡No se te puede decir nada!» —nos comenzábamos a gritar—: «¡Claaarooo! ¡No te importa mi situación!». Y ella: «¡Sólo hice un comentario!». Y también —el uno a la otra—: «¡No te aguanto! ¡No te aguanto más!».

Nos acusábamos de ser el opresor del otro. No lo éramos —o lo éramos un poco—, pero, sobre todo, queríamos fervientemente que el otro lo fuera: de pronto para hablarle, cara a cara, a nuestro primer enemigo. O para personalizar la histórica opresión —para darle una cara a lo que sentíamos inconmensurable—. Para hundirnos en la condena social. Para llorar. Para gritar a los cuatros vientos que la vida era inmunda. Que en nadie se podía confiar. Que uno sólo estaba solo, solo, solo, solo: para siempre solo, solo, solo. «¡Yo he sufrido más!», nos gritábamos. «Pero ¿cómo puedes ser tan narciso de salir con semejante idiotez? ¡Tú sabes lo que ha sido mi vida!». Entonces nos sentábamos a llorar, incapaces de trascender nuestro aislamiento: incapaces de trascender la fragmentación violenta de nuestra cara.

(267)

«Mira disimuladamente al que está allá, a tu derecha», dijo Yiya, cuando ya estábamos por llegar a la Quinta —una vez más, ella puso la boca en pico, ahora para mostrarme a un hombre que caminaba con el pecho inflado, arrogante o ardido, y unas gafas de sol—. «Acá en el barrio le dicen El Chupo» —me lo quedé mirando mientras Yiya seguía con el chisme—: «El muy puerco se te mete a la vida, amabilísimo, ofreciendo favores que no le has pedido, y luego te los cobra con carita de yo no fui. Párale bolas: si estás con gripa, te llega a la casa con infusiones de jengibre, miel y limón; y si tienes perro, te lo saca a pasear; y si tienes gato, le limpia la arenera cuando estás de viaje. Luego te sonsaca un préstamo millonario que, por supuesto, no te paga, o te engatusa para que le hagas un trabajo que te termina costando esta vida y la otra. ¡A mí por poco me la hace, menos mal no me dio nunca buena espina!».

(268)

Escuchándola recordé a Marcela y a toda la gente que, una y otra vez, como versiones de esa primera extracción, me había hecho entender visceralmente la imagen antigua de la manzana envenenada. «Chupos», pensé, riéndome con Yiya. «Así les voy a decir». Con el tiempo comprendí esto: que la manzana envenenada es el acercamiento unidireccional que hace un extraño para forzar la relación con la persona que tiene en la mira; que, al ser un gesto calculadamente amable y, por lo tanto, falso, envenena no sólo a quien da el mordisco, sino al espíritu mismo de la hospitalidad —éste es un veneno que llena de suspicacia a la siempre añorada bondad del extraño: que quiebra, a veces de forma irreparable, la confianza en el mundo—. La manzana envenenada es la hospitalidad envenenada: la deuda que el completo desconocido crea con quien nada quiere ni busca de él. Y aquí lo más atormentante: que recibir la manzana envenenada —ya sea espontáneamente, en un tiempo bueno, o agradecidamente, en un tiempo duro y vulnerable— es una trampa en la que uno puede estar años. Hay que tener cuidado porque el mordisco nocivo puede alargarse una vida. La manzana envenenada es la puntada con dedal, pero con una especie de dedal que tiene capacidad mortífera. No es sólo esa sopita que El Chupo te lleva a la casa cuando tienes fiebre, sino el posterior uso de la sopita jamás solicitada —es el cobro implacable y asolapado de la deuda que provocó para acercarse a ti, la presa que quiere chupar—. Y sí, El Chupo se traga lo más preciado que tienes por la deuda que te insta a aceptar. Lo hace mientras dice: «Recuerda que, cuando estabas mal, te di una manzana». O mientras dice, al tiempo que corre el veneno invisible: «Mira cómo te estoy cuidando». Porque, al ofrecer la manzana envenenada, El Chupo te lesiona y busca gratitud —que pienses que no estás en una relación vampírica, sino en una relación simbiótica, y que ambos, no sólo él, se benefician de su caza—. De nuevo: la manzana envenenada es un acercamiento unidireccional. El Chupo te atrapa con la deuda —te asfixia— para luego, en cada intento de escape, decirte las palabras que, desde el primer segundo, en su calculada y, por ende, falsa amabilidad, ya tenía en la garganta listas para escupir: «¡Desagradecido! ¡Con todo lo que hice por ti!». Y es tan violenta e indudable su aproximación unidireccional que, cuando uno por fin huye, consciente ahora de su máscara —no: aterradoramente consciente de que, debajo de la máscara, ya no queda cara—, El Chupo insiste en forzar la relación: ya no como falso amigo, sino como declarado enemigo. Entonces te hace una actuación de sanguijuela afrentada, retorcida en la sal de la evidencia, para así continuar entablando la relación unidireccional, ya no desde el engaño y la manipulación extractivista, sino desde una violencia explícitamente colonizante. Imponiendo su deseo sobre ti. Forzándolo —FORZÁNDOLO— mientras les extiende a más incautos su manzana envenenada.

(269)

Ya habiendo escapado del horror de su trampa, soñé hace mucho que volvía a verla en Barranquilla. A Marcela, digo:

volvía a verla en la Casa de Dulce. Ahí estaba ella con su máscara fija, rodeada de huevos, intentando preparar un pudín. Había mil huevos en ese sueño: mil y un huevos que sólo eran cáscara. Marcela rompía un huevo y otro; los iba rompiendo todos buscando que uno, al menos uno, tuviera algo. Y entonces, cuando ya sólo quedaba un único huevo intacto, ella decía: «Por favor, dale: tú sí», y sin embargo, no, nada: como todos los demás, ese huevo era sólo su propia cáscara. Al final, poco antes de despertarme, Marcela se arrancaba la máscara para mostrarme una lágrima quieta en la cara borrosa. Enternecido por la imagen —manipulado—, yo me la quedaba mirando.

(270)

Pero entre el sueño y la vigilia, abriendo los ojos cada vez más, le dije a su abismo: «Adiós», alejándome para siempre de esa fuerza maliciosamente triste.

AMISTAD

(271)

Yo diría que, si bien las amistades fracasadas fueron un espejo o variación del orden familiar, las amistades brillantes, por el contrario, han sido —y son: siguen siendo— relaciones inéditas: lo fueron desde el inicio o pudieron transformarse en algo distinto a la reproducción del hechizo original —estas relaciones son la crítica del espejo familiar—. En otras palabras, las amistades brillantes me han visto como, al principio del tiempo, me vio el divino loco. Ellas me dicen, sin decírmelo jamás: «Tú no tienes una línea en la mitad de la cara».

(272)

Alguna vez terminé viajando a La Parada por azares de la vida, muy cerca de la frontera con Venezuela. Allí decidí cruzar el puente Simón Bolívar, que conecta a Villa del Rosario, en Colombia, con San Antonio del Táchira, y cuando empecé a caminarlo, teñido por una súbita melancolía, volví a pensar en la frontera social que la vieja había trazado en mi cara. A mi lado, una niña caminaba con su madre. «¿Ya esto es San Antonio?», le preguntó —parecía muy animada en su paso por el río—. La madre dijo: «No sé, yo creo que esto es tierra de nadie», y los tres seguimos andando. De repente, quién sabe desde qué país, una hoja llegó arrastrada por el viento. La niña la cogió y se la mostró a la mamá. Alcancé a ver que decía, en marcador negro:

Venezuela $\longrightarrow$
$\longleftarrow$ Colombia

«¿Ya esto es San Antonio?», volvió a preguntar la niña. La madre dijo: «No sé», y mientras seguimos caminando, recordé la escena de horror que, poco antes del viaje, me había contado una mujer en El Dorado, mientras hacíamos la fila para pasar por Migración. «Aquí donde estoy», me dijo, muy seca —no pude descifrar su acento—, «me siento destrozada» —sacó una foto y me la puso en la cara—. «Un guardia fronterizo le disparó». Iba a darle el pésame o a decirle un consuelo, pero los dos seguimos por filas distintas. «Estaba cerquita», alcanzó a decir. «Por poco lo logra. Hallaron el cuerpo con mordiscos de perro».

(273)

Cruzando el puente, la escena no sólo me pareció una escena de horror, sino LA HISTORIA DEL HORROR EN

LAS FRONTERAS. La historia de tantas —¿cuántas?— personas que, en el borroso límite, cuando ya casi un país estaba a punto de volverse el otro, o cuando ya empezaba a ser la otra tierra —cuando aún era ambos países al mismo tiempo: ahí, ahí en ese punto: cuando ya casi, cuando ya casi—, murieron o recibieron disparos. «¿Ya estamos en San Antonio?», volvió a preguntar la niña —y una vez más, el viento se llevó la hoja—. La madre dijo: «No sé».

(274)

Como cualquier frontera, la que la vieja me trazó en la cara cara fue una zona borrosa que muy fácilmente, en el instante más inesperado, podía volverse una zona de muerte. Me pesa el recuerdo de haber pensado por años, mientras crecía en Barranquilla, que yo podía morir —que moriría— si llegaba a cruzar la marcada línea social: si, reducido al *lado elegante del rostro* —qué risa me da ahora—, daba un paso que pudiera acercarme al otro lado de mí. Entonces si, en medio de su atronadora cantaleta, la vieja decía: «¡Carajo! ¡Cierra la boca al masticar!», yo la cerraba enseguida, muy confundido, pensando que había estado *comiendo bien,* y preocupado, sobre todo, por cualquier gesto inconsciente que pudiera acercarme al límite peligroso. «¡Te vi la bola de arroz en la lengua!», seguía la vieja, a lo que, una vez más, como a lo largo de toda la infancia, pasaba a presagiar el peor futuro para mi hermano y para mí: que, si seguíamos *así, como estábamos,* íbamos a arruinar nuestra vida: a ser muertos de hambre: verdaderamente a morir de hambre. Yo crecí pensando que cruzar mi frontera implicaba morir.

(275)

Todavía en el puente, la niña preguntó otra vez: «¿Ya estamos en San Antonio?». Y cuando la madre dijo: «Sí, yo creo que sí», ella dio un saltito y gritó: «¡Por fin!». Las dos se quedaron allí, quietas, esperando a alguien. «¿Dónde viven?», les pregunté. «En Colombia», contestó la niña, y enseguida: «No, mentiras, en Venezuela». Al trazar con el pie una línea invisible, muy cerca del letrero que dice, por un lado: «Vuelve pronto, Colombia te espera», y por el otro: «Bienvenidos a Colombia», la niña siguió diciendo: «¡En Colombia! ¡En Venezuela! ¡En Colombia!», y su madre repitió con ella: «¡En Venezuela! ¡En Colombia! ¡En Venezuela!» —ambas dos en el límite, jugando con el límite: en la zona borrosa y en la zona de muerte: tiñéndolas de vida: celebrando el cruce: transformando cada frontera, desde un lado y el otro, en el lugar de la segunda oportunidad sobre la tierra—.

(276)

Eso que presencié esa vez —el juego y la fiesta íntima: el cruce dichoso hacia lo más cercano y lo otro: el nuevo chance en la vida—, todo eso es la amistad para mí.

TEORÍA DEL VENENO

(277)

Hace más de veinte años conozco a Camilo y David y, desde entonces, cuando nos vemos, somos seis: nosotros tres y la draga que cada uno interpreta. La de Camilo se llama Azabacha; la de David, Lupe Papayuela; la mía es La Siempremiau. Aunque ellas, físicamente —con su total maquillaje y las pelucas de serpentina, y los vestidos de oro y el tacón partido—, sólo aparecen a veces, en ciertas fiestas, lo cierto es que todo el tiempo se manifiestan con su voz maliciosa en nuestra voz —el veneno empapa la lengua y, al convocar el Poder de la Víbora, hablan a través de nosotros—. *Aparecen solas*, decimos. Porque el chiste es que, en la diaria interacción, ninguno sepa quién va a responder o a preguntar algo: si Lupe o David; si Azabacha o Camilo; si Siempremiau o yo mismo. De esa manera, cada vez que decimos cualquier cosa, los tres sabemos que entramos a una zona de riesgo queridamente festiva. Digamos, por ejemplo, que David nos saluda así: «Hola, amores, ¿se acuerdan de Fabio?». Lo recordamos, claro: es el vecino que a veces le cuida el gato. Pero no hay gracia en eso. No hay gracia en decir: «Por supuesto. El vecino que cuida a Roy». La gracia es hacerse el bobo y, en ese cálculo, dejar que las dragas respondan: saltar intempestivamente a una escena sórdida del pasado joven —a un recuerdo que, sin duda, nos hará reír—. Entonces aparece La Siempremiau, reptante y bífida, para soltar la pregunta mordaz con su voz en la mía: «¿Cuál es ése? ¿Al que le mamaste la verga en un andén hace años, más borracho que un hijueputa?» —nos empezamos a reír y el viboreo se activa: las dragas fosforecen la charla—. «No, hueva», dice David, a lo que Azabacha reacciona: «¿Fabio es el man que te dejó toda la casa cagada, incluyendo las paredes del comedor, cuando culiaron en Halloween?» —ahí mismo celebramos la ocurrencia, pero, aún más importante, esperamos que Lupe Papayuela aparezca: que nos haga reír con su remate—. Y lo hace, como siempre. «Fabio es el que cuidó a Roy cuando fuimos a Tunja», dice, al tiempo que alza la ceja hasta más allá de la frente. «Esa vez que a ti» —me mira— «te dio diarrea en el bar y tuviste que limpiarte con las medias» —me lanzo al piso a reírme—. «Y esa vez que a ti» —mira a Camilo—, «tuvimos que llevarte a Urgencias por andar de arrecho: cuando te derramaste el popper en la verga parola».

Después de la deseada y provocada risotada, David regresa para decir: «El cuento es que Fabio se muda, por lo que voy a dejarles a Roy cuando salga de viaje».

(278)

En todos estos años de glorioso viboreo, hemos afinado la lengua para hacer que el veneno siempre dé risa —nunca terror—. Para que sea celebratorio del sexo y aún más del sexo fallido. Para que, en vez de alimentar un orden conservador, sea un veneno para el conservadurismo. Porque —uy, no—

hay venenos ultraconservadores, reafirmativos de cualquier opresión. Así fue uno de los primeros venenos que conocí: tendría quince años y, en una bolsa negra, había recibido un regalo inesperado: la ropa que, a un vecino mío, un poco mayor, ya le quedaba chiquita —se llamaba Juan Felipe—. «Esta ropa es fina», dijo la vieja. «¡Finísima! Cuídala mucho y úsala bien: no vayas a dañarla». Y pasó que, siempre que iba a ponerme una prenda, la vieja decía que la ocasión no ameritaba tal elegancia. «¿Vas a ponerte esa camisa, ¡esa camisa de marca!, para estar aquí adentro? ¡Sólo te pido un dedo de frente!». No había nunca una fecha propicia para usar ese armario. Nada en nuestra vida, según la vieja, estaba a la altura: ni siquiera el cumpleaños de alguno en la casa. Hasta que pasaron meses y pude lucir la vestimenta: en el grado del mismo vecino que me había dado el obsequio. Cuando llegué a la fiesta —yo había escogido, de entre la bolsa negra, una camisa roja y un pantalón gris—, Juan Felipe se me quedó mirando, rodeado de gente que no conocía, todos amigos de él. «¿Estás estrenando?», soltó en la ronda de saludos y, ante mi miedoso silencio —ya estaba intuyendo la humillación que seguía—, agregó: «Te queda bien la ropita vieja que tiré a la basura».

(279)

Ése fue un veneno conservador. Y mi veneno en respuesta también: «Gracias. Tendrías que darme ahora la que traes puesta: no te luce con semejante mondonguera». La gente celebró mi salida y, con la misma copa con la que habían hecho el brindis por él, terminaron brindando por el dardo que recibió de vuelta. «¡Erda!», dijeron. «¡Te jodió! ¿Cómo te quedó el ojo?». Yo sentí un alivio —el gusto por la pronta reacción— y, sin embargo, ahora que reviso el recuerdo mientras elaboro una teoría del veneno, pienso que, al intentar deshumillarme, me atrapé a mí mismo en la frivolidad conservadora. Porque una respuesta como la que yo di sólo podría brillar en un orden inmundo.

(280)

El veneno, entonces —el buen veneno, aunque suene a oxímoron—, tendría que subvertir la humillación a la manera de
una dignidad: sin reiterar las condiciones perversas que dan pie
al clasismo o al control de los cuerpos. En ese sentido, el veneno conservador sería decirle a ese colega bajito, eternamente
intrigante y lambón del poder —a ese bobo que siempre ha
buscado joderte—: «Veo que tu estatura intelectual es aún más
chiquita que tu estatura física» —eso es rancio y facilongo—.
Muy distinto, en cambio, sería soltar un veneno deshumillante,
verdaderamente emancipador, diciéndole como quien no quiere la cosa, mientras él habla bobaliconamente de sus plantas fa-
voritas: «¡Vea pues! Jamás imaginé que te gustaran tanto las
begonias. Yo pensé que tú eras más de trepadoras y enredaderas» —a la cara y sin buenismos, con veloz facultad incisiva:
imaginando un mundo sin su accionar puerco—.

(281)

Hay un veneno que puede confundirse con el veneno conservador: yo lo llamo veneno cicatrizante y es el que sueltas
en la herida de un amigo con la máxima fineza —no para re-
moverla con crueldad, sino para evitar que se infecte y espu-
me—. Pongamos, entonces, que después de estar meses
quejándose por haber subido de peso, tu amigo te cuenta que
ha decidido someterse a una dieta severa. «Así no me van a
querer», dice el pendejo, hundiendo los dedos en la barrigui-
ta linda. Y sigue: «Yo quiero enamorarme otra vez: sentir mariposas aquí» —coge un gordo y te lo enseña: habla ahora de
grasa abdominal—. Entonces lo paras ahí mismo —tuerces
los ojos y gritas—: «¡Mijo!» —exageras el agobio que te provoca el comentario—. «¿Para qué putas quieres mariposas en
el estómago si, así como estás, puedes sentir el vuelo de mil
pterodáctilos?» —se ríen: se ríen: se ríen mientras arde la he-

rida y se va corroyendo la autodestrucción melancólica—.
«¡Mejor sentir pterodáctilos en la panza!».

El veneno cicatrizante es una crueldad minúscula que, al hacer reír, termina actuando como el Merthiolate. Es un ardor que repara.

(282)

Y así, en vez de inmovilizar a quien lo recibe —de *matar*, como suele decirse: «Lo mató, la mató»—, el buen veneno provoca un malestar movilizante: una provechosa incomodidad. El buen veneno es crítico. Pero ojo: una cosa es el veneno crítico y otra muy distinta la crítica venenosa. En lo primero hay una educación; en lo segundo, basureo. El veneno crítico abre una conversación —la amplía o complejiza—; la crítica venenosa la desactiva y ahuevona. El veneno crítico trasciende lo personal; la crítica venenosa se instala allí, aunque no lo reconozca —provoca en el otro un hastío vital, o un repliegue absoluto, o una furia expansiva: remueve una herida y la infecta—. En el veneno crítico hay Merthiolate; en la crítica venenosa, inquina y crueldad. El veneno crítico emancipa; la crítica venenosa conserva la opresión. Quisiera ilustrar la diferencia.

En Barranquilla tuve una vecina que no perdía nunca la oportunidad de hacerse la víctima: si no la encontraba, se la inventaba sin pudor —había que estar alerta para que Martha no te cogiera desprevenido y, con la pregunta más irrisoria, terminara arrastrándote a su infame tragicomedia—. «¿Sabes qué hora es?», solía preguntar, y si uno contestaba: «No sé, mija, salí sin reloj», ella podía decirte, ya con los ojos llorosos: «Está bien, no te preocupes. Igual no esperaba que, en este barrio, alguien me tendiera la mano». Entonces te volteaba la cara —durante un mes te volteaba la cara—, actuando la rabia por la afrenta que no había ocurrido nunca, y actuando, asimismo, su dignidad —tiñéndola gravemente con lo falso—. Y así, cuando ese show se agotaba, Martha volvía a meterte en otro rollo aún más insustancial y ridículo. «¿Vas a la fiesta de Irma?», preguntaba a quien estuviera en la acera, regando las matas o pereceando en el mecedor. Y para gozo suyo, alguien siempre caía en la trampa. «Sí, claro, ¿y tú vas?» —de nuevo, una afrenta—. «Ese tonito…», decía Martha. «¿Acaso prefieres que no vaya?» —volvía a abrirse el telón: comenzaba el primer acto de un nuevo bochinche—. «Algunos en este barrio no quieren verme en la fiesta», le lloraba a Raimundo y a todo el mundo. «Pero iré. ¡Iré! Y allá me verán bailar». En la fiesta, entonces, bailaba en el centro de la pista, golpeando con el hombro a medio barrio, y avanzada la noche se subía a una mesa para gritar: «¡Aquí estoy y aquí me quedo! Y a quien no le guste ¡que coma mierda!».

Una tarde, luego de haberme arrastrado a otro bololó barrial, Martha me contó que estaba a punto de cumplir un sueño: tomar clases de actuación —ella se encargó, por supuesto, de hablar bien alto para que toda la cuadra pudiera escucharla—. «Oye, te felicito», le dije: «¡Qué buena decisión! Porque una cosa es el arte actoral, y otra muy distinta, tu narcisismo histriónico» —eso fue una crítica venenosa: removí e infecté la herida, y Martha me dejó de hablar para siempre—. Otra cosa habría sido decirle, por ejemplo: «Me alegra mucho, mija» —se viene el veneno crítico—: «Las clases van a darte un rango de actuación muchísimo más amplio. Yo creo que tu público, desde hace rato, ansía verte en un papel distinto al de víctima».

(283)

Abro un paréntesis: yo amo el bololó barrial. Poco en el mundo me vivifica más. Despertar de la siesta porque una vecina gritó: «¡Pelotera en la tienda!» —*qué pasó ahora, de quiénes habla*—. Se hablaba de Martha, casi siempre: de Martha contra el resto de la cuadra. Alguien decía: «La cogió con don Pedro», a lo que uno corría a la esquina para ver si seguían peleando. Y sí —*qué suerte*—: ahí seguían. Un grito superaba al otro: no había miedo a perder la voz, mucho menos a que quedara expuesta la más recóndita intimidad. «Mira, pendeja, ¡por lo menos no me culié a tres cuando mi marido estaba en cuidados intensivos!» —*Dios mío, ¿cuándo había pasado eso y de quiénes hablaba?*—. Las preguntas se agolpaban bajo el palo de mango: allí nos parábamos cuando había mucho sol, a veces chupando boli o comiendo raspao. «¿Y a ti qué culo te importa a quién se lo doy yo?» —*de acuerdo*—. «¡Vaya a lavar más bien esos calzoncillos puercos que tiene!» —eso era un tropo del barrio: el calzoncillo puesto a secar, colgando húmedo en la cuerda del patio con la mancha de mierda inmortal e inlavable—. «¿Y a ti qué carajos te importa si me limpio el culo o no?». Y entonces Martha: «¡Claro que me importa, caraeverga! ¿Por qué jopo tengo que ver tu porquería cuando me asomo a la ventana?». Y don Pedro: «¡No te asomes! ¿Quién te ha dicho que te asomes, sapa?». Desde el palo de mango, alguien siempre se metía en el mierdero —nunca mejor dicho— no tanto para invocar la calma, sino para revolver más la mierda. «Bueno, ¿y por qué no hacen esto?», decía cualquiera, yo mismo. «Don Pedro lava los lunes y acá Martha evita asomarse al patio ese día» —mejor dicho, pa qué era eso: ¡como si les hubieran mentado a la mae!—. «Oye, pelao marica, ¿y por qué más bien no me chupas la trola mientras me tomo un juguito de corozo?» —*uy, jueputa, con toda*—. Y yo: «Mejor te la chupo sin dientes cuando te vea haciendo gárgaras con mi propio meao». Y de inmediato alguien: «¡Eeeeerda!», bien carbonero, mientras don Pedro seguía peleando con Martha: «¿Y si a mí se me da la gana de cagarme el martes con la ropa puesta y lavarla ese día?» —*buen punto*—. Y Martha, sumando adverbios y adjetivos a la misma grosería: «A ver, picha muerta. ¿Y qué vas a hacer si a mí se me da la gran puta gana de asomarme el lunes en la tarde por mi gran puta ventana?» —*buen punto también*—. Luego la cogía con alguien del público: «¿Y tú qué miras?» —de entre todo el gentío que estaba chupando boli, Martha le mostraba el dedo a cualquiera, siempre al azar—. «¿Y es que acaso no puedo mirar, gran hijueputa?», le contestaba otra, generalmente La Chiqui, repotenciando gloriosamente la corronchera colectiva, bifurcándola en direcciones insospechadamente escatológicas. «Por metiche es que se te salió la teta en el cumpleaños de tu hijo» —¿qué, cuándo?—. «¡Y eres tan puta que justo se te vino a salir cuando le estaban cantando el *japiberdei*!» —seguía el crescendo de la intimidad hecha pública—: «Pues esta puta que ves aquí» —La Chiqui se daba un orgulloso golpetazo en el pecho— «se ha comido seis veces a tu marido» —y en el éxtasis del bochinche, terminaba metiendo a Cilse, a Yolanda y a Perla—. «¡Y al tuyo, y al tuyo, y al tuyo! ¡Pa que sepan!». Cilse gritaba: «¡Te lo regalo, mija! ¡Llévatelo pa tu casa!». Y Perla: «¡Por puta es que ya no quieren fiarte en la tienda!». Y Yolanda: «¡Serás puerca! ¡Meterte esa picha tan fea en la jeta!». Y La Chiqui, antes de seguir su camino: «Y no sólo la picha, mija. ¡La picha con toda la mierda que le sale pegada después de zampármela tres horas por el culo!».

Cuando alguien se iba, ya el gentío se dispersaba: se agotaban el insulto y el contrainsulto, el alarido y la ocurrencia obscena. Cada vez que recuerdo todas nuestras pistoleras sin bala —los propios chupamelculo de Barranquilla—, pienso, conmovido, en la defensa efusiva del cuerpo que hacíamos siempre, casi que por turnos, cuando una vecina trataba de avergonzar a otra a punta de conservadurismos. Si el chisme se usaba como injuria pendeja, también se usaba como defensa aguda del sexo. Como esa noche antigua en la que un vecino nos gritó preguntando: «¿Quién fue el marica» —yo—, «el gran marica que se metió un jabón por el culo?», a lo que mi mamá le gritó de vuelta: «¿No habrás sido tú mismo, sonámbulo de mierda?». Lo obsceno, de esa forma —lo que estaba, literalmente, *por fuera de escena*—, quedaba expuesto bajo el sol brillante de Barranquilla o bajo su luna morenita.

Yo creo que, en cada bololó barrial, nuestras nociones del sexo terminaban poniéndose a prueba: descubríamos lo libres que éramos sin saberlo y lo púdicos y vergonzantes que podíamos ser. Cada uno se terminaba enfrentando, no sólo con el conservadurismo de los otros, sino con su propio conservadurismo —con el sonrojo escandalizado que algún comentario provocaba—. Había, entonces, que pararse a pensar: en la libertad de culos, por ejemplo, y en la verga enmierdada del marido cachón —en la mujer que se sobreponía a la sagrada familia para decirle a la amante del marido: «¡Puerca! ¡Meterte esa picha en la jeta!»—.

Melodramáticamente tarde, quiero decirles a esas vecinas y, en especial a Martha, que cada espectáculo era extraordinario y que, desde hace mucho, los valoro y agradezco. Porque ustedes abrían la boca y el tiempo se suspendía en un paréntesis delicioso, y en la mitad de la vida hacían aparecer una tarima invisible: nos hacían público y nos hacían actrices, provocando el arte y provocando al arte. Gracias —cierro este inciso—, treinta años después.

(284)

Entre Azabacha, La Siempremiau y Lupe Papayuela, el frecuente veneno es uno que llamamos ninja, tan repentino como fugaz y centellante —es un veneno que, en medio de alguna conversación, provoca una corta carcajada: funciona como un paréntesis—. Ejemplos hay miles. La vez que, en un bar, algún levante de Grindr se acercó para decirme: «Querido, ¿cómo estás?», mientras hablábamos Camilo, David y yo —el hombre saludó, se fue y apareció Lupe—. «¿Querido?», reptó la serpiente. «¡Se nota que no te conoce!» —paréntesis con risa: siguió la conversación—. O cuando Azabacha, recién vestida y maquillada, nos preguntó una noche: «¿Parezco una mujer fastuosa?». La Siempremiau dijo: «Más bien, una mujer fastidiosa» —paréntesis con risa: salimos de rumba—. O cuando, luego de su mudanza a Madrid, volvimos a ver a Camilo después de dos años. «Amores», nos dijo recién llegando. «Qué lindo verlos: es como si no hubiera pasado el tiempo». La Siempremiau lo saludó enseguida. «*Como si no hubiera pasado el tiempo*» —sonó el cascabel—, «y tienes un canerío ni el hijueputa» —paréntesis con risa: nos volvimos a abrazar—. Pero Azabacha no se quedó atrás. «¿Y esas uñas, mi vida?» —la lengua salió disparada—. «Literalmente te das garra».

El veneno ninja es una fuga y una cosquilla. Paradójicamente, la fuga incesante consolida la permanencia en la casa de la amistad —airea el lugar divino de la risa y la confianza—. Este es un veneno que hace de la fuga una acción amiga mientras celebra al amigo como compañero de fugas. La cosquilla, por su parte, posibilita el aprendizaje de la excitación: enseña lo que debe durar un juego para que nunca se vuelva una tortura. ¿O quién no ha vivido el instante ominoso en que la risa por unas cosquillas deviene grito de horror? El veneno ninja es la medida justa: la risa que nunca se vuelve tormento.

(285)

«Oigan», les escribí el otro día. «Casi me roban el teléfono» —de inmediato llegó el mensaje de Lupe—: «¿Esto es verdad?» —silencio—. «¿O, una vez más, estás tratando de llamar la atención?». Paréntesis con risa. Después nos vimos para fumar mota. Entonces recibí un mensaje materno. «¿Cómo estás?», me preguntó ella, a lo que yo respondí: «Bien, ¿y tú?» —me volví una serpiente—. «¿Qué has hecho aparte de traicionarme?». Y es que hay un veneno que fracasa en el humor. Un veneno que, aunque pretende ser liviano o gracioso, termina saliendo con dolorosa amargura. Revelando una herida. Abriéndola más. Es el veneno resentido: el transparente veneno de la memoria. Seguí escribiendo: «¿Cuántas veces me has negado hoy?». Los amigos me preguntaron: «¿A quién le escribes tanto?», y yo abrí la boca para decir las dos palabras. Azabacha dijo: «¡Uy, jueputa, voy por un trago!» —salió corriendo—. Y Lupe agregó: «Sírveme uno. Ya va a empezar a hablar de la mamá».

CANCIÓN DEL OMBLIGO

(286)

Pero, en vez de hablar de ella, puse una canción de despecho. ¿Cuál sería? De pronto *Luna* de Ana Gabriel o alguna de Gloria Trevi: *El favor de la soledad* o *El recuento de los daños*. Por esos días, había ido a la casa de una tarotista amiga, Consuelo, mientras cruzaba la noche oscura de un duelo amoroso. La carta central de su lectura fue, sin ninguna sorpresa, el tres de espadas: un corazón lloroso, suspendido en el cielo gris, cruzado por hierros punzantes. «Así estás», me dijo Consuelo, «mírate». Y si bien la carta habló por sí sola, lo que más me impactó del encuentro fue la imagen que, paralela al corazón desesperado, ella dibujó para mí. «Cada ruptura amorosa reactiva las demás rupturas que hemos tenido: las despierta, las desentierra» —en un papelito, Consuelo iba haciendo algo parecido a una cadena, eslabón por eslabón—. «Eso es como un largo collar de chorizos» —ah, eso era: estaba dibujando chorizos—. «El primero es el amor más reciente y el último es el primer amor que viviste. O sea, el que hubo en tu casa» —Consuelo siguió dibujando un largo collar—. «Estás llorando por éste» —marcó el primer chorizo—, «pero en verdad estás llorando por éste, por éste, por éste» —los fue marcando uno a uno—. «Y estás, por supuesto, llorando por éste» —repasó el chorizo final: el primer amor del tiempo—. «Mejor dicho, mijo: estás llorando todos tus duelos».

Al final de la lectura me regaló el papelito y, cuando, esa noche, con la música a todo volumen, se lo mostré a mis amigos, Azabacha me preguntó, haciéndose la pendeja: «No entiendo, ¿cada chorizo es una verga?». Y Lupe: «¿Tú te has zampado todo eso? ¡Te ha rendido, Siempremiau!».

(287)

Por los días de la lectura, tuve un sueño que, al sol de hoy, me resulta inseparable del dibujo de los chorizos —digamos ahora: la imagen del collar de duelos—. Lo que no he podido recordar es qué sucedió primero, si el sueño o la lectura, y en ese sentido, ignoro si la lectura condicionó mi sueño o si el sueño anunció la lectura de las cartas. En todo caso, por esos días soñé que, en una playa negra, mientras escuchaba el movimiento del mar, todo el cuerpo comenzaba a arderme, como si en cada lunar o peca hubiera una aguja clavándose. Yo escuchaba el mar, pero no podía verlo. En la playa caminaba descalzo, escuchando el mar que no aparecía, sintiendo que unas olas me rozaban los pies. Pero nunca había olas y nada era una orilla. Todo en el sueño era un llano sin fin. Entonces, a medida que seguía caminando, buscando el agua que parecía rodearme, todo ese ardor me iba creciendo. Primero descubrí un ombligo en la mano abierta —ardía—. Y luego otro en la otra mano —ardía—. Y luego otro muy cerca del ombligo original. Al despertar —ardía—, tenía todo el cuerpo lleno de ombligos.

(288)

Yo me pregunto: si un ombligo es la marca de la primera separación, ¿qué es un cuerpo lleno de ombligos? De pronto es un cuerpo que ha hecho física cada nueva separación con la madre —cada adiós y cada desencuentro: cada nueva distancia—. O de pronto es un cuerpo en el que cada despecho, para seguir con la lectura de Consuelo, ha dejado su marca —un ombligo por cada ruptura de un cordón amoroso—. Así las cosas, yo interpreto mi sueño de esta forma: un cuerpo lleno de ombligos es un cuerpo signado por cada uno de los cuerpos con los que, alguna vez, por un tiempo, fue un solo y único cuerpo. Un cuerpo herido por todos sus duelos.

(289)

«Ponte *La gata bajo la lluvia*», dijo alguno, y con Rocío Durcal cantamos: «Tú te vas y yo me quedo aquí» —una ruptura—. «Ahora *Tú*"», dije yo, «la de Noelia», y a voz en cuello dijimos: «Tú» —señalándonos mutuamente—. «Y de nuevo tú» —volviéndonos a señalar, transformando al amigo en el gran ausente—. «Vienes y te marchas como un huracán, ¡tú!» —es una ruptura que nos recuerda todas las rupturas: la larga cadena de duelos—. «¡Sigue Massiel!», y enseguida pusimos *Brindaremos por él*. «Deja de pensar» —un suspiro— «y cuéntame» —un trago—. «Ya sé que ayer estabas junto a él y hoy se ha ido» —tomamos un trago más largo—. Durante la noche, fuimos sumando canciones al repertorio: *Mañana, mañana* —la versión en concierto de Cristian Castro con Juan Gabriel—; *Abrázame muy fuerte*, del mismo Juan Gabriel; *Día de suerte* de Alejandra Guzmán; *Así fue*, con la voz de Isabel Pantoja; *Ámame una vez más* de Amanda Miguel; *Tú, tú, tú, tú* de Yolandita Monge; y la infaltable *Antología* de Shakira, con esa letra hermosa que oscila entre el éxtasis del enamoramiento y el éxtasis del despecho —entre el verso que dice «Y fue por ti que descubrí lo que es amar» y el otro que dice «Todavía se siente el dolor»—. Cada canción de despecho nos hace llorar la ruptura incesante y, de esa manera, agota el dolor: lo agota repitiendo el lamento —seca la herida reciente: la transforma en un nuevo ombligo, es decir, en la marca seca del otro en uno—.

(290)

Cuando cantamos el despecho bajo la voz de la amistad, sucede, por supuesto, un consuelo colectivo. Nunca importa si, al cantar, no estamos recientemente heridos o, mejor dicho, si un amor se acaba de quebrar. Porque la magia de esas canciones —sí, la magia de la música para planchar— es que secan al que sangra y hacen sangrar a quien ya estaba con su herida seca. Pero la propia magia hace que, una vez sangrando, la herida se seque otra vez. De esa forma, todas las voces se hermanan en un dolor que, poco a poco, a lo largo de la noche, vamos recordando como histórico y común —las voces originales como las de Juan Gabriel y Ana Gabriel, y las voces de nuestra garganta: todas se vuelven las voces cantantes—. Hacemos un coro para hablar del amor —para pensarlo mientras lloramos—: para hablar de la herida hasta hablar del ombligo hasta hablar de la casa. Y, en ese hilo, se van sumando canciones como se van sumando razones para cantarlas. Y amigas —amigas con quienes cantarlas por el mismo y renovado motivo: el duelo amoroso—. Gloria, Ximena, Juan y Adriana: con ellas hicimos un hilo para hablar de la herida hasta hablar del ombligo hasta hablar de la madre. Y con Ariel, Alia y Paula: con ellas hicimos un hilo para hablar de la herida y para hablar de la madre. Asimismo con Edward, Iván, Simón y Catalina. Y con Vicky, Pilar, Montse y Arvin. A través de los años, hemos sido un coro adolorido que se ha consolado cantando: hablando de la herida hasta hablar del amor hasta hablar del dolor del origen.

(291)

Y ahora sí voy a hablar de mi madre —hace mucho no hablo con ella—. El otro día, por la Séptima, una perrita se acercó a olisquearme: tenía un collar con su nombre, Lena, pero parecía abandonada. «¿Estás sola?», le pregunté. Después de lamerse una pata, la perra se comió unos huesos de pollo desperdigados por la calle. «No, linda, eso te hace daño», le dije, y en vista de que nadie llegaba por ella, comencé a preguntarle cosas: que qué le había pasado, que dónde estaba antes, que si estaba recién perdida o abandonada. A medida que le seguí hablando —yo quería, sobre todo, que fuera reconociendo mi voz: estaba listo para acogerla—, me sorprendió mucho percibir que no era yo quien hablaba. Pero ¿quién, entonces, si yo mismo estaba moviendo la boca? La comencé a consentir. «Mi vida», le dije. «Mi amor, ¿te perdiste?» —por fin até cabos: esa voz que yo estaba usando era la voz de mi madre en mí, brotando naturalmente, recomponiéndose desde lo más anterior—. «Perrita linda, vamos a buscar tu casa». Escuchándome hablarle, pensé que la voz resurgía de una ruina amorosa, como el fantasma bueno de un amor antiguo. Y pensé que, a pesar de nuestra espinosa distancia, mi mamá y yo nos habíamos amado.

Al rato una chica llegó por la perra. «Me asustaste», le dijo. «Aquí estás». Antes de que siguiera el camino con ella, le dije a la perra con la voz de mi madre: «Cuídate, linda». Desde entonces me pregunto si ese amor que se fue arruinando —secándose: volviéndose otro ombligo— podría volver a levantarse. En la voz. Con la voz. Por la voz.

(292)

La voz de mi madre es la voz que suena desde Barranquilla cuando inserto la tarjeta débito en un cajero automático y marco la clave secreta, los cuatro números de su fecha de nacimiento. La voz no es la que dicta cada número de la clave, sino la que dice mientras marco: «Nene, recomiendan no usar las fechas de cumpleaños como claves de tarjeta». Es la voz que advierte: «¡Hay que ahorrar!». Y la que dice cuando me voy de viaje: «Pero ¿cómo vas a gastarte la plata así? ¡Ahorra! ¿Qué tal que te enfermes y no puedas volver a trabajar? ¡Ahorra!» —es la voz que anuncia abundantemente cada precariedad posible, la voz que nunca olvida los años difíciles, pero también la voz que se regocija en el antojo y la delicia—: «¡Uy, qué rico se ve ese postre! Déjame probar» —la voz de mi madre es la voz del rechupete: la voz del derroche: la voz que dice—: «Comí delicioso. Un pollo buenísimo con mermelada de tocineta» —la voz que te cuenta el menú completo del matrimonio—: «De entrada dieron un canapé relleno de pollo, estaba bueno. De fuerte, un lomo a la pimienta con puré gratinado y ensalada de rúgula con queso de cabra. Muy rica. De postre, un tres leches con durazno: lo voy a aprender a hacer». Es la voz que dice en el restaurante: «Muy rica la pasta, pero más rica me queda a mí. Hazme el favor y se lo dices al chef» —es la voz que celebra su propia imprudencia—: «¡JA-JAJA!» —siempre la risa en mayúscula sostenida—: «¡JAJAJA!». Pero la voz, también, que corrige la imprudencia: «Mijita, ven acá y te digo una cosa. No digas *fondos insuficientes*. Di mejor que ya es hora de meterle platica a la tarjeta» —es la voz que no deja de antojarse—: «Uy, qué ganas de un perro caliente» —y es la voz que te pregunta, cuando la invitas a comer el perro caliente—: «¿CUÁNTO TE COSTÓ ESTO?». La voz de mi madre es la voz que se amarga cuando al fin tiene en la boca lo que estaba deseando: «¡Uy, no, no, no, no…! ¡Qué perro caliente tan caro! ¡Se me va a atorar en la garganta!». La voz que se apaga cuando uno le dice: «Mami, pero disfrútalo». Y la voz que se prende cuando uno le dice, años después: «Vamos a comer algo rico. Pero no vayas a amargarnos el rato como la vez del perro caliente». La voz de mi madre es la que dice: «¿Otra vez con el cuento del perro caliente? Uy, no, niño, qué intenso. ¡Semejante cuento viejo!» —es la crítica de la repetición, pero también la repetición de la repetidera—: «¿Cómo vas a gastarte la plata en eso? ¡Ahorra! ¿Qué tal que te enfermes y no puedas volver a trabajar? ¡Ahorra!» —es la voz que se escandaliza por todo—: «¿Cómo vas a ponerte a hablar de calzoncillos con mierda delante de la gente? ¡Corroncho!» —pero también es la voz que no se escandaliza con nada—: «Oye, nene, ¿cómo así que estuviste anoche con tres hombres? Cuenta». Es la voz que dice: «¿Yo? ¿Cuándo te pregunté eso?» —se indigna—. «Eso no fue así. No señor. ¡JA-MÁS! Yo no me acuerdo de eso» —la voz de mi madre es la voz gritando: la voz que se alza en mayúsculas para decir que no se acuerda de nada—: «PERO ¿CÓMO ASÍ? ¿CUÁN-DO DIJE YO ESO?» —y también es la voz que se acuerda de absolutamente todo—: «Qué ganas de un ceviche de camarón, pero como ese ceviche que nos comimos hace qué…

veintisiete años en Puerto Colombia. ¿No te acuerdas? Que luego compramos unos raspaos de Kola con leche condensada. ¡Hacía un calor! Tú tenías puesta esa bermuda cortica, la azul de rayitas». Y así, la voz de mi madre es la voz que tiembla cuando uno le dice: «¡Ah, claro! ¡De eso sí te acuerdas!» —es la voz que, ante el memorial de agravios que uno recita, va y dice—: «Ay, no, nene, ¿ya vas a venir otra vez con los mismos cuentos?» —es la crítica de la repetición y la repetición de la repetidera—: «¡Qué calor hace!» —es la voz que se queja del calor y la voz que posterga todas las conversaciones hablando del calor de Barranquilla—: «Después hablamos. ¡Hace un calor!» —es la voz que se calla ante el reclamo político, pero también la voz que se defiende de repente—: «¡Yo jamás! Óyeme bien: JAMÁS TE HE DISCRIMINADO» —la voz que, ante la exaltación confrontativa, exige silencio—: «Cállate, oye. Y cierra la ventana. ¿Por qué tiene que enterarse todo el mundo?» —es la voz ansiosa y la voz que se acelera—: «¿De qué mirlas estás hablando, ah? Yo no me acuerdo de eso» —la voz de mi madre es la voz en la boca que se queda abierta, impactada, ante la vida o el daño de mi memoria—. «Pero si no me acuerdo, ¿qué quieres que te diga? ¡Yo no me acuerdo de esas mirlas!». La voz del suspenso: «Después hablamos. ¡Hace un calor!» —la repetición divertida y voz de la repetición desesperante—: «Oye, pero ¿cómo vas a gastarte la plata en eso? ¡Ahorra! ¿Tanta plata por esa camisa tan fea?». La voz de mi madre es la voz de Barranquilla: «Oye, esos colores no pegan» —es la voz vigilante de la ropa y la voz que se mete en el sueldo ajeno: en la plata que se gasta el vecino—: «Ven acá, ¿cuánto te costó eso?» —es la voz incisiva de Barranquilla—: «Las mujeres se casan siempre antes de treinta» —la voz de Shakira cantando—: «¿Qué diría la familia si eres un fracasado?». La voz que dice, orgullosísima: «Esto lo compré en Miami». Y la voz que sabe responder: «Ah, mira, y yo compré esto en el Miamicito». La voz de mi madre es la voz de Barranquilla gritando: «¡Corroncho!» —con desprecio o con risa—: «¡Corroncho alegre! ¡JAJAJA!» —es la voz de

Barranquilla soltando una carcajada—: «¡JAJAJA!» —es la carcajada divina—: «¡JAJAJA!» —y la abundante voz de la abundancia—: «Oye, mija, regálame una arepaehuevo, porfa. Y una carimañola de carne, un jugo de corozo y unos chicharroncitos» —es la voz barranquillera que siempre quiere repetirse—: «¡Llegaron los millos!» —y es la lectura del bando—: «Mientras yo sea Reina, ¡esto no lo para ni el Código de Policía!». Es la voz que se vuelve la voz del Joe Arroyo cantando desde el puerto: «¡En Barranquilla me quedo!», y esa voz es también la voz de quienes cantamos desde otra tierra: «¡En Barranquilla me quedo!» —la voz de la diáspora—: «¡En Barranquilla me quedo!» —la voz de quienes no volvieron nunca y la voz de Marvel Moreno diciendo—: «Los años han pasado. No he vuelto ni creo que vuelva nunca a Barranquilla. A mi alrededor nadie conoce siquiera su nombre. Cuando me preguntan cómo es, me limito a decir que está junto a un río, muy cerca del mar». Y así, la voz de Barranquilla es también la voz de mi madre diciéndome: «Oye, ¿y cuál es la vaina? Hace rato no vienes» —es la voz curiosa y la voz que monologa: la voz dicharachera que te hace doler—. «¿Qué te hizo la ciudad acaso? Cuéntame».

(293)

Esa voz suena a veces con unas palabras que quiero escuchar: «En serio, ¿cuál es la vaina con la ciudad? Mejor dicho, ¿qué tengo yo que ver en ese saperoco?». Entonces comienza el memorial de agravios y la voz de mi madre se vuelve la mía: «A mí no se me olvida la vez que el médico ese que tú adoras terminó diciendo que Dios hizo a Adán y Eva, y no a Adán y Esteban» —mi mamá tuerce los ojos—. «¡Yo no olvido la sonrisita de hijueputa que puso! Y tú, dichosa, sonriéndole de vuelta, pelándole la chapa. ¡Te faltó montarle un carrito de perros!». Mi mamá dice: «Nene, ¿cuándo fue eso?», y yo alargo la comedia: «Ni hablar de la vez que tu amada Angelita, ¡tu ídola!, me prohibió la junta con sus hijos.

Y tú callada al frente mío, sin contestarle media palabra, mientras ella decía que yo, con seis años, los iba a terminar mariqueando» —¿*cuándo fue eso?*—. «Y la vez que celebraste todos los chistes homofóbicos que hizo el puerco ése, ya ni me acuerdo cómo se llama». Entonces mi mamá dice: «Ay, no, niño, ¿otra vez el mismo cuento? Sácate otro de la manga» —me lo saco—: «¿Realmente tenías que darle la razón al man que se paró de la mesa con la hija, escandalizado cuando mis dos amigos se besaron?» —¿*cuándo fue eso?*—. «¿Y de verdad tenías que invitarlo a la casa al siguiente día?». Ante el calculado silencio, mi voz se activa desesperadamente: «¡Llevo dos minutos en Barranquilla y ya me quiero largar!» —pero yo sé que, si en verdad me largara, mi voz cambiaría rapidísimo: la rabia, de inmediato debilitada en la fuga, comenzaría a teñirse de una pesada melancolía, y pronto, muy pronto, se volvería una voz nostálgica por todo lo que hace daño—. Eso ha pasado muchas veces con mi voz: el memorial de agravios deviene comedia y la comedia, canción de despecho. «¡Se va a morir!» —lloro—. «¡O me voy a morir yo! ¡Nos vamos a morir y vamos a estar de pelea!».

(294)

Esta es mi propia música para planchar: yo vi muy de cerca una alegría en mi ciudad. Creciendo allá, siempre me pareció una alegría absolutamente física —lo era—: un cuerpo amanecido en la playa, bailando. Vi la calma de esa alegría: el mismo cuerpo enmaicenado, agotado de bailar, caminando hacia el agua con los pies descalzos, sacándose la ropa, entrando al mar tibio, nadando ahora hacia adentro, flotando chévere, dejando luego que una ola lo devolviera a la arena, un cuerpo en calma secándose al sol, comiendo mango biche y luego un pargo frito con patacón, ensalada y arroz de coco. Un cuerpo deseante, calmándose. Una alegría absolutamente física —lo era—. Hasta que, un día, esa alegría se cerró: se volvió una burla. Y aunque el despecho primero pasó por el hecho de sentirme afuera, excluido de algo arrebatador, exactamente infinito, con los años terminó volviéndose una pregunta incesante por la relación entre alegría y conservadurismo. Porque ¿cómo era posible que ese mismo cuerpo enmaicenado, que entraba al mar, pudiera ser capaz de regresar a la arena para decir la peor palabra posible? ¿Cómo podía ser que la dijera con la misma boca con la que había gritado ¡juepajé!?

(295)

Avanzado el siglo XXI, ese grito se sigue escuchando.

(296)

«Llora, llora», me pidió Consuelo esa vez. «Vuelve a mirar el collar: aquí está el primer amor que viviste. O sea, el que hubo en tu casa. Y éste de acá es el amor más reciente: el que acabas de perder». Ahora retomo la pregunta que me hicieron los colegas maricones en la cena: «¿No nos quieres contar una historia de amor?». Sí, ya quiero. Pero evitando instalarme en el glorioso principio o en el largo aullido por el final. Lo que quiero es narrar la mitad —el nudo—: el tiempo entre el éxtasis del despecho y el éxtasis del enamoramiento. Al respecto, sólo diré que, recién conocí a Juan Ramón —es decir, en nuestros mejores días—, él me enseñó una canción de La Vida Bohème, *Flamingo*, cuyo coro dice: «Tú eres mi calma. Tú eres mi calma. Tú eres mi calma». El verso suena así, repetidamente, como un mantra que sosiega a quien lo canta, mucho más que a quien lo escucha como una letra dedicada. *Tú eres mi calma*. La canción sonó permanentemente al comienzo y, a lo largo de nuestra vida juntos, siguió sonando después de cada reconciliación. Lo que solíamos hacer, roncos de gritar y devastados, era poner el parlante en la cama, entre los dos, mientras cada uno miraba el techo o cerraba los ojos, dándole al otro la mano para poderse dormir. *Tú eres mi calma*. La canción también sonó después de la ruptura —mucho—, cuando ya habíamos dejado de hablar para siempre.

Pero ¿de qué hablábamos nosotros? Yo, generalmente, de la casa original, mucho antes de conocer el pensamiento de Cesare Pavese que leí en la voz de Cristina Peri Rossi: «Síntoma inequívoco de amor es contarle al otro nuestra infancia». Juan Ramón, en cambio, hablaba de casi cualquier cosa que no fuera su infancia o su vida: del Antropoceno, de la arquitectura brutalista, de los desfiles de Alexander McQueen… Hablaba obsesivamente de fotografía, de recetas que quería aprender, hasta que una noche, cuando apagué la luz para irnos a dormir, le dije: «No saber mucho de ti, que nunca hables directamente de tu vida, me hace recordar una historia que nos contó mi mamá hace mucho, cuando era niño» —Juan Ramón se quedó en silencio, sin moverse—. «Era la historia de una sombra que cada noche entraba al cuarto de una mujer y se acostaba con ella en la cama. Era una sombra de hombre. Una sombra sólida de la que ella nunca supo nada». Mi amor siguió en silencio, sin moverse, muy cerca de mí.

(297)

Pero un día llegó a la casa llorando, luego de visitar a la madre en Santa Marta. «Tantos años sin verla», me dijo, y llorando mucho más —parecía un niñito—, hizo un trayecto fugaz y urgente de sus primeros años: habló del edificio donde había nacido, todo en granito, con la Sierra Nevada atrás, justo detrás, *como si fuera el patio trasero*; de cómo habían tenido que irse del edificio intempestivamente *sin poderle tomar una foto*; de cómo una y otra vez se habían cambiado de casa. Al final de la charla, Juan Ramón esbozó el mapa de una forzada itinerancia que había comenzado mucho antes de su llegada a Bogotá. «Qué bueno estar acá», dijo, antes de tirarse en cruz sobre el tapete. Yo me acosté muy cerca para decirle: «Por fin. Aquí estás», pensando que así nos quedaríamos un rato —hablando del viaje, o de la madre, o de cómo había encontrado la ciudad—, pero una vez al lado, Juan Ramón se me sentó encima, sobre el pecho, aún con lágrimas, al tiempo que fue abriéndose el pantalón. «Te voy a poner a mamar», me dijo así, a lo porno, cuando yo ya estaba comiéndole la verga —me pareció que, después de hablar de lo que nunca había hablado, quería cambiar el tono: llevarnos a otro lugar—. «Mírame», me pidió —me sabía el guion de memoria—. «Y mírame ahora porque voy a vendarte». Y así lo hizo, como otras veces: después de mirarlo a los ojos con la verga en la boca —esa fantasía tan común y heredada: la de verse penetrado en la mirada amante—, Juan Ramón se quitó la camisa que olía, muy viva, a viaje largo, y luego de envolvérmela en la cabeza, besándome, le hizo un nudo. «Vamos para acá», siguió, y me ayudó a parar, y me llevó hasta el cuarto para empujarme a la cama. Allí se tiró sobre mí, desnudo, y como yo no veía nada, él mismo me fue desnudando. «Ahora voy a abrir la cortina», dijo, siguiendo el guion, «y luego voy a comerte en cuatro aquí al frente de la ventana». Entonces se paró de la cama para abrir la cortina: yo pude escuchar el movimiento. «¿Estás de acuerdo?», me preguntó, y apenas le dije que sí, volvió a la cama diciendo, misterioso: «De pronto hay gente mirándonos» —se me hicieron muy grandes las ventanas vecinas, todas tan cerca—. «O de pronto no. De pronto no hay nadie viendo». Yo me arreché mucho y le dije: «Cómeme, dale», y así, desde atrás, por fin en cuatro, Juan Ramón me dio un beso largo en la nuca, en la espalda, antes de meterme el dedo ensalivado. «Cómo nos miran», susurraba, «si tú vieras» —pero enseguida—: «No, no, mentiras. No se ha asomado nadie» —y otra vez—: «Estoy jodiendo: hay mucha gente mirando».

¿Qué quería yo? Las dos cosas, por supuesto: estar solo con él y no estar más a solas con él. Entonces dijo, ya entrándome: «Ahora sí se asomó todo el mundo».

(298)

Un año antes, acercándose la Navidad, Juan Ramón me había comentado que a veces lo llamaban Juan Ramitas. «Porque yo hago esto, mira» —recogió una rama que estaba en la calle—. «Las cojo de adorno para la casa». Esa vez fue una rama de eucalipto: apenas cruzó la puerta, la metió en un jarrón, y eso me gustó mucho: olió a fresco. Entonces, a los pocos días, Juan Ramitas llegó a la casa con un chamizo. «Mira», dijo, «ya tenemos arbolito» —lo enterró en la matera donde antes estaba el ficus que habíamos matado: le colgó guirnaldas rojas y unas estrellas de escarcha dorada—. «¡Jo, jo, jo! ¡Feliz Navidad!» —me dio un beso en la boca, riéndose él solo de la imitación de Papá Noel, y luego murmuró, mirando el chamizo ornamentado, esta sola palabra—: «Recursividad». Yo le dije: «Sí, te quedó muy bello», y nos besamos más, y me alegré de que fuéramos a celebrar juntos la Noche Buena. Y así fue. Pero pasó que, más adelante, antecitos de Año Nuevo, yo abrí la puerta y encontré a Juan Ramitas con dos ramas más: otra de eucalipto, que ubicó en el baño, en la repisa del lavamanos, y otra de no sé cuál árbol sería, que terminó dejando en la mesita de noche. Como ya había cuatro ramas en la casa, yo me timbré —solito se abrió un recuerdo— y entonces le dije —yo creo que le dije—: «Juan Ramitas, ¿tú sabes? Me incomodan tantas ramas en la casa. Me hacen recordar algo» —y pasé a contarle lo que, yo creo, ya le había contado antes: el episodio histórico de mi papá—. Y he dicho que *creo* porque a veces yo decía en mis adentros: «Cuando le hable de mí, voy a contarle todo menos esto». Y porque recuerdo también que, siempre que veía ramas por la casa, tendía a pensar: «Todo esto le gusta a él. Mejor no digo nada. Yo me aguanto y listo».

(299)

Unos días después, ya iniciado el Año Nuevo, Juan Ramitas recogió en la calle más ramas para la casa. «Ésta va a verse linda en la sala», dijo, «y ésta, en la mesa del comedor». Yo creo que le dije: «Juan Ramitas, ¿tú sabes? Me incomodan tantas ramas en la casa. Me hacen recordar algo» —por lo que pasé a contarle, yo creo, el episodio histórico de mi papá: la vez que había llenado la casa de animales y matas—. Nos despedimos —teníamos que ir a lugares distintos— y cuando volví a la casa, de noche, había más ramas por doquier. «¿Te gusta?», me preguntó, y no puedo recordar si le dije: «Me encanta», sabiendo que todo eso le gustaba a él —*decorar recursivamente*—, o si le dije: «No. Saca por favor las ramas de la casa. Me hacen recordar el episodio que tuvo mi papá».

(300)

Y entonces, una tarde —el sol cayendo, anaranjado como nunca—, volví a la casa después de mirar el saldo de mi cuenta, preocupado, dispuesto a tener con Juan Ramón la difícil conversación sobre la plata: que estaba acabándose rápido, que los servicios y el arriendo, que ya había que encontrar trabajo. Abrí la puerta y lo vi arrancar las hojas secas de una rama. «Llegaste temprano», me dijo, y cuando fui a besarlo, vi mucha tierra en el suelo. Y más ramas —un camino de tierra entre no sé cuántas ramas que ahora estaban en la biblioteca, entre los libros, y en la ventana que daba al Occidente—. Y le dije —estoy seguro de que le dije, pero no, no, no: quizás no le dije, quizás no pude pronunciar las palabras— que ya le había dicho —aunque de pronto no le había dicho nunca— que yo no quería tener la casa toda llena de ramas porque, como él ya sabía —pero no, quizás no sabía—, eso me hacía recordar el episodio que había tenido mi papá cuando dejó de dormir dos semanas. Entonces entré al cuarto y me encontré con un chamizo en la esquina, como un perchero, y estoy seguro de que, al ver la cama rodeada de tierra, empecé a gritar: «¿Qué es esto?» —yo seguí el camino de tierra desde la cama hasta el comedor, que ahora tenía más ramas de eucalipto en el centro—. «¿QUÉ ES ESTO?». Juan Ramón dijo: «Justo iba a limpiar». Y al decir eso, pasó lo peor: una mirla voló entre nosotros. UNA MIRLA. ¡UNA MIRLA! EN LA CASA. Y yo me tiré al suelo. Me cubrí la cara, ¡la cabeza! ¡Y grité! Yo grité: «¡Gran hijueputa!» —la mirla siguió volando, asustada: agitaba las alas entre pared y pared—. «¡Eres un hijueputa!» —y enseguida—: «¡Sácala! ¡Sácala ya!». Y Juan Ramón abrió la ventana, tranquilo —quiero decir: tomándose el tiempo, aunque mirando mi grito con los ojos abiertos—, y, cuando por fin la mirla se fue de la casa, lo escuché decir: «El otro día también se entró una paloma».

Tú eres mi calma.

(301)

Pero yo no le creí. Y así se lo dije: «¡Pura mierda! ¡Tú metiste la mirla a propósito!». Y le dije, gritando más alto: «Tú quieres asustarme: ¡que tenga miedo en mi propia casa!». Juan Ramón se acercó a preguntarme, aún tranquilo —me puso muy suave la mano en el hombro—: «Bello, en serio, ¿de qué estás hablando? Ya ha pasado dos veces que entra una paloma». Y yo estoy seguro de que le dije —aunque no, no, no: quizás no se lo dije— que él estaba tratando de abrirme la herida: de llenar la casa de animales y tierra: de provocar un impacto óptico: de alborotarme con la misma escena que me había alborotado al principio: de recrear sádicamente el episodio paterno. «Ya iba a limpiar», me dijo. «Porque, al trasplantar esa mata» —señaló la monstera—, «hice un reguero». Pero yo le dije: «Mentiroso, ¡no te creo ni mierda!» —y volví a gritar, y a gritar, y a decirle, creo, lo que yo creo que ya le había dicho—: «¡Saca esas ramas de aquí! ¡Todas! ¡Sácalas! Me ponen nervioso por eso que vi hace años en mi casa». Entonces

Juan Ramón dijo: «Si tú pudieras verte como te estoy viendo ahora», y ahí sí me descuajé: «¿Cómo?» —empecé a gritar—. «¿Cómo? ¡A ver! Dilo. ¡Dilo!». Pronunció la palabra y así fue como enredamos el nudo, ¡el nudo! —la pregunta más importante—: «¿Yo estoy loco o tú me estás tratando de enloquecer?».

(302)

Esa vez que tiramos, recién llegó de Santa Marta, Juan Ramón pronunció esas mismas palabras, bajito, en cuanto se vino adentro: «Si tú pudieras verte como estoy viéndote» —yo todavía estaba vendado, sin verlo a él ni poder ver nada, aunque ahora en otra posición, boca arriba, con los pies en lo alto porque me estaba agarrando—. «Estás todo abierto y gozado... con toda mi leche escurriéndose por el culo». Entonces me descubrió los ojos —me quitó la camisa— y lo primero que vi fue su cara risueña. Juan Ramón señaló la ventana y, como otras veces, vi al portero de la oficina de enfrente, mirándome abierto y gozado, concentrado en el sexo con las gafas puestas.

(303)

«¡Narciso!», me dijo una vez, o yo a él. «¡Narciso! ¡Todo el tiempo buscándote en la mirada ajena!». El otro contestó enseguida: «¿Y tú qué eres acaso? ¿Por qué no te miras en un espejo?». Un día lo hice —ahora cuento un recuerdo mítico, tendría seis años—: yo me vi en un espejo por pura casualidad y entonces me extrañó —mucho me extrañó— recibir de mí mismo una imagen de sopetón, enmarcada en un borde de mármol. Pensé: «Me había imaginado distinto».

(304)

En la cama, aún sin venirme, Juan Ramón dijo, pegándome la boca a la oreja: «Tú ya sabes lo que estamos esperando los dos». Entonces me arrodillé en el colchón, mirándolo a él, primero, y luego a nuestro recurrente espectador, y me llevé ambas manos a la nuca. Juan Ramón empezó a pajearme, como ya estaba estipulado, y siguiendo nuestro guion —afectado desde siempre por el porno que nos gustaba ver, y gozosos, cada vez, en nuestra representación de la representación—, yo le dije: «Me vas a hacer venir», tirando hacia atrás la cabeza, intempestivo o lento, a lo que Juan Ramón dijo: «Pues te aguantas» —y dejó de pajearme—. Le dije —así era el guion—: «Hazme venir, por favor», y me dijo: «No. No», mirándome a mí y después al hombre de al frente. «Tú te vas a venir cuando yo quiera y no cuando tú quieras». Me dejó solo, luego de pedirme que no me moviera: que me quedara así, como estaba, *como tanto te gusta a ti*. Y prendió más la luz —mucho más—, lo que me hizo sentir que el celador estaba cerca, muy cerca, y que pronto podría tocarme. Al rato volvió con los ojos rojos y un porro encendido —estaba contento y trabado— y me lo puso él mismo en la boca. «Toma, fuma», dijo, y fumé y saqué el humo —tosí— y, después de fumar mucho más, trabadísimo, Juan Ramón volvió a pajearme. «Hazme venir, por favor», y lo hizo, pero mucho tiempo después, luego de parar y dejarme esperando —*por favor*— y luego de pedirme que no dejara de mirar, directo, a nuestro lejano amante. Y mientras él recogía con el dedo la leche que yo había derramado —el guion, así era el guion—, Juan Ramón dijo: «Tú eres mío», al tiempo que me hacía tragar todo lo que había recogido. «Mío, mío, mío». Sin despedirse del celador, cerró la cortina.

(305)

Mirándonos en la cama, dichosamente desgonzados, le dije a Juan Ramón: «Me alegra que estés acá. Me hiciste mucha falta» —le dejé el dedo en el ombligo, como a veces hacía, y cerré los ojos para empezar a dormir—. «Descansa», me dijo. Yo estaba feliz: había regresado. Y, sin embargo, al poco tiempo, como activado por quién sabe qué, Juan Ramón volvió a hablar. «Mudémonos», me pidió —esa noche, recién llegado de Santa Marta: recién me había contado, por fin, sobre su infancia itinerante—. «No quiero vivir más acá». Me hice el dormido: yo no quería mudarme y, sobre todo, quería que, en vez de buscar otra casa, nos dedicáramos a buscar trabajo. Pero él insistió en la mudanza. «Estoy harto en este lugar» —seguí en silencio, escuchándolo—. «No doy más» —y como permanecí callado, Juan Ramón soltó un suspiro para decir—: «¿Tú crees que soy bobo?» —me quitó la mano de sí—. «Yo sé que estás despierto». Entonces le dije: «Sí, te estoy escuchando, y creo que tenemos que buscar trabajo, no casa» —Juan Ramón me dio la espalda—. «Creo que no me estás entendiendo. Si no nos mudamos, yo me voy a ir solo, sin ti, y llegamos hasta acá» —alargué el silencio mientras pensaba qué decirle: mientras pensaba, en general: mientras pensaba—. «No soporto más esto», dijo. «No puedo vivir acá» —y ¡PUM!, se formó la pistolera—. «Ay, jueputa. ¿QUÉ TIENE DE MALO ESTA CASA? ¿Desde cuándo no te gusta?» —y después de pegar el grito en el cielo, comenzó un crescendo de preguntas y contrapreguntas que ninguno respondió: cada pregunta un grito y cada contrapregunta un grito más alto—. Que yo no sabía escucharlo, o él a mí. Que no nos teníamos ningún tipo de consideración. Que él no quería ponerse en mis zapatos, o quizás yo en los suyos. Que ninguno le hacía la vida más fácil al otro. Que tanta soledad amando. Que el dolor. Que la vida y los golpetazos. Hasta que otra vez terminé gritando: «¡Dilo! A ver. ¡Dilo! ¡Dilo!» —y lo dijo, y de nuevo mi respuesta en alarido—: «¿YO ESTOY LOCO O TÚ ME ESTÁS TRATANDO DE ENLOQUECER?». Juan Ramitas dijo: «Yo quiero sentirme en mi casa. Decorar esto como si fuera mi casa». Le dije: «Hazlo. Entonces, hazlo, dale», y de inmediato sonó la canción de La Vida Bohème: «Tú eres mi calma. Tú eres mi calma. Tú eres mi calma». Al día siguiente, la casa estaba llena de ramas y chamizos.

(306)

Ese fue el nudo: la mitad. La vida que se fue repitiendo entre el glorioso principio y el largo aullido por la ruptura. A veces, en ese tiempo medioextático y mediodifícil, desesperante en sus continuos altibajos, yo solía hacerme preguntas sobre el amor, en abstracto, y sobre el sexo que teníamos. Me preguntaba, por ejemplo, a quién amaba yo, si poco o nada sabía del pasado de Juan Ramitas, y si era posible amar a alguien desde el presente absoluto, sin conocer su origen y la mirada que tenía sobre el propio pasado, simplemente cruzando el día a día, observando su cuerpo y su hablar con ternura —todo esto un año tras otro, y siempre atento al pasado que, de cuando en cuando, sabía traslucirse en el acto cotidiano: con un antojo inaplazable de arroz con huevo como el que su madre hacía para el almuerzo, o con un comentario desprevenido sobre las botas de una marca específica que, desde hacía años, quería comprar—. ¿Podía haber amor sin la pronunciación explícita del pasado? Y también me preguntaba por nuestro deseo. Ante el guion pornográfico que solíamos representar, yo dudaba si ambos, Juan Ramón y yo, éramos múltiples o sucedáneos. Quiero decir, si cada cuerpo era recibido por el otro como un sucedáneo del cuerpo verdaderamente deseado, o si, cada vez que tirábamos, su cuerpo y el mío eran todos los cuerpos que habíamos deseado, incluyendo los intocables cuerpos de las películas: todos los cuerpos que podíamos ser para el otro y desear con el otro.

(307)

«¿Por qué te gusta tanto», me preguntó una vez, «que el celador nos mire?». Yo le respondí medio en serio, medio en chiste, que venía de una ciudad en la que la mirada ajena era omnipresente. Juan Ramón me dijo, totalmente serio: «Tú te fuiste de allá, pero trajiste esa mirada contigo. Tú estás atrapado en esa mirada».

(308)

Y entonces, una noche, durante el nudo amoroso, yo soñé que le decía: «Bello, quiero que conozcas Barranquilla», estando ya en Barranquilla, justo al frente de la puerta con la telaraña de vidrio. Entrábamos a la casa de noche y, como no había nadie, nos íbamos a dormir a la cama matrimonial. En el cuarto de mis padres, yo le preguntaba a Juan Ramón de qué lado quería dormir y, sin pensarlo dos veces, él señalaba el lado derecho, que era el lado en el que dormía mi papá. Desde el lado izquierdo, entonces, yo le daba el beso de las buenas noches.

Al despertar del sueño —en nuestra cama—, yo le dije desde el lado en que dormía mi mamá: «Bello, soñé que viajábamos a Barranquilla» —no quise contar lo demás por miedo a llenar la relación de una espesura psicoanalítica—.

DESMADRE Y SACRALIDAD

(309)

Unos años antes, yo había visto de cerca esa misma espesura —la vi volverse una impactante oscuridad—. Tendría veintisiete cuando un chico, Cristian, pocos años menor que yo, me invitó a cenar a su casa. Cuando llegué, tenía puesta una camiseta blanca, toda pringada de salsa. «Justo a tiempo», me dijo. «Ya casi está listo» —me dio un pico y enseguida se quitó la camisa—. «Ponte cómodo, ya vengo: me voy a cambiar». Mientras él caminaba a su cuarto, yo le dije: «¿Pa qué? Mejor quédate así» —nos reímos, pero Cristian siguió por el pasillo—. Entonces, como la casa olía rico, me asomé a la cocina para oler mejor: estaba haciendo un ragú y el agua de la pasta comenzaba a hervir. «Ya voy», dijo. «Espérame» —pero en vez de venir, comenzó a hablar con alguien—. «Me haces falta», pude escucharlo. «No veo la hora de verte».

Cristian era de Popayán y, según me había contado, llevaba pocos meses en Bogotá. «Allá», me dijo por Grindr la primera vez que hablamos, «no he encontrado trabajo en lo mío». La conversación se fue dispersando y entonces no supe qué era *lo suyo* o a qué trabajo se dedicaba. Pero hablamos de sexo y de lo que cada uno buscaba, de la fecha y el lugar del en cuentro. «Te voy a decir la verdad», me escribió. «Nunca me han comido y quisiera saber cómo es eso. Pero ojalá fuera suave, y también lindo o recordable: hacerlo con tiempo, te invito a comer». Yo le dije: «Claro que sí, cuenta conmigo», y bueno, allí estaba en su casa, esperando a que colgara el teléfono. Pero Cristian seguía hablando, como si no hubiera nadie en la casa, o como si, al verme, se hubiera arrepentido del plan. «Tú me dejaste de querer», volví a escucharlo —tenía la voz quebrada—. «Y tú sabes muy bien por qué te lo digo».

La conversación subió de tono a medida que se fue prolongando y, mientras tanto, en la estufa, el agua burbujeante comenzó a saltar de la olla: cada burbuja parecía formarse con cada palabra rabiosa. «Te guste o no», siguió diciendo. «Yo voy a hacer mi vida. Y tú verás, mamita, si te la pierdes o no» —tengo que decir que me sorprendió y que, a la vez, no me sorprendió en lo absoluto que estuviera hablando con la mamá—. «¡Yo soy esto!», dijo. «Y para que sepas, acaba de llegar el man con el que estoy saliendo» —al escucharlo, pensé: «Ni loco me meto aquí»—. La gritería llegó a su culmen cuando Cristian gritó, como en la mejor telenovela: «¡Contigo o sin ti, haré mi vida!» —sonaron cosas en ese momento: zapatos, quizás, contra el piso o contra una repisa—. Intensamente llevado por el chisme, aunque, asimismo, intensamente aturdido, yo me debatía entre quedarme en la cita o salir corriendo. Y cuando ya iba a hacerlo —salir corriendo, digo—, Cristian llegó a la cocina, aún sin camisa, y me dijo, sonriente: «Ya, disculpa. Estaba pidiendo un vino a la tienda».

(310)

Pensé, al verlo de nuevo: «Voy a quedarme», por lo que traté de llevar la noche muy lejos de todo lo que había escuchado. «Se ve delicioso», dije, pero Cristian ni siquiera me miró: estaba ido, concentrado en la despensa —muy pronto había dejado de sonreír—. Sin cuidado abrió una bolsa y muchos *fusilli* se desperdigaron por el suelo. «Te ayudo a recogerlos», le dije, pero Cristian, todavía sin mirarme un segundo, saltó a decir: «No, no te preocupes», mientras echaba la pasta en el agua. Entonces escuché un grito: «¡MALDITA SEA!». Furiosamente herido —un grito—. «¿QUÉ PASÓ?», le pregunté, gritando yo mismo. «¿Qué hago? ¿Qué necesitas?». Pero Cristian, aún sin mirarme, abrió el grifo —gritando más— y metió la mano bajo el chorro de agua fría. «¡Ay, jueputa! ¡Me quemé duro!». Rápidamente entró al cuarto —de nuevo al cuarto—, sin ni siquiera decirme: «Espera». O: «Cómprame una crema». O: «Ponme hielo en la mano quemada». Con el teléfono entre el hombro y la oreja, Cristian dijo: «¡Debes de estar dichosa!» —se puso a llorar—. «¡Se me jodió la cita! ¡Me quemé!». Y dijo: «Eso es lo que quieres, ¿verdad? ¡Que esté solo! ¡Que me joda! ¡Que todos los hombres salgan corriendo!» —y ahí, por fin, cuando gritó eso, Cristian me volteó a mirar—. Sentí una ternura estupefacta. Y sin embargo le dije, antes de huir: «Oye, mira, esto es una sordidez».

(311)

Yo contemplé la escena como un posible y aterrador espejo. Como una imagen demasiado común. Como una posibilidad colectiva para nada lejana. Recordé historias —dramas, chismes— de gente que tenía una relación truculenta con la madre, aunque amorosa de dientes para afuera. O más bien: historias de gente que, amando a la madre, no era del todo consciente de la truculencia que permeaba la relación (más exacto plantearlo así). Hablo, por ejemplo, de ese amigo del amigo de un colega que, cuando por fin tiró con un hombre, marcó a la madre sin querer, justo cuando el otro comenzaba a penetrarlo —y según contó, la madre se quedó escuchando todo: cada gemido y cada súplica hasta el final del polvo—. Y también hablo del primo del vecino de ese amigo que, luego de presentarle el novio a la mamá, tuvo que aguantarse que, más tarde, en la madrugada, ella entrara al cuarto para decirle, sacudiéndolo por los hombros: «Mijo, me está costando mucho aceptar que te penetran». O está el amante de un vecino que, a la primera que contradice a la mamá, ella le pregunta, con los ojos más abiertos que las tres menos cuarto: «Niño, ¿y tú qué? ¿Estás buscando que te corte la picha?». Y también hablo del pobre Cristian, que metió la mano en agua hirviendo para sabotearse el sexo, culposo de tener un deseo distinto del deseo de la mamá, horrorizado de que ese deseo lo expulsara definitivamente del paraíso de ser su hijito. O estoy yo, que, luego de haberme hecho el emancipado cuando ese amante, Cristian, metió la mano en agua hirviendo para sabotearse el sexo, soñé que dormía con Juan Ramón en la cama matrimonial de mis padres; yo, obvio, en el lado de mi mamá.

(312)

«¿Cómo salir de esto?», me pregunté la vez que me vi con Cristian. «¿Cómo deshacerlo?» —quiero decir: cómo trascender la sacralidad truculenta del vínculo—. Esa noche, como respuesta, se me apareció una historia que, la verdad, a mí no me gusta contar porque, a veces, cuando la he compartido, me han tachado de sórdido —y no es que eso me importe, sino que la palabra apunta a la desactivación de la imagen final: a no pensarla con el rigor y pasión que amerita—. En fin, paso a contarla: resulta que, por carambolas de la vida, terminé trabajando de mesero en un restaurante de La Rambla de Barcelona cuando tenía, yo creo, veintitrés años. Según decían, el restaurante había sido un convento que sirvió de escondite al escritor George Orwell durante la Guerra Civil. «Este lugar tiene historia», decía Àngels, la *maître*, para animar a los turistas a entrar, y, guiándolos a una mesa, repetía lo que acabo de decir sin ninguna variación. «Esto fue un convento y, en la Guerra Civil, George Orwell se escondió aquí».

Todos los sábados en la noche, el restaurante recibía a un grupo de mujeres que, para celebrar un cumpleaños o una despedida de soltera, iniciaba desde temprano un recorrido etílico por la ciudad: al restaurante llegaban borrachísimas, cantando y gritando el nombre de la agasajada, casi todas con vergas fosforescentes que les brincaban en la cabeza, pegadas a un resorte. Yo las atendía, dichoso, en un salón subterráneo que estaba desconectado sonoramente de las mesas centrales. Para mí era un trabajo sencillo, pues ni siquiera tenía que tomar la orden del grupo, sino servir al centro, a cada tanto, unas pizzas y unas jarras de cerveza. Y era un trabajo entretenido, pues siempre, a la hora del postre, llegaba un estríper con disfraz de mesero. «¡Buenas noches!», saludaba el bailarín, generalmente Aramis, vestido con tanga y mi propio delantal. «¿Quién tiene ganas de postre?» —enseguida sonaba su música, el clásico de Joe Cocker, *You Can Leave Your Hat On*, a lo que todas gritábamos: «¡Yooooo!»—.

Y bueno, el cuento es que, una noche, Aramis se enfermó y mandó de reemplazo al primo Nelson. «Él hace la tarea», dijo Àngels que había dicho Aramis. «Le va muy bien en los bares: tiene éxito». Nelson llegó en pleno zafarrancho, cuando el grupo de amigas severamente borrachas cantaba *Ni tú ni nadie* de Alaska, y yo servía las pizzas y más jarras de cerveza —y chupitos, y sangría: era una despedida de soltera y en dos días se casaría Liliana—. «¡A ver, Lili!», le hablaba una señora mayor, con una verga neón-violeta que le rebotaba en el peinado. «¡Aprovecha, aprovecha, que no hay marcha atrás!». Cada vez que le decía eso, Liliana se bajaba otro chupito y todas las amigas la aplaudían —todas le decían: «¡Bravo! ¡Reina! ¡Eso! ¡Eres la más!»—. A diferencia de Aramis, que siempre se vestía con el uniforme nuestro —para jugar, decía, con la sorpresa: que ellas pensaran que así, de la nada, en un rapto de arrechera, el mesero había comenzado a desnudarse—, Nelson llegó de policía. «Oye», me dijo, «¿tienes farlopa?». Para hacerme el chistoso, yo alcé las manos, como pillado infraganti, y le dije: «No». Fue Àngels la que le terminó dando: se encerraron un buen rato en el baño y, apenas salieron, ella le dijo a Nelson —absurdamente despelucada—: «Dile a Aramis que está despedido» —se rio—.

(313)

Entonces comenzó el show. Nelson dijo —la clásica—: «¿Quién se ha estado portando mal?». Yo grité: «¡Yooooo!», pero todas las demás contestaron: «¡Ella! ¡Ella!» —señalando a Liliana—. «¡Ella!», gritaban, mientras que Lili, en cambio, señalaba a la señora mayor. «¡Ella!» —todas tomaban chupitos—. «¡Ella! ¡Ella!». Yo creo que Nelson habrá pensado: «Esto está superprendido, mejor me desnudo de una», por lo que, urgentísimo, se quitó sin ningún suspenso la correa, el pantalón y la camisa de policía. «¡Uy, esos músculos!», gritó alguna de las amigas, a lo que Nelson, en botas y tanga, le fue a bailar —tenía un tatuaje en la espalda con la palabra *Madre*—. Así estuvo un rato, mientras todas las demás lo aplaudían —y lo llamaban, y le hacían súplicas después de tomarse el siguiente chupito—: «¡A mí, a mí! ¡Ahora a mí!». Liliana gritaba: «¡A ella!», señalando a la señora, y la señora, a su vez, señalando a Liliana, gritaba: «¡A ella! ¡A ella! ¡Se casa en dos días!». Nelson siguió bailando con caras de arrecho cada vez más explícitas —caras de culiador penetrable—, mirando a los ojos a cada mujer, mordiéndose el labio de paso, sacando un poquito la lengua y volviéndola a meter. Y una le gritaba: «¡Guapo!». Y otra le dio más farlopa. Y Nelson bailaba con los brazos arriba, ¡arriba!, aunque bajando y bajándose él: bajando en botas y tanga, bajando el culo y a punto —a punto, a punto— de tocar el suelo. Después se subió a la mesa —vi a Nelson entre las jarras y pizzas— y, aclamado por toda su audiencia, ¡por mí!, se fue bailando hasta Liliana y la señora.

(314)

Cuando empezó la nueva canción, *Let's Get It On* de Marvin Gaye, Nelson se bajó completamente la tanga —estaba parolísimo y la verga salió saltando como las otras vergas de plástico—. «Mija, ¡aprovecha!», escuché a la señora, al tiempo que las otras gritaban, cada vez más animadas: «¡Aquí, aquí! ¡Vente aquí!» —Nelson las ignoraba, sonriente: seguía bailándole a Lili—. «¡Aprovecha!», insistió la mujer. «¡Dale, aprovecha!». Y esta es la imagen final de la historia: Liliana chupó esa verga —sólo un rato, la verdad— y luego se la pasó a la señora. «Dale, coge: ahora tú», le dijo, y en cuanto ella comenzó a chupar, alguien gritó: «¡Joputa! Pero ¿qué está pasando? ¡Si ella es la madre!». Al final, previsiblemente, al confirmar el parentesco entre ambas, Nelson dijo: «¡Qué desmadre!».

(315)

Yo vi eso —lo vi— y creo que es algo que merece contarse. Sin pudores ni remilgos. Siempre crece una soledad cuando, al narrar una escena así, alguien abre la boca para reducirla a lo escandaloso. O a lo inmoral. O a lo patológicamente psicoanalítico. «Están enfermas», me han dicho. «Unas locas. ¡Eso es incesto!» —y así, de esa forma, apelando a la locura, al desequilibrio o a la enfermedad, desechan la historia en el acto—. Desde el primer momento, sin embargo, yo vi algo muy diferente: la transformación absoluta de un vínculo, su reconfiguración radical. Vi un lazo social sagrado totalmente diluido y, sobre todo, deshecho en la fiesta. Un vínculo familiar que, al desintegrarse desde el placer —en un ritual de celebración—, no dejó ni a la madre ni a la hija en duelo, expulsadas o huérfanas. Eso fue lo que vi y lo que, desde entonces, me ha llevado a preguntarme si es posible —si de verdad es posible— que un vínculo tan fervorosamente cargado —tan protegido y reiterado desde tantos sistemas distintos, como el psicoanálisis y las religiones— pueda transformarse radical y felizmente en otro lazo: en un lazo también divino, resistente a una mirada patologizante. ¿Cuántos siglos harían falta para que una imagen como ésa no se recibiera nunca como escándalo o como una provocación ridícula? Porque —a ver si así lo digo mejor—: yo no vi a una madre y a una hija pasarse una verga, sino a dos mujeres que habían sido una madre y su hija —a dos adultas que habían podido desvincularse profundamente de la eternidad de sus roles y de todo lo que hace que un tabú sea un tabú—. La mirada cargada llegó de afuera. De la mujer que dijo, estupefacta: «Ésa es la madre».

(316)

«¡No, no y no!», me dijo Juan Ramón la primera vez que hablamos de esto. «La redefinición total de un lazo como el materno es imposible». Después se me quedó mirando, iluminado, luego de decirle que una historia como esa me parecía mucho más libre y calmada que la inconsciente truculencia de las historias de Cristian y compañía. «¿Cómo no ves que todo lo que estás diciendo es una proyección de tu deseo?» —alzó las cejas y siguió—: «Con ese tren de pensamiento, lo que buscas, inconscientemente, es naturalizar el incesto» —y ay, no, ¡no!, no acepto esto—. Yo le dije que, para mí, lo que justamente pedía esa escena era la suspensión del psicoanálisis: la imaginación de un mundo o de un sistema en el que sería improcedente pensar la escena final de la historia en términos de complejo de Edipo o similares. Un mundo en el que un lazo sagrado, intocable, como lo es el materno, pudiera reconfigurarse tanto, tanto que nadie se atreviera a pensar mal de

Lili o de la mujer que fue su madre. La disolución del lazo materno daría pie a la posibilidad de deshacer tranquilamente los vínculos familiares tal y como los conocemos, lo que sin duda iría inspirando un nuevo ordenamiento afectivo —un mundo feliz sin las familias de sangre tal y como las conocemos—. «Eso es imposible», insistió Juan Ramón. «Y no existe lo impsicoanalizable».

(317)

Después le dije que algo así —una escena así— era todo lo que yo buscaba en el arte y en el mundo: imágenes que resetearan la vida. Pero, aún suspicaz de mi pensamiento sobre dicha experiencia, Juan Ramón dijo que había visto mil veces en el porno, escenas similares: la madre y la hija que terminan juntas en la cama, con un amante. «Yo no veo lo nuevo allí», me dijo. Entonces salté a responder que, mientras él hablaba de actuaciones que jugaban con la transgresión del límite, yo estaba hablando de experiencias reales que, de tan radicales en su redefinición, justamente suspendían el juicio desde el psicoanálisis y el tabú. Juan Ramón insistió en que no, y que no, y que eso no se podía. Y que, encima, por si fuera poco, yo estaba revelando mi tremendo complejo de Edipo.

(318)

«Sin estructuras de parentesco no habría mitos», siguió Juan Ramitas. «Sin mitos no habría religión. Y sin religión no habría humanidad». Ese tren de pensamiento me cogió desprevenido y, como, por un rato largo, no supe qué contestar, se me ocurrió darle toda la razón. Al abrir la boca, sin embargo, pensé que, de pronto, sin parentescos elementales, no habría una desaparición de mitos, sino la proliferación de mitos nuevos o antiguos que no reiteraran esos mismos parentescos. «Por ponerte un ejemplo», dije, «la luna no sería una madre o un padre. Tampoco el sol. Y las estrellas no serían las hijas del sol o de la luna. Los astros serían otra cosa. La luna podría ser, digamos, la Gran Guía Histórica: la luz que recuerda la luz en la noche oscura de todos los tiempos. Y el sol... El sol podría ser el Gran Faro de la Vida, o el viejo y luminoso amigo que, desde el principio del tiempo, nos sigue animando a desear». Juan Ramitas dijo: «No, no. Piénsalo bien», y repitió su idea inicial: «Sin estructuras de parentesco no habría mitos. Sin mitos no habría religión. Y sin religión no habría humanidad».

(319)

Nos quedamos un rato pensando más. Yo seguí dándoles vueltas a las palabras de Nelson hacia el final de la noche: «Qué desmadre». Porque, si bien se había referido a la caótica desmesura de la fiesta, la palabra me permitió pensar en lo que psíquica y políticamente había sucedido en aquel restaurante en La Rambla de Barcelona que alguna vez fue un convento en donde el escritor George Orwell pudo esconderse durante la Guerra Civil. Ambas, madre e hija, se desmadraron: se *salieron de madre*: se desligaron la una de la otra renovando esencialmente el lazo, transformándolo en amistad. «Mi madre es mi mejor amiga», escucho a veces, como una forma de sacralizar aún más el lazo. Otra cosa es decir: «Mi mejor amiga fue, en algún tiempo, mi madre» —hay siglos o milenios entre una frase y la otra—.

(320)

Un desmadre psíquico y político con final feliz. Eso fue lo que vi esa noche. «Y si el problema es lo sexual en esto», le dije a Juan Ramón, «te cuento entonces un desmadre distinto» —es la historia de mi amistad con Pilar y Gloria Susana—. «En ese mismo tiempo», dije, «trabajando en el restaurante que había sido un convento en donde el escritor, etcétera, yo solía ir a algún bar después de mi turno. En una de esas idas, terminándose un verano, me senté en una barra, solo, a pensar en mis soledades. Pedí una cerveza y, cuando ya iba por la mitad, una mujer me llamó: "Hijo", y yo volteé —nos miramos y, en ese instante gestual, yo me permití mostrar una tristeza receptiva—. Después de presentarse, Pilar me preguntó: "¿Por qué la cara?", y muy tímidamente, a cuentagotas, le comencé a contar una historia posible de mi cara partida. ¿Cómo fue mi voz y cómo fue su escucha para que, al final de la noche, hechizados mutuamente, ya fuéramos madre e hijo? Fue algo que vio ella: una dislocación —me vio, tal cual, en otro mundo, recién llegando, aún con la alteración del extravío—. "Un bebé", me dijo. Y fue algo que yo vi: una comprensión que me acogía. Una dulzura muy lúcida. La suavidad. Al salir del bar, mi nueva madre me preguntó por mi casa, que dónde quedaba, y al escuchar la dirección se despidió diciendo: "Tú por allá y yo por acá" —me dio un beso: fue una guía—. Comenzamos a vernos: noche a noche, se prolongó el cuidado, la escucha vertiginosa. Yo le contaba una historia, ella otra, y cada historia era un regalo o una carga: una información que nos acercaba, enternecidos, o que iba provocando una lejanía gradual. Poco a poco, el texto o subtexto en su boca comenzó a ser: "Yo soy tu madre". Y el texto o subtexto en la mía: "No sé si yo quiero ser un hijo" —lentamente creció un silencio material: otra forma de lo solo—. Dejamos de vernos: se diluyó el lazo. Después conocí a Gloria Susana. En otra ciudad del Norte, terminándose un verano. Llegó a mi puerta recién migrada. Me dijo: "Sé que llevas más tiempo por acá. Ayúdame". O quizás me dijo: "Muéstrame esto", señalando el mundo desconocido. Verla hablar de esa forma fue como ver a alguien naciendo. Por eso la quise cuidar. O acoger. O decirle algo: una amabilidad que abriera el futuro o que al menos desangustiara el presente. Yo quise ser para ella lo que Pilar había sido para mí y lo que, antes, en Barranquilla, mi madre había sido: una madre. Comenzamos a vernos. Yo le contaba una historia, ella otra. Cada historia era un regalo o una carga: una información que nos iba acercando, estrechando o extrañando ante el otro. Y sí: en medio de la creciente cercanía, muchas veces nos desconocíamos —de la mejor forma posible, en la carcajada provocada por alguna anécdota anterior, antes de que fuéramos madre e hija, pero también de la peor forma posible, con un pensamiento, o un mutismo, o una acción que revelaba una grieta—. Y cuando eso ocurría —yo ya anticipaba una pérdida o la renovación de mi tristeza—, el texto o subtexto en mi boca era: "Yo soy tu madre". Y el texto o subtexto en la suya: "No sé si yo quiero ser una hija" —creció un silencio físico—. Entonces empezamos a preguntarnos, cuando la ciudad dejó de parecer tan punzante y ajena: "¿Qué hacemos para que este lazo no nos ahorque o asfixie?". Nos sentamos a hablar largo. En un café. La conversación fue un ritual —La Gran Ceremonia del Desmadre—. "No seamos más esto", le dije. "Ni más madre, ni más hija", me dijo. Fue difícil. Porque, como madre, yo estaba por allá arriba. En la cumbre social-sagrada. Fue tenso. Y fue importante. Porque transformamos el lazo: dejó de ser sagrado y, sin embargo, siguió siendo divino. Pensé: "Nos faltó hacer esto con Pilar. Y con Miriam, mi primera madre. Por eso el cortocircuito". Entonces pasó que, por casualidades de la vida, volví a ver a Pilar. En Bogotá. Años luego. Nos sentamos a hablar horas. En un café. La conversación fue un ritual —La Gran Ceremonia del Desmadre—. "Ni más madre, ni más hijo", nos terminamos diciendo. Y pensé que, definitivamente, la amistad es un devenir horizontal. Poco después traté de hacer la ceremonia con mi madre. En Barranquilla. Frente al río. Y se negó. Me dijo, al oír todo esto: "Pero ¿de qué estás hablando? Yo soy tu madre"».

(321)

«¡Por supuesto!», me dijo Juan Ramón. «¿Qué querías que te dijera? ¿Que sí, que listo, que se diluye el lazo materno y que, a partir de ese instante, son otra cosa?» —nos reímos: a mí la verdad es que nunca me ha parecido un camino desquiciado—. «Sí, pues sí», le contesté la primera vez que hablamos de la ceremonia del desmadre, a lo que él saltó a decirme: «Una cosa es hacer el ritual con dos amigas que no eran *realmente* tu hija y tu madre, y otra muy distinta es hacerlo con *tu madre de verdad*». Entonces le dije: «¿Por qué? ¿Por qué es tan distinto si, con cada una, el lazo adquirió el mismo carácter del lazo original? ¡Y el mismo devenir! ¿Acaso una relación no puede transformarse? ¿Por qué le das tanto peso al lazo sanguíneo?» —un silencio—. Pero, al rato, Juan Ramón dijo: «No puedo imaginar a una sola madre o a un solo hijo que quiera reconfigurar el lazo. Puedo imaginar que quieran romperlo o que, de hecho, lo rompan: que dejen de hablarse para siempre. Y tampoco puedo imaginar que, llevándose bien, quieran desmadrarse». Escuchándolo, me pareció que, en ese descreimiento, había, en el fondo, una resistencia a la transformación política —de la gente, de los vínculos: de las formas de amar—. «Estoy pensando en Cristian y compañía», le dije, «y te aseguro que, si llegara a preguntarles cómo es la relación con sus madres, todos hablarían maravillas. Y te aseguro, también, que, de llegar a preguntarles cómo es más ampliamente la relación con sus familias, también dirían que buenísima». Juan Ramón dijo: «No, no creo. Fijo se despacharían contra alguien». Y yo dije: «De pronto. Aunque también es fácil imaginar que, después de despacharse, terminarían diciendo algo en la línea de *Amor y control* de Rubén Blades: que, a pesar de los problemas, familia es familia y cariño es cariño. Yo creo que, al final, terminarían reafirmando a la familia». Juan Ramón dijo: «Quizás. Sí. Quizás».

AMORES ROMÁNTICOS

(322)

Poco después de dejarnos —cuando, extrañándonos mucho, seguíamos encontrándonos a cada tanto, quizás para preservar con terca vehemencia la posibilidad romántica—, Juan Ramón y yo vimos un documental inolvidable, realizado a principios del siglo XXI: *Casada con la Torre Eiffel*, dirigido por la británica Agnieszka Piotrowska. La película testimonia la relación amorosa que principalmente dos mujeres, Erika Eiffel y Amy Wolf, establecen con distintos objetos —espadas, rejas, banquillos, guillotinas— y, sobre todo, con estructuras públicas: el Golden Gate de San Francisco, el Muro de Berlín, la Torre Eiffel, el Empire State y las caídas Torres Gemelas de Nueva York. «Yo soy una mujer y esto es un puente», dice Erika, justo al inicio de la cinta. «A pesar de nuestras vastas diferencias, estamos enamorados, y nuestro amor no es diferente de ningún otro amor» —mientras Erika habla, Piotrowska muestra planos generales de la estructura sobre el agua, fragmentos del armazón y tomas de la mujer besándose con alguna de las barandas—. «Una de las cosas más difíciles de amar a un objeto público», continúa Erika, ahora entrepernada con una viga, «es que nunca podemos ser realmente íntimas» —después sostiene contra el pecho, muy cerca, apretadito, un pedazo rojo del puente: es una cruceta separada enteramente de la gran estructura—. «Yo soy muy afortunada», dice, «de poder tener un pedazo del Golden Gate conmigo. Espero que, cuando haga el amor con él, todo el puente pueda sentir lo mucho que lo amo» —enseguida, como seducida ella misma por el Golden Gate, la cámara lo muestra entero, bajo un cielo inconcebible, elevado sobre el agua tranquila—. «Yo estoy enamorada del Golden Gate de San Francisco y el Golden Gate de San Francisco está enamorado de mí». Mientras habla, a Erika se le quiebra la voz, y entonces, para admirarlo bien —para asombrarse con su armadura, la roja maravilla—, la enamorada alza la vista mientras las olas estallan.

(323)

La dulcísima voz de la narradora, Hermione Norris, explica que Erika es sólo una de cuarenta personas en el mundo que, al mantener relaciones de amor con objetos, se llaman a sí mismas *objectum sexuals*. «¿Quién es esta gente», se pregunta Norris, «¿y por qué prefiere la frialdad del concreto a la calidez de un cuerpo humano?». Entonces observamos la historia de amor que mantiene Amy con 1001 Nacht —*Las mil y una noches*—, un tipo de atracción mecánica que, en muchas ciudades de hierro, también es conocida como Barco Pirata. Piotrowska registra el momento en el que Amy, enamorada, recita al objeto un poema de su autoría:

Me haces sentir viva,
1001 Nacht. Toco el cielo
cuando tu góndola sube.
Los días brillan
cuando contemplo tu cara.
La vida es buena
porque vuelo contigo.

Según la narradora, cuando un *objectum sexual* le habla a su amor, éste se comunica de vuelta con telepatía. En el documental, sin embargo, Piotrowska no incluye la reacción de la estructura ante el poema.

(324)

En la cinta vemos a Amy desplazarse hasta el parque de atracciones Knoebels en Elysburg, Pensilvania, para reencontrarse con 1001 Natch: llevan mucho rato sin verse. Amy camina rápidamente hacia él con la mano en el corazón, dándose golpecitos para expresar que va rápido —que está acelerándose mucho por el encuentro inminente—. «¡Dios mío!», le dice en cuanto llega. «Después de cinco meses, es bueno verte». Mientras acaricia a 1001 Natch y el hierro la consuela con su frío —es como si no parara de decirle: «Por fin juntos, por fin no hay distancia»—, Amy comparte su emoción: «Él es tan noble, tan orgulloso, tan fuerte… Lo amo. Y no es sólo una atracción sexual, yo no estoy hablando de fetiches. Lo amo como compañero. Amo la redondez de su armadura superior. Lo amo por sus foques, por las líneas elegantes de su góndola».

Entonces Amy se desborda: ya no puede contener las lágrimas. Piotrowska la capta cuando ella acaricia el metal con la mano abierta, ahora llena de la grasa que escurre de la atracción. «Cuando le hago el amor», dice, «cuando se acerca el orgasmo, empiezo a decirle que quiero sus fluidos». Amy se muerde el labio —desea— y le habla a 1001 Natch: «Tú sabes lo que estoy pensando… Quiero tus fluidos» —se restriega los dedos aceitosos por la cara—. «¡Dios!», suspira. «¡Hueles tan bien!» —enseguida lo besa y, con la cara llena de grasa, Amy le dice—: «Te lo he dicho muchas veces y muchas veces te lo voy a repetir: te amo, 1001 Natch».

(325)

Al final del documental, Piotrowska viaja con Erika a París: es su primer aniversario de matrimonio con la Torre Eiffel. La narradora nos recuerda, sin embargo, la dificultad de tener intimidad sexual con una estructura pública. «Pero cuando hay voluntad», dice, «siempre hay un camino». Entonces aparece Erika abrazando a su esposa, la torre: primero besa una viga y luego salta a besar otra, y montándose a una pata de hierro, sigue besando el metal. «Estoy temblando», confiesa Erika —y es así: las manos le tiemblan—. «Cada vez que estuve de visita, sentí una distancia con ella. Pero ya no. Ya no hay barreras entre nosotras. Ahora somos una. El calor de mi cuerpo está fluyendo a su hierro y el frío de su hierro está entrando a mi cuerpo cálido. Estamos alcanzando un equilibrio, llegando a la misma temperatura».

—¿No es desagradable que la torre esté fría? —le pregunta Piotrowska.

—Al contrario, es agradable, porque puedo sentir el intercambio de temperaturas entre nosotras.

—¿Y sientes que la torre te ama de vuelta?

—Sí, definitivamente sí. Y no me importa si la gente no lo cree. Llámenme loca, no me importa: lo que tenemos es real. Y si es real para ella, y si es real para mí, todo está bien.

Con esas palabras finaliza el documental.

(326)

Aunque impactante, la obra nunca busca escandalizar. Lleva, sí, a un límite. Desafía la comprensión. Y, sobre todo, reclama la máxima disposición —la máxima apertura— de quien lo observa. Porque es muy fácil, realmente muy fácil, mirar las escenas con burla o condescendencia. Quedarse allí. Calmarse así. «¿Por qué una persona encuentra consuelo en un objeto y no en otra persona?», se pregunta la directora. «¿Por qué prefiere la frialdad del concreto a la calidez de un cuerpo?». De esa manera —con ese tipo de inquietudes—, Piotrowska trasciende el discurso psiquiátrico —o cualquier posibilidad de entender estas relaciones románticas como locura o enfermedad mental— y así provoca que el mundo se abra. Dicho de otro modo: al conocer que hay personas que aman objetos, incluidas estructuras públicas, la directora llega a un límite —a un no entender—, pero, en lugar de devolverse, cruza: pregunta y va entrando. En esa exploración, se extiende la frontera hasta la cual llegaba una comprensión. Lo real se expande. Se enrarece. Se tensiona.

(327)

«¡Ahí estás pintado!», me reclamó enseguida Juan Ramón, al escucharme hablando así, de *esas locas*, como les terminó diciendo. «Sólo tú podrías mirar embelesado a una mujer que ama a un puente. Sólo tú podrías poner esa cara melosa mientras ella lame el acero insensible, creyendo que el puente se excita y la ama de vuelta. ¿Cómo puedes romantizar el documental, obviando irreflexivamente las escenas en las que una de las mujeres habla del abuso sistemático que sufrió creciendo y otra lee partes de su historia clínica: el ingreso a un hospital psiquiátrico, los registros escolares que mencionaban problemas importantes en su desarrollo comportamental, el brutal impacto que tuvo en su vida la distancia del padre...? Son documentos que encima la califican de emocionalmente perturbada, tal cual así. ¿Cómo puedes pensar que hay verdadero amor entre un objeto y una persona, y no una reacción trágica a la desconfianza que fue instalándose, violencia tras violencia, en esos corazones? ¿Por qué eres así? ¿Qué pasa con tu cabeza? Hablas románticamente de toda esa locura, de la presunta relación amorosa que tiene alguien con un puente, con un arco, con una torre, ¡con una espada!, ¡con una guillotina!, ¡con una atracción mecánica!, y sin embargo te niegas a hablar de nosotros dos románticamente. Yo me pregunto qué oscuridad te ha llevado a contar nuestra historia así, como tú la cuentas, concentrándote únicamente en las peleas, desencuentros e incomprensiones: qué impulso destructivo o qué miseria autocomplaciente. Porque yo, a diferencia tuya, me acuerdo siempre de todo lo demás: de las noches, especialmente, cuando tú dejabas de trabajar, o de buscar trabajo, o de mirar la pantalla del computador en silencio, abatido por nuestra precariedad, y por fin te acostabas a mi lado, en la alfombra, a fumarte un porro. Yo quisiera que la vida, toda la vida, fuera la prolongación de ese tiempo, ¿tú no? De la risa que, de repente, nacía en alguno de los dos, a pesar de la angustia. De la conversación que, a pesar de la angustia, sabíamos mantener: sobre el sexo que ambos queríamos; sobre la deseada comida que preparaban en nuestras casas; sobre el futuro juntos que nunca llegó. Bello, escúchame bien: tú nunca —nunca— me hablaste del episodio paterno. Nunca me dijiste que alguna vez, en un tiempo antiguo, tu padre enloquecido llenó la casa de animales y tierra, mucho menos me contaste que, al contagiarte su locura, terminaste matando a unas mirlas con agua caliente, pensando que estaban embrujadas. Nunca —nunca— me dijiste nada y, sin embargo, me acusaste de quererte enloquecer: de desear con toda el alma que tuvieras miedo en tu propia casa. Me llamaste sádico, ¿te parece justo? Por eso reitero lo dicho: yo siempre recuerdo cada momento hermoso —las noches, especialmente, cuando tú dejabas de trabajar, o de buscar trabajo, o de mirar la pantalla del computador, silencioso, y por fin te acostabas a mi lado, en la alfombra, a fumar conmigo: a reírte a pesar de la angustia—. ¿No quisieras que la vida, toda la vida, fuera la repetición de ese tiempo?».

(328)

Me habría gustado decirle, a propósito del documental, que en los besos que Erika y Amy les daban a las cosas —así como en las caricias que, enamoradas, prolongaban sobre el metal, y en las palabras dulces que susurraban a las filosas geometrías— yo veía, en simultáneo, una escena antiguamente fantástica y una escena neoliberalmente realista: la transformación de un objeto en persona —la imagen de un hechizo—. En una escena, Erika roza con los nudillos la punta de una reja de madera, rojo manzana, mientras le confiesa a Piotrowska: «No esperaba encontrarme por acá a una reja como ésta». Observándola, yo pensé en los hechizos que son narrados tan frecuentemente en los cuentos de hadas y en el amor que, en esos mismos cuentos, reversa los hechizos. Una forma de contar esa historia: alguien que ha sido encantado —violentamente transformado en objeto— necesita que el amor suceda para que el hechizo se reverse. Pero ¿quién va a poder amar a un objeto? Otra forma de contar esa historia: alguien que ha sido tratado como un objeto a lo largo de su vida logra ver a través de un hechizo y descubrir a una persona en un objeto. «Me atrae físicamente esta reja», dice Erika en el documental. «Me gustaría conocerla más». Y entonces le habla a él —la reja es él—. Le dice: «Eres dulce. Muy dulce. Un amante extraordinario».

Fue muy fácil imaginar que la reja (o cualquiera de los objetos que son amados a lo largo del documental) había sido persona y que, de tanta dulzura, volvería a serlo en el instante siguiente. También fue fácil trazar la muy corta línea entre esos besos de amor apasionado y las caricias que, todo el tiempo, cualquier consumidor da a las barandas de las escaleras eléctricas que lo suben y bajan por un centro comercial para comprar vestidos —acariciándolos—, zapatos y carteras, sombreros, gorras y relojes —acariciándolos—, celulares, laptops, joyas, libros —acariciándolos—, juguetes, muñecas, videojuegos y también maquillaje, jabones y cremas —acariciándolos, como antes venían acariciando a todos y cada uno de los billetes enrollados en la mano—.

(329)

Y a propósito de su pregunta —«¿No quisieras que la vida, toda la vida, fuera la repetición de ese tiempo?»—, me habría gustado explayarme en mi respuesta, pero pasó que, cuando Juan Ramón me dijo que yo nunca —nunca— le había hablado del tiempo cuando mi casa se enloqueció, sólo fui capaz de decirle: «No».

AFECTOS CONSERVADORES

(330)

Nunca más nos volvimos a ver y, sin embargo, una y otra vez he regresado a nuestras conversaciones. El día que conocí a Yiya —después de que, al cerrar la tienda, nos pusiéramos a hablar de amistad—, volví a pensar en la ceremonia del desmadre. Bajamos juntos, como antes dije, desde La Perseverancia hasta la Décima y, cuando cruzamos el parque de La Independencia, nos topamos con una escena de familia: el padre y la madre estaban tomando fotos a la niña mayor, que tendría diez años, y al niño chiquito, de unos cinco. La madre dijo: «Aquí, vengan, contra el árbol», y los niños corrieron hasta el tronco, felices, y empezaron a posar. Si la niña partía la cadera, el niño también; y si ella soplaba un beso, o ladeaba la cabeza con las manos en la cintura, el hermanito hacía lo mismo. «Así no, Luis», le pidió el padre, y miró a su alrededor, nervioso, como procurando que nadie lo viera. «Serio, ponte serio». Pero el niño seguía en lo suyo: coqueteaba a la cámara —y *clic*, una foto—, o descansaba el mentón en las manos, una sobre otra, al tiempo que se empinaba como si estuviera en tacones. «¡Te dije que serio!», gritó el padre, y la madre, un poco más dulce —y así, por eso, confusamente agresiva—, empezó a decir: «¡Qué niño tan desobediente! Ponte serio como dice tu papá».

(331)

Sentí un aburrimiento difícil: el agobio de estar atrapado en una repetición infame, torturante en su persistencia. Como caminar mucho —como caminar durante años— sin dejar de ver el mismo paisaje —sin poder apreciar nunca otro horizonte—. Así fue estar en el parque ante esa familia: así ha sido estar ante cualquier familia siempre.

(332)

«Luisito», insistió la mamá. «Mira a tu papá: así es como tú tienes que pararte». Y el padre: «Deja de decirle Luisito. Tú lo consientes mucho: por eso es que está como está». Entonces Luisito, sin quererlo, seguía amanerándose, impostando una rigidez que, a los pocos segundos, volvía a descomponerse —a mujerearse: a mariquearse—. Siempre es algo muy poderoso lo que muestra esa estampa repetida: una fuerza espontánea que se enfrenta a lo represivo. El padre y la madre, conservadores con miedo, estaban advirtiendo que, hicieran lo que hicieran y dijeran lo que dijeran, no podrían reproducirse en el niño: ya había un quiebre, que era el quiebre del espejo familiar, pero también el quiebre de la biología —ellos estaban enterándose, de primera mano, de que la reproducción sexual no garantiza nunca la repetición ideológica—. Madre y padre pensaban que se habían reproducido, pero el niño no los estaba reproduciendo, y eso ocurría de forma preconsciente, a pesar de él mismo. Y lo sabían. Sabían que el niño rompía el espejo sin querer, y por eso lo angustiante: porque no había ninguna reacción a ellos. Una reacción habría implicado una relación: un estar atrapado en los padres. Lo que había, entonces, era una vida radicalmente distinta y, sobre todo, una vida que necesitaba otro orden para poderse desplegar: un orden que no podría jamás ser el que ellos deseaban reproducir.

(333)

«¡Déjenlo en paz!», les chifló Yiya. «Parecen una bomba aturdidora». El padre y la madre la ignoraron —se hicieron los locos—, pero, ante un nuevo grito de mi amiga, decidieron responder: que no se metiera en lo que no le importaba, que criara ella a sus propios hijos, que pintara un bosque y se perdiera en él. Mientras hablaban, Yiya me dijo: «A ver, ponte, una foto», a lo que, por supuesto, posé: partí cadera y soplé un beso y, con las manos en la cintura, me empiné como si estuviera en tacón. «Divino», me aplaudió Yiya. «Qué pose. Qué garbo». Entonces el niño nos miró un segundo, floripondio y perfecto, antes de sacarnos la lengua: de esa manera rompió nuestro espejo al tiempo que recompuso el espejo familiar. Luego abrazó a la madre y, en una última foto, se paró como el papá —un martillazo en la cara—. «¡Esooo!», dijeron ambos. «¡Ahora sí, campeón! ¡Así es como es!».

(334)

Yo estoy seguro de que el niño, inconsciente de la manipulación, se sintió amado, a salvo de un castigo innombrado o desconocido. ¿Cuánto tiempo mantendría el espejo, el orden intacto dentro de sí? ¿Qué tan fuerte se seguiría martillando la cara? Me angustió mucho la escena: me hizo ver cómo funciona la manipulación o, más precisamente, qué pasa cuando una persona manipula: no sólo impone su deseo en el otro, sino que el otro termina reemplazando su deseo por uno que no quería para sí; por un deseo que, a la larga, será su opresión —y entonces queda el riesgo de que esa opresión sea su deseo para siempre—. «Vamos por un helado», dijo el papá —estaba tranquilo ahora: había podido verse en el hijo—. «Se lo ganaron: se han portado muy bien». La hermanita parecía confundida, sin terminar de entender lo que estaba pasando y, sin embargo, contenta porque pronto comería helado de fresa con pepitas de chocolate.

(335)

«¡Tú si caminas lento, oye!», me afanó Yiya, pero yo quería mirar más tiempo la escena familiar. «Todo esto te lo decimos con cariño», le dijo la mamá, ahora agachada para estar a la altura del niño: primero le sobó la mejilla y luego le fue pasando la mano abierta por el pelo. «Papi y yo te queremos mucho». Mirándolos, pensé que ahí, en ese momento, la madre no quería manipularlo. Ella le hablaba al hijo con todo el cuidado posible, con una dulzura máxima. Me pareció obvio, entonces —y terrible— darme cuenta de que así es como las leyes conservadoras mejor se insertan en cada corazón: amorosamente. Más que a los golpes. Los golpes son menos efectivos: pueden propiciar más fácilmente la desobediencia.

(336)

«¿Qué sabor vas a querer?», le preguntó la mamá. El niño dijo: «¡Vainilla!», y dio un saltito de emoción —botó pluma, mejor dicho—. «¡Y dale con eso!», le gritó el papá. «¿Quieres o no quieres helado?» —y otra vez a manipularlo—. «Si te sigues moviendo así, no vamos a ninguna parte». La hermana dijo:

«Yo me he portado bien, papi: yo sí puedo comer» —de esa forma, sin saberlo, aún sin entender lo que estaba pasando, lo dejó solo—. Ante la mirada de los padres, el niño endureció el cuerpo. «Contesta», le habló la mamá. «¿Quieres o no quieres helado?». El niño agachó la cabeza. «Sí, señora», y enseguida le dijeron: «Entonces deja de moverte así». Pero cuando el padre y la madre se voltearon, el niño partió la cadera —mariquió—, y esta vez decididamente. Me alegré mucho: volvió esa fuerza que se impone a lo represivo, pero esa vez, en ese instante preciso, ya no fue involuntaria, sino una fuerza deliberada y consciente. Me dije: «Quizás el sutil inicio de una vida politizada».

(337)

Aunque, no más pensar eso, recordé una tarde en Barranquilla. Yo acababa de llegar de la tienda: Margui me había encargado unas verduras para el almuerzo. Fabrizio dijo: «Mira cómo camina… Cada vez más marica». Abrí la bolsa y le dije: «Espérame. Ya camino bien: espérame» —saqué un pepino y me lo metí adentro, por detrás, en el calzoncillo, al tiempo que hacía mi cara de dolor feliz—. «Ya, listo, ahora sí» —empecé a marchar como soldado—. «Mira cómo camino de bien». Ante mi audiencia furiosa y aturdida, sentí la satisfacción posterior al espectáculo: algo así como una ovación sin aplauso. Estuve años atrapado en esa mirada escandalizada: desafiándola y necesitándola, buscándola y criticándola: debiendo mi voz y mi acción a ese rancio conservadurismo.

(338)

Saliendo del parque, me pareció muy fácil trazar una línea biográfica entre Luis y Cristian: pensar esa infancia como antecedente de todo lo que el hombre le había gritado a la madre cuando estaba a punto de tirar conmigo: «Tú me dejaste de querer», «¡Contigo o sin ti, haré mi vida!», «¡Debes de estar feliz! ¡Se me jodió la cita! ¡Me quemé!». ¿Qué hay en esa insistencia verbal, en toda esa miseria que no deja de regodearse en sí misma y que, en vez de apaciguarse, provoca adicción? Recordando los gritos de Cristian, diría que es un amor desesperadamente confundido —entre una madre conservadora y el hijo injuriado por ese conservadurismo: entre la madre conservadora que intentó advertir al hijo, atarlo o reconducirlo hacia su propia ideología, y el hijo que no supo, o no pudo, o no quiso hacer eso—. He visto esa dupla mil veces, amándose resignadamente o discutiendo sin cesar: atrapadas las partes en un afecto conservador. «Todo esto te lo decimos con cariño», le dijo la madre a Luis. «Papi y yo te queremos mucho».

(339)

Yo llamo afecto conservador a los cariños, nostalgias, gratitudes, lealtades que dejan intacta a la familia como centro afectivo del orden social, o como una estructura social inevitable —irrevocable— que sólo puede reproducirse sin fin. Más ampliamente, pienso el afecto conservador como un tipo de afecto que acepta y conserva el orden social opresivo. El afecto conservador es el que existe entre alguien que quiere reproducir ese orden (lo sepa o no) y alguien que está jodido por el orden (lo sepa o no). Es el lazo tierno entre opresor y oprimido —y, muchas veces, entre opresor que no se sabe opresor y entre oprimido que no se sabe oprimido—. La cercanía que persiste cuando el amado inferioriza: cuando es partícipe directo o cómplice de la inferiorización. La intimidad cariñosa entre una persona que ejerce la dominación —consciente o inconscientemente— y una persona inferiorizada. La dominación que se piensa amor y, en ese sentido, el amor que se piensa horizontal, aunque sea inexorablemente vertical. La ternura que depende de la alienación o despolitización de los sujetos.

El afecto conservador es mutuo: se fantasea por fuera de lo político. Cuando dos o más personas están unidas por un afecto conservador, lo político se evade o se ignora por completo: tiene que evadirse o tiene que ignorarse para que pueda mantenerse la ternura conocida. En un afecto conservador, el opresivo orden del mundo está aberrantemente naturalizado. Es un afecto que entibia. Un afecto que no admite la politización. Si la termina admitiendo —si el sujeto inferiorizado se politiza cuando ha estado unido a otro por un afecto conservador—, pueden pasar dos cosas: o se acaba completamente el afecto, o se acaba lo conservador. En otras palabras: o termina la relación, o se horizontaliza. Ruptura o transformación política. Si no pasa lo uno o lo otro, el lazo se mantiene como afecto conservador.

Éstos son afectos que existen en cada corazón —individualmente en cada corazón— y que, tristemente, por ser millones de corazones los que aman así, terminan congelando la horrible jerarquía del mundo. Los afectos conservadores nos distraen de repensar urgentemente y con toda seriedad el orden afectivo que nos ha determinado.

(340)

«¿En qué andará Cristian?», me pregunto a veces. «¿Lejos de la casa o aún adentro, rebelándose sin salir nunca de allí?». Una vez me hice la pregunta en voz alta, al frente de Yiya, luego de contarle la historia. «¡Qué Cristian ni qué nada!», me dijo. «Mejor preguntarse dónde estás tú, dónde estoy yo: dónde está cada uno». Nos quedamos callados, pensando. Y prolongamos el silencio hasta que uno de los dos cambió de tema.

El silencio, claro, obedeció a una lealtad familiar; esto es, a un afecto conservador.

(341)

Pero fue un silencio que, más tarde en la noche, pidió música y pidió palabra —pidió agotar la tristeza—. Recordé que, desde el principio del tiempo, mi madre había estado, como yo mismo, partida por la mitad. Una mediamadre seguía en su casa original, eternamente hija, atrapada en su propia madre, y la otra, en cambio, quería irse, salir: hacer una casa distinta. Leal a su origen devastador, una mediamadre quería repetir las ideas de su madre; y la otra, asfixiada, deseaba crear otra cosa —tener, conmovedoramente, otrísima vida—. Cuando pienso en ella, yo mismo me parto. Recuerdo cuando me decía: «Nene, ¿cómo vas a portarte así, como un muerto de hambre, delante de toda esa gente?» —allí el miedo a la mirada ajena—. Después la recuerdo diciendo a la vieja: «¡No más! ¡Qué cantaleta! Me parece bien que haya comido mucho» —enseguida su hartazgo de aparentar: su sensibilidad: la expresión de un deseo social—. Si tuviera que explicitar mi dolor, diría que, una y otra vez, mientras crecía, mi madre me mostró fogonazos de otra vida posible, también un camino para llegar hasta allá, y que, cuando empezamos a recorrerlo, ella se detuvo para decirme, jalada por quién sabe qué: «Ven, nene, devolvámonos» —no pude: no quise: fue una ruptura—. Entonces, en lugar de seguir caminando solo o con ella a mi lado, yo me quedé quieto, llamándola mientras avanzaba hacia una oscuridad política, parado en el punto exacto al que habíamos llegado, convencido de que allá, adonde ella volvía, terminaríamos destrozadas. Apagadas. O replegadas para sobrevivir. Quedarme quieto fue mi amor: mi espera: la forma de no crecer la distancia. Y como ella siguió caminando hacia allá —hacia allá: hacia el origen devastador que nos iba a seguir devastando—, yo me despedí. Seguí el camino solo, primero despechado y luego desmadrado, con un dolor nuevo que me hizo pensar en el despecho como una fuerza brutal y desamparada.

(342)

Pero lenta fue creciendo una nueva alegría. Desde esa alegría cerré mi canción del ombligo diciéndole: «No seamos más esto» —una madre y un hijo ahogados en el afecto conservador—. «Cuando quieras, ven. Yo no voy a regresar».

(343)

Éste fue el último retrato que encontré en la caja con comején —el que hice, digamos, *con más edad,* hasta que ya dejé de dibujar y, en vez de eso, comencé a escribir—:

Me pareció entender que, en vez de hacer una cara partida, había hecho la cara de una partida: la del adiós, por un lado, y la del largo camino a otrísima historia. La cara de algo que crece en la incompletud.

MARICA

(344)

¿Cómo sería la vida sin afectos conservadores? ¿Qué pasaría socialmente, culturalmente, sin los millones de lazos de ternísima dominación? ¿Cómo serían las nuevas leyes? Yiya dice a veces: «Mejor dejemos la imagen abierta».

(345)

Ese día que nos conocimos, mi amiga dijo: «Entonces, acuérdate. Cuando la Flor de Espejo abra, puedes arrancarla del plástico y sembrarla en tierra. Yo ya te dije lo que pasa después». Nos despedimos y, en la noche, después de tomarme una sopa, reposé la cabeza en la almohada suavecita, expectante a leer los pensamientos que, entre las plumas, el desconocido había depositado: metí la mano adentro y, después de palpar los papeles enrollados como vísceras, saqué uno al azar —el que mi mano más quiso—. Decía, tal cual así, en versalitas: «LA MARICADA ES UNA DISONANCIA FELIZ». Me gustó: me quedé pensando. Y de inmediato estuve de acuerdo, aunque, en una primera leída, no entendiera bien a qué apuntaba el texto. Lo seguí repasando —emocionado, además, por todo lo que habría adentro, justo adonde estaba mi cabeza— y, aún sin estar seguro de haber entendido la reflexión, apagué la luz. «Una disonancia feliz», me repetí, consultando la idea con la almohada. Entonces, mientras lo repetía, recordé dos obras de teatro —shows de Navidad, para ser preciso— en las que había actuado en el colegio. Pensé que las obras ilustraban la idea.

(346)

En una fui protagonista —el Ángel de la Paz—: estaría comenzando el bachillerato. Pasaba que, en la primera escena, un niño muy travieso, William, caía por un agujero, se daba un totazo ejemplar y llegaba al cielo enseguida. El telón se iba abriendo para que el público viera el Paraíso: un coro de ángeles arrumados, muchas nubes de esponja y humo de hielo seco. Yo era un ángel gruñón y, en cuanto veía a Willy, me acercaba refunfuñando para decirle: «¿Qué estás haciendo aquí? ¡No es tu tiempo!». El niño trataba de responder, pero no podía, estaba borroso. «Lo último que recuerdo» —se tocaba el chichón en la frente— «es que mi madre me mandó a traer manzanas». Escuchándolo, me ponía más bravo: me jalaba el pelo y, aún más quejumbroso, le daba paladitas a la tarima. «Ya sé lo que pasó», le decía. «¡Ya sé lo que hiciste! Por andar de flojo tomaste el atajo, ¡el camino prohibido!, y caíste por el hueco. ¡Desobediente! ¡No hiciste caso a tu madre, William!». Punzado en el corazón, el niño se mostraba arrepentido. «¡Y ahora estoy muerto!», lloraba. «Mamá va a estar muy triste». Yo apretaba los dientes y empezaba a resoplar —como directriz de actuación, la profesora me había dicho que la llegada de Willy trastocaba mis planes de rezar, sin interrupción, todo el día: por eso mi furia—, pero, antes de salir del escenario, le hacía al niño una promesa: «Voy a ayudarte, tengo que hablar con Dios».

A pesar de su tristeza, Willy no dejaba de hacer travesuras. En la escena central de la obra, el niño se unía al coro mientras los ángeles cantaban un clásico cristiano, «Mi pensamiento eres tú» —absurdamente desafinado, su voz no sólo desconcertaba a los ángeles, sino que hacía que todos olvidaran la letra—. Y así, después de provocar el enredo, acentuado por las monjas con más efectos especiales —trompetas chillonas que sonaban de la nada, por los parlantes, sin que hubiera trompetas en el coro—, Willy pedía a todo el cielo su atención. «Quiero enseñarles algo», gritaba, «un baile que está pegando en el mundo» —era 1992—. Entonces *El meneaíto* irrumpía entre las nubes, corronchísimo, en la versión de Gaby, y todos los ángeles, alborotados, comenzaban a imitar los pasos del niño.

Ahí volvía yo a la tarima, reposado, luego de haber hablado con Dios en nombre de William, y ante semejante espectáculo —¡cada ángel bailando al son de *ese nuevo ritmo tan caliente!*—, quedaba con la boca abierta: tieso de lo desubicado. «¿Qué está pasando?», gritaba colérico. «¿Por qué están moviéndose así?». Pero, con todo y pataleta, *El meneaíto* me podía: poco a poco empezaba a llevar el ritmo con los pies, con las manos; a mover la cabeza, los hombros; a dar un pasito, hasta que ya, por fin, sin poder evitarlo, me arrebataba.

Siguiendo a Willy, entonces, me unía al grupo para hacer el paso de la escoba —nos movíamos sonrientes, como si nunca quisiéramos dejar de barrer—; y cantábamos todos con Gaby —*se mueven ahora de izquierda a derecha; juegan, vacilan y toman cerveza*—; y hacíamos el paso del remolino, divinos en batitas blancas, subiendo los brazos mientras les dábamos vuelta —¡arriba, abajo y arriba otra vez!—; y el hawaiano también, por supuesto, mi preferido, el paso que más nos soltaba —las manos y brazos como olas, al tiempo que alzábamos un talón y dibujábamos círculos con la cadera—. Entretanto, la máquina de hielo seco nos llenaba de humo.

Después de recochar en el cielo —así, con ese verbo, la profesora se refería a la escena de *El meneaíto*—, yo le explicaba al niño que, en pocos minutos, podría volver a la tierra: había convencido a Dios de que no lo dejara morir. Willy me daba las gracias, dichoso, y regresaba vivo adonde su madre. Durante el abrazo que se daban en la ultimísima escena, sonaba *Feliz Navidad*, la canción de José Feliciano, y los ángeles cantábamos con él.

(347)

Creo que, en represalia por haberme arrebatado tanto, las monjas me dieron al año siguiente el papel de árbol. No un árbol cualquiera, eso sí: era un árbol importante, el único en cuyas ramas la Virgen ponía a secar los pañales cagados de Jesús. Esa obra tuvo un acercamiento mucho más convencional a la celebración de Navidad. Me pregunto si alguien, una de las monjas, por ejemplo, o cualquier padre de familia, pidió a la profesora de Teatro que le quitara delirio al guion, o que volviera a trabajar la historia original, la del pesebre de toda la vida. El caso es que, durante la obra, yo debía estar quieto, muy quieto —quietísimo— con mi disfraz de árbol marchito, recto y silencioso en el fondo de la tarima, las manos en la espalda ocultando *algo*. La obra imaginaba la experiencia más cotidiana del pesebre: la vaca mugiendo y el buey revolcándose entre la paja; María amamantando al niño, que lloraba mucho; José cortando leña para hacerle a Dios su cuna de madera.

En la escena más divertida —yo le digo *mi escena*—, la Virgen iba a un río de celofán a lavar los pañales con mierda de Jesús y, después, como estaba contando, llegaba hasta mi puesto para ponerlos a secar. En cuanto acomodaba la tela en mi corona de ramas secas, yo pelaba chapa, como decimos en Barranquilla, o sea que sonreía mostrando las dos filas de dientes, y alzaba los brazos alto para enseñar por fin lo que había estado ocultando: dos flores amarillas. María gritaba: «¡Guau!», y una narradora, la voz del parlante, explicaba a la audiencia lo que acababa de ocurrir: «Como el árbol puso las ramas al servicio de Jesús, Dios lo hizo florecer».

(348)

Solía hablar de esas obras de Navidad como anécdotas solamente: historias que uno cuenta cuando quiere hacer reír. Si estaba en un bar, digamos, o en casa con amigos, y alguien decía: «Ay, no, qué pereza: diciembre está a la vuelta», yo aprovechaba para hablar de mi actuación: «A mí, en cambio, me encanta la Navidad. ¿Cómo te parece que una vez hice de ángel arrebatado?». Y así, motivado por la risa de quien me oía, saltaba a hablar de mis papeles. Sin embargo, a raíz del pensamiento en la almohada, quise pensar las obras con seriedad: desde el principio de la feliz disonancia.

En la obra del árbol, brilló muy fuerte que, en la representación cotidiana del pesebre, las monjas decidieran mostrar la mierda regada en la tela: darle un espacio a *eso*. Según mi experiencia, cada vez que una mancha de mierda se muestra o se deja ver esparcida, aunque limitada a la tela, sucede algo intenso: un pasmo —la sorpresa asqueada de observar lo oculto—, pero también un esparcimiento simbólico de la misma mierda. Casi como si la mancha se extendiera al ser expuesta. Como si rebosara el calzoncillo o el pañal, y entonces untara la tierra, el mundo, el cielo y la vida. La mancha de mierda en la tela se vuelve una mancha que enmierda el discurso y lo cruza, y que, al tiempo que hace más real lo real, también lo vuelve más ajeno o desfasado. Ligeramente desconcertante —y, sin embargo, eso mismo: desconcertante—. Es una mancha que tensa la noción de intimidad: que la ensucia de manera literal: que provoca la pregunta por lo que debe y no debe representarse. En la obra en la que actué, la decisión de darle un lugar a la mancha mierdosa terminó en florecimiento y sonrisa. En una disonancia feliz. En la idea de que, al mostrar la mierda con espontaneidad, hasta lo más sagrado se aligera o floripondea.

(349)

Y así, en la obra de los ángeles que recochaban, lo que más vi fue una energía traviesa —la del niño, por supuesto— y una rigidez que se deshizo —la mía, en el papel de ángel, y la de todo el coro de ángeles que se permitió el arrebato—. Cada ángel encarnó la rigidez moviéndose y luego transformándose en movimiento. En baile. En la celebración de un ritmo unificante. Fuimos la rigidez partida por esa energía traviesa que iba travesurando al otro: activando los cuerpos, uno a uno, o la alegría de cada carne. La obra mostró una travesura alborotadora —una disonancia feliz que, poco a poco, se fue volviendo una música bienvenida: una música común: una travesura que fue despertando lo más luminoso de cada quien y que, al hacerlo, permitió una alegría colectiva y paulatina: una conjunción luminosa—. Todo el mundo conectó con el otro desde su propia luminosidad.

(350)

Pero, como tantos carnavales, también fue un arrebato propiciado por un ordenamiento conservador: un arrebato permitido *hasta cierto punto*. No debía jamás convertirse en un movimiento demasiado maricón. Y entonces, cuando eso sucedió, llegó la represalia, el empujón a la rigidez: «Serás un árbol seco en la próxima obra». Y aquí lo que me importa pensar es cómo creció todo esto. En la mente, digo. ¿Cómo crecieron estas dos fuerzas opuestas, el arrebato y la presión por la mesura, en el joven y el adulto? Yo diría esto: el arrebato se volvió un permanente amaneramiento, y esa presión por la mesura, la voz que desde afuera te dice: «Marica sí, pero no así». En el fondo, lo que busca esa voz es que el cuerpo percibidamente masculino nunca jamás se amanere. Porque, al hacerlo, se revela como un cuerpo penetrable: como un cuerpo explícitamente penetrable que, en la lógica patriarcal y ultraconservadora, no sólo se pone en un lugar *inferior* —en *el lugar de la mujer*—, sino que evidencia que todos los hombres son penetrables —que todos los cuerpos son penetrables—. Y es fácil, entonces, que, ante la exigencia de mesura, un marica afeminado decida militarizarse, calcular sus movimientos, coartar su gracia y espontaneidad, como es fácil, también, que, en vez de militarizarse, se muestre puramente inofensivo: que se infantilice, mejor dicho —que, para no intimidar a un macho ni provocar su violencia, se disminuya y desexualice—. Son dos formas de responder, desde el más puro instinto de sobrevivencia, a la mirada ajena y a la violencia que puede provocar dicha mirada. Heterosexualizarse y/o desexualizarse: control absoluto del cuerpo y/o desconexión total con el cuerpo que creció. La maricada, entonces, es una disonancia feliz que muy fácilmente puede perder lo disonante y lo feliz. Volverse rigidez.

Un árbol seco en el paisaje que tiene a la familia sagrada en el centro. Pero un árbol que, al florecer, inevitablemente saca a la familia de foco: la descentra.

(351)

Ah, pero el florecimiento… ¿Qué sería florecer? Yo quisiera contestar la pregunta con la voz de La Siempremiau, explayándome en la delicia que es mariquear y con la conmovedora ligereza de un cuerpo que por fin se permite la gracia, ese movimiento espontáneo ajeno al miedo o a la autoconciencia —un cuerpo sin constantes militarizaciones ni la calculada infantilización—. Con la voz de La Siempremiau digo, entonces, burlón y muy seriamente —con gracia—, que, alguna vez, en la playa, bajo un cielo rosadito con unas nubes más rosadas que un algodón rosado de azúcar, yo me sentí florecer. Digo que me sentí tan absolutamente marica, tan floripondio y florecido que, en cuanto vi a un hombre acercarse en una tanga amarilla, sonriendo y sudando escarcha, los ojos me brillaron como lentejuelas plateadas. Y que, apenas el divino desconocido comenzó a hablarme, chupando un dulce color esmeralda —una menta—, yo sentí como si un arcoíris me saliera del culo y llegara hasta el otro lado del mar, allá adonde la luna estallaba fucsiamente. Y digo que, al seguir hablando con él, noté, sorprendido, que no era una menta color esmeralda lo que él estaba chupando, sino una esmeralda del tamaño de una menta: una piedra preciosa que quizás el compañero había encontrado en la arena. Y digo que, al decirme: «Me llamo John, pero me dicen Johna», unas mariposas rosaditas le salieron por la boca, felices, recién nacidas en la lengua. Y que esas mariposas descansaron todas, después de volar, adentro en mi garganta oscura. Y que, al rato, cuando Johna me dijo: «¿Por qué no culeamos?», nos fuimos en conga hasta un tajamar, pasando por una palmera en donde ya dormían, cansadas de mariquear, una travesti trotamundos con su unicornia parqueada. Y que, cuando Johna iba a comerme —cuando yo alcé las piernas, mirándolo, y él estaba a punto de entrar—, yo lo vi sacarse la esmeralda que andaba chupando: una piedra triangular, con las puntas roídas. Y digo que empezó a metérmela en el culo, despacio, después de untarme el sudor-lubricante que le bajaba por la frente. Y que me sentí en el lujo más divino con la joya adentro. Y que, después, al sacarme el brillante, Johna volvió a metérselo en la boca. Y que me dijo: «Así es más rica la menta».

(352)

También digo que después entré yo: a su culo, con mi verga mariconsísima. Y que, después de entrar y salir tanto, creamos un orgasmo que erotizó hasta las piedras. Y que, mientras las piedras cubiertas de espuma comenzaron a follar —a refregarse todas con todas, como si les hubiera crecido un corazón deseoso—, Johna y yo nos dimos un beso final para agradecerle al otro ese rato infinito. Y digo que, al alejarme de la playa, me sentí coronado por mí mismo como la loca más loca del mar. Y que fue un sentimiento que rechacé enseguida, pues esa habría sido una corona demasiado pesada: una carga que no me habría dejado bailar.

(353)

«LA MARICADA ES LO PENETRADO QUE SABE PENETRAR EL CUERPO», leí en un papelito de la almohada, mientras lo iba desdoblando. Primero pensé, confundido, que la reflexión apuntaba a la convención de lo femenino como lo penetrado o penetrable, o incluso a la versatilidad sexual —a los consabidos roles de activo y pasivo, ojalá intercalables a lo largo de la vida y en los encuentros con amantes—, y me pareció interesante que alguien vislumbrara el sexo así, desde esa comprensión delicada de la penetración: como un entrar al cuerpo desde lo mínimo hasta lo máximo en todos los sentidos posibles —desde el ano hasta la estupefacción brillante de saber, como nunca, que lo que está experimentándose como una herida abriéndose, de repente, como en un cortocircuito vital, es el placer abriéndose—. Pero, no más pensando esto, al terminar de desdoblar el papelito, noté que no había leído la reflexión completa: «LA MARICADA ES LO PENETRADO QUE SABE PENETRAR EL CUERPO SOCIAL». Y me encantó, entonces, que la reflexión se alejara de la desesperante individualización. Del yo, yo, yo, yo soy la reina, yo, yo, yo, yo soy La Reina de la Esplendidez o La Reina del Sufrimiento. Que mostrara tan suavemente que el deseo sexual es un deseo social. Que imaginara tan directamente un arrebato colectivo: la estupefacción brillante de saber, como nunca, que lo que está experimentándose como una herida abriéndose, de repente, como en un cortocircuito vital, es la vida abriéndose. Una disonancia feliz.

UNA HISTORIA DEL DESEO

(354)

«DESPUÉS DE CONTAR LA HERIDA, CONTAR LA HISTORIA DEL DESEO», leí otra noche en uno de los papelitos de la almohada —entretanto, la Flor de Espejo iba desplegando sus pétalos, lenta, muy lenta, con esa misma lentitud con la que a veces se despliega el deseo—. Pensé que allí, en esa propuesta, había una poética para contar la vida y, sobre todo, más específicamente, una ética para narrar la vida que no se ha abierto del todo o que por poco no se abre. Un reconocimiento del deseo que pervivió mientras fue sucediendo la herida.

(355)

Yo deseé, por ejemplo, a un pelao en una revista, y eso fue la distancia máxima entre dos: entre mi cuerpo y otro cuerpo, que era una foto, que era un papel que no iba a ser nunca el cuerpo mismo del pelao. Tendría doce años y, una tarde en Barranquilla, mientras caminaba de la esquina a la casa con un raspao en la mano —mi favorito: el de Kola con leche condensada—, vi una imagen que se quedó para siempre: una verga en el cesto de la basura. El sol pegaba duro: derretía el hielo, entraba al ojo. Pero duró un segundo la visión: no era una verga cercenada en la basura, sino la foto de una verga en una revista que, al ser arrojada, había quedado abierta en la página exacta.

Era un chico en escala de grises, lampiño y brillante de aceite, abierto dos veces en dos páginas, quieto para siempre en dos gestos. En la primera foto, sólo de cara, él estaba a punto, a punto de venirse, eternamente a punto, la boca en camino de *ah*, el chico mirándome a mí, dejando los ojos en quien lo quisiera mirar. Y en la segunda, cuerpo entero, él estaba de pie, la espalda en curva hacia atrás, brazos en suspenso y subiendo (y seguro que, después de la captura, subieron más). En la foto, la cabeza de un hombre canoso, de espaldas y arrodillado, le ocultaba la verga al chico —la transformaba, así, en todas las vergas posibles—. Las piernas parecían débiles, torcidas por la fuerza que el hombre había soltado: una fuerza que ha estado liberándose, ocurriendo, desde que esa imagen existe.

(356)

Cada vez que vuelvo a la foto, a la boca gris desencajada, pienso que el placer, por más conocido que sea, siempre llega y se recibe como sorpresa.

(357)

En la distancia máxima también estaban los actores porno: aparecían en la pantalla y yo los miraba como si estuvieran tirando allí, al otro lado del vidrio, exactamente al frente, pero no sólo no estaban al frente, sino que habían tirado hacía mucho y quién sabe dónde —en el televisor pasaban porno de los setenta y ochenta—. La lejanía era doble, en años y kilómetros, y, sin embargo, yo miraba —miraba— completamente movido

—excitado: arrecho— por el sexo que, aunque hubiera sucedido lejos, hacía tanto, seguía sucediendo ante mí. Miraba a esos hombres mientras tocaba el vidrio o me hacía la paja. Tocar el vidrio era tocarlos nada: tocarme a mí era tocarlos nunca.

(358)

Mil tardes, por ejemplo, en la casa solo, vi el Canal 14, por el que antes pasaban porno todas las horas del día: un botón, *power*, y el sexo aparecía, casi siempre con el ruido y las manchas de la estática. Me he burlado mucho, siempre, de una película que no dejaban de transmitir: «El jardinero ha entrado por la puerta de atrás». En la primera escena, un hombre en saco y corbata, listo para irse a trabajar, se acercaba a la esposa, todavía en piyama, para dar los buenos días con la boca pegada a la oreja. En una toma larga, la cámara iba acercándose a las alianzas de matrimonio al tiempo que se daban un beso, cada uno con la boca cerrada. El hombre, ojiazul, rubio, se despedía diciendo: «Mi amor, bonita, recuerda que hoy viene el jardinero», a lo que ella, ojiazul, pelinegra, respondía: «Mi amor, bonito, qué bueno. Ya es hora de podar la grama».

Cruzada, entonces, por una luz blanca, la mujer empezaba a desvestirse: cada vez que se quitaba una prenda —piyama, sostén o calzoncito—, miraba de reojo, tímida, a quienes veíamos el canal. Desnuda, comenzaba a tocarse los pezones, lento, y cerraba los ojos —sonreía—, y como recordando que aún había personas allí, como yo, por fuera del marco, al otro lado del cristal, volvía a mirar, sonrojada, directo a un millón de ojos, sin dejar de tocarse. Luego caminaba hasta una puerta, la del baño, y en cuanto la abría, todo el espacio se llenaba de vapor. Entonces una silueta aparecía en el espejo empañado. «Oh», decía ella (ningún sobresalto en la voz, ninguna extrañeza), «tú debes de ser el jardinero». Con esas palabras, la silueta se volvía un hombre musculoso, calvo y de bigote, que poco a poco caminaba hasta ella. «He venido a regar tu flor», le decía, y forzaba una expresión severa. El jardinero estaba duro y, a medida que se acercaba a la cámara y ésta a él, la verga, como antes el vapor, empezaba a ocuparlo todo: era cabezona y chiquitica, y parecía más chiquita en el cuerpo enorme del jardinero. Sin embargo, la mujer, con ojos abiertos y un miedo falso, se arrodillaba para decir: «Qué manguera tan grande».

La fantasía machista tenía un giro. El esposo olvidaba algo, el sombrero o la billetera, y cuando volvía a la escena, detrás del cristal, encontraba a la esposa entre el vapor, mamando al jardinero, que gemía fuerte mirándola a ella, pero luego más fuerte mirándolo a él. «Oh», decía el hombre encorbatado —no había celos o rabia en la voz—. «Ya veo que conociste a Raúl, el jardinero». Ella asentía con la cabeza, moviéndola de arriba a abajo con la verga en la boca, y al sacársela un momento, fingía un puchero para decir: «Algo pasa con la manguera, no está regando». Raúl, entonces, mirando ahora a la cámara —mirándome a mí: a nosotros, el millón de ojos—, decía, pícaro y ambiguo: «Voy a necesitar tu ayuda».

—¿La mía? —preguntaban los dos.

El jardinero sonreía.

—Sí, tu ayuda.

Y yo empezaba a reírme: me reía siempre, cada vez que hallaba la escena, pasando canales, sinceramente entretenido. Pero, después de la carcajada, se alzaba el deseo: porque el hombre se arrodillaba, aún vestido, para compartir con ella la verga del otro. Si él lamía la cabeza, o pegaba la boca a la piel que bajaba, ella se iba a las huevas o recorría despacio la vena más grande. Luego se besaban largo, y salía más vapor, y el jardinero gemía, quizás para llamarlos de vuelta, o por el beso mismo, que gozaba atestiguar, aunque lo expulsara de la escena. Mujer y hombre regresaban a él, siempre de pie, y esta vez los dos se encontraban en la punta lamida: volvían a besarse en ella, con la cabeza entre los dos, y se turnaban, magníficos, para chuparla entera. Raúl gritaba: «¡Dios!», y yo volvía a reírme, sabiendo de memoria el diálogo siguiente. «Por cierto», se extrañaba el esposo —cámara en plano picado—. «No te vi llegar. ¿Entraste por la puerta de atrás?».Triunfante, el jardinero contestaba: «Yo entro siempre por la puerta trasera». Se reía, y yo de él, y me quedaba en la risa, arriba, subido en ella, hasta que al hombre lo empezaban a desvestir: la mujer le quitaba el saco, la corbata, la camisa… Raúl le quitaba los zapatos, la correa… Él mismo se quitaba las medias y el pantalón… Y ahí, por fin, descubríamos que no llevaba calzoncillos, y conocíamos más, un poco más, a quien no había estado desnudo. Entonces volvía el deseo —de nuevo se esfumaba la risa—, y eso, para mí, ha sido siempre la perturbación: pasar tan rápida y abruptamente, inesperada y absolutamente, de un ánimo a otro, de una música a otra —de un mundo a otro, a fin de cuentas—. Risa y después deseo; risa y después deseo… La película me alteraba.

(359)

Nunca voy a olvidar la cara del hombre penetrado: al principio era una cara múltiple, muchas caras en una continuidad veloz. Yo pensaba antes que allí, en ese movimiento gestual, sólo había alternancia entre un dolor intenso y otro más pequeño; dolores que iban menguando hasta que aparecía un placer, esperado e inesperado. Ahora creo (y ésa ha sido mi experiencia) que, cuando estaba siendo penetrado, algo más pasó en él: una idea de sí mismo se iba yendo con cada cara que hacía, y otra idea llegaba, y entonces el hombre se iba desconociendo y conociendo de nuevo, se descubría y se volvía a desconocer, una y otra vez, de una cara a la otra, y en eso también hay perturbación. Pero, en poco tiempo, las caras se volvían una sola: los ojos abiertos y la boca; todo, una eterna sorpresa, una incesante disolución. Ésa es la cara que busco en el mundo; la cara que, desde entonces, quiero siempre para mí.

(360)

Después estuve cerca, muy cerca —digamos, sin años o kilómetros de separación— del cuerpo que me movía: de un
cuerpo que me excitaba. Yo sentía, sin embargo, que, mientras él estaba allí —a un paso, pero allí: a casi nada, pero allí—,
estar cerca era estar fuera —lejísimos, y mucho más lejos todavía—, si el cuerpo quedaba intocado.

El cuento es que, por las ventanas de la casa original, en-
traban siempre las ramas de cuatro árboles: níspero, mango,
marañón y guayaba. Los árboles habían sido plantados por los
vecinos, se alzaban desde su tierra, pero las ramas llegaban con
fruta hasta mi casa, bien adentro. Yo comía cuando quería: a
la terraza llegaban los nísperos; los marañones y mangos, a mi
cuarto; a la cocina, las guayabas biches. Pero pasó muchas veces que, al verme comer *su fruta* (así la llamaban, subrayando
la propiedad), los vecinos se enfurecían. «¡Eso es de acá!», gritaban. «¡Pelao pendejo, suelta eso! ¡Pelao marica!». Para res-
ponderles, yo arrojaba a sus jardines, mirándolos, las pepas de
los mangos y las cáscaras mordidas.

(361)

Una tarde —ya tendría catorce años—, mientras trataba de
alcanzar un mango desde la cama, alguien me dijo: «Hey, pilas, que eso no es tuyo» —un pelao que subía por el tronco
con una bolsa: se agarraba de una rama, y de otra, se impul-
saba, subía más, y en cada altura iba escogiendo la fruta que
quería—. «Si entra un mango por mi ventana», le dije, «es mío
y me lo como yo, y de paso te jodes si no te gusta». El pelao
me miró feo y siguió subiendo, y cada vez que tocaba un
mango, cada vez que lo apretaba, suave o duro —y lo sentía—,
él pensaba largo si lo arrancaba o lo dejaba allí. Había pocos
en la bolsa.

Inesperadamente se quitó la camisa, sudada como él, sucia de tierra: tenía sangre en el costado del pecho. «Debí cortarme con la rama», pensó en voz alta, y me buscó los ojos, y se pasó el dedo, aún mirándome, por el camino de su herida. Entonces cogí un mango, el mejor —el perfecto—, el que yo quería comer —el que había estado, desde la cama, tratando de alcanzar—, y le dije: «Toma, te regalo éste» —lo metió en su bolsa, yo creo que feliz—.

(362)

Si en un vidrio estaba la distancia máxima —los actores porno tirando en la pantalla—, en otro vidrio estaba la distancia breve —el vecino sin camisa detrás de la ventana—. Yo lo pensaba todo el tiempo, desnudo con su herida. Una tarde le gritaron: «Sebas, ¡tienes grajo! ¡Báñate bien para la fiesta!». (Entiendo que el nombre, así como el torso con sangre, remiten irremediablemente al santo —a san Sebastián, patrón de los maricas—, pero no estoy falseando el recuerdo: el vecino se llamaba así). «¡Ajá!», me saludó esa vez. «Regálame un mango que estoy de cumpleaños». Cuando extendió la bolsa y dejó el brazo arriba para agarrarse de la rama, un grillo se detuvo en el torso, por los pelitos del ombligo, y empezó a moverse hasta la axila. En vez de espantarlo, lo dejó caminar: dijo que le hacía cosquillas. El grillo se quedó mucho más sobre él, y después, cuando se fue saltando, le di cuatro mangos: todos los que, esa tarde, había arrancado para mí.

(363)

«¿Y cuántos cumples?», le pregunté a Sebastián. Me dijo: «Estoy viejo», mientras pelaba un mango con los dientes. «En dos meses soy papá». Margui me dijo al rato: «Qué bruto ese pelao, ¡metió la pata!».

(364)

Me pajeaba pensándolo. Yo lo fragmentaba y recomponía
—en ambas acciones, la influencia del porno—: le daba a su
cara el cuerpo del jardinero, o el torso gris del pelao en la revista, arqueado para morirse y renacer al momento —para
fugarse y volver a su vida—: siempre a punto, llegando y no,
a punto y no, mi cabeza en el lugar de la cabeza con canas. O
también le daba a su cara la expresión del esposo, la mirada
abierta y el gemido en la boca: lo pensaba penetrando y penetrado —hermoso y desvanecido: sorprendido de placer—,
o subiendo por el árbol, sudado, solamente en bañador, uno
azul que había visto en su patio, en la cuerda de colgar la ropa
—así era Sebastián solamente, sin pedazos de otro: en el pecho estaban la herida y el grillo, y cuando la sangre, poquita
y lenta, bajaba del costado, el grillo se quedaba quieto—. No
había vidrio en mi ventana; estaba abierta para él. Sebastián
entraba y se quitaba el bañador. Me besaba, lo mamaba: él estaba de pie con las manos en la nuca. Y mientras me jalaba,
casi siempre cuando estaba a punto, esta imagen no dejaba de
formarse: después de venirse, el grillo saltaba hasta la verga
con saliva, todavía dura.

(365)

Tuve sexo tarde, cinco años luego. En todo ese tiempo, pervivió la fantasía con él, incluso cuando dejé de verlo en el árbol, al otro lado de la ventana: yo ya estaba viviendo en
Bogotá. Quería mucho tirar, estaba desesperado, realmente,
pero, al no conocer a nadie —como no me atrevía, acostumbrado, yo creo, a desear de lejos—, continué imaginando a
Sebastián en la ventana, entrando con el grillo y con su herida. Recuerdo una tristeza: pensar que, con cada paja, día a
día y año a año, yo iba alejando cada vez más el deseo de la

vida —creando una división terrible, de pronto inquebrantable, entre lo que deseaba y lo que iba a vivir—.

(366)

Pero tiré —por fin—: un Año Nuevo. Estaba lloviendo. Pedí un taxi a las 11:15 p.m. Y le dije al conductor: «Por la Séptima hasta la 116». Llovió más. A la altura de la 60 le pregunté: «¿Cree que llegamos para pitos?». Me dijo: «Con la ciudad tan sola, estamos sobrados de tiempo» —y, a partir de ese intercambio, la conversación se volvió distinta—: «Pensé que te vendrías adelante» —lo estaba viendo en el retrovisor: parecía mayor que yo, aunque no mucho, de pronto diez años—. Como me quedé callado, repitió lo que acababa de decirme: «Cuando te acercaste al carro, pensé que te vendrías adelante». Se me ocurrió, primero, que el taxista rechazaba el código social entre conductor y pasajero —el primero, adelante, el segundo, atrás—, por más que pareciera eterno; que en su taxi quería arrancarle al pacto su disfraz de naturaleza y, en ese intento, quebrar las distancias sociales con los pasajeros, tan amplias o cortas como pudieran ser. Pero después pensé, y fue así, que sólo hablaba de los dos; que me quería al lado, el cuerpo más cerca; que tenía un deseo y que, al haberlo insinuado, puesto en el aire, ya lo había hecho más grande. Y pensé que ahora, conocido el deseo, yo tenía que decidir: o lo apagaba, o actuaba para hacerlo mayor. Lo quise hacer mayor. «Tú sabes», dije, «la costumbre. Me puedo pasar».

(367)

El taxista no frenó, tampoco bajó la velocidad. En el espejo pude ver que el deseo había crecido en los ojos sorprendidos, y para hacerlo más grande, más —siempre puede seguir creciendo—, o como para asegurarse de que estábamos hablando de lo mismo, yendo hacia lo mismo, me preguntó: «¿Qué perfume usas?». Le comenté que ninguno. «Curioso», dijo. «Es que hueles muy rico». No dije nada. Pasaban carros con su máxima luz. La lluvia apretó. El taxista siguió hablándome: «Ya sabes lo que dicen: si no te gusta el clima de Bogotá, espérate cinco minutos». Forcé la risa y empezó a bajar la velocidad. «Tú te pareces a un amiguito», me dijo. «A veces nos vemos, tú sabes, para pasarla bien». Deseoso de saber más, todo, le ofrecí esta pregunta: «¿Y qué hacen cuando se ven?» —había una vergüenza acercándonos—. Dijo: «Cositas», y se rio. Entonces yo, para moverlo a hablar, a seguir cerca, más —siempre puede uno acercarse más—, le dije: «Sin pena, cuéntame», y también, deseando más deseo, insistí: «¿Qué hacen los dos?». Sin buscarme en el espejo, los ojos llenos de camino, el taxista empezó a abrirse sin ahorrar detalles.

—¿Y qué más hacen? —le pregunté.

Me dijo.

—¿Y cómo?

Me dijo.

—¿Y qué más? No seas penoso.

Me dijo.

«¿Y qué más?», le iba a seguir preguntando, «¿qué más?», pero no, no más: ya no quería hablar más. Algo iba a pasar: los dos queríamos. Casi a la altura de la 90, llegando al Museo del Chicó, me hizo la pregunta: «¿Y ya has estado con hombres?». Le dije que no, que sólo en pajas, y los dos nos reímos. «¿Y en qué piensas cuando te las haces?», me preguntó. Yo no podía creerlo: tanto tiempo esperando un encuentro así. Le dije: «Muchas veces, que le mamo la verga a un vecino que tenía». El taxista frenó. Un carro pasó pitando. «¿Me quieres mamar?». Le dije que sí y, sin bajarme del carro, me pasé al asiento del copiloto.

(368)

Aunque yo ya sabía que los encuentros que tuviera en *la vida real* serían muy distintos a todo lo que, en esos años, había imaginado, lo que más recuerdo de ese primer encuentro es haberme fijado, una y otra vez, en la cantidad de detalles —detallitos— que jamás había contemplado en el porno y en mis fantasías: principalmente el tufo a verga, que no esperaba oler apenas le bajara el jean —se salía fuerte por el calzoncillo—, y luego su propio sabor, que fue cambiando a medida que la mamaba —primero ácido, a verga sudada, y luego salado, mi propia saliva—. También me fijé en el lunar que tenía en la cabeza, justo al lado de la boca, y en la piel que tapaba todo —al bajar esa piel, que era larga, había unos pelitos atrapados allí—. Me sorprendió que, al subirle la camisa, tuviera una mota en el ombligo —roja como los hilos de su camisa—, y que dijera: «Me estás maltratando con los dientes» —hasta ese momento, no se me había ocurrido que una mamada sin experiencia podía fastidiar—. Finalmente, me chocó que el taxista no hiciera ningún ruido al terminar: que se viniera y ya, sin gemido y sin palabra —sin ningún aviso—. Siempre había pensado en los gemidos como causa y efecto de la excitación: si alguno gemía era porque estaba excitado —porque el otro lo había excitado— y el gemido, a su vez, provocaba que ambos se excitaran más. Pero eso no pasó —ese silencio adentro del taxi fue, yo creo, la mayor diferencia entre *la vida real* y lo que había imaginado—. Nos dieron las 12:00 en el carro.

(369)

Ahora quiero repetirme: creo que lo que más me gusta de los finales de año es que, a medida que avanza la cuenta regresiva y se van acercando las 12:00 —quince, diez, cinco minutos para el nuevo año—, empiezo a volverme deseoso, conmovedoramente dispuesto a pensar en lo que quiero y a imaginar que pronto, ahora así, todo eso que aún no existe —lo que deseo— podrá volverse realidad, parte material de la vida. Entonces, cuando se acercan los pitos, voy sintiendo que se establecen, adentro de mí, dos vidas: la que he tenido y la que estoy deseando. Ambas estallan juntas —psíquicamente juntas— y aunque, en algún momento de la noche, pueda sentir que la vida y mi deseo han estado lejos, a las 12:00 se acercan como nunca —se tiñen entre sí—.

Algo similar me ocurre con Sebastián y el taxista: deseé tanto a Sebastián —insistí tanto en la fantasía con él—, que cuando, a lo largo de los años, alguien me ha preguntado por la primera vez que tuve sexo, de inmediato se muestran, adentro mío, dos experiencias: la vida y la fantasía (aunque es más exacto decir: lo que viví y lo que deseé). Ambas estallan juntas, al mismo tiempo exactamente: la historia en el taxi y esa larga, larguísima paja —esa paja de años: la fantasía con Sebastián—. Se presentan distinguibles, con toda claridad, pero en simultáneo. Y, además, así como a las 12:00 en Año Nuevo, siempre que recuerdo *mi primera vez*, la vida y mi deseo se acercan como nunca: se tiñen entre sí.

(370)

Poco después, vi a Sebastián en un restaurante: era sábado en la noche y había quedado con Yiya en salir a comer. Lo reconocí enseguida, él tardó en hacerlo —estaba con la esposa y con la niña—. Le tuve que decir: «Fuimos vecinos hace años» —él sonrío y, después de decirme: «¡Ah, claro, compadre!», agregó—: «Te presento a mi familia». La esposa, Laura, me saludó, encantadora, y luego dijo: «Yo me acuerdo de ti: tú te la pasabas tirando las pepas de mango al patio» —nos reímos: la niña escribía su nombre en el individual de papel, usaba una crayola azul—. «¡Tú eras jodido!», me dijo él. «¡Fosforito!» —nos volvimos a reír—. «¿Y todavía eres así?» —aproveché la pregunta para mirarlo: me pareció más bello y aún más lejano que antes—. «Bueno», le dije, «a veces. Tú sabes: cuando toca» —nos reímos más—. «Estás buenmozo», me coqueteó ella. «¿Cuántos años tienes ya?». Le dije: «Diecinueve», y miré a Sebastián —sonreímos—. «Nosotros ya veintitrés», respondió alguno. Para despedirme, solté una broma: «En honor a ustedes, voy a pedir unos manguitos», y él dijo: «Ah, bueno, nos tiras las pepas a la mesa» —otra risa y adiós—.

(371)

Pero me ubicaron en una mesa desde la que podía seguir observándolo —más o menos lejos, pero cara con cara: las miradas comenzaron a cruzarse—. Cuando llegó Yiya, le dije inmediatamente: «Detrás de ti está Sebastián, el vecino de Barranquilla». Mi amiga dijo: «¿Quién? ¿El de tus pajas?» —soltamos la risa y le dije—: «¡No vayas a voltearte!» —se volteó—. «¡Disimula!» —Sebastián nos vio y saludó: Yiya y yo le sonreímos—. «¡Es guapo!», dijo ella. «¡Con razón te obsesionaste!» —le pedí, riéndome, que bajara la voz—. Después pedimos de comer y de tomar. Mientras hablaba con mi amiga o tarareábamos la canción que estuviera sonando, yo lo miraba a él, o a la esposa, o a la niña, que ahora comía papas fritas. Sebastián también me miraba: a veces alzaba la copa y, desde la distancia, yo brindaba con él; a veces se quedaba serio, sosteniéndome la mirada.

(372)

Yiya se daba la vuelta y me decía: «¡Te está mirando!». Yo le pedía que no se volteara, o que dejara de ser tan obvia, pero enseguida le preguntaba: «¿Tú crees?» —y me reía y me tapaba la boca—. «¿En serio tú crees?» —sabiendo que sí, que obvio que sí: que no cabía duda—. Le dije: «Ya vengo», y me paré de la mesa —escuché su risa mientras caminaba—. El baño era grande, con tres orinales y dos cabinas, también tenía espejo y lavamanos; estaba vacío cuando entré. Me fui al orinal del medio, seguro de que, al verme entrar, Sebastián me seguiría. Ahí estuve un rato parado, esperando a que llegara, y, justo cuando comencé a pensar que no vendría —que yo había malentendido la situación—, por fin entró.

(373)

«Quiubo, compadre» —me saludó así: parecía espontáneo o desprevenido—. «¿También por acá?» —se miró en el espejo mientras se alzaba la camisa por detrás—. «Es que fui a la finca» —me mostró la espalda roja— «y me picaron un poco de bichos». También se alzó la camisa por delante, prácticamente toda, y siguió: «¿Tú puedes creer cómo me dejaron?» —se fue pasando el dedo por las distintas ronchas—. «Me volvieron mierda». Yo me quedé en el orinal, reconociendo el cuerpo que recordaba y, al mismo tiempo, volviendo a conocerlo. Como él no se acercaba, hice como si hubiera terminado de orinar y, cuando me pasé al lavamanos, él se fue al orinal: desde allí me siguió hablando. «¿Esa pelada es tu novia?», me preguntó. «Está bien bonita» —le dije que no, que era mi amiga, y le busqué la mirada para transparentar el deseo: creo que lo supo ver—. «Si no quisiera tanto a mi esposa», me dijo ridículamente, y comenzó a desabrocharse, «fijo te pedía el teléfono para invitarla a salir» —ahí se sacó la verga, que pude ver en el espejo, imprecisa—. Sebastián se tomó su tiempo para orinar: el chorro, que fue largo, primero no le salía. Hablamos, mientras tanto, de cualquier cosa: de lo mucho que extrañaba el calor del Caribe, de lo caro que estaba el colegio de la niña. Y entonces, en algún punto de la conversación, dio un paso atrás y se ladeó —se expuso—: me quedé mirándole la verga. Después le busqué los ojos —me estaba diciendo que quería unas vacaciones— y finalmente miré otra vez lo que me había querido mostrar. Sebastián se la escurrió —ahí me miró más: tardó tiempo en guardársela— y me dijo: «Nos vemos, compadre» —me dio la mano sin lavársela—.

(374)

Cuando salimos del baño, ya Laura y la niña lo esperaban de pie. «¡Adiós!», les dije —estaba muy nervioso—. «¡Qué gusto verlos!» —volví a la mesa con Yiya y le conté lo que acababa de pasar, temblando—. Ella sólo gritó: «¡No te lo puedo creer!», y soltó una carcajada. «¡Mentiras! Era obvio que algo así iba a pasar. ¡Yo vi cómo te miraba!». También le conté lo que Sebastián me había dicho en el baño: que, si no estuviera tan enamorado, me habría pedido su teléfono. Ahí Yiya no pudo más y, partiéndose de la risa, escupió el agua que se estaba tomando. «Una de dos», le dije —ella seguía riéndose—. «O al saberse deseado por mí, quiso alborotarme, recibir mi mirada deseante, o el pobre se reprime mucho y no se aguantó las ganas de mariquear: se echó su canita al aire».

(375)

A lo largo de la noche, mientras hablábamos de cualquier otra cosa, yo volvía a pensar en Sebastián: me hacían sentido esas conclusiones y, sin embargo, intuía que otra cosa había pasado. En la madrugada, cuando estaba solo, tratando de dormir, tuve un pensamiento: que Sebastián no era ningún marica reprimido ni tampoco un narciso regocijado en mi mirada deseosa. Lo que había sucedido, pensé, es que supo ver mi deseo —que siempre lo había visto— y que, esa noche, al confirmar que, tantos años después, yo seguía mirándolo como antes, decidió responder: en ese sentido, dio todo lo que podía dar sin que hubiera deseo de su parte. Pensé que había llegado a lo más lejos que podía llegar en esa situación: yo deseando y él no. Que mostrarse así había sido una generosidad —su amplitud con mi deseo—.

(376)

Luego de esas experiencias con el taxista y Sebastián, una detrás de la otra, se me dio por creer que, desde el momento en que, activa y conscientemente, había comenzado a desear a otros hombres (quizás la tarde que encontré la revista porno), hasta la noche en que Sebastián se mostró, yo había estado haciendo dos movimientos frente al deseo: por un lado, reduciendo su intrínseca lejanía o, más bien, acercándome cada vez más a todo lo que deseaba, y por el otro, siguiendo una curva en ascenso hacia lo que para mí sería el máximo encuentro sexual. Yo estaba convencido de que pronto, en cualquier momento, podría vivir una experiencia que fusionara la del taxi y la del baño: es decir, que tiraría con alguien por quien sintiera un gran deseo.

(377)

Bajo ese contexto mental, conocí a Rafa una noche, en Bogotá, en una fiesta merenguera. Mientras bailaba, lo vi entrar: subió al segundo piso, que estaba solo, y desde abajo comencé a mirarlo. Él también miraba —buscaba—: me pregunté si a alguien que conocía o a alguien que querría conocer. «Ojalá a mí», pensé. Empezó a bailar entre el humo de las máquinas, borroso, bajo un arco de neón fucsia. Yo sentí esa atracción angustiada —el deseo— que a veces provoca lo bello: la conciencia terminante de que, hiciera lo que hiciera, o me acercara cuanto pudiera acercarme, su cuerpo siempre permanecería lejos. Entonces, cuando el humo lo tapaba, llegaba un alivio porque dejaba de verlo y, cuando volvía a disiparse, empezaba a parecerme —otra vez— dolorosamente inalcanzable.

(378)

Al rato bajó las escaleras, despacio, quedándose en cada peldaño mientras miraba a la gente en la pista. Buscaba a alguien, más cerca ahora, y cuando estuvo con nosotros, entre el tumulto, fue esquivando a quienes trataban de hablarle. Con algunos bailó: se acercaba mucho, dejaba las manos en la cintura del otro, o en los hombros, y bajaba mientras el otro bajaba también, y sonreía, y acercaba la boca a la boca, dejando siempre la distancia mínima entre los dos —cerca e intocado:

intocado, pero haciendo entrever que un beso sería inminente—. Apenas empezó a sonar un merengue, *La ventanita* de Sergio Vargas, Rafa alzó los brazos, feliz por la canción, celebrando que la hubieran puesto, y luego siguió su camino por la pista. Entonces empezó a bailar, caminando hacia mí, mirándome a mí... Y, a medida que se siguió aproximando, conocí la sensación radical de estupor que ocurre cuando, en vez de alejarse, lo que deseamos se acerca. El miedo y la alegría que explotan cuando sucede semejante maravilla.

(379)

Me impactó, como un golpe, que fuera tan... sonriente —que su belleza, mejor dicho, no lo aislara ni me aislara, sino que provocara, pasada la primera conmoción, algo tan sencillo e improbable como una sonrisa de vuelta: una bienvenida mutua—. «Yo te conozco», dijo —pegó la boca a mi oreja—. «Conozco a tu hermano, mejor dicho. ¿Tú no te acuerdas de mí?». Sorprendido por el giro que había dado su acercamiento, le dije: «No, no me acuerdo», y nos pusimos a bailar —ahora sonaba *Bachata merengue* de Wilfrido Vargas—. «Estuve una vez en tu casa», dijo. «¡Cómo has cambiado!» —nos miramos y, al tiempo que yo me preguntaba, absorto y conmovido, cómo era posible que ya lo hubiera mirado antes, sin abstraerme y conmoverme como lo estaba en esa fiesta, al frente de él, bailando cada vez más cerca, Rafa me contó que, en unas horas, se mudaría muy lejos—. «Estoy en la escala», dijo. «Qué bueno encontrarnos». Entonces seguimos bailando, postergando deliberadamente el primer beso, yo creo: postergándolo para hacer el deseo mayor, siempre mayor. Para que, cuando por fin nos los diéramos, el beso fuera menos desesperado y, al mismo tiempo, más desesperado también.

(380)

«Tomémonos una foto», dijo. Nos abrazamos —en ese contexto mental, yo venía acercándome cada vez más a todo lo que deseaba—, y así, después del flash que nos prendió la cara, cuando ya estaba seguro del beso por venir, una luz mayor nos prendió: las luces de toda la fiesta. «¡Pelea, pelea!», gritó alguien, y entonces… ¡un ruido! «¿Qué fue eso?», preguntó él —fue un cráneo contra el suelo—. «¡Lo va a matar!», gritó otra. «¡Sepárenlos!», y al formarse un círculo extático o angustiado alrededor del combate, la fiesta se murió en ese lugar.

(381)

Afuera, ya subiéndonos al taxi, le dije a Rafa: «Estamos un rato juntos y luego sigues con tu viaje, ¿te parece?». Pero la imagen violenta, recién sucedida, se repetía en cada uno. «¿Viste cómo lo cogió contra el piso?», me preguntó. «¿Tú crees que lo mató?». En lugar de contestarle, comencé a darle indicaciones al taxista: ninguno, mientras tanto, se acercó al otro. «Qué impresionante», decía Rafa. «Nunca había visto algo así». Escuchándolo, tuve la impresión de que todo lo que había pasado en la fiesta —la creciente cercanía y la inminencia del beso, la esperanza sexual y el deseo en su subida—, todo eso se había dispersado. Ahora, en cambio, había una distancia nerviosa entre los dos: una torpeza como una virginidad. «Necesito recostarme», dijo, recién llegamos al edificio. «Estoy mareado… No quiero viajar así». Entonces, en cuanto cruzamos la puerta, yo le mostré a Rafa el cuarto, atribulado por el rechazo percibido, y gélidamente le dije: «Descansa» —me dio una palmadita en el hombro y se acostó enseguida—. «Ahorita voy», dije, y él respondió: «Sí, claro, ésta es tu cama».

(382)

Me quedé un rato en la sala, creándome un relato extenso de
marica indeseable, incapaz de pensar, por ejemplo, que efectivamente se había mareado, o que la violencia atestiguada
había provocado nuestra repentina deserotización. Diciéndome,
en síntesis: «Algo en mí lo espantó», para luego internarme
de clavado en un juicio autoflagelantemente virginal: «Nadie
me desea. Nadie tendría que desearme». En semejante estado,
y deseando mucho, por supuesto, entré al cuarto. Rafa dormía a un lado de la cama, bocarriba y sin camisa, arropado
hasta los hombros y, al tiempo que un silbido le salía, débil,
por la boca entreabierta, yo temblaba psíquicamente: por lo
cerca que íbamos a estar y, sin embargo, por la distancia inmensa: así, dormido y mareado, estaba muy lejos.

Apenas entré a la cama, descamisado también, y mi pierna
rozó la suya, yo conocí una distancia inédita: la que se forma
cuando uno toca el cuerpo deseado sin ser tocado de vuelta.
Y más tarde, cuando él se volteó hacia mí, o hacia mi lado del
colchón, y en el sueño estiró el brazo, y la mano quedó en mi
hombro y, al moverse otra vez, bajó torpe hasta el centro del
pecho, conocí otra distancia nueva: la que se forma cuando
te toca quien quieres que te toque, pero mecánicamente, sin
ninguna voluntad. Recordé la palmadita y me pregunté si en
ese gesto había habido otra distancia: la que hay cuando conscientemente te toca quien quieres que te toque, pero sin deseo, sólo con una cordialidad.

(383)

Y entonces, mientras él se movía en el sueño, acalorado, y se
bajaba un poco la sábana, o se movía sin dejar de roncar, y sacaba de la almohada el brazo, y se bajaba la sábana más, y otro
poco, mediodormido, mediodespierto, toda la madrugada descubriéndose, hasta que, ya amaneciendo, se desarropó entero,

sudando, y abrió las piernas y brazos, y se quedó un rato en equis, brillante en calzoncillos, yo me fui a bañar, más deseoso que nunca, o advirtiendo, como nunca, mi propia carne. Y pasó que, cuando regresé al cuarto a cambiarme, con la toalla enrollada por la cintura, Rafa ya estaba despierto, sentado en el borde del colchón, aún en calzoncillos. «Me quedé profundo», dijo, mirándome como ya me había mirado antes, bailando merengue. «¿Cómo te sientes?», le pregunté. Rafa dijo: «Mejor. No sé qué me dio». Ahí mismo se puso de pie —tragué saliva— y acercándose dijo: «Estás muy lindo, oye». Y, en ese momento, cuando la distancia mínima ya iba a ser nuestro beso —cuando estaba a punto de llegar a esa alegría y de darle, de pronto, una alegría a él—, yo lo corté y dije: «Mejor no», autoflagelantemente virginal. «Tengo mareo».

(384)

Yo sentí que iba a desintegrarme: no en la distancia final que tuvimos —al despedirnos sin darnos un abrazo ni siquiera—, sino cuando, con el deseo en la boca, Rafa se fue acercando. Si tuviera que enunciar lo que, en el momento en que me eché para atrás, estalló en mi cabeza múltiplemente, diría que fue, primero, una pulsión muy consciente de dejar mi deseo así, como deseo, siempre posible y siempre imposible. Eso fue un miedo de vida. Pero también un miedo a la desintegración —a que tanto deseo fuera a desintegrarme—. Un miedo a querer más —a quedar adicto—, sabiendo que en pocas horas se iría muy lejos. Fue un miedo a la imaginada desesperación de que algo así no volviera a pasarme. Y además un miedo a estar por fuera del odio o de la herida. Porque yo estaba acostumbrado al enfrentamiento. A decir: «Jódete, macho inmundo». A decir: «Yo me muevo así, y te la chupas». Y estaba acostumbrado a espectacularizarme: a correr mariconamente en la cancha de fútbol, a partir cadera si escuchaba un insulto o un comentario represivo. Y entonces, cuando no hubo nada de eso —cuando sólo hubo una posibilidad feliz—, yo no supe qué hacer. Fue como si, para poder existir, necesitara al mundo feo. «¿Estás jodiendo?», me preguntó Rafa, y yo le dije: «No, nada. Feliz viaje». Y bueno: esa fue la historia con él.

ÉXTASIS

(385)

Pero volví a verlo unos años después. En la azotea de un edificio demasiado alto. En una ciudad que parecía el universo —por las luces que, arrítmicamente, unas sobre otras, atiborraban la oscuridad de un nacimiento que siempre seguía naciendo más, temblando, refulgiendo de historia sin dejar de nacer, estallándose en millones, reflejándose cada parte en el agua de un arroyo, y en las aguas del río y del mar, en las millones de ventanas que, por toda la ciudad, reflejaban su nacer sobre nacer, o su incesante reformularse—. Y esto era un universo conscientemente disfrazado del universo, magnificado y disminuido por su presencia temblante ahí mismo, durante la exposición del disfraz. Fue un encuentro que sucedió en la mejor hora de una fiesta de carnaval, que es la hora en la que los disfraces más o menos se deshacen o se quiebran, y entonces uno es mitad su disfraz y mitad una duda. «¿Y tú de qué te habías disfrazado?», me preguntó alguien con su disfraz a pedazos también. Y aquí es cuando, en la memoria de la conmoción sexual, comienzan a sonar todas las voces que le han cantado al sexo místicamente, con el aturdimiento de lo que acaba de pasar, con la conmovida sorpresa de haber vivido algo tan inédito que pareció teñir la carne de imposibilidad o fantasía —toda la música que le ha cantado al sexo con gratitud estremecida por la dicha que sucedió, al tiempo que quiere, imagina, clama por la repetición de un acontecimiento semejante: esas canciones buenísimas como *Me haces tanto bien* de Amistades Peligrosas—. «¿Rafa?» —la desconcertante experiencia de lo inverosímil—. «Hey, ¡no te lo puedo creer!». Yo no sabía que la alegría podía extrañarse tanto y con esto quiero decir que yo no sabía que podía enrarecerse de tal manera: bifurcarse en nuevos estados de alegría: en un arrebato lento y en un gozo, ante todo, reformulante. «¿Cuántos años han pasado?». Mientras los dos hablamos de cada existencia, mirándonos, acercándonos con los disfraces que, desintegrándose, nos relevaban y ocultaban tanto del otro, una y otra vez yo me pregunté: «¿Cómo es posible que esto me esté pasando?», reconociendo que ésa es una pregunta que también estalla en la vida con demasiado dolor, como permanente testimonio de la injusticia y de la desgracia. «¿Cómo es posible que esto me esté pasando?». Y entonces, al besarnos —cuando, luego de haber sucedido, el beso se fue transformando en otra expansión: en un deseo crecido por la alegría—, me sorprendió estar viviendo algo que voy a describir como arrechantemente conmovedor. Porque, en vez de pasar de la anticipación a la insuficiencia —era un temor: que el sexo no fuera a desplegarse—, la prolongada caricia nos provocó un arrebato que me hizo olvidar lo desesperadamente agotado que estaba de trabajar. «Allá hay un cuarto», dijo Rafa. «Vamos». Y al abrir la puerta —estaba oscuro—, quitándonos los restos de cada disfraz, él dijo: «Prendamos la luz» —había una cama y un espejo y, al vernos expuestos, duplicada nuestra belleza, yo dije—: «Mejor no» —la apagué—. «Eso distrae». Y así, mientras recuerdo la intensidad que siguió en la noche y nuestra esmerada concentración en el otro, a mí me crece un deseo de contar ya no la acción sexual, sino el pensamiento que siguió al éxtasis. El revolcón psíquico. Y lo primero es nombrar la potencia que tuvo el polvo para historizarnos inevitablemente mientras sucedía. «Quien nos viera», dijo Rafa cuando ya iba a entrar y, con esas palabras de celebración, volvimos a estar un momento en mi cuarto de principios de siglo. «Se me quitó el mareo», le dije yo, y riéndose —riéndonos—, Rafa aclaró: «Ah, no, pero yo hablaba de Barranquilla: de la primera vez que te vi». El recuerdo, por supuesto, nos instaló en el origen, es decir, en el tiempo en que tener un sexo como el que estábamos

teniendo —bíblicamente injuriado: históricamente discriminado o perseguido— era, en suma, una transgresión: un cruce delicioso que, sin embargo, al fetichizar lo prohibido, en lo
más hondo deseaba el conservadurismo y la ley castradora. O,
bueno, también podía ser cierto lo contrario: que, a través del
fetiche, se sublimara un deseo de conservadurismo castrante
o fascismo. «Ah», dije. El sentimiento de época se extendió
hasta un rato después de que Rafa hablara y luego, poco a
poco, comenzó a diluirse: en la caricia localizada que se fue
haciendo total; en la penetración que empezó a acelerarse; en
el gemido sonriente. Y eso es lo que, enternecido, quiero recordar con exactitud política: que, en la continuación del sexo,
un tiempo tan corrosivamente doblegante quedó atrás; que
algo tan incalculable como una opresión pudo desarmarse;
que la persecución cesó; que por fin se cerró El Gran Ojo
sobre uno. Y todo esto sucedió con la consciencia de que
nunca el espíritu de una edad se queda atrás del todo: que
siempre está insistiendo en reaparecer mientras continúa la
vida. Pero ¿cómo no emocionarse hasta las lágrimas con la
radical experiencia de haber vivido con todo el cuerpo el
cambio profundo de un tiempo? ¿Cómo no conmoverse hasta más allá del sexo por haber vivido tan íntimamente semejante revolcón histórico y, entonces, durante el inesperado
encuentro, haber podido olvidar para siempre, para siempre,
para siempre, para siempre, para siempre que la existencia podía llegar a ser a veces una rigidez aterrorizada? Esa noche, en
una ciudad que parecía el universo —por las luces que, arrítmicamente, unas sobre otras, atiborraban la oscuridad de un
nacimiento que siempre seguía naciendo más, temblando, refulgiendo de historia sin dejar de nacer—, yo me olvidé incluso —¿cómo decirlo?— del extenuante esfuerzo que había
implicado para mí aprender a desear otra vez, con toda el alma,
una alegría absolutamente física.

CUERPO TRABAJADOR MARIPOSADO

(386)

Entonces, todavía en la cama, todo el cansancio que se había suspendido durante el sexo —la progresiva debilidad física que, sueldo a sueldo y año a año, había estado espesándose en mi cuerpo, concretándose como una extenuación irreversible—, volvió a hacerse presente: a insistir, más bien, en su carácter crónico. Mientras Rafa me besaba la cara, desgonzado sobre mí, los dos deseosos todavía, yo quise que el sexo —todo el sexo en el mundo— fuera algo más que una caricia en medio de la tortura: algo más que un ratico de respiración en medio del trajín laboral y su asfixia. O quise —quizás quise intuitivamente, después de nuestro encuentro— desear distinto: ya no querer más la caricia que alivia la tortura cotidiana, sino una vida intorturada.

(387)

«Pásame la chaqueta», me pidió Rafa —era una prenda con muchos pedacitos de tela cosidos por doquier, en las mangas, la solapa, los bolsillos, en la espalda, y cada corte de tela tenía un número estampado al azar: 506, 1981, 390—. «¿Cuál será el tiquete ganador?», se me dio por preguntarle, pero Rafa me miró confundido. «¿No estás acaso disfrazado de lotería o talonario del baloto?». Entonces soltó una carcajada y dijo: «¡No! Yo soy La Ruleta de la Historia, mira» —y repasando cada pedazo de tela, Rafa me mostró muchas más fechas cosidas a la prenda: 1969, 2025, 650, 1895, e incluso 580 a.C.—. «¿En qué año quisieras vivir?», me preguntó, a lo que yo, aprovechando el papayazo, le dije, bien mariconamente: «En este, contigo» —nos reímos mucho—. «Tan romántico, pues», se burló él, «se te salió el Fernando Molano», y enseguida me preguntó: «¿Por qué te gustan tanto los zombis?» —y ahora pienso que quizás el mejor momento de una fiesta carnavalera es la hora en la que cada quien explica su disfraz—. «No soy solamente un zombi, mijo, sino un Muerto en Vida Laboral… O sea que, como estaba trabajando tanto, me morí del hijueputa agotamiento y encima no me di cuenta y seguí trabajando para poder pagar los recibos» —le mostré una serie de facturas, tablas de Excel y hojas de contabilidad que me había grapado en la camisa y el pantalón—. «Ah, mira», dijo Rafa, «yo pensé que eras un zombi mariconcísimo, no me fijé en los papeles».

(388)

Y así, mientras él me besaba —en el culo o en la boca, quién sabe, o en los ojos cerrados—, a cada tanto susurrándome: «Estoy dándole besos a un zombi marica que por fin dejó de trabajar», a mí se me dio por hablar con ese tono que me sale en los bares cuando, por ejemplo, después de que un amigo canta con Juan Gabriel: «Yo no nací para amar», de una salto a decirle, directo a la cara: «¿Cómo que no, Gran Divino?» —es la misma voz que se abre solita cuando algún conversador dominantemente masculino, o sea, impenetrado e impenetrable, suelta una máxima más blindada que RoboCop de Escuadrón Antidisturbios, seguida de un comentario homofóbico, tipo: «Y si no estás de acuerdo, ¡pues que te den por marica!»—. Entonces le digo: «Mira», con la politización a flor de piel, identificando instantánea y visceralmente el abismo experiencial que nos separa, una inmensidad que tiene que ver con el hecho de que, aun sabiendo que adentro, en su culo, tiene la posibilidad de conocer un placer inédito, él sea todavía incapaz de buscarlo incluso con su propio dedo, preservando dentro de sí el rol de culeador inculiado que, entrado el siglo XXI, sigue concibiendo la penetración como un tabú o límite incruzable. «Mira», repito —y las palabras van del placer anal directo a la boca—. «Yo creo que tanta máxima recalcitrante es una forma de virginidad. Podríamos retomar la conversación cuando cumplas un año de gozo penetrado» —y nos reímos, y dudamos los dos de lo dicho por mí: él, quizás, para permanecer cerrado; y yo, quizás, porque, a fin de cuentas, me dejé cruzar por su máxima recalcitrante—. Y bueno, decía que, con ese mismo tono, con esa voz que simultáneamente se forma en la boca y en el ano y, desde la boca y el ano, dice: «Hablemos como si supieras culiar: como si de verdad entendieras la delicia de tu propia penetrabilidad, o como si, al mirar con tardía suspicacia tu histórico deseo de relacionamiento vertical, por fin comenzara a excitarte la horizontalidad con los tuyos», con esa misma voz le dije a Rafa: «¡Arghhh! ¡Soy un zombi marica que por fin dejó de trabajar y que, luego de tirar contigo una vez más, va a buscar a cada explotador que ha tenido y, de paso, a cada explotador que hay, para comerles el cerebro hasta que dejen de extraer y explotar!».

(389)

Ya estaba amaneciendo. Con la chaqueta todavía puesta, Rafa me preguntó: «¿Estás muy cansado entonces?», y yo le dije: «Sí», mientras él me besaba más y, poco a poco, babeándose los dedos, me quitaba el maquillaje de muerto. «Quiero verte vivo», dijo —¡bello!—, mojando una servilleta con vino para seguir quitándome la pintura sangrienta. Y entre que yo lo miraba y él me restregaba la cara, Rafa me contó que hacía muy poco había comenzado a trabajar en una fábrica de ropa como supervisor de bodega. «¿Y tú?», me preguntó, «¿qué andas haciendo?», a lo que ácidamente dije que, para ganarme la vida, también la perdía corrigiendo la gramática y ortografía de incontables documentos burocráticos.

(390)

«¡Listo!», dijo Rafa, arrojando muy lejos la servilleta húmeda, «ya no eres zombi, volviste a vivir», y entonces comenzamos a tirar otra vez, ahora sin el maquillaje de muerto, ¡vivo!, mientras yo miraba gimiendo las mil fechas que brincaban en su disfraz, caricia a caricia, durante el sexo. Y quiero decir que el recuerdo de nuestro polvo mientras giraba la ruleta de la historia —toda nuestra caricia con la cronología desordenada después de la conversación sobre la vida laboral— me ha llevado a pensar, quizás de manera extraña, en *Cien años de soledad*, pero más específicamente, en el cuerpo de Mauricio Babilonia, el aprendiz de mecánico en la compañía bananera: un hombre con la piel carcomida por la sarna que andaba rodeado siempre de mariposas amarillas. Ay, bueno, volvamos a contar la historia: Mauricio se enamoró de Meme, hija de la casa que lo despreciaba, y comenzó a visitarla en las noches secretamente, mientras ella lo esperaba desnuda en el baño, *temblando de amor*, según Gabriel García Márquez. En su última visita, al ser confundido con un ladrón de gallinas —una trampa que la madre de Meme, Fernanda del Carpio, le tiende al joven para ahuyentarlo—, la guardia nocturna le incrustó a Babilonia un proyectil en la espalda, lesión que lo inmovilizó para el resto de su vida. «Murió de viejo, en la soledad, sin un quejido, sin una protesta, sin una sola tentativa de infidencia», leemos en la novela, «atormentado por los recuerdos y por las mariposas amarillas que no le concedieron un instante de paz, y públicamente repudiado como ladrón de gallinas».

(391)

Son muchas las lecturas que pueden hacerse de la historia en sí —desde el amor prohibido, para invocar a Selena, entre un hombre y una mujer de distintas clases sociales, hasta la reelaboración de Romeo y Julieta con el muchacho subiendo a escondidas a la habitación de la amada, incluyendo la prolongación de la fantasía de la mujer que espera— y, sin embargo, desde hace un tiempo, pienso en Mauricio Babilonia como un cuerpo trabajador mariposado. Como un cuerpo bello y sarnoso, rodeado de mariposas amarillas, que trabaja en la compañía bananera en la que ha de suceder una matanza

—la masacre perpetuada por el Ejército durante la huelga de trabajadores para exigir mejores condiciones laborales—. Me pregunto qué hay en la eliminación radical de ese cuerpo en la incalculable representación gráfica que, década tras década, se ha hecho en todo el mundo a partir de la novela, una representación tan agotada y agotadora que el solo hecho de mencionarla hace que una voz mental aúlle, iracunda: «¿Cómo es posible que, todavía hoy, avanzado el siglo XXI, sigamos hablando de las mariposas amarillas?». Pero quiero recordar la sorpresa que me causó descubrir que todas las mariposas que había visto en tantas partes, solas volando, en la novela estaban siempre rodeando a un joven trabajador de la bananera. ¿Qué se hace, insisto, cada vez que las mariposas amarillas son representadas sin ese cuerpo popular, repudiado incisivamente? Yo diría que la frívola operación gráfica repite la tragedia de Babilonia —el brutal aislamiento que padeció: toda esa larga soledad final— y, simultáneamente, desmariposea al trabajador mariposado.

OTRA HISTORIA DEL DESEO

(392)

Pero vuelvo al sexo con Rafa luego de la conversación laboral —fue un sexo entre dos cuerpos trabajadores mariposados en cuya genealogía, nunca sobra decirlo, está el aislamiento, la larga soledad y la masacre que se prolongó históricamente desde siglos antes de Cristo: la condena del sexo anal; el castigo con la prisión, la castración o el destierro; la hoguera y las quemas públicas; los empalamientos, ahorcamientos, decapitaciones y ahogamientos; los campos de concentración; las redadas policiales en saunas y bares; la persecución dictatorial; la patologización psiquiátrica; los insultos en las calles y casas del mundo; la discriminación institucional; la quema de libros que han celebrado un sexo como el que, en ese momento, estábamos teniendo; la matanza a mano limpia; la matanza ladina por inacción estatal durante la crisis del sida; los asesinatos seriales—. Y entonces pasó que Rafa me mamó a mí y yo lo mamé a él, y que cada uno le dio al otro su cara de iluminadamente penetrado por la boca. Y que, luego de mamarnos y besarnos más, yo me puse boca arriba cuando Rafa me dijo: «Quiero comerte», y que enseguida me cogió por las piernas, alzándolas, y que luego, en un momento, cuando ya estaba restregándome la verga por toda la raja, inesperadamente me preguntó: «¿En qué piensas? Tienes cara de acontecimiento», y soltó una risa.

(393)

¿Cuál sería el acontecimiento que se concretaba en mi cara? Avanzado el siglo XXI, era eso que estaba pasando ahí mismo —ese presente exacto—: el sexo anal que estaba por venir.

(394)

Como ahora, como siempre y, sobre todo, como cada vez que la penetración está por suceder, en ese momento yo recordé la confundida experiencia del primer sexo anal. Fue poco después del desencuentro con Rafa esa noche antigua, antes de mudarse lejos. Ya estaban prendiendo las luces del bar, bajando el volumen de la música, y yo estaba triste porque, así, con todo lo deseante que estaba, tendría que regresarme a la casa sin haber levantado. Pero un hombre se acercó para decirme, directo al grano: «¿Nos vamos juntos? Soy activo», a lo que yo dije: «Sí, de una», y nos fuimos caminando sin hablar mucho más. En la casa, apenas llegamos, me preguntó si tenía ganas de mamársela, ya habiéndose desabrochado el pantalón, y yo me arrodillé sin contestarle, capturado, la verdad, por la extrañísima verga que le salió del calzoncillo: un zigzag de carne rococosamente ancho. «Oye», le dije, para descansar de la mamada —yo me sinceré—. «Nunca me han comido», a lo que, por bobadas mías, pasé a inventarme una historia sexual que cerré con esta mentira: «Mejor dicho, yo he hecho de todo, menos sexo anal». El hombre me dijo, no supe si tranquilo o despreocupado: «No tengo lubricante, lo hacemos con saliva» —asentí y me cogió por las piernas y, después de escupirse la verga, entró de inmediato, todo, mientras me salía el grito más hijueputa—. «Shhhhh» —me puso la mano en la boca, bien fuerte—. «Vas a despertar a todo el vecindario».

(395)

El grito se volvió un grito ahogado —un gran dolor, no sé si imperceptible o ignorado— hasta que, ya por fin, siglos después, sacó la verga llena de sangre.

(396)

Una escena violentamente homofóbica y patriarcal hasta el paroxismo: la explicitez del *culo reventado* y *la puñalada de carne*. Quisiera pensar esa memoria como una imagen política con toda su carga histórica: la de un marica que, nacido a finales del siglo XX, inició una búsqueda deseante a principios del siglo XXI, una búsqueda política de placer que era demasiado consciente de la masacre genealógica de la que provenía y que, a pesar de haber sido ensangrentada esa noche —reiterada la herida histórica, esta vez por otro marica—, continuó, miedosa y a tientas, queriendo el placer.

(397)

«¿Sí quieres?», me preguntó Rafa, y yo le dije: «Sí, claro, dale». Y entonces, como suele ocurrir culeando, una historia personal de la penetración se repitió muy rápidamente, en fragmentos o fogonazos, mientras él entraba despacio. La imagen del ano herido con odio o descuido patriarcal comenzó a desvanecerse y se abrió el recuerdo de los hombres que, al verme deseante y miedoso, atrapado en la historia violenta, también me preguntaron noche a noche: «¿Sí quieres?», a veces con tonos imitativos de las películas porno: «¡Tienes que quererlo, amigo! ¡Si no quieres, no va a entrar!». Así las cosas, cuando creció un dolor y le dije a Rafa: «Sácala un momento», pensé en Pere, quien, cierta noche, años antes, me había dicho al percibirme impenetrable: «Creo que te gusta más la idea de ser follado a que te follen de verdad».

(398)

Rafa la sacó y esperó a que yo dijera: «Dale», para volver a entrar lento, mirándome a los ojos, muy lento —pendiente, quizás, de alguna señal de dolor—, y cuando por fin entró toda y, en lugar de un miedo ardiente, se estableció, como siempre pasa, la certeza de la dilatación, se desplegó en mi cuerpo la alegría de la primera vez que una verga entró luego de la primera y brutal experiencia —eso fue en el tiempo en el que trabajaba atendiendo despedidas de soltera en el restaurante que había sido un convento en el que George Orwell se escondió durante la Guerra Civil—. Rafa me dijo: «Quiero chuparte el culo», a lo que, antes de hacerlo, me abrió las nalgas para escupirlo y, como si no hubiera un mañana, subió y bajó por la raja mojada —metiendo la nariz en la raja también: oliéndola, quedándose allí, templando la lengua y llevándola lejos por todo el centro—. «Qué rico», dijo. «Estás listo», y empezó a entrar, y a entrar, y a entrar sin que yo pudiera creerlo.

(399)

«Más que un umbral, el año es una frontera», leí la otra noche en la almohada de pensamientos y plumas, «pero ¿entre qué y qué, realmente?».

(400)

Entonces Rafa me preguntó: «¿Ahora sí?», antes de medio-salirse y volver a entrar —antes de hacer el primer movimiento—. Yo le dije: «Sí, dale», con la confianza de que, en ese amanecer, no habría un miedo a la mierda; un miedo que, en años anteriores, algunos amantes habían explicitado y dirigido tanto que, poco a poco, al frecuentarnos más, fue calando hasta volverse una sugestión paralizante. Había uno, Gustavo, escrupuloso y asquiento hasta la virginidad, que siempre que quedábamos en vernos, arrechísimos ambos, comenzaba a pedirme, mensaje de texto tras otro, que me duchara muy bien. «Tú sabes», me escribía otra vez. «No quiero accidentes». Apenas llegaba a la casa y me daba un beso, sudando —caliente y psicorrígido por igual—, el loco saltaba a preguntarme: «Oye, ¿en serio te limpiaste bien?», y aunque mil veces le dijera que sí —que sí, hombre, que sí—, él seguía haciendo la pregunta mientras nos desvestíamos o acostábamos en la cama. «¿Seguro?», insistía, pero no había respuesta que pudiera calmarlo porque luego, durante el polvo, Gustavo paraba de follarme para revisarse el condón o la verga. «¿Esto es lubricante o popó?», me preguntaba. «¿Tú crees que salió sucio?», hasta que ya, por fin, una noche me harté y le dije: «Mira, no más. Esto es lo más desarrechante que existe» —no volví a verlo, pero, como decía, su miedo quedó en mi cuerpo como una sugestión con capacidad de parálisis erótica—. «¿Salió sucio?», podía preguntarle al siguiente amante. «¿Paramos?». Y anduve así hasta que una tarde terminé tirando con un man que trabajaba en la recepción del hotel Tequendama. «¿Salió sucio?», le pregunté, y aún muy lejos del éxtasis, el hombre me dijo jadeando: «No sé. Qué importa. Sigamos».

(401)

Rafa se salió y volvió a entrar, acelerándose, y, mientras me miraba fijo, como dejándome ver que el placer crecía, me preguntó preocupado: «¿Quieres que pare? Tienes cara de sufrimiento». Yo le dije: «No, no, sigue», impactado con la revelación: con el hecho de darme cuenta de que, aun sin que me doliera un poquito, mi gesto inconsciente era de sufrimiento —así de establecida estaba la imagen homofóbicamente antigua del culo reventado y no gozado: se reproducía inconscientemente—. Entonces quise alejarme del teatro sexual. Liberar el gesto. No conducirlo. No pensar. Y creo que pude. Porque me recuerdo muy lejos de la necesidad de actuar una pasión —cualquiera: dolor o placer—. «¿Te duele?», me preguntó Rafa, y yo le dije: «No, no» —feliz—. «No» —cuando, antes, en otros encuentros, había dicho mecánicamente que sí, aunque, de nuevo, no me doliera—. «Sí, sí, mucho» —y gemía, oscilando entre la fantasía de desvirgamiento y la fantasía de violencia: regalando al amante la imagen de mi cuerpo sufriente: representando otra vez el extravío político—. «Cambiemos de posición», me dijo Rafa, y se acostó boca arriba con las manos en la nuca. Yo entré de nuevo, sentándome, y cuando él comenzó a moverse hacia adentro, a lo alto, poco a poco yo empecé a moverme hacia él, o hacia mí: hacia más. Y me follaba duro: él a mí o yo a mí mismo con él. Me follaba, lo follaba y, de repente, como una iluminación, mientras nos follábamos ambos —duro—, él diciendo: «Estoy cerca, me voy a venir», me saltó el recuerdo de lo que había pasado hacía poco, tan poco, ahí mismo en la cama: Rafa quitándome el maquillaje de zombi —¡ese gesto de quitarme la sangre del rostro!—. En nuestro jadeo creciente, su acción me pareció el anuncio de un sexo nuevo: el de un sexo que, ante la omnipresente ruleta de la historia, se escapaba de las fantasías de sacrificio y muerte para llegar, no sé, a otra parte. A otra imaginación.

(402)

«Estoy cerca», volvió a decir Rafa. Yo le dije: «No, espera. Te quiero comer yo» —me salí y, al darnos la vuelta, lo miré mientras entraba—. Al principio vi una cara múltiple: muchas caras en una continuidad veloz. Antes yo pensaba que allí, en ese movimiento gestual, sólo había alternancia entre un dolor intenso y otro más pequeño; dolores que iban menguando hasta que aparecía un placer, esperado e inesperado. Pero sé, por experiencia, que algo más pasó en él: que una idea de sí mismo se fue yendo con cada cara que hizo, y que otra idea llegó, y que entonces Rafa fue desconociéndose y conociéndose de nuevo, descubriéndose y volviéndose a desconocer, una y otra vez, de una cara a la otra. En poco tiempo, las caras se volvieron una sola: los ojos abiertos y la boca; todo, una eterna sorpresa, una incesante transformación. Ésa es la cara que busco en el mundo; la cara que quiero siempre para mí.

CASA Y EXTRAVÍO

(403)

«Volvámonos a ver», dijimos —Rafa me dio un beso, y yo le di un beso, y los dos nos besamos más hasta que ya fue hora de viajar a Bogotá—. «Hasta pronto». Con esa perspectiva regresé a la ciudad —deseante: con tantas ganas de vivir— y, sin embargo, apenas llegué a la casa, comencé a pensar cada vez más en el siguiente día. No en la promesa de reencuentro que nos habíamos hecho, sino en que tendría que trabajar más, otra vez, mucho más. Me cayó encima el peso del mundo, como suele decirse, y entendí —entendí con todo el cuerpo— esos memes que las amigas comparten los domingos con alguien en la cama arropado hasta el cuello —a veces una chica indudablemente deprimida, o el osito Winnie Pooh con gorro de piyama, o un gato gris estupefacto, o incluso Slavoj Žižek diciendo—: «No quiero salir, afuera hace capitalismo».

(404)

En la hamaca hice cuentas —pensé en mi deuda— y esa mortificación creció hasta tragarme entero: creció como la deuda misma, que, con cada día que pasaba, iba ocupando la vida y ocupándola más —ocupándola tanto que, para ese momento, vivir era deber, y mi vida, una deuda—. ¡Cómo crecía la deuda! Ya no sólo debía el doble de lo que había pedido —el doble o más: la deuda iba creciendo—, sino que el banco llamaba sin cesar —sin respiro, para asfixiarme—. Entonces, si yo no contestaba, recibía mensajes permanentes, amenazas amables que reiteraban la cuota a pagar y el total de lo que estaba debiendo. Todo esto era, primero, una persecución desde afuera. Pero el cobro entraba por los oídos, cuando contestaba el celular, o por los ojos, si leía los textos, y por ahí recto entraba a mi cabeza la cuenta por pagar. Así me llenaba de apuro —me llenaba de deuda— y comenzaba yo mismo mi propia persecución: «Tengo que pagar. Me estoy atrasando. No puedo atrasarme. Tengo que pagar puntual».

(405)

Meciéndome en la hamaca también me preguntaba: «¿Y si no pago? ¿Qué pasa si no pago?». Sentía un fresquito, un segundo de ligereza. Pero pronto, automáticamente, se formaba sola una respuesta: «Si no pagas, van a perseguirte más, y a acorralarte más, y a asfixiarte más». De esa forma, yo mismo volvía a perseguirme: «Tienes que pagar, ¿no ves que te estás atrasando?» —me acorralaba a mí mismo—. «No puedes atrasarte. Tienes que pagar puntual» —me asfixiaba yo solo—. Entonces siguió hundiéndome el peso del mundo... La imagen del pobre Atlas, ya no cargando la Tierra o quitándosela de los hombros como alguna vez lo había hecho mi papá, sino dañándose, derrumbándose, muriéndose por estar tanto tiempo soportando —padeciendo— semejante pesadez.

(406)

Pero pasó que, al día siguiente, saliendo a trabajar, vi que la Flor de Espejo ya estaba toda abierta, brillante y viva en la mata de plástico. «¡Ay, jueputa, qué emoción!» —pegué un grito y llamé a Yiya—. «¡Abrió, amiga! ¡Ya abrió!». Nunca la imaginé tan divina: cada pétalo era un espejo delgadito con la forma de una lengua saliéndose de la boca; un espejo con dobleces y curvaturas que lo reflejaban todo, deformándolo. Y eran muchos, muchos los pétalos que rodeaban el centro; muchos los espejos cóncavos y convexos que, al acercarme a la flor, multiplicaban mi cara, agigantando unas partes o haciéndola chiquitica, reproduciendo mil veces la distorsión.

(407)

Yo me sentí como se hubiera sentido un pedazo de plástico al que, repentinamente, un cierto día, comienza a crecerle un brote que luego se abre en flor.

(408)

Sólo una vez había conocido un asombro tan... expansivo. Tan desbordante y prolongado en la felicidad que inauguró. Tan bello. Fue cuando, de niño, en Barranquilla, en el tiempo más difícil de la alarma familiar —después de haber sido pronunciada la bancarrota, esa vez que la casa enloqueció: el diciembre posterior a la matanza de las mirlas—, mi mamá comenzó a prepararme para una decepción. «Nene», decía. «Tienes que pensar que, este año, el Niño Dios quizás no venga: él se enreda a veces con las direcciones de las casas o encontrando los regalos». Cada vez que hacía la advertencia, yo me quedaba en silencio, quizás sospechando la relación entre una cosa y la otra —digo: entre la quiebra y la posible ausencia del Niño Dios—, o quizás con la idea de preservar la ilusión de la visita milagrosa, a solas dentro de mí. En todo caso, siempre terminaba diciéndole: «Bueno, mami, no importa», quizás, también, para quitarle una mortificación de encima: para darle un alivio yo mismo. Y me sorprende ahora, revisando el recuerdo, que todo eso que había sucedido —la quiebra y el quiebre de mi papá, el agua hirviendo sobre las mirlas, las plumas regadas y pegadas al suelo: todo eso— hubiera cruzado una mente que, habiendo vivido tan poco, aún creía en los regalos que, cada diciembre, en Navidad, llegaban a la cama directo del cielo.

(409)

«¿Nos visitó el Niño Dios?», mi mamá le preguntó a Margui después de la cena navideña, cuando ya íbamos a dormir. Ella dijo, tajante: «No» —y, al escucharla, me hice el indiferente o despreocupado—. «Acabo de fijarme y no hay nada». Pero pasó que, al abrir la puerta del cuarto, vi un regalo sobre la cama: una antología de cuentos populares ilustrados. «Anda, ¡qué bien!», se emocionó mi mamá. «¡Sí vino!». Fabrizio se acercó a preguntar simplemente: «¿Qué es esa huesera? ¡El Niño Dios está mondao!», pero yo no quise prestarle atención. Porque, entre que miraba los dibujos de un cuento y otro, la vida comenzó a… tensarse con la belleza. Primero, desde la idea de que ese objeto antiguo y nuevo al mismo tiempo, ese objeto que estaba tocando, oliendo y volviendo a leer, hubiera sido obsequiado por un fantasma o espíritu infantil y dejado en la cama quién sabe cómo —de pronto físicamente, entrando por la ventana, o de pronto mágicamente, apareciéndose en el cuarto, brillante entre luces y polvos, para luego esfumarse enseguida—. Y luego desde el conocimiento sobrecogido de que ese objeto antiguo y nuevo al mismo tiempo, ese objeto que estaba tocando, oliendo y volviendo a leer, hubiera sido entregado como una sorpresa por la gente de una casa que estaba tan... quebrada de trabajar. Tan cansada.

(410)

Las historias que, enseguida, esa noche, comencé a leer sucedían entre la casa y el extravío: eran historias de gente que, por una razón u otra, terminaba dejando la casa —queriendo irse o sin quererlo: gente ida o expulsada— y que, entonces, con un pánico adolorido o con gran esperanza en su búsqueda, comenzaba la aventura para siempre histórica de cruzar hacia afuera la puerta original. En el camino que, al ser andado, iba haciéndose cada vez más insólito —y tremendo, intermitentemente amable—, toda esa gente terminaba conociendo, cara a cara, un cálculo depredador —el ofrecimiento de la manzana envenenada—, pero también una bondad cuya sinceridad abría el mundo a un tiempo más feliz, a veces breve y a veces duradero.

(411)

En ese momento definitivo, recibí el libro como un objeto que místicamente había llegado a la intimidad de mi cama desde lo más remoto, es decir, desde el origen anterior a mi origen. Ahora continúo recibiéndolo —ese y cada libro que me deslumbra— como el esfuerzo de una gente que, con decidida generosidad, entrega un regalo que puede impactar la mirada sobre casi todas las cosas.

(412)

«¡Muestra, muestra!», gritó Yiya mientras tocaba el timbre. «¿Dónde está?» —pero mi amiga vio la flor desde la puerta—. «¡Preciosa!», siguió gritando. «¡Vamos pues, te acompaño a plantarla!». Y así, valiéndome mierda el trabajo —la deuda y la persecución del banco—, salimos corriendo hasta llegar, extáticos, al parque de La Independencia, cerquita del Planetario. «Acá mismo», dijo Yiya, pisando un pedazo de grama —abrí un hueco con las manos y, mientras sembraba la flor, ella siguió hablando—: «Entonces acuérdate: ahora vas a ver un umbral y, si lo cruzas, tú caes a otro mundo y, si te paras, se asoma un camino y, si lo andas, recibes el regalo de una visión. Buen viaje, amigo. Nos vemos al regreso». Y esto fue lo que pasó: cuando terminé de echar la tierra al hueco, una oscuridad comenzó a rodear, brillante, la Flor de Espejo, como un fragmento de noche a plena luz del día, o como si, en su hermoso misterio, la flor hubiera comenzado a despedir una noche estrellada. «Chao, chao», le dije a Yiya. «Gracias» —la oscuridad cubrió a mi amiga, y al parque, y al Planetario: la oscuridad me cubrió a mí y lo cubrió todo: todo excepto la flor, cuyos pétalos seguían multiplicando mi distorsión, fragmentándome la cara, deformándola en tantísimos reflejos que, con el viento, no dejaban de agitarse y deformarse más—. Eso fue así hasta que ya ese viento dejó de soplar, y la flor, quieta ahora —quietísima: como un objeto de plástico otra vez—, se desintegró en un estallido risueño y, en vez de ¡pum!, sonó una carcajada con su eco: ¡JAJAJAJA!, ¡JAJAJA!, ¡JAJA!, ¡jaja!, ¡ja! El humo se fue dispersando y en el lugar en donde estaba la flor quedó un ano espléndido —un ano del tamaño de un ano: un ano humano, de carne, con unos puntos de escarcha dorada alrededor—. «Ven, entra», dijo alguien —una voz que habló desde adentro—. «No tengas miedo». Yo pensé: «Este debe de ser el umbral», y para entrar —para caber y poder entrar—, comencé a lamer. Y a lamer. Y a lamer el ano con pasión y paciencia. «Así, muy bien», dijo la voz. «Dilátalo» —yo seguí lamiendo hasta que, ya bien abierto, pude entrar con un dedo ensalivado y otro, y luego con el puño cerrado—. «Oh, sí, así», seguí escuchando, y bueno, sí, seguí: poco a poco metí las manos y abrí —abrí más el ano para meter la cabeza— y, observando la amorosa profundidad, mientras aspiraba el olor a culo, metí más el cuerpo: tuve el cuello hasta adentro y después todo el pecho y, cuando, ya por fin, me cupieron las piernas en toda su largura, quedé colgando de los pies. «¿Hola?», pregunté o saludé, todavía guindando del ano. «¡Dale, descuélgate!», dijo la voz y, al hacerlo, caí en un túnel por el que continuaba, brillante, la noche estrellada que había despedido la flor. Y caí, caí, caí... Fue tan larga la caída que tuve tiempo sobrado de pensar en la madriguera del conejo por el cual Alicia había entrado al País de las Maravillas. «¿Es que nunca voy a terminar de caer?», me pregunté, tal cual como Alicia, y en voz alta dije, poco antes del golpetazo final: «Debo de estar llegando al centro de la Tierra».

(413)

Seguí abismado hasta que ¡plom! —no me dolió—. A pesar de lo oscuro que estaba, las estrellas dejaban ver un largo camino pedregoso: una senda con barro o mierda por todas partes, y unos —muchos— árboles a lado y lado: eran los árboles que, allá en Barranquilla, la gente llama Lluvia de Oro. Poco a poco, caminando a tientas, mientras miraba los racimos colgantes con las flores amarillas, comencé a escuchar el sonido del agua que corría, despacio o tímida, como un arroyo en ciernes. Yo seguí caminando, guiado siempre por la luz estelar, hasta que, ya entrado en la senda, entre dos árboles que llovían amarillo, la voz dijo: «¡Ja! Otro que cae por acá» —con un fósforo prendió una vela y por fin reveló su cara: tenía una barba blanca, muy larga, y unos ojos de loco—. «Yo soy Gurungu» —se tocó el corazón— «y sé muy bien que, al igual que toda la gente que viene de allá» —apuntó el dedo hacia arriba, adonde estaba el umbral— «vienes de una casa quebrada» —mientras el loco hablaba, el sonido del agua crecía—. «Escúchame bien: al fondo de tu vida, muy al fondo, estoy viendo una puerta rota, con una telaraña de vidrio. Dime algo: ¿eso es así o estoy loco?» —me vi arrojándole el cuchillo a Fabrizio en plena lucha fratricida, y vi a Fabrizio esquivando el filo, y luego al cuchillo impactando la puerta original—. «Sí, eso es así», le dije —al escucharme soltó una risa y con la vela se prendió la barba: la luz me hizo ver que estábamos a orillas de un río lento, perezoso—. «Yo sé que es así», dijo, «pero también es cierto que estoy loco». Gurungu siguió riéndose hasta que el fuego le incendió toda la barba: después escupió la chapa y quedó con cara de niño recién nacido. «¡Bu!», me dijo, y volvió a reírse.

(414)

A orillas del río perezoso, caminando bajo la lluvia amarilla, Gurungu dijo: «Te quiero dar el regalo de una visión, pero vas a tener que escoger: o lo más absolutamente hermoso que podrás ver jamás, o lo más absolutamente terrible» —la voz me llegó con su eco y, mientras yo pensaba qué decidir, el ofrecimiento se repetía—: «Lo más, más hermoso, o lo más, más terrible». Primero traté de imaginar qué podría ser lo más bello que vería para siempre: qué cara, o qué cuerpo descansado. Qué forma del cielo astronómicamente inédita. Qué éxtasis. Qué animal nuevo o qué monstruo divino. Qué obra o qué dignidad. Qué vida. Y me pregunté, por supuesto, qué podría ser lo más terrible que vería hasta el final: qué cara, o qué cuerpo, o qué forma del deseo destrozándose. Qué miedo o qué pus. Qué violencia desmembrante. Qué arrasamiento o qué oscuridad política. «Ambas visiones sucederán al tiempo», me dijo el loco. «Si ves una, te perderás de ver la otra. Piénsalo».

(415)

Yo quise, como nunca, demediarme: ser partido en dos, verticalmente con un cuchillo, para poder ver con mediocuerpo la visión más hermosa y con mediocuerpo la visión terrible. Sorprendido, entonces, por el deseo que, poco a poco, comenzó a escindirme, volví a pensar en el hechizo de la vieja: en su asombrosa persistencia desde el principio del tiempo. «Ay, ombe, ¡qué vaina!», me escuché decir, al hallarme una vez más en la vida tan borroso, o tan confundido, o tan dividido en mí.

(416)

Ahí mismo recordé a Margui barriendo las mirlas con pala y escoba. «Ay, ombe, ¡qué vaina!», dijo esa vez, con ese mismo tono con el que yo acababa de suspirar —era el mismo tono con el que ella gritaba siempre: «Ay, ombe, ¡la vida!»—. De niño entendía que en ese canto tan caribeño había una comprensión de algo tan doloroso como inconmensurable: que en ese *ay* y en ese *ombe* y en esa forma de gritar *la vida* había un lamento que venía de muy lejos en el tiempo y que, al sonar en la casa otra vez —otra vez—, volvía a sorprenderse con la repetición de una injusticia o de una desgracia. «Ay, ombe, ¡la vida!». Cada vez que la escuchaba hablar así —cantar así, llorar así—, yo me preguntaba qué más había en su voz: qué cosa distinta a la larga tristeza. A veces era resignación y otras veces era todo menos una oscuridad resignada.

(417)

Decidí decirle a Gurungu —con tantas imágenes brutales en la cabeza: los gritos del pobre tío Davide durante la explosión de la granada en la guerra, la persecución del banco, el peso del mundo devastando un cuerpo— que yo no quería recibir el regalo terrible. Me dio pánico la visión, su incisión en mi mente: que fuera un golpe de violencia irreversiblemente traumático, capaz de acecharme sin fin, de preñarme de horror hasta el último día, o de provocar una conmoción con la capacidad de expandirse hasta volverse un deseo de muerte o una lógica de exterminio. «No quiero ese obsequio», le dije al loco. Y, sin embargo, en cuanto hablé así, pensé que estaba perdiendo la oportunidad de conocer una revelación o una advertencia: una imagen de futuro de la que había que escapar a toda costa. «Me equivoqué», pensé, y en cuanto el loco dijo, sonriente: «Ven, te muestro lo más bello», yo le dije, temblando psíquicamente: «No, no, tampoco» —me dio miedo la visión: que fuera a decepcionarme o a parecerme poquito; o que causara que todo lo bello que en adelante observara comenzara a decepcionarme o a parecerme poquito; o que incluso fuera una belleza que me excluyera violentamente de la belleza—. «Yo no sé si quiero verla», le dije, y volví a arrepentirme: pensé que estaba perdiendo la oportunidad de recibir la máxima inspiración, de observar un horizonte divino, o un buen horizonte, o un horizonte que me jalara alegremente hacia sí.

MONSTRUO Y CIELO

(418)

«¿Y entonces?». Ante mi duda —el asma psíquica—, Gurungu se rio. «Ay, ¡no sé!», dije —alcé la vista y el cielo se estrelló más: brilló, brilló, brilló—. «Regálame la visión más hermosa» —el loco se rio tanto que pasaron siglos: empezó a girar la ruleta de la historia—. «¿Estás seguro?», me preguntó —una luz plateada caía sobre el río perezoso—. «Yo ni siquiera estoy seguro de querer recibir el regalo», le dije, pero el loco, riéndose ahora más alto, propuso que lo dejáramos al azar. «¿Cara o cruz?» —escupió una moneda y la tiró con fuerza bien arriba—. «¡Cara!», escogí, y al cacharla en el aire, Gurungu dijo, apagando la vela: «Te dejo con La Morisqueta» —se esfumó entre los racimos colgantes amarillos—.

(419)

«¿Con quién?», le pregunté —se extendió un camino de pétalos rosados hacia el horizonte, paralelo al río perezoso—. «Conmigo», dijo una voz gangosa. «Yo soy La Morisqueta» —y, no más decir eso, se soltó a llorar escandalosamente—: «¡Buaaaaah! Yo soy horrible, nadie me quiere. ¡Buaaaaah!»

—el llanto se fue alargando y yo me arrepentí de haber dejado mi elección al azar—. «¿Dónde estás?» —busqué por todas partes, ahora andando el camino rosado—. «Déjame verte». Pero, en vez de mostrarse, La Morisqueta pegó un grito nuevo, más chirriante que los anteriores. «¿QUEEEEÉ?» —no había vidrios alrededor y, sin embargo, se partieron toditos—. «¿No escuchaste lo que acabo de decir? ¡Nadie me escucha, buaaaaah! ¡Nadie nunca me escucha, buaaaaah! ¿Acaso no has entendido que yo soy un monstruo? ¡Soy un monstruo, ¡buaaaaah! ¡Yo espanto a todo el mundo».

(420)

Bajando por la ribera, la senda fue llenándose de más y más pétalos, haciéndose con cada paso tupidamente rosadísima. «¿Por qué dices eso?». No había terminado de pronunciar la pregunta y ya supe que el monstruo volvería a conmiserarse, y a flagelarse, y a arrastrarse hasta quién sabe qué oscuridad —tuve razón—. «¿Acaso no me crees?» —se reventó a llorar—. «¡Buaaaaah! ¿Me estás diciendo mentiroso? ¡Buaaaaah!». Al límite de perder la paciencia, traté de llevar la conversación a otro lugar, muy lejos de su desesperante monotonía. «¿Has visto lo hermoso que está el cielo?», le pregunté —y lo estaba, realmente: sucedía una épica de la luz—. «Por supuesto que no», respondió La Morisqueta. «Desde mi cueva no se ve, ¡buaaaaah!». Yo le dije: «Pues sal, ven» —busqué la cueva, pero sólo vi el río que pereceaba y el camino de pétalos bajo la noche—. «¿Dónde estás?» —el monstruo aprovechó la pregunta para enredarme en un delirio de inexistencia—. «¿Sí ves? Soy tan chiquitico, tan poca cosa, tan definitivamente insignificante que incluso estando aquí no más, tan cerca, no puedes verme» —dicho eso, gritó su llanto otra vez—: «¡Buaaaaah!» —y una vez más—: «¡Buaaaaah!». Y entonces, cuando ya estaba a punto de no hablarle más, se me dio por decirle: «Guíame hasta la cueva».

(421)

El monstruo dijo: «Camina otro poquito», y volvió a llorar. «Vas a asustarte», dijo. «Vas a huir de mí». En vez de escucharlo, di unos pasos más, aún sin ver la cueva. «¿Por qué crees que me llaman La Morisqueta, ah?» —mientras yo intentaba encontrarlo, seguir la voz, volvió a llorar—: «¡Buaaaaah! ¡Pues por mis muecas! ¡Porque tengo la frente ajada de sufrir, buaaaaah! ¡Por el labio que me cuelga más allá de lo triste!». Azorado por la inmamable perorata, y ahora con miedo a que el monstruo fuera a mostrarse —pero sintiéndome tan atraído: el monstruo iba a mostrarse—, anduve otro poquito por la senda florida. Y otro poquito más. Hasta que vi un guayacán rosado como el que daba sombra a mi casa en Barranquilla. «Cuando se caen las flores», decía mi mamá, «tenemos una senda rosada hasta la puerta, los pétalos tapizan nuestra entrada». Frente al guayacán rosado estaba la casa quebrada, con la telaraña de vidrio en la puerta —me pareció distinta: había algo, la insinuación de su ruina, que ya la cubría toda—. «¿Quieres entrar?», me preguntó el monstruo —la voz salió de adentro y, por supuesto, me asusté: no había entendido que la casa era la cueva—. «No», dije, pero me arrepentí enseguida. «Bueno, sí», y comencé a acercarme, tieso y titubeante, a la puerta original. «¡Vas a asustarte!», repitió La Morisqueta —al mismo tiempo que hablaba, la puerta se iba abriendo—. «¡Vas a salir despavorido!». Y cuando ya estaba a un paso de entrar, me detuve un instante, dudoso otra vez. Aspiré —aspiré el aire que había adentro, encerrado: no me olió a nada que me hiciera recordar algo—. «Sal tú», le dije. «Me arrepentí». El monstruo dijo: «Bueno», y al asomarse por la puerta, inmundo, pegó un grito que me dejó helado: «¡Qué horror!» —se quedó en el marco de la puerta—. «¡Eres un monstruo!».

(422)

La criatura era un cuerpo desnudo —¡el mío!— partido verticalmente por la mitad. Luego de observar la carne ahogada en sangre que iba descolgándose en gajos por todo su mediocuerpo, me quedé absorto ante mi propia carne ahogada en sangre, pellejuda, derramándose en gajos por todo mi mediocuerpo. Tenía la verga cercenada, como una plasta de venas abiertas, y una sola hueva colgando verdosa. Desde la cabeza partida del monstruo, las vísceras iban desprendiéndose como tentáculos moribundos a lo largo de la piel desollada, de la misma forma que unas tripas babosas, como tentáculos moribundos, iban desprendiéndose de mi propia piel reventada en morados. Todo ese mondongo se arrastraba por el suelo, proliferante, y hacía tambalear al monstruo, que luego de mucho esfuerzo, dando saltitos con su única pierna, se acercó a decirme con su afligida mediaboca: «Llegaste a tiempo para la ceremonia». Entonces me picó el único ojo y, aclarándose la garganta, leyó la siguiente proclama:

(423)

LECTURA DEL BANDO A CARGO DE SU MAJESTAD,
LA MORISQUETA

Yo me corono
Rey de las Cadenas
por lealtad a la casa
que se quiebra conmigo
y en mi trono de acero
me ufano glorioso
de cada candado
que adorna mis pies.

Promulgo una ley
que me alza enervado
como el más absoluto
de todos los gritos
y bendigo al espejo
capaz de mostrarme
que no hay en la tierra
mortal más herido
que yo.

Soy soberano
y me empujo al exceso:
por eso me ofrezco
excelentes torturas.
Con látigo y vidrio
inflamo el dolor
de mis dos precursores
y me arranco la espalda
en cada ritual.

A veces recorro el subsuelo
en mi vaca tan flaca
buscando una luz
que apago enseguida
y si alguien se lanza
a abrir mis candados
lo observo indignado
y declaro insurgente.

Condeno al que mate
festejos con una amargura
distinta a la mía
y prohíbo ya mismo
que haya en mi reino

otro caído
otro cautivo
otro sufriente
otro lisiado
otro muy triste que no sea
yo.

(424)

Ante mi atolondrado silencio, La Morisqueta trató de ponerse una corona de cartón que decía, en letras doradas, *Burger King*, pero al ser tan pequeña su mediacabeza, el adorno terminó deslizándose por todo el flaquísimo cuerpo, entre las tripas salidas y la piel, hasta que cayó patéticamente sobre el pie descalzo. «¡Buaaaaah!», gritó el monstruo por última vez. «¡Buaaaaah! Ni siquiera puedo coronarme yo, yo, yo, yo solito, ¡buaaaaah, buaaaaah, buaaaaah!». Se me ocurrió, entonces, que debía dejar la cueva: salir para siempre de allí. «Oye, cosámonos», dije. «Vámonos de acá». La Morisqueta dijo —o quizás fui yo quien dijo enseguida—: «¿Y si mejor nos quedamos?».

(425)

Bajo el marco de la puerta original, empezamos a cosernos con aguja y tripa: ni el monstruo se animaba a salir, ni yo me animaba a entrar. Así estuvimos, paralizados ante la casa y el camino, dudando del primer paso que daríamos juntos, hacia adentro o hacia afuera, cuando termináramos el remiendo. «Acá me quedo», sentenció La Morisqueta, o de pronto yo mismo. «¡No quiero dejar la cueva!» —y, sin embargo, a medida que nos fuimos cosiendo, la voz se volvió una pregunta y un titubeo—. «¿Cómo voy a irme si todavía hay tanto que quiero observar?» —salió un suspiro del monstruo o de mí—. «Yo quiero entender la casa».

(426)

Nos seguimos cosiendo y, en el momento de la puntada final —fueron más de cuatrocientas puntadas que nos dimos—, escuché el eco de una doble risa: eran, sin duda, las risas de Fabrizio y mi mamá. Su voz salía de adentro, antigua, como si él o ella se acabaran de contar una historia —una de esas historias de siempre que siempre nos hacían reír: el jabón en enmierdado, el orín en la bombona—. Yo quise entrar, reírme con ellos. Pero un recuerdo estalló —se impuso— de entre todos los recuerdos posibles: las gárgaras que había hecho Margui con la Jean Marie Farina de Roger&Gallet. «¡Ay, no, Dios mío!», gritó mi mamá. «¡La colonia de mi papá! ¡El tesoro de mi mamá!» —yo di el primer paso hacia afuera, dudoso y sonriente, con la imagen de Margui escupiendo todo eso—.

(427)

Seguí caminando hacia el agua, pero al rato decidí voltearme. Me habría gustado tener la visión de una mirla posando invicta en el techo. Vi, en cambio, la casa vieja y alicaída, con un pedazo de tripa que se me había quedado en la puerta.

(428)

«¡Prrr! ¡Prrr!», alcancé a escuchar —la tripa sonó así, como temblando políticamente: un retorcijón por cada paso que fui dando hacia afuera—.

CIELO Y MONSTRUO

(429)

Después caminé por la orilla, río abajo —me fui vistiendo con la ropa que hallé en el camino: una pantaloneta roja con la corredera dañada, una camiseta de flores con muchos huecos y unas chancletas tres puntadas, como mordidas por un perro—. Al son del agua que lenta, muy lenta, iba fluyendo hacia quién sabe dónde, comencé a pensar en la vida —en tantas cosas que habían pasado— mientras contemplaba, por allá arriba, la luz multiplicarse. Entonces recordé una historia fundacional con el cielo. Tenía diez años y me habían llevado al optómetra por primera vez. Mientras trataba de adivinar qué letras aparecían en la pared y éstas cambiaban de tamaño, o se iban volviendo otras —cada vez más inciertas para mí, más desconocidas en sus líneas y curvas—, el doctor dijo, no sé si con ánimo de exagerar o verdaderamente escandalizado: «¡Este niño está mal! ¿Cómo es posible que no lo trajeran antes? ¡Es un milagro que no haya tenido un accidente!» —ni mi mamá ni yo dijimos nada—. La proyección de letras continuó sobre el fondo blanco. «¿Cuál es ésta?», me preguntó —no podía verla—. «¿Y ésta?» —tampoco—. Así, consciente ahora de que el mundo era borroso —y sin saber, hasta esa tarde, que lo había sido, quién sabe desde cuándo—, intenté descifrar las letras. Adivinarlas. Como si, al ser capaz de atinar, los ojos fueran a mejorarse —como si ya creyera que la visión más verdadera tiene intuición y adivinanza—.

(430)

El diagnóstico: una miopía de 4.50 dioptrías en cada ojo. «Para que tenga una idea», dijo el doctor —le hablaba siempre a mi mamá—, «ya con 0.25 recomiendo gafas». Por supuesto, me mandó unas: debíamos recogerlas a la siguiente semana. Era diciembre. En la casa se alzaba, atiborrado y brillante, el árbol de Navidad: de las ramas colgaban manzanas doradas y campanas de vidrio, y un ángel brillaba en la punta más alta —con su pelo de muñeca y galas de terciopelo, tocaba una trompeta de plástico—. A varios metros del árbol, sentada en su puesto del comedor, mi mamá dijo: «Se cayó una manzana, recógela, por favor». Yo no vi la manzana caída. Pero empecé a acercarme, lento, al arbolito que inventamos, y fue apareciendo, ante mí, la fruta mágica en el suelo: no estaba y ahora sí.

(431)

Desde esa noche y hasta el día que pasamos por las gafas, empecé a hacer un ejercicio: pararme en un rincón y concentrarme en un objeto; tratar de captar lo que había en él —todo lo que yo veía—, para finalmente acercarme y descubrir lo que no había visto. Por ejemplo, el portarretrato con la foto familiar. Yo podía decirme: «La cabeza de mi papá está enorme, aparece entre los cuerpos completos de la vieja y de mi mamá, que está entre mi hermano y yo. Papi: casi oculto, camisa blanca y nada más. Mami: vestido rojo y candongas de fantasía, sonríe con todos los dientes. Hermano: un conjunto negro. Yo: un conjunto gris. Margui: no sale en la foto».

Al acercarme, rectificaba: «El pelo de mi papá se confunde con la sombra de su propia cabeza, por eso la veía inmensa. Además de las candongas, mi mamá usa un collar de fantasía. El conjunto de mi hermano es negro, pero tiene, además, un estampado de pétalos. Y, más que gris, mi conjunto es de cuadritos de distintos grises. Efectivamente, Margui no está». Entonces imaginaba —y al hacerlo, me emocionaba locamente— qué podría ver con las gafas y a qué distancia: qué podría ver de lejos, sin tener que pegar la cara al mundo.

(432)

Yo me pegaba, sobre todo, a la pantalla del televisor y, cuando, pegado a la pantalla, veía algún programa, casi siempre muñequitos, mi mamá me decía: «Vas a dañarte los ojos», mucho antes de que fuéramos al optómetra. «¿Por qué te acercas tanto?» —pero si no me acercaba, yo no podía ver—. Tengo este recuerdo: estar viendo encantado *El Chapulín Colorado* —quiero decir: bajo el encanto del programa, hechizado por las andanzas, en cada episodio, del héroe miedoso— y preguntarle a mi mamá, con la más sincera sensación de maravilla, si pensaba que, en caso de peligro, el Chapulín llegaría a ayudarnos si gritábamos: «¡Oh! ¿Y ahora quién podrá defendernos?». Mi mamá me dijo: «Nene, ¿cómo se te ocurre? Él no existe en la vida real». Entonces le pregunté: «¿Qué es la vida real?». Me dijo: «Lo que no estás viendo en la pantalla».

(433)

La vida real: el mundo borroso.

(434)

Un día después de esa primera visita al optómetra, hojeé un almanaque con fotos y dibujos del sistema solar: me causó especial interés Júpiter, el gigante gaseoso. Leí datos de su impactante tamaño: que en su gran mancha roja —una tormenta que ha durado siglos y siglos, con vientos de hasta quinientos kilómetros por hora— cabría 1.3 veces nuestro mundo. Que estuvo muy cerca de ser una estrella —faltó sólo un poco para arder—. Que más de sesenta lunas orbitan a su alrededor. Que su masa es dos veces mayor que la del resto de planetas juntos.

Ante la ilustración de su inmensidad, me creció un sentimiento nuevo que tiende a renovarse en mí cada vez que leo una noticia astronómica —como la del descubrimiento de una galaxia, por ejemplo, la CEERS-93316, que se formó 235 millones de años después del Big Bang, quizás la galaxia más antigua y distante del universo—. Hablo de una forma de asombro que ocurre cuando, en un solo dato, se armonizan la precisión y lo inconmensurable, oposición que provoca una experiencia probablemente idéntica a lo que algunos místicos han llamado el *instante eterno* para referirse a la experiencia de unión con Dios. Ya mayor, inventé una palabra para semejante emoción. Oximbro —de asombro y oxímoron, por supuesto—: 1. Sobrecogimiento espiritual provocado por la ciencia. 2. Aturdimiento místico-científico. 3. Momento divino ante la magnitud de un dato.

(435)

En la terraza, la noche antes de volver al consultorio, mi mamá preguntó: «¿Ya vieron qué bonita está la luna?». Yo miré hacia arriba y, si acaso, vi una lucecita pálida, un bombillo prendido a 384.400 kilómetros de Barranquilla. En mi recuerdo, borroso como la vista, alguien dijo: «¡Esos huecos, Dios mío! Parece un queso costeño» —hubo risas—. Al verme perdido, yo creo, o sabiendo que mis ojos no llegaban a la belleza de encima, mi mamá se acercó para decirme: «Ya mañana la vas a ver» —yo la vi a ella—. ¡La emoción de esa noche! Bien adentro en la madrugada, volví a las notas del almanaque: a los siete anillos de Saturno, que tienen polvo y hielo; a los cráteres de Mercurio y su lava endurecida; al verde azulado de Urano; a las capas de nubes de Júpiter, once veces más grande que la Tierra. Mientras pasaba las páginas, pensando que, pronto, muy pronto, por fin vería el cielo, me sentí agradecido por la inminencia de un asombro.

(436)

Al día siguiente, hacia el final de la tarde, tuve las gafas, ya en la silla del optómetra. «Ahora sí», dijo él, «20/20: visión perfecta». Cuando me preguntan cómo fue, para mí, ver *bien*, o *mejor*, o *perfecto,* después de haber visto *mal* —o nublado, o borroso— durante quién sabe cuánto tiempo, suelo decir que fue como si me hubieran quitado unos vidrios empañados, chiquiticos, pegados al cristalino, lo que es curioso porque realmente me pusieron sobre la cara unos vidrios enormes que todo el tiempo se empañan y ensucian.

(437)

A la claridad se sobrepuso un mareo terrible (provocado, según el doctor, por el aumento de los lentes), y esa doble experiencia —visión y mareo— me ha inspirado a escribir algunas moralejas:

Cuando hemos estado entre la niebla, perdidos, cruzando un bosque espeso, entrar a un claro nos puede marear.

Cada vez que llegamos a una claridad, algo nuevo se desdibuja.

Al mirar, se alternan lo diáfano y lo borroso.

En cada ojo: humo y luz, y un claroscuro.

(438)

Desde una esquina alejada, ahí mismo en el consultorio, mi mamá saludó con la mano: «¡Quiubo! ¿Me ves? ¡Aquí estoy!» —se escuchaba feliz—. Yo le dije: «¡Quiubo! Te estoy viendo», mientras trataba de acostumbrarme al mareo. Afuera, con el cielo sobre mí, caminé con la mirada en la calle: quería postergar el asombro, observar ese espectáculo desde la casa original. En la noche, entonces, con las gafas en la mano, hice por última vez el ejercicio comentado: en un rincón de la terraza, muy cerca de la palmera sin cocos, miré el cielo mientras me dije: «Veo un bombillito parpadeante entre el blanco y el negro».

Después, cuando me puse las gafas —no vi nada—. Quiero decir que no vi nada de lo que esperaba ver: los planetas en línea, quizás, uno al lado del otro, como aparecían en los dibujos del almanaque —Mercurio como un clavel gris, y Venus amarillento, y Marte encendido, y Júpiter, por supuesto, mi favorito, con sus capas de nubes blancas y coloradas en movimientos rocambolescos—. Vi nubes, las nuestras, las de la Tierra, pasando en rizos, rápido, detrás del guayacán rosado, dividiéndose o entremezclándose sobre el río Magdalena. La luna me pareció el mismo foquito que había visto sin gafas.

En esa gran desilusión, cerré el ejercicio —palabras más, palabras menos— así: «Veo un bombillito parpadeante, la luna, entre el blanco de las nubes y el cielo de noche. Otros foquitos la rodean: son las llamadas estrellas».

(439)

«¿Viste qué linda?», me preguntó mi mamá —le dije que sí—. Me pareció imposible explicarle mi decepción —ese asombro al revés—, mucho más comunicarla en ese momento, cuando ella imaginaba que estaría feliz. Y, sin embargo, más tarde, en la cama, para tratar de entender cómo era posible que un planeta, Júpiter, once veces mayor que la Tierra, no pudiera verse, imponente, acaparando el cielo, busqué en el almanaque la distancia a la que estaba de mí: 965 millones de kilómetros. Y entonces ahí, en ese dato, otra vez el oximbro: la precisión y lo inconmensurable.

(440)

Quince años después, ya con veintitantos, fui a la playa de Caño Dulce, cerca de Barranquilla. Allí hay un mar inesperado: uno puede entrar bien adentro, alejarse de la arena seca, perder de vista las cabañas de palo, seguir recto hasta el atardecer y, entonces, tan lejos, dejar de ver los techos de paja, no escuchar más el grito que ofrece mango biche, ni oler los patacones en la orilla, o el arroz con coco y el pescado frito, caminar más y seguir aún con el agua por los tobillos, correr entre la sal que flota, y ahí ver que el agua, después de tanto, ni siquiera te alcanza la cintura; que puedes caminar más, mucho más, sintiendo que, a ese paso, como van las cosas, podrás tocar la línea del horizonte, azul o gris, borrosamente recta, avanzar en el mar con los pies en la arena, andar —andar—, hasta que ¡miedo! un abismo —el jalón más fuerte bajo el agua—, y tu cuerpo entero se hunde. Entonces tienes que elegir si nadas contra las olas o hacia la orilla segura: si quieres volver a pisar la tierra o entrar al resto eterno del mar.

(441)

Alguien podría decir: «Qué exageración, tampoco es que uno pueda caminar tanto sin hundirse». ¡Ay, no, que no moleste! El cuento es que estaba en Caño Dulce una tarde, yo solo con el agua por las rodillas, caminando tranquilo por la tierra mojada, cuando una luz caliente me prendió los ojos: una parte del cielo, el más cercano al mar, se había anaranjado, y las nubes más rojas lo atravesaron, como si hubieran sido de vapor de sangre. El cielo que estaba encima, todo el otro cielo, seguía azul y despejado, con una luna que nunca había visto: no sólo perfectamente redonda, sino blanca y clara como un planeta desconocido. Recordé el cielo que había imaginado tantos años antes, cuando estaba por usar las primeras gafas, y pensé que eso, algo así, era lo que había esperado ver: la cercanía cegadora de los astros, espectaculares en su contigüidad, como a punto de inspirar mitologías. Recibí la vista como un milagro.

(442)

Pero pasó que un chico, también de veintitantos, salió de entre la espuma. Al ver que los músculos de la espalda se le ensanchaban, me pareció que había estado la vida entera nadando. Tenía una zunga blanca y, por todos los tonos del bronceado, fue claro que había usado un bañador más corto cada día: las piernas se iban haciendo pálidas a medida que se acercaban a la tela. Sonrió —tenía un diente montado en otro— y usó las manos como cachucha: aparecieron las axilas rasuradas, aunque ya el vello comenzaba a crecer. Entre tantos colores que había en el cielo, sus ojos grises llenaron la playa de irrealidad, como si fuera él solo la proyección inesperada de una película en blanco y negro.

(443)

Yo tenía los ojos capturados por ese atardecer. La luna se fue haciendo brillante —sus mares sin agua más claros—, y así fue pareciéndose más y más a un mundo nuevo, recién formado en el sistema solar. Sin embargo, a pesar del cielo inédito, yo no dejaba de mirarlo a él: con ambas manos se sobaba el cuello, la nuca, al tiempo que movía la cabeza en círculos. Y entonces, cuando recuerdo esa tarde en Caño Dulce, tiendo a preguntarme cómo es posible que una belleza tal, aparentemente chica, haya podido llevarme hacia sí mientras algo tan grande ocurría. O cómo es posible que la belleza de un cuerpo haya sido más bella que la belleza de un cielo creándose.

(444)

«¡Mira!», dijo el pelao, y apuntó el dedo hacia arriba. Las nubes rojas se habían amoratado, y un pájaro abierto cruzó el aire —gaviota o garza, quién sabe: volaba a contraluz—. Me sorprendió que contemplara lo que él mismo había ensombrecido.

HISTORIA ECONÓMICA Y AFECTIVA

(445)

Ya estaba amaneciendo. En la orilla, sentado con los pies en el agua, seguí pensando en las risas que había escuchado en la casa. «¿No quisieras que la vida, toda la vida, fuera la repetición de ese tiempo?», me preguntó Juan Ramitas la última vez que lo vi. Yo me hice la misma pregunta, borroso, ante la puerta que, ya chiquitica, aún podía ver río arriba: «¿No quisieras que la vida, toda la vida, fuera la repetición de ese tiempo?» —rápidamente me comencé a atiesar: de los pies me fue subiendo, como una serpiente ciega, un calambre radical y, antes, justo antes, de que me atrancara la boca, alcancé a decirme—: «No».

(446)

Entonces estuve así, como un trozo de madera en la orilla del río, quién sabe por cuánto tiempo más: seguía girando la ruleta de la historia. Como el calambre me dejó los ojos abiertos —con la piel de los párpados tiesa, estirada hacia abajo y hacia arriba—, yo podía ver todo lo que había o sucedía al frente, en el río: a las águilas pescadoras que, de repente, ¡chas!, arrancaban a un bagre del agua; a las babillas en troncos flotantes, asoleándose con la boca abierta; a un manatí cubierto de algas que hacía piruetas; a un chigüiro comiendo pasto iniciada la tarde; a una iguana en la orilla opuesta, verdísima y veloz, trepándose a un tronco y camuflándose entre las hojas, desapareciendo ante mis ojos aunque aún siguiera allí.

(447)

Mientras todo eso pasaba, yo olía y escuchaba las aguas, preguntándome cuánto más tiempo iba a seguir así, inerte y vivo, tan quietísimo en mí. Tuve tantas ganas de irme… Pensé que el loco me había engañado. ¿Cuál había sido la visión que me había obsequiado? ¿Faltaba algo por ver? Con esas preguntas llegó un ventarrón que me empujó al río. Yo quedé panza arriba, flotando, pero no como una persona que se recuesta en el agua, por fin tranquila, sino como siempre flota en el río un trozo largo de madera: radicalmente a la deriva.

(448)

En la noche, llegando a la desembocadura, quedé tirado en el último pedacito de tierra que separaba al río del mar —era y no era Bocas de Ceniza, con el agua a lado y lado, una marrón y otra azulita—. Allí quedé extendido entre muebles con la esponja afuera, fragmentos de televisores antiguos, algas, colchones rotos, botellas de agua de plástico, bolsas negras con filos saliéndose, peces muertos y espinas de pescado, verdaderos trozos de madera y cuerpos como el mío, inertes como trozos de madera.

(449)

Había una fiesta sucediendo en ese pedacito de tierra: mucha gente celebraba el Año Nuevo, toda vestida de amarillo, invocando abundancias con ese color. «¡Gran Rumba del Deseo!», anunciaba una guacamaya que sobrevolaba la fiesta. «¡Pida en voz alta lo que quiere!». Desde el desecho que me rodeaba, alcancé a ver una tarima que se alzaba, enclenque, entre dos palmeras solemnemente inclinadas —una hacia el río y otra hacia el mar—: en todo el centro resplandecía una urna de cristal, llena hasta arriba de sobres amarillos.

La gente bailaba merengue alrededor de un fuego que bailaba también. En la tarima, una draga maquillada sin fin —alta y más alta, con blusa escotada y mangas de farol, y una falda en campana, más amarilla que la blusa amarilla— apareció con micrófono en mano, de espaldas a todo el agua. «Buenas noches», dijo. «¡Y feliz año!» —sin dejar de bailar la canción que estaba sonando, *El loco y la luna* de Wilfrido Vargas, la gente saludó de vuelta—: «¡Feliz año, Serpentina!». La anfitriona preguntó: «¿Quién va a subir a contarnos su deseo, a ver?» —en ese momento, cuando todo el mundo alzó la mano, yo también quise alzarla, pero aún seguía más tieso que una reja—. «Sólo un deseo por persona, ¿me oyen?», continuó

Serpentina. «Sólo uno porque esta vaina se llenó. Lo dicen clarito, con todas sus letras, y el resto escucha. ¡Escuchamos bien! Si alguien lo puede cumplir, alza la mano muy alto, que se vea. ¡Que yo pueda ver quién va a cumplirle el deseo a un extraño! Y si nadie lo puede cumplir... Ojo: si nadie en esta fiesta puede cumplir el deseo, abrimos un sobre amarillo. En todos hay una sorpresa». Aterrizando en mi pecho, la guacamaya volvió a decir: «¡Gran Rumba del Deseo! ¡Pida en voz alta lo que quiere!».

(450)

La primera en subir fue una mujer que se estaba sobando las manos, nerviosa. «Bueno», dijo, «la verdad es que yo quisiera una casita... Puede ser incluso de una sola habitación». Como nadie dijo nada, Serpentina pegó un grito: «¡Ya la escucharon, pues! ¿Quién por acá tiene una casa que le pueda obsequiar a la dama?» —el silencio se calló más—. «¡Por Dios! ¿Y un apartamento?» —ni una sola mano levantada—. «¡Ay, no, qué horror!», aulló la anfitriona. «¡No me digan que acá vino pura gente mondada!». Después de una risa larga y común, alguien gritó: «¡Que se venga a vivir conmigo!».

(451)

Como nadie cumplió su deseo, la mujer sacó al azar uno de los sobres en la urna. «Ábrelo acá mismo», le pidió Serpentina. «Tienes que contarnos qué dice». Enseguida rompió el sobre y leyó lo que había adentro —un papel amarillo, doblado en cuatro—: «Sigue deseando. ¡Te ganaste un sancocho de bagre!» —durante el aplauso que el resto le dio, yo sentí una diferencia en mi cuerpo: los pies comenzaron a moverse solitos—. «Bueno, mija, que lo disfrutes», soltó la guacamaya, ahora volando por la fogata, y la mujer bajó a la fiesta dando saltitos.

(452)

Otro deseoso llegó a la tarima. «Yo quisiera un viajecito», susurró al micrófono, a lo que Serpentina hizo el chiste de toda la vida: «¿Viajecito en avión o viajecito de esos que me gustan tanto?» —sacó un porro y comenzó a fumar—. El chico dijo: «Pues si se puede en avión, mejor. Me gustaría conocer Rodalanga». Ahí mismo la anfitriona volvió a hablarle a la fiesta. «Si por acá vino el dueño de una aerolínea, que suba enseguida, me hace el favor» —nadie alzó la mano—. «¿Y un piloto que monte a este chico en primera clase?» —tampoco—. «¿Una azafata que lo esconda en su maleta?» —menos—. «Pues ni modos, mi amor. Coge un ploncito». El chico alzó el brazo con el puño cerrado, triunfante. Al mismo tiempo, yo me moví otro poquito: las piernas ya estaban descalambrándose.

(453)

El siguiente fue otro pelao, tendría unos veinte años. «Yo he soñado siempre con recibir una ovación», confesó. «Con estar en una tarima, así como ésta, mientras me aplauden y silban y gritan mi nombre». Serpentina le quitó el micrófono para decir: «Mijo, ¡pero si ni siquiera a mí me han aplaudido! ¡Ni una porra me han hecho hoy!». No había terminado de hablar cuando ya estábamos aplaudiéndola —yo ya podía aplaudir—, riéndonos y haciéndole porras: «¡Alabío, alabao, alabim, bom, bao! ¡Serpentina, Serpentina! ¡Ra, ra, ra». Nuestra anfitriona se emocionó mucho. Dijo: «¡Uy, uy, uy, pero qué rico se siente! ¡Estoy como un pavo real!». Entonces el chico cogió otra vez el micrófono y dijo: «Volviendo a lo mío, mi nombre es Leonardo». Y así, decidida a cumplirle el deseo, Serpentina saltó a pedir: «¡Un aplauso para Leo, por favor! ¡No sean tan chichipatos!» —y lo aplaudimos, y gritamos su nombre, y le hicimos porras bastante tiempo—. «¡Gente linda!», nos saludó, ahora con la voz del Joe Arroyo, ni más ni menos. «¡Gracias por cantar conmigo!». La guacamaya lo cagó en la cabeza.

(454)

Serpentina pidió atención: quería que todo el mundo escuchara el siguiente deseo. «Bueno», dijo la chica, «yo quisiera hacer el amor con Chayanne, así con la luna redondita toda para nosotros dos». Yo me solté a chiflar, y todo el mundo comenzó a chiflar, y Serpentina dijo, abanicándose la cara: «¡Ay, jueputa! ¿Quién más quiere hacer el amor con Chayanne, a ver?». La pregunta me movió entero y, al tiempo que todo el mundo gritaba: «¡Yo, yo, yo!», yo mismo grité: «¡Yo, yo, yo!» —por fin pude estirarme, y pararme, y sacudirme de encima toda esa muerte—. «¡Yo, yo!», seguí gritando. «¡Yo, yo!», ahora acercándome a la fogata, ¡bailando!, y observando, impactado, que todos los otros cuerpos que habían estado allí, junto a mí, olvidados como trozos de madera, también se habían parado a bailar.

(455)

Como Chayanne no estaba en la fiesta, Serpentina le pidió a la chica que sacara de la urna un sobre amarillo: recibió una carimañola de queso. «Y bueno, ¿quién quiere tirar con alguien que no sea Chayanne?», preguntó enseguida. «¡Alcen la mano, pues!» —un gentío la alzó, a lo que entonces vino una tanda de deseos direccionados a personas que estaban bailando en la fiesta—: «Ay, bueno», decía alguien, mirando a cualquiera. «Me encantas», y enseguida, lo de siempre: más chiflidos, la timidez de las partes involucradas, la esperadísima respuesta —y según la respuesta, el beso que todo el mundo celebraba o la lectura de otro sobre amarillo—: «¡Me gané un arroz de lisa!». Así siguió un rato más la Gran Rumba del Deseo hasta que una anciana rumbera dijo: «Yo quiero no tener más una deuda». Como ya estaba expuesta la común escasez, Serpentina no preguntó si había alguien, de entre toda la gente bailando, que pudiera pagar lo que ella debía, sino que dijo directamente: «¿Quién va a hackear los sistemas de todos los bancos?», y cuando absolutamente todo el mundo alzó la mano, la guacamaya gritó: «¡Que no puedan cobrar porque ya no saben quién les debe!».

(456)

Mientras la gente decía: «¡Eso, eso!», y el loro coreaba: «¡Eso, eso!», vi una Flor de Espejo, brillante en el pedacito de tierra. Me sorprendió que, al acercarme a ella, ya no me viera mil veces distorsionado en cada pétalo, sino a todas las personas que, en el baile, estaban hablando su deseo. La flor se desintegró en otro estallido risueño y, en vez de ¡pum!, sonó la carcajada con su eco: ¡JAJAJAJA!, ¡JAJAJA!, ¡JAJA!, ¡jaja!, ¡ja! El humo se fue dispersando y, en el lugar en donde estaba la flor, yo abrí, poco a poco, el umbral conocido. «Casi no llegas», dijo Gurungu. «Ven, entra». Y al hacerlo, justo cuando pensé que caería otra vez en el vacío, empecé a caminar inmediatamente por algo que parecía una frontera: al frente, aún lejos, estaba Yiya en el parque, muy cerca del Planetario, y detrás seguía escuchando los deseos que aún se pronunciaban en la fiesta.

(457)

Yo seguí caminando por la frontera y, cuando ya una tierra estaba a punto de volverse la otra, o cuando ya empezaba a ser la otra tierra —cuando aún era ambas tierras al mismo tiempo: ahí, justo en ese lugar—, Gurungu dijo: «Mira», pisando dos veces la senda borrosa. «Éste es el regalo». Yo le dije: «Espera. ¿De qué lado cayó la moneda?», pero en vez de contestar, el loco se fue corriendo sin dejar de reírse.

(458)

Entonces me vi a mí mismo entre el agua total del mar y del río, escuchando el deseo de una gente que había llegado hasta allí, desechada y deshecha, quién sabe desde qué lejanía. «Me gustaría una vida descansada», dijo una voz. «Una existencia sin la permanente resonancia del daño. Sin esa repetición». Me pareció el testimonio de alguien que no había dejado de padecer una inclemencia —la insinuación de la historia económica y afectiva que había sucedido en su cuerpo—.

(459)

Y mientras pensaba que, al hablar nuestro deseo, también contamos siempre la historia económica y afectiva de nuestro cuerpo, Serpentina me llamó desde la tarima. «¡Oye! ¡El que se está yendo!» —me cogió desprevenido—. «Ajá, mijo, ¿cómo vas a irte sin pedir tu deseo?». Allí, en la frontera, yo quedé en blanco gravemente —impedido para pensar— como solía pasarme de niño en Año Nuevo, con las doce uvas en la mano. «¡Tan tímido!», dijo ella. «Habla, a ver».

(460)

Y deseando, entonces —deseando—, dije: «No sé».

(461)

Pero pasó que, en esa tierra que estaba a punto de volverse otra —cuando ya empezaba a ser otra tierra: cuando aún era ambas tierras al mismo tiempo: ahí, justo en ese lugar—, recordé, enternecido, lo que había querido recordar con exactitud política esa noche con Rafa: que, en la sorpresa del sexo, un tiempo tan corrosivamente doblegante había quedado atrás;

que algo tan incalculable como una opresión había podido desarmarse; que la persecución había cesado; que por fin se había cerrado El Gran Ojo sobre uno. Y que todo eso había sucedido con la consciencia de que nunca el espíritu de una edad se queda atrás del todo: que siempre está insistiendo en reaparecer mientras continúa la vida. Pero ¿cómo no emocionarse hasta las lágrimas con la radical experiencia de haber vivido con todo el cuerpo el cambio profundo de un tiempo? ¿Cómo no conmoverse hasta más allá del sexo por haber vivido tan íntimamente semejante revolcón histórico y, entonces, a lo largo de toda la frontera, haber podido olvidar para siempre, para siempre, para siempre, para siempre, para siempre que la existencia podía llegar a ser a veces una rigidez aterrorizada?

(462)

«Un polvo histórico», dije.

(463)

Esa noche, en un lugar que parecía el universo —por las luces que, arrítmicamente, unas sobre otras, atiborraban la oscuridad de un nacimiento que siempre seguía naciendo más, temblando, refulgiendo de historia sin dejar de nacer—, yo me olvidé incluso —¿cómo decirlo?— del extenuante esfuerzo que había implicado para mí aprender a desear otra vez, con toda el alma, una alegría absolutamente física.

Barranquilla-Bogotá-Palamós
6 de noviembre de 2021 − 8 de noviembre de 2024

AGRADECIMIENTO

Durante el tiempo de escritura de este libro, fui armando las oraciones —pensando su música— y ordenando los fragmentos que lo componen en las largas caminatas que suelo dar con mi perra Siempre. A ella, mi compañera divina, quiero darle las gracias por la fuerza inspiradora de su juego y su ternura, y a Adriana Martínez Villalba, por acercarnos y cambiarme la vida.

Muchas gracias a Gloria Susana Esquivel por la escucha amorosa y la conversación incesante: por la amistad que celebra la duda y el titubeo.

A Andrés Suárez, por la belleza de su pasión crítica.

A Juan Cárdenas, por mostrarme el punto ciego.

A Salomé Cohen, por la seriedad emocionada de su lectura y su trabajo.

A Paula Canal y Andrea Montejo, de Indent Literary Agency, y a todos los amigos y colegas de Penguin Random House en Colombia, especialmente a Sebastián Estrada, Lorena Calderón, Nohora Betancourt y Laura Navas, por acoger el libro con tanto cariño y rigor.

Escribí una parte de este libro gracias al apoyo del Instituto Caro y Cuervo y de la Residència Literària Finestres. Del Instituto Caro y Cuervo, quiero agradecer a Juan Manuel Espinosa y a mis colegas de la Maestría en Escritura Creativa —a Juan Álvarez, Fernanda Trías, Laura Ortiz Gómez y, una vez más, a Gloria Susana Esquivel y Juan Cárdenas— por el permanente aprendizaje. De la Residència Literària Finestres, agradezco muy especialmente a Nicolás G. Botero por tantas cosas —por el tiempo inolvidable en Sanià, por la recomendación de textos inspiradores y por la larga conversación literaria, siempre luminosa y entusiasmada— y a Ariadna Julián, Marisa Santos, Juan Pablo Martín, Inmaculada Riera y Michael Taylor por el cuidado y la delicia.

Muchas gracias a Mariana Enriquez, María Isabel Rueda, Carlos Manuel Álvarez, Margarita García Robayo y Pol Guasch por el abrazo a este libro.

A José Hamad, por haber escuchado la intuición de esta historia.

A Gina Saraceni, por la poesía compartida.

A Manuela Ochoa, Adriana Borray, Consuelo Solórzano y Dorita Salcedo, por la guía y el consuelo.

A David Valderrama, Camilo Guarín y Andrés Sarmiento, por la risa nueva y antigua.

A Bladimir Sarmiento, por contarme su vida en el mar.

A toda la gente hermosa que he conocido en los paseos con Siempre: a Lorena Iglesias, José Hincapié, Alejandra Gómez Díaz, Sebastián Abello y, por supuesto, al Parche de la Piedra en el Parque de la Independencia, que siempre sabe reír. Mi agradecimiento a todas ustedes por una conversación que fue tiñendo la escritura y muy especialmente a Victoria Vásquez Luna y a Pilar Ospina González por la bondad con quien fue un desconocido.

Finalmente —*por siempre y para siempre*—, muchas gracias a toda la gente de la casa original por el regalo que sigo abriendo.